Newton Compton Editores

Título original: *The Stand-In*

© 2021, Lily Chu
Publicado gracias al acuerdo con International Editors and Yáñez' Co.
© 2023, de la traducción por Xavier Beltrán Palomino
© 2024, de esta edición por Antonio Vallardi Editore S.u.r.l., Milán

Todos los derechos reservados

Primera edición: septiembre de 2024

Newton Compton Editores es un sello de Antonio Vallardi Editore S.u.r.l.
Pl. Urquinaona, 11, 3.º 1.ª izq. Barcelona, 08010 (España)
www.newtoncomptoneditores.com

Gruppo editoriale Mauri Spagnol S.p.A.
www.maurispagnol.it

ISBN: 978-84-19620-34-7
Código IBIC: FR
DL: B 8.168-2024

Diseño de interiores:
David Pablo

Composición:
Sergi Godia

Impreso en septiembre de 2024 en Puntoweb s.r.l., Ariccia (Roma), en Italia.

Lily Chu

Una doble de cine

Traducción de Xavier Beltrán

Newton Compton Editores

Barcelona, 2024

Para mi tía Bernie

MÉTODO: LIFEPLANX

- ⊗ ~~7 h   Avisar al trabajo de que estoy enferma~~
- ⊗ ~~8 h   Colada (y doblar la ropa)~~
- ⊗ ~~10 h Salir para ir al bufete~~
- ◌ 11 h Reunión con el abogado
- ◌ 12 h Volver a casa
- ◌ 13 h Segunda colada (y doblar la ropa)
- ◌ 14 h Gimnasio
- ◌ 15:30 h Ducha y relax (leer; nada de Netflix, ni un episodio)
- ◌ 18 h Cenar algo saludable
- ◌ 19 h Prepararme para mañana
- ◌ 20 h Relax (un poquito de Netflix)
- ◌ 00h A la cama.

Uno

Mi día está muy bien ordenado en mi nueva aplicación LifePlanX. Es una obra de arte, si te digo la verdad. Aquí, la vida de Gracie Reed está superbién organizada y etiquetada con colores en distintas filas, una garantía contra la indecisión y la inacción. Esta Gracie está entera. Esta Gracie es la puta ama. Nada que ver con la verdadera y patética Gracie que acaba de salir del despacho del abogado y que enseguida empieza a lloriquear como una cobardica. «Has esperado hasta salir del despacho», me felicito. «No te has echado a llorar delante de él. Las victorias pírricas siguen siendo victorias».

Doy un golpecito a la pantalla de mi móvil para tachar de la lista «reunión con el abogado», que hace que me sienta un poquito mejor, aunque en realidad no haya cambiado nada. Pero según el último libro de autoayuda que leí, tan solo decir la palabra «hecho» se supone que provoca una oleada de esa maravillosa droga llamada dopamina, y voy a aceptar toda la satisfacción que se cruce en mi camino.

Todavía no es mediodía, así que decido ir a tomar un café, que no aparece en mi agenda y que, por tanto, está prohibido para la gente que utiliza la app LifePlanX. Su principal premisa es que todos los minutos de tu día deben estar recogidos en tareas predeterminadas sin que haya lugar para las vacilaciones ni para los añadidos de última hora. «Haz solo lo que apuntas», nos advierte su eslogan. En un intento por no salirme del camino hacia el éxito, la aplicación me manda alegres avisos de dónde debería encontrarme en momentos dados del día –donde por lo general no suelo estar–.

A la mierda. Me merezco el azúcar y la cafeína. Meto el móvil en mi bolso, me pongo una gorra de béisbol en la cabeza y me dirijo a mi cafetería favorita.

–Te veo triste, amiga. –Cheri levanta la vista cuando entro acompañada del tañido discordante de las campanitas–. ¿Lo de siempre?

Podría pedir algo especial como recompensa, quizá uno de esos *frappés* sofisticados con sabores la mar de modernos como miel salada o caramelo de salvia, pero como ya ha empezado a prepararme el café con leche, asiento antes de inclinarme hacia delante para inspeccionar la selección de *muffins*.

—También necesito algo de chocolate.

—Uy, nuestras provisiones de chocolate también andan tristes. —Arruga la nariz—. Lo siento, cielo. Loni se ha llevado el último para su hijo.

Cuando Loni ve que miro en su dirección, me lanza un saludo amistoso con la mano, así que me apresuro a intentar transformar mi involuntaria mirada fulminante en una sonrisa recíproca. No lo consigo a tiempo. La veo abrir mucho los ojos y apoyarse de forma casi inconsciente sobre su mujer como si buscara protección contra mi desproporcionada cólera *muffiniana*. Su mujer le pasa un brazo por los hombros con cariño, y de repente me siento idiota por haber pensado que una magdalena me haría sentirme mejor.

—No será para tanto —dice Cheri mientras limpia la máquina de café con una bayeta. Y al poco frunce el ceño—. Tengo que dejar de decir eso —se reprende a sí misma—. A lo mejor sí hay para tanto. Quizá te han roto el corazón. Quizá acaban de darte un diagnóstico fatídico. Quizá te han engañado o has perdido al amor de tu vida o has presenciado un accidente. —Hace una pausa como si quisiera pensar en el enorme abanico de oportunidades para la tristeza que ofrece el mundo, y luego niega con la cabeza.

No es ninguna de esas cosas, pero sigue siendo horrible. Hace treinta y ocho minutos, he echado mano de toda mi valentía y le he dado a Fred, el abogado laboralista, varios cientos de dólares para que me dijera exactamente lo que yo ya sospechaba: que no tenía ninguna prueba de que Todd, mi jefe, fuera un puto acosador sexual, y sin pruebas no había caso.

—¿Has acudido a tu departamento de Recursos Humanos? —me ha preguntado cuando le he descrito la situación.

—No. —¿Por qué iba a molestarme cuando ya sabía que no me iban a creer?

—Suele ser el primer paso. —Fred me ha mirado por encima de sus gafas—. A no ser que tengas miedo a las represalias.

—Tenía miedo. Tengo miedo.

Todd es malvado, y no me apetece arriesgarme a que su bajeza y su rencor se concentren en mí más todavía.

—¿Se lo has contado a alguien?

—No.

—Pues necesitamos pruebas. —Ha asentido—. Correos electrónicos. Grabaciones. Testigos.

—Es que es muy listo. —Me he quedado rígida en la silla, humillada por tener que contarle a una persona cómo había permitido que ese nivel de acoso me sucediera a mí. Al principio tenía tantas cosas entre manos que era más fácil limitarse a ignorar el comportamiento de Todd y decirme que no había para tanto.

—Pues tú tienes que ser más lista.

—Eso no es justo.

—No —ha convenido—. Pero así es como funciona la ley. En cuanto tengas las pruebas, lanzamos a ese capullo al paredón. ¿Puedes dimitir?

No es una opción, ahora mismo no. No puedo poner en peligro mi empleo, y hasta el momento no he conseguido encontrar otro trabajo. Suelto un largo suspiro. Definitivamente, no son problemas que se puedan solucionar con un *muffin* de chocolate.

—Me llevaré el de arándanos —le digo a Cheri dirigiendo mi atención a una decisión que sí puedo controlar. Es vegano y de avena, más para recargar energía que para darme un caprichito dulce, pero gracias al hijo egoísta de Loni es el único *muffin* que queda, a excepción del de calabaza. Que también es de avena.

Mientras mentalmente me resigno a una dosis saludable de fibra insoluble, un cegador destello de luz estalla a mi izquierda. Veo estrellas durante varios segundos, que poco a poco desaparecen para dar paso a un hombre bajito con una gabardina a lo Pantera Rosa y sombrero de fieltro.

—Sonríe, guapa.

Obedezco de forma automática con una sonrisa reflexiva que enseguida se tuerce, porque ¿a qué coño ha venido eso? Me echa otra foto, y luego un tsunami de clics me envuelven cuando su cámara suelta chasquidos y destellos en una rápida sucesión. Entorno los ojos y levanto los brazos para poner el *muffin* delante de mi cara como protección.

Cheri le lanza la bayeta sucia al fotógrafo, quien suelta un grito de indignación cuando la tela le golpea el pecho y le cubre la gabardina de motas de café molido.

—Tú, Ansel Adams. Lárgate cagando leches de mi tienda y deja de acosar a mis clientes. Te estás pasando de la raya.

El tío abre la boca para protestar, pero ella coge con gesto amenazante una cafetera llena de café recién preparado y se inclina sobre el mostrador como si lo retara a decir algo. Con un cabreado encogimiento de hombros, el fotógrafo me lanza un beso y sale pitando.

—¿Ansel Adams? —Me giro hacia Cheri.

—No se me ha ocurrido el nombre de ningún otro fotógrafo. —Deja la cafetera y me da el café con leche con una semisonrisa.

—Ansel Adams fotografiaba paisajes, ¿no?, no a gente.

—Como te digo, no se me ha ocurrido ningún otro. Además, mucho me criticas tú después de haber utilizado un *muffin* como escudo.

—Me ha sorprendido —me enfado.

—Claro. —A salvo en su victoria, Cheri se acaricia los rizos lilas—. ¿A qué ha venido eso? ¿Te has metido en algún escándalo?

Sumamente escéptica, miro el móvil. El único mensaje es una notificación de LifePlanX acerca de la segunda lavadora que debería haber puesto.

—No.

—Mmm. Debe de haberte confundido con otra persona. Tiene sentido… En Toronto siempre se están grabando un montón de cosas. Ay, hablando de eso, ¿te he contado que la semana pasada vi a Keanu Reeves? —Limpia el mostrador con apasionadas pasadas—. Menudo dios. Por aquí no hay nadie que esté tan bueno como él.

—Esto…, ¿Cheri? —Es Loni, que está metiendo a su criaturilla en el cochecito mientras su esposa limpia la mesa—. Mira afuera. —Y señala el exterior.

Las dos miramos por el ventanal.

—Mierda —digo—. Son dos. —El inspector Clouseau convertido en paparazi está con un colega junto a la puerta de la cafetería. Los dos llevan sendas cámaras superbuenas al cuello y gesticulan con frenesí.

—Rápido. Sal por la puerta trasera —me aconseja Cheri con un siseo.

Es una situación muy rara que no está en mi lista de tareas pendientes. Dudo y me pregunto quién diablos creen que soy antes de encaminarme hacia el pasillo y salir a escondidas mientras curiosamente me siento importante. La emoción de comportarme como una famosa dura hasta que meto los pies en un charco aceitoso que huele a pis de mapache. «Joder». Hay un poco de hierba al final del callejón, así que me dirijo hacia allí y me limpio los pies. En cuanto los dejo bastante limpios, sorbo el café con leche y decido qué hacer. He mentido en el trabajo al decirles que estoy enferma y así poder ir a ver al abogado, y eso significa que no es necesario que vaya a la oficina. Librarme de Todd el resto del día me sube el ánimo.

Abro la aplicación de LifePlanX del móvil. Según mi agenda, debo ir a casa y dedicar algo de tiempo a las tareas domésticas. Hay que planificar el día y luego seguir el plan, pero del dicho al hecho hay un trecho, como se suele decir. Y ojalá siempre fuera tan fácil.

Creo que he probado todos los sistemas habidos y por haber en el mundo que en teoría deben ayudarte a tener la vida bajo control, pero ninguno de ellos me ha funcionado. Mi última planificación en forma de diario se fue a la mierda el invierno pasado cuando finalmente acepté que la demencia de mi madre era demasiado peligrosa para ella y no podía vivir sola. Era una libreta preciosa llena de calendarios y listas dibujados a mano, que poco a poco dieron paso a páginas de nombres y números de teléfono escritos a toda prisa con diferentes colores, un microcosmos de mi amargo viaje por el sistema de atención sanitaria.

Tan pronto como mi madre se trasladó a la residencia Glen Lake, dejé a un lado esa libreta y opté por un organizador minimalista en línea que ha ganado muchos premios. Lo acabé abandonando hace cinco meses, cuando al echar un vistazo a las últimas semanas me di cuenta por fin de que mis listas de tareas pendientes me confirmaron lo que solo había sospechado hasta el momento: que cada vez me iban asignando menos y menos proyectos personales porque se los daban a otras personas…, o a otra persona en particular. Todd, el director de *marketing*, estaba impidiendo mi crecimiento pasándole mis proyectos a su baboso protegido, Brent.

Empecé a escribir un diario como una forma de liberación y documenté con todo lujo de detalles mis sentimientos día tras día hasta que Todd me cogió del brazo durante una fiesta del trabajo y me sujetó durante demasiado tiempo, mientras con la otra mano me acariciaba la cadera. No era para tanto, ¿verdad? La sala estaba abarrotada. No era más que un error, no hacía falta montar un escándalo, así que intenté restarle importancia. Hice lo mismo la semana siguiente cuando me acorraló junto a una mesa después de que le entregase las proyecciones que acababa de imprimir, y bromeó con que tenía tan mala vista que debía inclinarse mucho. No dije nada cuando se pasó toda una reunión sin quitarme los ojos de encima y dijo que le gustaban las chicas de físico exótico.

Fue entonces cuando dejé el diario. No me apetecía para nada revivir mis días con un informe escrito.

—Basta —le digo en voz baja al móvil—. Basta.

Esa palabra nunca se la he soltado a Todd. Cuando empezó todo, me convencí de que era cosa mía, no suya; de que estaba exagerando o siendo demasiado sensible. Era demasiado tímida para hacer algo que no fuera reírme, porque no quería montar un numerito y avergonzarlo ni poner mi trabajo en peligro innecesariamente.

La decisión de ir a ver a Fred, el abogado, se me ocurrió cuando una mañana me quedé tumbada en la cama hecha un ovillo para reprimir las náuseas que me provocaron otro rechazo profesional. No era normal que llorase todas las noches hasta quedarme dormida. Debía hacer algo.

Mi móvil suena con otra notificación de LifePlanX y me despierta el instinto pavloviano de conseguir algo, lo que sea. Un mensaje aparece en mi pantalla: ¿No lo has logrado aún? Reflexiona, le dijo el coyote al oso.

¿Qué coño significa eso?

Decido que no necesito una presión adicional de un móvil que constantemente me recuerda mis propios fracasos.

—Vete a la mierda, coyote —susurro mientras pulso la diminuta «X» de la aplicación.

Sin embargo, en cuanto el icono desaparece de la pantalla, me siento perdida. No estoy orgullosa de mi dependencia de este tipo de cosas para mantener la concentración. «Es como si necesitaras un corsé para tu cerebro», me dijo Anjali, mi amiga hiperorganizada, pero es que es así. Lo admito. Me encantan las listas. Las necesito. Siento un placer visceral ante cualquier cosa que pueda tachar, marcar con un *tick* o eliminar como afirmación de que «He llevado a cabo una tarea» y, por lo tanto, soy un ser humano valioso y funcional.

Pero hasta que me descargue un nuevo y mejor creador de listas, me da la sensación de que estoy sola ante el mundo.

Me dirijo a la parada de metro más cercana y dudo unos instantes en el andén. Sin las restricciones de mi día organizado por una aplicación, puedo volver a casa y regodearme en la pena que me doy o ir a visitar a mi madre. En realidad, volver a casa no es ni siquiera una opción real, ya que mi madre tiene prioridad sobre casi todo lo demás.

Treinta minutos más tarde, he llegado a mi parada y recorro las tres manzanas que me separan de Glen Lake. Es una húmeda tarde de junio, y varias capas de sudor asqueroso y pegajoso me cubren la piel, una perfecta representación de mi estado interno (nivel: auténtica basura). Me tomo unos instantes para respirar hondo y me obligo a expulsar la energía negativa. Ver a mi madre ya es lo bastante duro para encima entrar ya alicaída.

—Tú puedes.

Me dedico una minicharla motivacional antes de pulsar el botón del interfono de la entrada principal. A fin de cuentas, no soy yo la que debe vivir allí. Solo tengo dos tareas que hacer: pagar la habitación individual de Agatha Wu Reed y aparentar alegría cuando la visito.

La puerta se abre, pero me quedo en el umbral como un vampiro a la espera de que me inviten a entrar. Una mujer anciana sale del edificio y me aparto de su camino con una rápida disculpa, y me arrepiento de inmediato porque no tengo motivos para disculparme. Es una mala costumbre que se ha convertido en un acto reflejo automático. La sigue un hombre mayor que le coge la mano y se la lleva al pecho con mucho cariño. Intento reprimir la mirada hambrienta que sé que irradian mis ojos al observar los dedos entrelazados de los dos, porque nadie quiere mostrarles a los demás lo solo que se siente.

Tampoco es que me pase todo el día sintiéndome sola ni buscando a mi príncipe azul, pero a veces hay una parte de mí –quizá el veinte por ciento– que desea tantísimo esa clase de conexión que duele y todo. El otro ochenta por ciento es más sensible. Tengo demasiadas cosas entre manos ahora mismo como para pensar en relaciones, y es mucho más fácil que solo deba preocuparme por mi madre. Meter las preocupaciones y necesidades de otra persona en el revoltijo no haría más que complicar las cosas.

Ocultando un suspiro, llego al otro lado de la puerta antes de que se cierre y entro en la residencia.

La mujer que está en el puesto de las enfermeras levanta la vista cuando me acerco. A estas alturas, ya nos conocemos bastante.

–¿Cómo se encuentra? –le pregunto.

–Come bien –me responde con tono brusco.

Espero, pero por lo visto esa es toda la información que me va a proporcionar.

–¿Qué me dice de su estado mental? –la aliento con educación porque no quiero insistir ni formular demasiadas preguntas.

–¿Alguna novedad de la nueva residencia?

La réplica de la enfermera me sirve como respuesta. Toda la planta sabe que estoy intentando meter a mi madre en la residencia privada Xin Guang, que está en la otra punta de la ciudad.

–Todavía no hay sitio. –Niego con la cabeza. A lo mejor pasa otro año sin que tengan habitaciones disponibles, que por lo menos me daría más tiempo para ahorrar. Las residencias privadas son caras.

La enfermera asiente con una empatía perfeccionada, un gesto con el que he acabado familiarizándome desde que mi madre entró en Glen Lake.

–Algo saldrá –me asegura–. Siempre termina saliendo algo.

Que algo saldrá no me cabe ninguna duda, pero eso significa que necesitaré el dinero para pagarlo, y eso significa que necesito trabajar, y eso significa que necesito enfrentarme a Todd y al infierno en que está convirtiendo mi vida. Al final firmo el libro de visitas y me dirijo hacia el pasillo.

Glen Lake es una residencia limpia y respetable que queda cerca de mi piso, y la gente que trabaja es muy amable. Lógicamente, sé que fui afortunada al encontrar una habitación para mi madre. No me siento afortunada. Solo siento odio. Odio la peste omnipresente a lejía y a sopa que penetra en las habitaciones, con independencia de lo que se haya servido para comer. Odio los colores, una mezcla descolorida de salmón y espuma de mar que seguro que alguien consideró una combinación relajante, pero que al final da la impresión de pertenecer a un cuarto de baño de los años setenta que necesita desesperadamente una reforma. Mientras sobrevuelo mi pozo de hostilidad, permite que te hable también de los cuadros anodinos con marcos plateados que cuelgan en las paredes. Son naturalezas muertas con bocas de dragón y paisajes o imágenes de animales muy cursis. De hecho, en la habitación de mi madre hay uno de un gatito blanco adorable sentado junto a un clavel rosa que veo cada vez que entro, y ¿sabes qué? También lo odio.

Pero, por encima de todo, odio la expresión perdida que veo en la cara de mi madre siempre que abro la puerta de su cuarto.

Me detengo y lo expulso todo de mi cabeza —el trabajo, Todd, el dinero, el abogado— y compongo una sonrisa agradable antes de abrir la puerta y ver a mi madre sentada en una silla de vinilo beis junto a la ventana, mirando hacia la nada mientras en la televisión suena una suave melodía de música clásica. Me la quedo mirando unos segundos y aprieto tanto la mandíbula que me empiezan a doler los dientes. Antes era una mujer que tejía, cosía y pintaba. Elaboraba su propio yogur y también pan. Hacía aeróbic cuando la gente, aunque cueste de creer, se ponía leotardos con cinturillas elásticas y calentadores a juego. Es muy doloroso verla tan inactiva.

Se gira hacia mí y la luz de la ventana oculta su expresión.

—*Ni hao?*

Ese saludo en mandarín significa que no está conmigo en el presente, sino en un pasado al que no puedo seguirla. Hago lo imposible por seguir animada. Solo conozco unas cuantas palabras, pero me bastan para responderle:

—*Hen hao, ni ne?*

Mi madre lleva unos treinta años viviendo en Canadá, pero sigue hablando inglés con un poco de acento. Cuando yo era más joven, no me daba cuenta —era la voz de mi madre, ni más ni menos—, pero su forma de hablar, los altibajos de su tono, se ha vuelto más pronunciada en el último año. El doctor dice que son imaginaciones mías, pero creo que es porque a menudo regresa a China en sus pensamientos. La vida que tuvo en ese país es un misterio para mí. Casi nunca se refería a esos años y siempre quería concentrarse en el aquí y el ahora. Incluso se negaba a hablarme en chino mandarín en casa e insistía en que valía más encajar y aceptar el lugar en el que vivimos y no en el que vivíamos.

«El pasado está muerto —me solía decir cuando le preguntaba al respecto—. No se puede cambiar. Déjalo en tus recuerdos».

Me preparo para otra visita frustrante en que procuro fingir que entiendo lo que me dice, pero entonces mi madre pasa al inglés. Me he equivocado. Está teniendo un buen día.

—Te has cambiado el peinado —me dice.

Llevo la misma melena corta desde hace años, pero me toco el cabello como si fuera un nuevo estilo del que todavía no estoy muy segura.

—¿Te gusta?

Mi madre extiende una mano nudosa y me hace señas para que me acerque. Cuando estoy junto a ella, me acaricia la cabeza con un resoplido reprobador.

—Pareces un chico. ¿Para qué destacar así?

Destacar es una de las pesadillas de mi madre, probablemente porque se mudó a Canadá y tuvo que adaptarse al país. Su *modus operandi* siempre era elegir el camino más discreto. Ser demasiado diferente y no encajar con la gente te convierte en una marginada, y eso suscita atención negativa y su habitual acompañante, las críticas. Me lo ha repetido durante toda mi vida. En el instituto, fui una buena alumna de notable.

—Cuando era más joven, siempre llevaba el pelo largo —me dice—. Todas lo llevábamos así, y además era el estilo preferido de tu padre.

Aunque lleva una década muerto, oír hablar sobre mi padre sigue anegándome los ojos de lágrimas.

–Así fue como os conocisteis.

Por lo visto, había muy pocas mujeres con una melena negra y larga tan excepcional que mi padre se detuvo en seco al verla. «Y en ese momento me sonrió –decía él cuando contaba la historia–. No necesité nada más. Ya estaba colado por ella».

–Me pidió una cita, allí mismo, en Bloor Street –prosigue mi madre.

Cuando yo era más joven, en ese punto de la historia mi padre la interrumpía, con un falso enfado, para puntualizar que mi madre no le había contado que vivía a una hora de la ciudad. «De haberlo sabido, no me habría ofrecido a llevarla a casa en coche», bromeaba mientras le daba un abrazo de oso que siempre la hacía gritar y reír. No la he vuelto a oír reír así desde que él murió.

Me siento frágil y decido que el autocuidado implica no tener que estar allí escuchando la perfecta historia de amor de mis padres, digna de un cuento de hadas. Me encanta esa historia, de verdad, pero ahora mismo no puedo.

Me limito a cambiar de tema y a preguntarle qué ha comido –sándwiches de jamón– y cómo ha dormido –mejor ahora que tiene la bolsita que le traje la última vez–.

Al final, empieza a mirar por la ventana y sé por la cara que pone que se está alejando de mí, así que cojo la revista del corazón asiática de la mesita de centro. Se la traje hace un par de semanas, y en la cubierta aparece uno de los actores chinos de pelis de acción más famosos, Sam Yao, con un esmoquin, alardeando de su admirable estructura ósea y perfecta melena negra revuelta. Sus ojos llameantes me provocan con promesas de pasión y aventuras que jamás le ocurrirán a una persona tan normal y corriente como yo.

Deseosa de castigo, hojeo las páginas y llego al artículo banal en que asegura que le encanta viajar y trabajar –madre mía, paren las rotativas–. Leo el texto, y cada mención que hace a un lujo inimaginable o a la adoración del público me pincha como si fuera una espina, y al poco arrojo la revista sobre la mesita y me quedo sentada en silencio con mi madre hasta que llega el momento de irme.

FECHA: **14 DE JUNIO**

TRES TAREAS AL DÍA:

- ☐ IR A LA OFI (MIRAR TAREAS PENDIENTES)
- ☐ HACER LA COLADA
- ☐ IR AL GIMNASIO

FECHA:

TRES TAREAS AL DÍA:

- ☐
- ☐
- ☐

Dos

El día siguiente es horrible. No. Es horroroso, espantoso, pavoroso y desastroso.

Madre mía, cuántas palabras negativas que terminan en -*oso*. ¿Por qué será? Es monstruoso y penoso.

Y hay más: más vale que ignores al asqueroso y aguantes en ese trabajo odioso porque necesitas el dinero. Dos por uno.

Todd me castiga por haber faltado ayer con la excusa de que estaba enferma haciendo añicos mi propuesta delante del resto de mi equipo, y luego le dice a Brent que tome las riendas y lo haga bien. Los otros tíos no parecen darse cuenta, pero Kathy, la ayudante de administración, me hace una mueca de pena.

Ignoro su mirada, pongo cara de póquer y finjo que no me molesta. Es mejor agachar la cabeza que protestar; la experiencia me dice que la consecuencia de recordarle a Todd que me asignó esa propuesta hace un par de días sería negativa. Para mí.

El día va avanzando lentamente y por fin me marcho a las siete después de que la oficina se haya vaciado. Según mi nueva lista de tareas pendientes –he regresado a la básica con papel y bolígrafo–, debería ir al gimnasio y hacer la colada que no hice ayer. Al final suelto el bolso, me pongo las zapatillas deportivas y empiezo una caminata sin rumbo por el barrio. El sol de verano todavía no se ha ocultado en el horizonte, así que decido que es bastante seguro ir por la zona de *running* que han construido junto a las vías del tren cerca de mi casa. Está lleno; esquivo a un niño que está aprendiendo a usar patines en línea y a un grupo de tíos que van en bicicleta con jerséis coloridos y pantalones cortos negros. Por lo visto, el Tour de Francia se ha desviado un poco hacia Toronto... Qué guay.

Intento relajarme, pero el caos tóxico de mi cerebro infiltra mi cuerpo y me quedo mirando fijamente a un hombre que pasa junto a mí con unos auriculares plateados enormes. Su cara me provoca tantas ganas de pegarle que tengo que apretar los puños y todo.

El abogado me dijo que debía conseguir pruebas del comportamiento de Todd, pero ¿cómo? Aunque pudiera ser más lista que él, no solo es el vicepresidente, sino que su padre juega al golf con el director de la empresa. Además, la empresa de inversiones Garnet Brothers no es la organización más feminista del mundo. Seguro que por una fotopolla dirían que «solo son cosas de hombres», y Todd es lo bastante inteligente como para no decir ni hacer nada que yo pueda señalar específicamente. ¿Se me acerca demasiado? ¿Me pone incómoda? He malinterpretado la situación, fin de la historia. El sueldo también es mejor que en cualquier otro empleo parecido, así que estoy atrapada. Entre pagar la habitación de mi madre y ahorrar para la residencia privada, ya me he gastado casi todo el dinero que había conseguido ahorrar.

Me detengo de pronto y hago que un corredor me suelte un «Eh» y me fulmine con la mirada por tener que esquivarme en el último momento. El paseo debería haberme tranquilizado –la naturaleza, el ejercicio–, pero siento ganas de gritar. Me iré a la cama. Unas buenas horas de sueño me librarán del picor que noto bajo la piel.

Para cuando llego a mi calle, casi estoy mareada por las preocupaciones que circulan en mi cerebro. Mi madre. El trabajo. Mi madre. El dinero. El trabajo. Todd.

Cuando me pregunto cómo sería caminar y caminar y seguir caminando eternamente, un brillante vehículo SUV negro se detiene muy cerca y me obliga a dar un salto a un lado. No es el tipo de coche que por lo general recorre mi calle, y supera al Lexus del dentista que vive cinco casas más abajo. Automáticamente doy tres pasos laterales para alejarme de la posibilidad de que me arrastren hasta el vehículo y me encuentro ya fuera de la acera y sobre la hierba, observando con recelo, cuando la puerta se abre.

–¿Grace Reed? –Un rostro que me resulta muy familiar se asoma, y me quedo boquiabierta.

Me resulta muy familiar porque, a excepción de sus mechones largos y brillantes –como si fuese un anuncio de champú o una Agatha Wu que va a caminar por Bloor Street de camino a su romántico destino–, esa mujer es mi doble. Tenemos la misma forma de cara con una barbilla puntiaguda y ojos oscuros grandes, pero sé que los míos tienen ojeras por el cansancio y los suyos tan solo lucen un elegante maquillaje. Su piel parece tersa y lustrosa. Puede que la mía parezca tersa, pero de lustrosa no tiene nada.

–Hala –digo mirándola–. Tengo que preguntarte si eres una camarera del Danforth. La gente siempre me ha dicho que hay una doble mía trabajando en algún bar de ese barrio.

La mujer se me queda contemplando con absoluto asombro.

Sigo hablando porque mi boca se niega a cerrarse.

–Bah, pues claro que no lo eres. Si no, no irías por ahí con ese cochazo. Un momento. ¿Cómo sabes quién soy? –La sorpresa de haber visto a alguien que se parece tantísimo a mí había sustituido mi primera y más pertinente pregunta. Doy otro paso atrás.

–¿Eres Grace Reed? –insiste la mujer.

–Gracie –la corrijo antes de que me falle la voz. Me suena su cara porque me doy cuenta de repente: es Wei Fangli.

Wei Fangli, una estrella de cine china, está en mi barrio. Debería haberla reconocido, pero es que es tan sorprendente que esté aquí, hablándome en mi calle, que no he atado cabos y no la he identificado como una famosa.

«Un momento». ¿Wei Fangli está aquí y sabe cómo me llamo?

–¿Podrías subir al coche? –me pregunta mirando a un lado y a otro de la calle–. Quiero hablar contigo.

–No, creo que no. –Doy otro paso atrás hasta que las ramas de un pino me rozan la cabeza. ¿Qué hace Wei Fangli en un barrio residencial de Toronto? Miro alrededor y confirmo que no se trata de un *reality show* y que no hay cámaras que nos estén grabando.

–Por favor.

–¿Por qué no bajas tú? –le sugiero, porque tengo algo de curiosidad.

Se queda pensando en mi propuesta, y entonces una mano aparece y le toca el codo. La mano está pegada a un brazo con americana negra y conectada con un hombre que se inclina hacia delante.

Aun con las gafas de sol, es tan arrebatadoramente guapo que me provoca un cortocircuito en el cerebro. Es asiático, con el pelo negro azabache sobre la frente, nariz estrecha y una mandíbula con un ángulo tan afilado que se podría medir con un transportador. Aunque está sentado, es evidente que es un tío esbelto de hombros anchos. Su belleza me deja literalmente sin palabras, y experimento un poco de miedo antes de que empiece el resentimiento. ¿Cómo se atreve a ser tan atractivo? Una persona tan guapa como él debería ir acompañada de una trompeta que suene para preparar a los seres normales y corrientes como yo de su llegada. A pesar de las sombras, me resulta superfamiliar también, pero ¿dónde habría podido conocer yo a un hombre como él? Solo en mis sueños.

Desaparece en el interior del coche antes de que pueda identificarlo, y los dos hablan en voz baja. Fangli al final baja una pierna al suelo, con una carísima sandalia de tacón alto en el pie que a lo mejor se rompe bajo su peso. Ese zapato seguro que vale lo que un mes de mi alquiler.

¿Cómo se me ha ocurrido pensar que era mi doble? Wei Fangli es perfecta. Se mueve como una bailarina y su postura es tan impecable que noto cómo levanto un poco la barbilla en respuesta e intento erguir la espalda.

—Como te he dicho, quiero hacerte una propuesta —dice junto a la puerta del coche—. Preferiría hablar en un entorno íntimo. Sube al coche, por favor. Solo serán unos minutos.

¿Por qué le hago caso? ¿Me han entrado ganas de morir o qué?

Quizá, pero ahora mismo también estoy muy harta de ser Gracie Reed y de hacer cosas anodinas propias de Gracie Reed. Lo que ocurra a continuación por lo menos será diferente y, después del día que he tenido hoy, es algo que deseo con todas mis fuerzas.

Cuando subo al coche, el interior me deja con el culo torcido. Dos filas de asientos de piel claros están frente a frente, separados por un estante con botellas de agua y un minibar. En el ambiente reina un aroma a Chanel N° 5, pero no sé si lo desprende Fangli o el mismo vehículo. A mi lado está el hombre y, cuando me siento, aprovecho para estudiar bien su rostro intentando no perder la compostura en el proceso. Se aparta para adentrarse en las sombras del coche como si quisiera alejarse de la conversación.

Este tío es de otro mundo y sus labios son… Buf. A pesar de la improbabilidad de toda la situación, estoy totalmente centrada en ellos. Son unos labios platónicos ideales y combinan con sus pómulos altos y sus cejas oscuras que forman un par de arcos perfectos. Y en este momento se quita las gafas. Unos ojos oscuros se arrugan en las comisuras y los labios forman un fruncido cuando me mira. Cuando pasa de sonarme a resultarme conocido, noto una sensación parecida a cuando la montaña rusa se precipita después de haber ascendido y ascendido.

Sam Yao, el Hombre Más Sexi del Mundo –oficialmente, designado así el año pasado por la revista *Celebrity*–, está sentado serio junto a mí.

Estoy en un coche con Wei Fangli y Sam Yao. Hasta yo sé, gracias a las revistas de mi madre y demás, que son la pareja de moda del cine chino. Y quieren algo de mí.

–¿Qué hago aquí? –pregunto. A lo mejor la situación debería darme miedo, pero en el hecho de estar sentada en este lujoso SUV hay algo que me anima a relajarme. Si me hubieran metido en una furgoneta blanca, me habría puesto mucho más nerviosa.

–¿Sabes quiénes somos? –dice Fangli.

–Sé a quiénes os parecéis –respondo.

–Soy Wei Fangli de verdad. –Habla con un inesperado acento norteamericano–. ¿Te gustaría ganar un poco de dinero?

–Ahí va. –Me recuesto en el respaldo del asiento–. Vale, eso sí que no me lo esperaba. Es un halago y estoy a favor de la prostitución, pero no es lo mío.

–¿Crees que queremos acostarnos contigo? –resopla Sam.

Es evidente que me está tomando el pelo, pero oírlo pronunciar «acostarnos contigo» basta para que mi imaginación se active a toda velocidad.

–¿No? –Cuando consigo hablar, ni siquiera sé cuál es la respuesta correcta. Mi angustia profesional ahora la ha sustituido un nuevo e inusual tormento: quedarme sin palabras y parecer imbécil delante de dos famosos.

¿Por qué ha querido Fangli que me subiera al coche?

Y entonces me enseña una foto con su móvil y comprendo la razón.

–Esta eres tú –dice. No es una pregunta.

La pantalla me muestra ocultándome detrás de un *muffin*.

–Puede –tercio con precaución. No sé a qué viene todo esto.

–Esta también.

En esa foto, aparezco mirando por encima del *muffin* y por debajo de la visera de mi gorra, como si estuviera buscando fantasmas, y no sirve de nada que lo niegue.

–Un tío me ha hecho muchas fotos.

–Lo sé. –Señala hacia el *copyright* de la imagen–. Creía que eras yo, y ahora en las redes sociales la gente cuestiona mi nueva dieta de avena. Por lo menos la gorra te tapa casi todo el pelo, así que no hace falta que me preocupe por tener que explicar el nuevo corte.

–Lo siento. –¿Por qué pido disculpas por mi propio pelo?–. O sea, iba a por un café. No le dije que yo era tú.

Espero que mi comentario la tranquilice y le dé a entender que no era mi intención hacerme pasar por ella.

–Claro que no –se ríe Fangli–. Se llama Mikey y está especializado en intentar conseguir fotos espontáneas pero vergonzosas. Los demás paparazis no lo respetan, pero gana muchísimo dinero con lo que hace y me ha dado una idea.

–Se trata de un tema confidencial –la interrumpe Sam– y, si se lo vendes a algún medio de comunicación, lo vas a lamentar.

–¿Es una escena improvisada? –Lo fulmino con la mirada, sin inmutarme–. ¿Te han dado el papel de villano malvadísimo?

–Piensa en lo rápido que te hemos encontrado.

Esté bueno o no, se está comportando como un capullo, y no me gusta. La Gracie a la que no le impresionan las superestrellas se echa hacia delante y le da un golpe de cadera a la Gracie encantadora para ponerse en su lugar. Lo miro con toda la rabia contenida que no he podido liberar en todo el día.

–Que te den, tío. No soy yo la que os está pidiendo un favor, por si no te habías dado cuenta.

Mi respuesta provoca una animada discusión entre Fangli y Sam. Yo no hablo mandarín, así que la pelea me resulta indescifrable, y tardo unos instantes en hacerme a la idea de la situación. Estoy en un vehículo de lujo con dos actores, una de los cuales se parece tantísimo a mí que me da escalofríos.

Ahora tengo que admitir una cosilla. ¿Sabes que siempre hay algún famoso al que niegas parecerte, roja como un tomate, pero que en secreto crees que algo sí te pareces, por lo menos después de un par de copas si te miras en el espejo bajo la tenue luz del baño y con el pelo peinado de cierta forma?

De vez en cuando, alguien que vea películas chinas me comenta que tengo un aire a Wei Fangli, y en mis días superbuenos, en mis días espectaculares, desde unos ángulos concretos, creo que quizá un poco sí. Es agradable que la gente le dé la aprobación a una.

Fangli le suelta lo que debe de haber sido un golpe verbal devastador, porque Sam se reclina contra el respaldo, se cruza de brazos y, con gran melodrama, se pone a mirar por la ventanilla. La actriz se queda observándolo y luego se vuelve hacia mí.

—Sam es muy protector —me explica.

¿Qué tiene que ver eso conmigo? De repente, me despierta sospechas y examino el interior del coche. Quizá no se trate de un *reality show*, sino de algún nuevo programa humillante en que los famosos paran a imbéciles por la calle y les ofrecen cien pavos para que echen a correr en bolas o beban barro.

—Quiero que finjas ser yo durante dos meses. —Me sonríe como si fuera algo totalmente normal que pedirle a una desconocida.

—¿Que sea tú? ¿Quieres que actúe en una película?

Intento guardar la calma y recuerdo la emoción que me embargaba cuando interpretaba un papel en las obras de teatro del instituto. Pero ha pasado mucho tiempo y supongo que habrá diferencias significativas entre actuar en una versión escolar de *Las brujas de Salem* y actuar en una película de gran presupuesto.

—No, no —me asegura—. Estoy produciendo una obra de teatro y mi equipo insiste en que me deje ver por la ciudad, pero yo quiero concentrarme en el trabajo. Estoy demasiado cansada para hacer la publicidad adicional, así que quiero que seas mi doble para algunos eventos.

Cuando me la quedo mirando con más atención, la palidez de su piel no es solo obra del maquillaje, como había pensado. De cerca se la ve demacrada, casi turbada.

—No creo que nos parezcamos lo suficiente para eso —digo.

—Permíteme que disienta, sobre todo si te maquillas. —Agita el móvil en mi dirección—. Te recompensaré con creces por tu tiempo.

—¿Cuánto? —No voy a hacerlo, pero quiero saberlo. A mi lado, Sam masculla entre dientes, y yo hago como Fangli y lo ignoro.

–Sabemos que trabajas. Casi todos los eventos, aunque no todos, son por la noche o durante los fines de semana. Creo que unos cien mil sería lo justo. –Habla con voz tranquila.

–¿Estás de puta coña?

Sam exhala.

–Fangli no dice tacos.

–Yo no soy Fangli.

La mirada que le lanza ella le impide responder, y termina reacomodándose en el asiento.

–¿Cómo es posible que sepas tantas cosas sobre mí? –Me giro hacia la actriz.

–Después de ver la foto, contraté a un detective privado.

Lo dice como si tal cosa, como si no hubiera otra forma de haberlo averiguado.

Me echo a reír. Un detective privado. Todo esto es demasiado.

–Creemos que es una cantidad de dinero justa por el encargo –añade.

Cien mil dólares significan que puedo aceptar una habitación en Xin Guang si cogen a mi madre. Significan que no tendré que preocuparme por poner a mi madre en una habitación compartida si no consigo pagar los recibos de Glen Lake. Es tentador, pero aunque estoy harta de mi vida actual, no me apetece que jueguen conmigo un par de estrellas ricas que consideran a la gente como yo juguetes a los que utilizar.

La voz de mi madre me susurra en la cabeza: «No hagas ninguna locura demasiado grande».

–No estoy segura.

Siempre es más fácil evitar dar un no definitivo.

–Por favor. –Frunce el ceño–. Ciento cincuenta mil.

Qué rápido ha subido.

–Me lo pensaré –le prometo. El rostro suplicante de Fangli y esa ingente cantidad de dinero son difíciles de ignorar.

–Gracias.

Me da una tarjeta.

Incapaz de encontrar una forma educada de rechazarla, la acepto.

–Me gustaría que me dijeras algo antes de que pasen dos días –me pide Fangli–. Es vital que empecemos ya mismo.

–Entiendo. –Es una respuesta lo bastante ambigua. No me apetece hacerlo. ¿O sí? No, claro que no. Puede que antes hubiese deseado una forma de huir, pero no esa. Quiero ganar dinero de forma honrada y tener una estrategia de huida razonable. Algo estable y seguro. Y eso no es lo uno ni lo otro.

Sam no dice nada cuando bajo del coche.

◄ Notas

¡ACABAR HOY!
(primero lo menos apetecible)

○ Evitar a Todd (poco apetecible)

○ Ir a trabajar (consultar tareas pendientes)

○ Colada

○ Gym

○ Revisar lista de espera de Xin Guang

○ Leer 30 minutos

Tres

Cuando a la mañana siguiente me despierto, lo primero que hago es mirar mi lista de tareas pendientes del trabajo. Contiene veinte elementos más de los que podré lograr, y dejo el móvil, desanimada aun antes de poner los pies en el suelo. Necesito una lista que me motive a hacer cosas en lugar de una que me haga pensar que nunca me pondré al día. Archivo esa idea en el dosier mental que llevo recopilando los dos últimos años, mi lista soñada para el organizador definitivo y escurridizo.

La tarjeta que hay junto a mi móvil reza WEI FANGLI en inglés y en chino, con un número de teléfono y ningún correo electrónico. Le doy la vuelta y presiono la piel contra el reborde. «Ciento cincuenta mil dólares». Es imposible que su oferta sea del todo sincera, porque ¿quién en su sano juicio iba a contratar a una doble, a una desconocida de la calle? Por curiosidad, busco en Google «fortuna de Wei Fangli».

Vaya. Pues sí que se lo podría permitir, sí.

Una imagen de Fangli acompaña al texto, y llevo el móvil hasta el espejo para ponerlo junto a mi cara. Nuestra estructura ósea es lo bastante parecida como para que pasásemos por hermanas. Bajo el móvil y busco en una de las carpetas de mi ordenador la foto de la cafetería, que encontré anoche al volver a casa. Con mi cara tapada en parte por el *muffin* y por mi gorra, veo el parecido con Fangli.

No quiero decir con eso que yo sea un bellezón. En el texto del artículo se lee lo siguiente: «Los rasgos únicos de Wei Fangli tienen poder más allá de la belleza típica», lo cual es una forma educada de decir: «Tiene un físico un tanto raro, pero le va bien así».

Igual que yo, aunque a mí mi cara nunca me va bien a no ser que sirva para que la gente se me quede mirando y me pregunte de dónde soy. O la pregunta que más me gusta a mí: qué soy. Cuando iba con mi padre, los ojos de la gente iban de su rostro al mío mientras intentaban adivinar de dónde procedían mis rasgos, porque claramente no eran occidentales. Yo no me parecía a ellos y lo sabían, pero no les gustaba no saber por qué.

Es absurdo. A pesar de la cantidad de dinero, es imposible que consiguiese fingir ser una estrella durante dos meses. En primer lugar, no hablo mandarín y tampoco tengo la… confianza… que tiene Wei Fangli. Ella está acostumbrada a que la gente la mire, lleva años entrenándose para eso. Cuando entra en una habitación, no tropieza con la alfombra ni se pregunta qué hacer con las manos. Hay un programa entero dedicado a su forma de bajar escaleras que analiza cómo desciende flotando sin mirar por dónde pisa, y de tanto mientras con una bufanda por si acaso. No es que yo sea torpe, pero soy muy tímida y me quedaría paralizada. Ni siquiera he podido soportar que un solo paparazi me hiciera fotos. ¿Cómo sería encontrarse entre muchos de ellos?

Lanzo el móvil sobre la cama y me preparo para el día. Escojo mi habitual traje chaqueta negro recto, y lo acompaño con un grueso jersey de cuello alto, por lo que la americana me queda muy ajustada en los brazos. Es un conjunto demasiado caluroso para el mes de junio, pero en las oficinas siempre hace un frío que pela. Dejé de ponerme mi habitual pintalabios rojo, pero se supone que debo ir arreglada, así que me pongo un tono *nude* muy barato que compré en la droguería. Un toque de rímel. Nada más. No me molesto en abrir el armarito donde guardo los perfumes, con todos esos frascos llenos de aromas florales y picantes. No me pongo perfume para ir al trabajo, ya no.

Un vistazo en el espejo me confirma que parezco un sofá tapizado. No me extraña que Sam Yao piense que es ridículo que me haga pasar por Fangli. Tiene razón.

Aunque me marcho temprano, un retraso en el metro me hace llegar tres minutos tarde. Brent levanta la muñeca para mirar el reloj cuando entro para dejarme claro que se ha dado cuenta. No lo miro a los ojos, pero la situación se suma al nudo que tengo en las entrañas cuando enciendo el ordenador. El único ruido que se oye en las oficinas es el repiqueteo de los teclados, y, cómo no, Brent escribe a toda prisa pero fatal, así que cada pocos segundos oigo la tecla de borrar. Tap, tap, tap, tap, tap. Clic. Clic, clic. Tap, tap, tap.

Garnet Brothers es una empresa de inversiones, y el departamento de *marketing*, donde trabajo como coordinadora de proyectos, está por lo general bastante ocupado buscando nuevas formas de recordar a la gente con sutileza que solo los idiotas gestionan su propio dinero. Es una empresa aburrida pero bien asentada, que es la razón por la que acepté este trabajo en lugar de uno más emocionante y arriesgado en una *start-up* tecnológica. La primera hora de cada mañana la invierto respondiendo correos electrónicos con los que no quería lidiar en el móvil, y otra media me la ocupan los problemas de otra gente que me han redirigido a mí para que los solucione. La mayoría es rutinaria, pero hay dos o tres lo bastante complicados que me obligarán a hablar con Todd antes de responder. Decido recurrir a preguntárselo por correo en lugar de concertar una reunión con él. Es un regalo que me hago a mí misma.

–Gracie. –La voz suave de Todd llena las paredes de mi cubículo. Cuando me giro, está demasiado cerca de mí y sus ojos azules brillan con una luz gélida–. Ven a mi despacho. Ahora mismo.

Se marcha y da por hecho que lo seguiré. Lo sigo, y noto la mirada de Brent clavada en mi espalda mientras fantaseo con darme la vuelta y hacerle una peineta. Todd espera hasta que entro en su despacho y luego cierra la puerta. Me maldigo por haberme dejado el móvil en mi mesa.

–Para ser tú, te veo un poco desaliñada –me comenta–. Me gustabas más con el vestido negro y el pintalabios rojo que solías ponerte. Era brutal.

–Ah, gracias.

Mi propia respuesta me pone enferma. Soy una mujer adulta e independiente. Debería enviarlo a cierto sitio, pero no puedo. Es que… no puedo. Necesitar ese trabajo es una soga que me rodea el cuello, un bozal en la boca.

–Serías una chica bastante guapa si sonrieras más –dice mientras se sienta en el extremo de la mesa y se ajusta el cinturón–. Creo que podríamos pasárnoslo bien.

Pienso en Sam y encuentro un ápice de la valentía que tuve ayer por la noche.

–No lo creo. –Mi voz suena como si me la hubiera tragado.

–¿Ah, no? –me responde con aspereza.

Niego con la cabeza.

–Pues es una pena. Gracie, hoy mismo vamos a rescindir tu contrato.

–¿Cómo?

–Ayer llamaste para decir que estabas enferma. –Golpea la mesa con una hoja impresa–. ¿A ti te parece esta una chica que está enferma?

Es la misma foto que Fangli me enseñó. Intento armarme de valor porque no puedo perder el trabajo.

–Esa es Wei Fangli. Eso pone en la imagen.

–¿Cómo es posible que Wei Fangli tenga el bolso que ahora mismo está junto a tu mesa? –me pregunta. Es como escuchar hablar a una serpiente–. Incluso con esa gorra sé que se trata de Gracie Reed. Admítelo y no seré muy duro contigo.

Se relame los labios de nuevo, y, aunque se me hace un nudo tan fuerte en las entrañas que debo evitar doblarme sobre mí misma, hablo con voz firme y miro a un punto entre sus ojos.

–No soy yo.

–En Recursos Humanos están de acuerdo en que ya no eres necesaria en este departamento –dice–. Es el último clavo de tu tumba. A no ser que quieras repensártelo, claro. –Baja los ojos, y un escalofrío me recorre la piel.

Sé a qué se refiere. No lo dice en voz alta porque es demasiado listo como para darme munición, pero la insinuación es evidente. También lo es el hecho de que, si intento desafiarlo con esto, me dirán que no sea tan creída. Cuando esa idea se asienta en mi cabeza, me cae como una jarra de agua fría, y lo que sea que ve Todd en mi cara lo lleva a endurecer la expresión. Desliza un papel hacia mí.

–Tu acuerdo de rescisión de contrato. Fírmalo antes del viernes. Los de seguridad te acompañarán hasta la puerta.

Y ya está. Se sienta detrás de su mesa y me ignora. Estoy demasiado sorprendida como para reaccionar, y, cuando la puerta se abre y entran dos guardias de seguridad, no puedo sino seguirlos. Por suerte, la mayoría de mis compañeros de trabajo están en reuniones y no veo a nadie más que a Brent, que sonríe de oreja a oreja a los guardias que me flanquean, y a Kathy, la ayudante de administración, que me entrega el bolso y dice que me avisará con el día y la hora en que podré ir a recoger mis cosas. No me mira a la cara.

Cuando salgo del edificio, estoy sin empleo. Me suena el móvil para recordarme una reunión que tenía dentro de quince minutos, y al borrarla releo mi lista de tareas pendientes del trabajo.

También la borro.

Y me voy a casa.

¿16 DE JUNIO? ¿17?
BAH

LISTA DE TAREAS

PENDIENTES

A LA MIERDA.

Cuatro

El primer día después de que me despidieran, me quedé tumbada en la cama mirando el techo.

El segundo día después de que me despidieran, me cepillé los dientes y con mucho cuidado, sin mirarla, metí la carta de rescisión de contrato debajo de una montaña de ropa sucia. Y luego llamé a la empresa para denunciar el acoso de Todd.

Ya me gustaría. En realidad, me limité a volver a la cama, taparme con las sábanas y ver Netflix hasta que me ardieran los ojos. No recuerdo qué programas siquiera.

El tercer día después de que me despidieran, le mando un mensaje a mi amiga Anjali y le pregunto si puede venir a mi casa. No tengo muchísimos amigos, probablemente porque nunca consigo sacar el tiempo ni el esfuerzo necesario para mantenerlos. Anjali siempre ha sido distinta. Puedo acercarme y alejarme de ella, y cada vez que hablamos es como si no hubiéramos perdido el contacto. Dice que está demasiado ocupada con el trabajo como para lidiar con amigos más exigentes, y sé que no debo preocuparme por que me vaya a gritar que me quiere al despedirnos y a obligarme a decírselo a mi vez. Pero confío mucho en ella, o por lo menos confío en saber que está ahí para mí.

Cuando llega a mi casa, lleva una bolsa de patatas fritas, dos botellas de vino y una expresión iracunda.

—Menudo gilipollas —dice cuando pasa por mi lado—. ¿Hablaste con un abogado?

—Justo antes de que me despidieran.

—¿Has firmado la rescisión ya? —Se sacude las sandalias junto a la puerta sin preguntar. Las dos creemos que entrar en casa con los zapatos de la calle es asqueroso—. Un momento. ¿Has dicho «antes» de que te despidieran? ¿Lo veías venir?

Le cojo las botellas de vino y guardo silencio.

–No firmes nada hasta que el abogado le haya echado un vistazo. –me aconseja–. Es probable que puedas sacar una mayor indemnización por despido.

–¿El dinero suficiente para pagar al abogado?

Se encoge de hombros y se dirige a la cocina.

–Cinco pavos más son cinco pavos más –me responde por encima del hombro–. Además, le demuestras a la empresa que no eres una pusilánime.

Es muy propio de Anjali decir esas cosas porque su signo del zodíaco es Leo y su zodíaco chino es el Mono, y eso significa que es inteligente y complicada y agresiva. Yo soy aries y mono, y se supone que también soy esas cosas, en lugar de un conejo piscis que evita los conflictos y nunca contraataca.

Anjali no conoce toda la historia de Todd. Solo le he contado que es un jefe horrible. No le he podido contar cómo me hace sentir porque es demasiado humillante admitir que no le paré los pies cuando debería haberlo hecho. Debería haberlo denunciado a Recursos Humanos. Debería haberle dado un rodillazo en los huevos. Debería haber mandado a la mierda el trabajo y haberme defendido. Debería haber… No debería haber…

Mi amiga me alcanza una copa y vuelca las patatas en uno de mis cuencos.

–Siéntate, come y bebe –me indica–. ¿Cómo te sientes?

–¿Anestesiada?

–Era de esperar. –Anjali descorcha el vino–. ¿Te gustaría que te diera algún consejo o quieres apañártelas por tu cuenta?

Está siendo amable y me pregunta antes de meter baza, y no suele ser así como se enfrenta a las cosas. Me echo a reír y me noto la garganta en carne viva.

–¿Cuánto te ha costado hacer eso?

–Un huevo y medio. –Me sonríe–. Voy mejorando. Mi *life coach* me está ayudando a ser más considerada y a pensar antes de actuar porque por lo visto no todo el mundo quiere que meta las narices en sus asuntos.

No quiero que Anjali me ayude a hacer una lista –preferiría hablar–, pero ayudar es lo que la pone contenta, así que le enseño mi hoja.

–Esto es lo que tengo de momento.

Se pasa el pelo negro detrás de los hombros.

–En la lista has escrito dos cosas.

–Sí.

–Cepillarse los dientes –lee–. Encontrar trabajo.

–Lo primero ya lo puedo tachar. –Me he cepillado los dientes antes de que llegara ella, y ahora el vino tiene un sabor espantoso–. Debería cambiar lo segundo a «encontrar dinero». No me iría mal ganar la lotería.

–No es una opción viable. –Suspira–. Hablemos un poquito antes de abordar tu no-lista.

–Vale.

–Cuéntame exactamente lo que ha ocurrido.

Ya no tengo la energía para mantenerlo en secreto y le cuento toda la historia. Anjali entorna los ojos hasta casi cerrarlos.

–¿Por qué no me habías dicho que la situación era tan mala?

–¿A qué te refieres? –Había pasado de puntillas por lo más escabroso porque no estaba dispuesta a verbalizarlo todo ni a incordiarla con los detalles.

–Me dijiste que era un mal jefe –dice con amabilidad–. Esto va mucho más allá de un controlador inseguro, Gracie.

–Ya lo sé.

Frunce el ceño y se cambia la copa de vino de mano.

–Repito: ¿por qué no me lo habías contado antes?

–Porque me habrías dicho que dejara el trabajo.

–Claro, ¿y?

–Pues que necesito ese trabajo. Bueno, lo necesitaba. Hace meses que busco y no he encontrado nada más. Y entonces habrías empezado a preguntarme qué tal iba la búsqueda de empleo.

–No soy tan tirana –protesta Anjali. Hace una mueca al ver la mirada que le lanzo–. Perdona, quizá un poco sí. Pero me molesta que no quisieras hablarlo conmigo.

–No quería hablarlo con nadie. Nunca. Nada de nada.

–Los problemas no desaparecen solo porque los ignores. Podríamos haber urdido un plan juntas.

–¿Como por ejemplo? ¿Un timo?

Es más fácil tomarse el tema a broma.

–Te habríamos puesto un micro en el cuarto de baño antes de enviarte a la sala de juntas. –Mueve la cabeza a la izquierda para fingir que susurra con el falso micro de su solapa–. Tenemos los ojos puestos en la morsa.

–Qué sutil.

–Gracias. –Bebe un sorbo de vino–. Ahora en serio, la próxima vez cuéntamelo. Es mejor hablar de ese tipo de cosas.

–¿La próxima vez que mi jefe me acose sexualmente y luego me eche? Descuida, te llamaré.

–Así me gusta. –Anjali asiente, satisfecha, pero enseguida cambia de expresión–. No me refería a eso.

Me echo a reír y me golpea con un cojín.

–No habrá una segunda vez –ruge–. De eso se trata, coño.

Nos tranquilizamos y suelto un suspiro.

–Ya no me apetece seguir hablando del trabajo.

–Vale. ¿Cómo está tu madre?

Anjali solo la vio un par de veces cuando íbamos a la universidad, pero conoce la historia. Nuestra amistad en parte se reavivó cuando leí en una publicación de sus redes sociales que estaba ayudando a una tía suya con alzhéimer.

–Bien.

–¿Vamos a mantener la misma conversación sobre tu madre que acabamos de tener acerca de tu jefe? –Anjali me taladra con la mirada–. ¿Tengo que repetirte la charla de «confía en tus amigos» que te he soltado hace veinte segundos?

No le falta razón.

–Cada vez vive más a menudo en el pasado. Su alzhéimer es lento, pero va progresando.

–Lo siento.

–Ya, yo también.

Es lo mejor que puedo esperar ahora, y no me apetece adentrarme en el caos de sentimientos que tengo por mi madre porque ni siquiera estoy segura de cuáles son. Me he enfrentado a la situación en lugar de analizarla, y me va bien así. Anjali lo percibe y cambia de tema para hablar de un dramón de su trabajo que diseccionamos la mar de felices mientras asignamos unos motivos ocultos estrafalarios a todos los involucrados.

Bebemos otra copa de vino, nos terminamos las patatas y hablamos de mi nueva rutina de cuidado facial –que ahora incluye una limpieza doble, un tónico y un montón de crema hidratante que me garantizará una piel suave y tersa cuando sea una señora mayor–, así como del chico del gimnasio que le gusta a Anjali y con el que ha decidido que jamás va a hacer nada.

–Si la cosa sale mal, me tocaría encontrar un gimnasio nuevo, y ese es superbarato –dice.

Anjali vierte más vino en nuestras copas antes de coger una libreta y un boli.

–Venga, ya basta. He venido aquí a beber vino y a organizarte la vida, y por lo que veo ya casi no nos queda vino.

Me repanchingo en los cojines de terciopelo que compré específicamente con el objetivo de repanchingarme en ellos.

–¿Qué es lo primero?

–Podemos adoptar dos perspectivas distintas. –Da golpecitos al papel con el boli–. Una práctica y una creativa.

–La práctica.

–Aburrida, pero vale.

Echo la copa hacia atrás y frunzo el ceño hacia el techo.

–Necesitas dinero –afirma Anjali–. ¿Cuánto dinero «que te zurzan» tienes?

El dinero «que te zurzan» es el dinero que ahorras para cuando debas decirle a tu jefe o a tu pareja que se vaya a la mierda mientras sales dando un portazo. Pero es que yo he utilizado mi dinero «que te zurzan» para pagar los gastos extras de la habitación privada de mi madre en Glen Lake. El gobierno solo cubre los gastos de las habitaciones compartidas, y a mi madre le daría algo. Un día visitamos a mi abuelo en una habitación compartida –le gustaba tener compañía– y, al salir, mi madre me dijo que preferiría vivir en un bosque y que la devoraran los animales antes que tener que pasarse el día soportando los ruidos de un desconocido. Mi madre necesita tranquilidad.

–El suficiente para pasar un mes, y me han ofrecido tres de sueldo en la indemnización.

–Dile al abogado que le eche un vistazo. Pero no pinta mal la cosa. Tienes tiempo. –Escribe **ENCONTRAR TRABAJO** en la lista y, debajo, y sin pedirme opinión, cuatro cosas que debo hacer para conseguirlo. Levanta la vista–. ¿Verdad que estás obsesionada con esas aplicaciones de listas de tareas pendientes? Me parece que es un buen momento para utilizar una.

–He decidido que ya no me gustan.

Ninguna es justo lo que yo quiero, pero ¿qué lo es en realidad?

–Pues crea tu propio sistema. –Me lo suelta como si no fuese importante y se inclina para escribir lo siguiente:

LIMPIAR LA CASA
ECHARLE UNA MALDICIÓN A TODD
LLAMAR A FRED PARA LA INDEMNIZACIÓN
HACER EJERCICIO TODOS LOS DÍAS
ASESINAR A TODD
VISITAR A MI MADRE

El último punto me deja sin aliento. ¿Y si en Xin Guang hay pronto una habitación disponible? Es imposible saber cuándo quedará una libre porque depende de…, en fin, de que alguien se muera, algo que es horriblemente morboso. Solo te dejan seis horas para aceptar la vacante antes de ofrecérsela a la siguiente persona de la lista. Necesito tener dinero para la fianza, y no lo voy a tener si no trabajo.

Anjali se da golpecitos en la pierna con el boli.

–¿Preparas un presupuesto mensual?

–Pues claro. –Por lo menos esa es mi intención.

–Si te lo pidiera, ¿me lo podrías enseñar en papel o en formato electrónico? –Deja de darse golpes.

–Es más bien un seguimiento mental.

No se molesta en responder. El bolígrafo vuela por la página mientras enumera mis gastos mensuales esperables. Con cada línea, mi respiración se entrecorta un poco más. El alquiler. La comida. El móvil. Los gastos de la casa. La habitación privada de mi madre. El transporte. La ropa. Frunce el ceño y tacha lo último.

–Más vale que te acostumbres a tu fondo de armario.

No tengo trabajo. Ni ingresos. Ni empresas llamando a mi puerta digital para contratar a una mujer que solo puede ofrecerles una habilidad media y una carta de despido en lugar de una recomendación espectacular.

De repente, la oferta de Fangli me resulta más atractiva. Apuro la copa y abro la boca para preguntarle a Anjali qué opina de eso, pero la cierro al instante porque no quiero oír su respuesta. Ya sé cuál sería.

Al final, cojo el papel que me entrega y lo leo antes de añadir una tarea invisible.

LLAMAR A WEI FANGLI

Anjali se marcha al cabo de una hora, y con la valentía que me proporciona casi una botella de vino ingerida, le mando un mensaje al número de la tarjeta.

Me interesa conocer más detalles.

No dudo antes de pulsar «Enviar». No es propio de mí, pero es que he bebido vino.

Hago poses en el espejo del cuarto de baño para intentar imitar la sonrisa serena de Fangli y su confianza. No consigo ni lo primero ni lo segundo.

A ver qué me trae el día de mañana. Seguramente, nuevos fracasos.

La ansiedad me golpea a las cuatro de la madrugada en punto. Me despierto, sobresaltada, con el corazón desbocado y embargada por el miedo. He tomado unas cuantas copas y todo mi cuerpo sabe que la he cagado y que me he puesto en ridículo. «¿Qué? ¡¿Qué he dicho?!». Me hago un ovillo y entierro la cabeza debajo de las sábanas. Anjali ha venido. Hemos bebido vino, hemos hecho mi lista. Le he mandado un correo a Fred para concertar una cita en la que tratar mi indemnización por despido. Anjali la ha leído, así que sé que estaba bien. Cuando se ha ido, le he mandado un mensaje a Wei Fangli y mentalmente he tachado esa tarea con orgullo y con una gruesa línea negra.

Le he mandado un mensaje a Wei Fangli.

Me encojo aún más cuando me doy cuenta de mi trágico error. ¿Por qué no he esperado a la mañana y a reflexionar sobria?

43

Ya es demasiado tarde. Extiendo un brazo y cojo mi botella de agua, que está vacía, así que me tambaleo por el piso a oscuras para llenarla. En la cocina, bebo un buen trago antes de rellenar la botella y volver a la cama. He dejado el móvil boca abajo sobre la mesilla de noche, y lo cojo. Quizá mi cerebro me está jugando una mala pasada, quizá solo creo haber enviado el mensaje.

Hotel Xanadu, habitación 1573. Mañana al mediodía.
Ven con gorra y gafas de sol.

El mensaje de texto se ha enviado. El mensaje de texto ha tenido respuesta. Lo he puesto en marcha gracias a una osadía alcoholizada. «Solo es para pedir más información», me digo a mí misma. No tengo por qué aceptar. Puedo irme en cualquier momento.

Claro, porque eso es muy propio de mí.

Dejo el móvil y empiezo una conversación interior que sé que durará hasta el alba. No es tanto un diálogo como un monólogo en que mi cerebro da vueltas una y otra vez a las mismas ideas.

«No quieres hacerlo».

Debes de querer hacerlo si has enviado ese mensaje.

«Puedes decir que no. No es un contrato de sangre».

Quizá valdría la pena. Es muchísima pasta.

«Es una idea pésima. No quieres hacerlo. Es un riesgo enorme. Hay demasiadas cosas que pueden salir mal».

Tampoco es que ahora mismo haya muchas cosas que vayan bien.

«¿Y si la cagas? Todo el mundo sabrá que eres idiota. Se reirán de ti y te harás viral y no habrá nadie a quien acudir para pedir ayuda. Nunca podrás volver a salir de casa y, cada vez que solicites un empleo y busquen tu nombre, se enterarán de lo ocurrido y pensarán que eres una tía narcisista y petulante que está desesperada. Tu madre se llevaría un disgusto si supiera que estás siquiera sopesando aceptar esa idea. ¿Quién te crees que eres?».

Los pensamientos no dejan de acosarme. Al final, no me vuelvo a quedar dormida al alba. No me quedo dormida en ningún momento.

19 DE JUNIO
MÉTODO BATCHING

BATCH UNO
COSAS DE CASA + ORGANIZACIÓN

- Hacer la colada
- Recoger la casa

BATCH DOS
INTERPERSONALES

- Quedar con Wei Fangli

BATCH TRES
SALUD MENTAL

- Ir al gimnasio
- Empezar un diario
- Encontrar un hobby relajante
  (¿peleas de gallos?)

Cinco

A las 11:50 h del día siguiente, procuro entrar en el Xanadu como si fuera la propietaria del hotel. Aunque sé que es uno de los más exclusivos de la ciudad, me decepciona un poco no ver ninguna alusión a Olivia Newton-John. La recepción está decorada con jarrones negros brillantes sobre unas mesas de cristal impolutas, y en todos ellos hay una sola amapola blanca con el tallo rosado. En el ambiente reina un ligero aroma a té verde y a higos para dar una olorosa bienvenida.

Mientras se me acelera el corazón, me recuerdo que no es más que un hotel. He estado en muchos hoteles, incluida una *suite* de luna de miel en las cataratas del Niágara –no era durante mi luna de miel– que contaba con una bañera roja con forma de corazón cuyos grifos estaban decorados con pelos rizados. Pero es innegable que, si tuviera que colocar el Xanadu y esa trampa para turistas en un mapa, ocuparían lugares opuestos.

Intento aparentar que allí soy una más mientras busco los ascensores, que no encuentro porque por lo visto la recepción la han tallado de un solo pedazo de mármol negro recorrido por vetas doradas. Me bajo las gafas de sol –he obedecido las instrucciones para el disfraz, agradecida porque no se me habría ocurrido ir así– y analizo la situación. Una mujer vestida con traje chaqueta negro, tan delgada que a duras penas es más ancha que los zapatos de tacón que lleva, se me acerca y la detengo.

–Disculpa, ¿podrías decirme dónde están los ascensores?

Me mira por debajo de su nariz, esculpida en un quirófano.

–¿Tengo pinta de ser del servicio? –Habla con voz aguda y débil.

Por lo general, me encogería y me moriría después de haber recibido una mirada como la suya, pero esta vez su actitud es como un clínex de papel de lija.

–Sí. –Observo su pecho prominente como si buscara una chapita con su nombre–. ¿No eres Tracy, de recepción? –Dicho esto, la esquivo y me alejo, regodeándome en el golpe que le acabo de asestar a ese uno por ciento de la población. Jodeos, ricachones.

Al final consigo encontrar los ascensores al fondo de la recepción, cerca de la mesa de descanso del conserje. Los ascensores también son de mármol negro, y me paso el tiempo que tarda en llevarme a la planta quince preguntándome si algún pobre infeliz está todo el día puliendo cada centímetro de esa pesadilla de diseño. Las paredes brillan como si fueran espejos y reflejan tanto que puedo quitarme la gorra y darle los últimos retoques a mi peinado.

Las puertas del ascensor se abren en silencio para conducir a un pasillo gris monocromático con apliques de bronce en las paredes. Aprieto el bolso y me obligo a respirar a pesar del nudo que se me ha formado en la garganta. «No hace falta que aceptes ningún trato. Solo será una entrevista informacional».

Compruebo las indicaciones escritas en la pared y encuentro la habitación 1573 siete puertas a la izquierda. Mi mano sobrevuela junto a la mirilla: puedo llamar o puedo salir corriendo.

La decisión deja de ser mía cuando la puerta se abre de pronto y aparece una mujer a la que no reconozco. Tiene una melena negra por los hombros con la raya al medio para enmarcar su propio rostro y que se balancea cuando asiente en mi dirección.

–¿Señorita Reed?

–Sí.

Me quito las gafas de sol y la mujer abre un poco los ojos al hacerme señas para que entre. Intento fingir que todo esto es de lo más normal para mí, pero esa habitación es todo menos normal. En todos los alojamientos en que me he quedado, había un armario a un lado de la puerta, el cuarto de baño al otro y una cama dispuesta sobre una moqueta de colores industriales, quizá con un discreto patrón de tonos marrones. Aquí me encuentro encima de una alfombra persa gruesa y de color marfil dispuesta sobre unos tablones de madera oscura en una habitación que es más grande que mi propio piso. Veo una zona de sala de estar compuesta por sofás blancos de piel alrededor de una enorme y resplandeciente mesita de centro negra. Las ventanas, que van del suelo al techo, ofrecen vistas al lago, y veo los árboles frondosos de las islas de Toronto. En el aire percibo un ligero aroma a cedro procedente de una hilera de velas en frascos negros que flanquean la mesita lateral.

Hago lo imposible por no parecer impresionada, pero sé que los nervios me han provocado un sonrojo que me sube por el cuello.

Fangli se levanta cuando entro, y no me sorprende ver también a Sam, su perro guardián. Lo que sí me sorprende es que se me acelere el corazón. Se encuentra bajo los rayos del sol de la mañana, que lo iluminan. Vestido de negro y con el pelo sobre los ojos, Sam Yao está tan bueno y tiene tanta pinta de malote que ese contraste debería hacerlo estallar.

—No me puedo creer que sigas dispuesta a hacer esto —le dice a Fangli en inglés, así que es evidente que quiere que yo lo oiga. No me mira a los ojos.

¡Pam! ¡Ya empezamos! Fue un capullo en el coche y está siendo un capullo ahora. Es evidente que posaba bajo la luz perfecta porque es actor de cine y eso es lo que hacen los actores. Noto que cada vez lo veo menos atractivo. De pronto, se me ocurre que ese tío saldrá de mi vida dentro de un minuto y que no tiene por qué caerme bien ni tengo por qué impresionarlo; es toda una revelación para mi tendencia constante a complacer a los demás.

Fangli se me aproxima, vestida con un traje pantalón gris que flota a su alrededor, y se inclina para darme no uno, sino tres besos en el aire. Me mantengo erguida porque no quiero inclinarme sin querer hacia donde no debo y cargarme su esmerado pintalabios rojo. De cerca, su maquillaje no logra tapar sus oscuras ojeras ni la ansiedad que le tuerce el gesto. A pesar del cansancio, su piel se ve suave y luminosa. Cuanto más la miro, más veo cada una de mis imperfecciones, incluidas las pecas de mi nariz, que hasta el momento nunca me habían molestado.

Soy un ratón de campo delante de un ratón de ciudad.

—Me alegro de que hayas venido —dice, y me coge las manos para llevarme hasta el sofá.

Cuando me doy cuenta de lo agradecida que estoy por seguirla, me aseguro de dejar algo de espacio entre nosotras. Mi búsqueda de internet de esta mañana me ha dejado claro que la han instruido para resultar encantadora. No he encontrado ni un solo artículo que hable mal de ella. Nunca ha cometido un error en su vida personal o pública, nunca se ha emborrachado ni ha dicho lo que no debía.

Cuando nos sentamos, me revuelvo el pelo. Como un pez que detecta un tiburón, noto que Sam se acerca a los sofás detrás de mí, pero no lo miro.

—No estoy segura de que vaya a funcionar para mí —digo con precaución.

Debería decirle sin más que cometí un error al mandarle el mensaje, pero es difícil al estar frente a Fangli en persona. En el ascensor he decidido que mantendríamos una conversación rápida, que le daría una respuesta que no me comprometía a nada y luego me iría del país, que obviamente es la mejor manera, y la más razonable, de lidiar con esta situación con la menor incomodidad. Quizá no debería haberme presentado a esta reunión, de hecho.

—Antes de que empecemos, tienes que firmar esto.

Sam pone una hoja delante de mí.

Lo leo. «Este acuerdo de confidencialidad —el "Acuerdo"— está fechado el día 19 de junio...».

—¿Un acuerdo de confidencialidad?

—Debemos protegernos.

—Es el proceso habitual —me asegura Fangli—. Nos protege a las dos.

Para irritar a Sam, leo el acuerdo con una lentitud exagerada.

Es una petición razonable por parte de alguien que asume que soy de fiar y se puede resumir en que «Gracie mantendrá la boca cerrada incluso bajo dolor mortal o por lo menos prolongado y bajo procedimientos legales carísimos».

Lo firmo y Fangli hace lo propio, con Sam como testigo.

—Ahora podemos hablar con libertad —dice ella mirando las firmas con satisfacción.

—Vale. Como ya he dicho, no lo tengo muy claro —empiezo.

—Esta semana te has quedado sin trabajo —interviene Sam apareciendo en mi campo de visión.

No respondo y Fangli toma la palabra como si él no hubiera dicho nada.

—Es lo que te comenté en el coche. Pasaré dos meses en la ciudad y necesito una doble para las apariciones públicas. Te alojarías en la puerta de al lado, en una habitación adjunta a esta *suite*.

Viviría aquí, en un hotel de lujo. Vale, eso no está mal.

—¿Quién lo sabría?

—Solo nosotros tres y mi asistente. Mi representante no lo aprobaría. —Esboza una tensa sonrisa.

—¿Por qué no?

Detrás de mí, Sam suspira.

—Porque es una idea extravagante. Por eso no lo aprobaría y por eso Fangli no se lo va a contar.

Miro hacia él, sorprendida. No suena borde, solo agotado, como un hombre que ha hecho su mejor heroicidad y ha fracasado miserablemente.

—Mi representante es lo que podría llamarse un adicto al trabajo —tercia Fangli sin mirar a Sam—. No sabe lo que es el cansancio, pero yo estoy exhausta.

Después de haberme quemado en el trabajo, tiene sentido, aunque mi solución no fue la de contratar a una doble. Bueno, para gustos, los colores. Dudo.

—¿Me vas a usar para atraer a un acosador?

—No.

No hay acosadores, eso es bueno.

—¿De qué clase de eventos estamos hablando?

¿Por qué se lo pregunto si no me apetece hacerlo? Es como cuando en una entrevista de trabajo sabes nada más entrar que ese empleo no es para ti, pero te sientes obligada a seguir los pasos para no resultar maleducada. No tengo la valentía de poner fin a esto, no después de haber dicho que iría.

Quizá estoy un poco intrigada. A fin de cuentas, no todos los días se me acerca una estrella de cine.

La asistente trae el té mientras Fangli continúa hablando. Sam sigue detrás del sofá, lo bastante cerca como para que yo sepa que está ahí, pero no tanto como para que me sienta amenazada. Está callado, pero su desaprobación es como un suspiro en mis oídos. A pesar de que sé que no me desaprueba a mí sino todo el plan urdido por Fangli, me molesta y casi me entran ganas de aceptar solo para incordiarlo. «Chúpate esa, Sam Yao. Estar tremendo no significa que consigas todo lo que quieres. Bienvenido a la vida».

–No estoy segura de que vaya a funcionar –digo al final–. Nos parecemos un poco, pero somos dos personas muy diferentes.

–Me han confundido tantas veces con otras personas que sé que en Norteamérica nadie verá esas diferencias. –Me lanza una mirada irónica y cansada.

–Las fotos se verán en todo el mundo –puntualizo.

–Ya te han confundido conmigo en una foto sin ni siquiera intentarlo. –Se encoge de hombros.

Todo queda muy claro cuando me lo explica. Me pasaría unos cuantos días aprendiendo a ser Fangli y lo básico de una actriz famosa como acicalarme, sonreír a las cámaras y evitar conversaciones profundas. Y luego iría a dos o tres eventos a la semana. A veces inauguraciones o fiestas especiales, a veces tan solo dejarme ver en restaurantes o por la ciudad porque su representante insiste en reforzar su imagen en Norteamérica mientras esté por aquí.

–Ahora mismo solo está conmigo mi asistente –me informa–. El resto del equipo regresó a casa cuando me instalé en el hotel, así que no tienes que preocuparte por que se fijen en ti.

Ella se encargaría personalmente de cualquier evento en que hubiese alguien a quien conociese bien.

–Y ¿qué me dices de tus *fans*? –le pregunto–. ¿No se llevarán una decepción si descubren que no soy tú?

–No me quieren a mí –dice con una sonrisa un tanto torcida–. Quieren a la bella y perfecta Wei Fangli que ven en la pantalla, y esa tampoco puedo ser yo. Piensa en las dobles de cuerpo o de escenas peligrosas. ¿Acaso los *fans* se desilusionan durante una escena de acción cuando otra mujer salta de un coche en mi lugar?

Entiendo su argumento y no se me ocurre una respuesta más allá de la ligera incomodidad que reprimo.

–No parece gran cosa –digo–. ¿De verdad no puedes ocuparte tú?

–¿Crees que estarías aquí si no fuera su último cartucho? –La voz de Sam suena por encima de mi hombro.

–A ti nadie te ha preguntado –le espeto a la defensiva, y noto que se me sonrojan las mejillas. Debería haberlo pensado antes de hablar.

Fangli baja las manos para que los dos nos tranquilicemos.

–Es una pregunta lógica. Adoro el teatro, pero es agotador. Así podré concentrarme y, al mismo tiempo, contentar a mi equipo y a mis *fans*.

A Sam le suena el móvil y, cuando se marcha de la habitación, mis ojos lo siguen de forma automática. Es evidente que nunca se salta el día de piernas en el gimnasio, porque sus gruesos muslos se curvan de puro músculo, una vista muy agradable, acentuada por los ceñidos vaqueros negros que lleva.

En cuanto sale por la puerta, pienso en mi madre y en su habitación de Xin Guang. Pienso en lo mucho que van a disminuir mis ahorros. Y luego, como una idiota superficial, recuerdo lo mucho que me gustaba el sonido de los aplausos que animaban después de las obras de teatro y destacar entre la gente.

–Me alegro de que vayas a hacerlo. –La voz de Fangli suena plana, y cuando levanta la vista, sus ojos brillan con lágrimas–. Ya no sé qué hacer para intentar complacer a todo el mundo.

Me ha derrotado. Le he dejado creer que lo haré y ahora ya no puedo decir que no. Mi visión se reduce ligeramente y me siento atrapada, aun con el atractivo de unos posibles aplausos.

–Vale. –Oigo que mi boca pronuncia la palabra antes de saber que la estoy diciendo. Pero cuando lo hago, enderezo los hombros porque, seamos sinceros, me apetece esta vía de escape, esta nueva experiencia. De lo contrario, habría lanzado su tarjeta a la basura en el acto–. Sí –digo con más firmeza–. Cuenta conmigo.

Mi madre me mataría si se enterase, pero por una vez me apetece arriesgarme a vivir mi vida en un carril que no es el aburrido del medio. Y por vivir mi vida supongo que me refiero a hacerme pasar por Fangli.

La actriz sonríe de oreja a oreja.

–Sé que tu madre es china. ¿Hablas mandarín? ¿O cantonés?

–Ninguno de los dos.

Le decae el ánimo, pero se recupera.

–Ya lo solucionaremos. Diré que quiero mejorar mi inglés y que aquí será el único idioma que hablaré por respeto al país que me ha acogido. –Asiente como si fuera una solución adecuada y factible. Me maravilla que tome la decisión sin atormentarse por lo que vayan a pensar los demás ni sin obsesionarse por si es la mejor opción posible–. Me alegro mucho de que hayas decidido aceptar. Compartimos unos instantes de silencio, y casi olvido que estoy delante de una famosa estrella de cine. Se la ve cómoda, como si en unas circunstancias muy distintas pudiéramos haber sido amigas. Debe de ser el célebre encanto de Fangli.

–Sam no está de acuerdo con lo que voy a hacer, pero lo superará –dice.

Me encojo de hombros. Ahora que la decisión está tomada, me siento mejor, más controlada.

–Supongo que tampoco nos veremos mucho.

–¿Eso no te lo he contado? –Fangli abre los ojos marrones.

–No me lo digas. –Se me cae el alma a los pies.

–Ah. –Guarda silencio, y me doy cuenta de que se lo ha tomado al pie de la letra.

–Perdona. Dímelo. ¿Sam forma parte del plan?

–Es mi acompañante habitual, así que ahora será el tuyo. –Mueve las manos–. Nada de tocar. Nada de abrazar, de besar ni de cogeros la mano. Ha sido muy firme con eso.

–Conque ha sido muy firme con eso, ¿eh?

Aunque debería dar gracias por que haya unos límites muy claros, me inquieta un poco que lo hayan hablado de antemano. ¿Han repasado posibles escenarios, como «y si la doble siente una atracción incontrolable hacia mí e intenta saltarme encima»? ¿Seguirá él un guion? ¿Debo firmar otro contrato?

Sam vuelve a la habitación y me levanto porque no quiero darle la ventaja de la diferencia de altura. Sigue siendo medio palmo más alto que yo, pero es mejor que se cierna sobre mí por ese poquito que por otro medio metro al estar sentada. Nos mira a las dos.

–¿Lo vamos a hacer?

–Gracie ha aceptado.

–Ya veo. –Sam aprieta los labios y no me mira.

–Pues sí. –Le lanzo una sonrisa enorme y falsa porque no quiero que sepa cuánto me incordia su actitud–. Ahora somos un equipo.

–No somos ningún equipo.

–Claro que sí. –No dejo de sonreír–. Recuerda que vosotros acudisteis a mí.

—Fangli acudió a ti. —Me fulmina con la mirada.

—Si pretendemos que esto funcione —me envalentono—, ¿no deberías fingir que disfrutas de mi compañía, por lo menos?

Me mira con ojos inexpresivos antes de bajar la vista y pasarse una mano por la camisa, tirando lo suficiente del material como para resaltar sus músculos en un segundo tan breve como maravilloso. Agacha la cabeza y clava los ojos en los míos. Separa los labios como si me viera por primera vez y le gustase lo que tiene ante sí. Estoy hipnotizada cuando se me acerca porque cuando me mira así me siento como si fuera la única mujer del mundo. Sus ojos pasan de los míos a mi boca, y se muerde el labio inferior antes de concentrarse en mis ojos de nuevo.

Dejo de respirar.

Sam está tan cerca de mí como para inclinarse y susurrarme al oído.

—Soy muy buen actor.

Dicho esto, se incorpora y veo al frío Sam al que ya estoy acostumbrada.

—Sam —le suelta Fangli con aspereza—. ¿Qué estás haciendo?

Estoy demasiado sorprendida como para que mi propia reacción me dé vergüenza. Es un maestro.

—Vaya —exclamo al final—. Ha sido una interpretación digna de un Óscar.

—Ya tengo un Óscar, gracias. —No me sonríe.

Esta vez, Fangli se levanta y se coloca entre nosotros.

Pero la caminata de él hacia mí ha sido un órdago y pienso en recoger el guante. Voy a fingir ser Wei Fangli y no creo que nunca más tenga una oportunidad como esta de cambiar mi vida. Puedo seguir siendo la Gracie sumisa que busca complacer o ser la Gracie fuerte que siempre he querido ser, la Gracie que dice lo que piensa en lugar de tragarse sus palabras. En la pared del fondo hay un espejo de cuerpo entero, y veo el reflejo de la mujer, encorvada y vestida de gris con los brazos cruzados con fuerza sobre el pecho hasta el punto de arrugarse la blusa. Bajo los brazos a ambos costados, levanto la cabeza y me giro para sonreírle a Sam por encima del hombro de Fangli. Me lo tomo como una victoria cuando él es el primero en apartar la mirada.

Seis

Mei, la asistente de Fangli, me lleva aparte, y hacia las cuatro de la tarde ya estoy agotada, con calambres en la mano después de haber escrito notas en las libretillas del Xanadu con los bolígrafos negros del Xanadu. Mei es una enciclopedia infinita y seria acerca de todo lo que tiene que ver con Fangli. Tengo notas sobre qué se niega a comer la actriz, qué diseñadores viste y sus palabras y frases preferidas. Aún más apabullante es su certeza de que todo esto es necesario porque en el mundo hay suficientes personas que saben que Wei Fangli jamás de los jamases tocaría una hortaliza naranja y el hecho de que se zampase una zanahoria aparecería en los telediarios. Me llena de asombro la poca parte de la vida de Fangli que es privada y de sorpresa pensar que soy capaz de emularla.

Al final Mei se disculpa para ocuparse de algún asunto, así que me deja a solas, y estiro el cuello y veo cómo otro avión despega del aeropuerto de la isla. Mi emoción de antes se ha transformado en perpleja incredulidad hacia lo que he aceptado hacer. Miro la parte positiva: voy a ganar dinero y, la verdad, es algo mucho más interesante que tumbarme en la cama buscando anuncios de empleo por internet. Si la vida te da limones...

Bajo la luz de esta tarde de verano, los barcos avanzan por el lago y oscilan hacia un lado u otro en función del viento. Esto es lo que pensaba que era la vida de una artista de cine: lujo, vacaciones en la playa y compras. Olvidaba el trabajo que los lleva a ese estatus de fama. Mei me ha dicho que Fangli lleva cuatro años sin tomarse unas verdaderas vacaciones; aun cuando hace algunas pausas, aparece en eventos y se prepara para algunos papeles. Su vida suena muy agobiante, y no me extraña que quiera respirar un poco.

Bueno, es la vida que ha elegido, y cuando me aparto de la ventana para coger un agua con gas artesanal infusionada con *yuzu* de la nevera tan enorme como discreta, decido que tiene sus ventajas.

Mientras doy sorbos al agua directamente de la lata, hojeo mis notas. Hay páginas y más páginas, y el simple hecho de mirarlas me deprime. Ninguna de mis habituales listas de tareas pendientes está a la altura de este nivel de organización, pero necesito una para lograrlo. Sin esas listas, sin esas comprobaciones, me estreso. Necesito el sistema perfecto para organizar esto.

«Pues crea tu propio sistema». Las palabras de Anjali bailotean frente a mí con una intensa luz rosa de neón. Dejo la lata sobre la mesa. Llevo muchos años creando una lista de deseos para un sistema organizativo, pero nunca se me había ocurrido que, en lugar de intentar que otros procesos encajasen con mi vida, podría crear uno mío.

Ahora que me han plantado esa idea en la cabeza, quiero intentarlo. Después de todo, ¿qué podría salir mal? ¿Me cargo una lista de tareas pendientes? Hasta yo puedo soportarlo.

–¿Está preparada para marcharse? –Mei entra en la habitación–. La señorita Wei estará demasiado ocupada como para volver a verla.

–Estoy preparada.

Hemos decidido que me mudaré al Xanadu pasado mañana. Mientras tanto, tengo notas que repasar y una larga lista de entrevistas de Fangli en inglés o en chino con subtítulos que ver y leer. Fangli en vídeos de los telediarios. Una biografía completa de la vida de Fangli. Una filmografía entera.

Miro ahora la lista y arrugo la nariz. Es muchísimo contenido que consumir, incluso para la persona más teleadicta del planeta.

–¿Tengo que conocer todas las pelis?

–He subrayado las más importantes –dice Mei–. Son las que debe ver de inmediato. La gente le cita a la señorita Wei frases de sus películas.

Cuando vuelva dentro de un par de días, Mei me habrá preparado un programa. Hemos decidido explicar mi presencia en el hotel diciendo que soy una maquilladora local y una amiga de la familia, y que Fangli le está haciendo un favor a mi tía dejándome colaborar con ella para conseguir una cartera de clientes. Hasta entonces, tengo libertad para ir a casa y hacer una maratón con las películas de Wei Fangli, invitar a Anjali —por segunda vez en una semana, que es más que de costumbre, pero han sido unos días muy raros— y pensar en cómo voy a lidiar con Sam.

Me pongo las gafas de sol y me marcho, y Mei cierra la puerta con firmeza tras de mí.

En el vestíbulo del hotel, nadie me mira dos veces y recupero el habitual velo de discreción. ¿La semana que viene será distinto? Al pensarlo, noto cómo levanto la barbilla. Hay una Gracie que está harta de que la subestimen, aunque sea yo misma quien más lo haya hecho. ¿Es la verdadera razón por la que he aceptado este trabajo?

Alterada, me subo en el metro.

Cuando esta noche le cuento la historia a Anjali, me responde de la forma que ya esperaba.

—¿Se te ha ido la puta olla, Gracie?

Quizá haya sido un error contárselo a Anjali, pero estaba desesperada por poder decírselo a alguien a pesar de las lúgubres advertencias de Sam y las posibilidades de violar un contrato de confidencialidad, y es la única persona con la que hablo de manera regular. Tiendo a priorizar a los conocidos frente a los amigos, y esta no es una información apta para un mero conocido.

—No he venido aquí a que me juzgues.

Sirvo el vino antes de abrir una bolsa de patatas fritas con sabor a kétchup. Una combinación asquerosa, pero necesito el enorme estímulo del alcohol, las grasas y la sal.

—En primer lugar, he venido yo a tu casa. En segundo lugar, ya deberías saber que juzgar forma parte de mi ser.

Niega con la cabeza, con lo cual su resplandeciente pelo negro, nutrido cada semana con mascarillas de aceite de coco, se balancea por el aire. Que Anjali se sirva de su melena para hacer énfasis es el único motivo por el que me arrepiento de habérmelo cortado yo. Solía llevarlo por debajo de los hombros, pero nunca lo tuve tan bonito como el de Anjali.

—Ya he dicho que sí.

Meto la mano en la bolsa, y Anjali se encoge y me pasa un cuenco.

—No seas cerda.

Vierto unas cuantas patatas en el cuenco y se lo doy, y luego vuelvo a comerlas directamente de la bolsa antes de hacer una pausa.

–¿Crees que no debería comer patatas fritas? –Me señalo las caderas con una mano.

–¿Crees que Wei Fangli es una mujer que suela comer muchas patatas fritas, beber cerveza y tomar carbohidratos?

–No. –Mastico una patata frita con malhumor, dejo la bolsa a un lado y luego la vuelvo a coger y me la pongo sobre el pecho, animada–. Un momento. Será que sí, porque cree que nos parecemos.

–Pues cómete las patatas, coño. –Anjali se deja caer en el sofá–. Por Dios, comer patatas es el menor de tus problemas. ¿Tú te lo has pensado bien?

–No. –Me siento delante de ella–. Es obvio que no. Es un secreto. Me han hecho firmar un acuerdo de confidencialidad.

–Suerte que me lo has dicho, así por lo menos alguien sabrá la verdad cuando te maten y finjan que tu cuerpo es el de ella para que pueda irse a Bali a vivir una nueva vida.

–Ese es el argumento de una película.

Y tal vez sea de una protagonizada por Fangli.

–Si solo quisieran tu cuerpo, es probable que ya estuvieses muerta –conviene–. Ahora en serio, ¿cómo vas a conseguirlo? Solo eres medio china.

Intento no molestarme por ese «solo», que implica que ser la mitad no basta. No es para tanto. Seguro que Anjali no quería decirlo así, y no quiero comentárselo y hacer que se sienta mal.

–Es curioso lo mucho que nos parecemos –digo.

Anjali saca el móvil y hace una rápida búsqueda de imágenes.

–Pues sí –asiente mientras pasa fotografías–. ¿Qué vas a hacer para justificar que no sabes chino?

–Fangli dirá que quiere mejorar su inglés, que ya es perfecto. Gracias a Dios que no tiene acento, porque entonces estaría perdida.

–¿Cómo que no tiene acento?

–Ha tenido un *vocal coach*. Además, Sam estará conmigo para ayudarme en los momentos difíciles. Básicamente se trata de dejarme ver por ahí.

–¿Sam?

–Sam Yao.

Se incorpora en el sofá con los ojos marrones abiertos como platos.

–Sam Yao. ¿El Hombre Más Sexi? ¿El actor que ha ganado tantos premios? ¿Con esos pómulos que son un masaje a tus ovarios?

–Todo esto ya lo sé. –También debería ver sus películas. No. Leeré sus páginas de la Wikipedia y de IMDb, y chimpún. La antipatía que siento por Sam, me masajee o no los ovarios con su físico, es potente.

–No me puedo creer que no hayas empezado por ahí. –Anjali apura media copa de un trago y empieza a toser–. ¿Sabes que es embajador de buena voluntad de las Naciones Unidas para cuidar el medioambiente?

–Vaya.

No lo sabía, pero eso no cambia la opinión que me merece.

–¿Está bueno en la vida real o tiene aspecto raro? –Anjali se inclina hacia delante.

–Está tan bueno que debería ser ilegal. Una ilegalidad tallada en hielo y con músculos firmes. –Suspiro–. Los hoyuelos se le marcan cuando sonríe.

–En serio. –Chasquea la lengua.

–Estoy hablando en serio. Sus hoyuelos son muy profundos. –Mi amiga está en plan soñadora, y lamento interrumpir su fantasía de Sam con la realidad–. No me cae bien.

–¿Por qué no?

–Es borde. Brusco. No le caigo bien. –Bajo la vista hacia la bolsa en busca de la patata frita más grande.

–Es probable que esté preocupado por esta idea tan estúpida –dice la eterna optimista–. ¿Por qué ha aceptado participar?

–Fangli le cantó las cuarenta.

Es cierto. Ahora llamo a los actores y a las actrices por su nombre de pila. Reprimo una risita un tanto histérica para que Anjali no piense que he perdido la cabeza del todo.

–Se rumorea que están saliendo. –Sus cejas negras, espesas y delineadas a la perfección, se arquean.

–Quizá sí, pero se comportan más bien como si fueran buenos amigos. –Pesco la última patata decente antes de llevarme la bolsa a la boca y echar la cabeza hacia atrás para comerme las migajas.

—Es que son actores, mujer. ¿Cómo vas a saber qué es real y qué no lo es? En cualquier caso, ten cuidado. Un tío como él te devoraría y no dejaría de ti más que los huesos.

—Qué gráfica eres. —Arrugo la nariz.

—Aunque no digo que no valga la pena. —Suspira—. Intenta darle mi número.

—Apenas soporta estar en la misma habitación que yo.

—Ya aprenderás a llevarlo —dice con una confianza equivocada mientras se va a la cocina y abre el grifo. Después de volver con dos vasos de agua, se sienta—. Para divertirnos, repasemos todas las cosas que pueden salir mal.

—Las he repasado ya un porrón de veces.

—Estupendo, así será un bonito recordatorio. —Levanta un dedo—. Hemos comentado la posibilidad de que utilicen tu cadáver como prueba de la muerte de Fangli para ayudarla a huir de la agobiante vida pública.

—Eso no va a pasar.

—Es probable que sea inverosímil, pero es una posibilidad. —Levanta un segundo dedo—. No tendrás tiempo de buscar trabajo.

—Soy capaz de visitar webs de ofertas laborales diez minutos al día mientras intento ser la doble de otra persona.

—En tercer lugar, y esto es importante: si sale mal, tu intimidad se habrá esfumado. —Señala su móvil—. Imagínate que apareces en la página ZZTV y en las redes sociales como una impostora. Si tardaste dos años en probar un pintalabios rojo, por el amor de Dios, y hasta has dejado de ponértelo. Solo vistes dos colores, el negro y el aburrido. ¿Cómo vas a gestionar la atención de todo el mundo aunque la farsa no se vaya a la mierda?

Como ya era algo que me había preocupado hasta el tuétano, dispongo de la respuesta que Fangli me dio, con la que me he tenido que consolar.

—En primer lugar, sí que usaba ese pintalabios. —Hasta que la atención de Todd se cargó esa aventura cosmética—. En segundo lugar, será como interpretar un papel, y es algo que ya he hecho antes.

—¿Me vas a decir que salir en una obra de teatro del instituto es una buena preparación para recorrer la alfombra roja? No me puedo creer que seas tan ilusa.

–Lo único que digo es que he investigado y voy a transformarme en otra persona para salir adelante, como un actor en una película o un artista en el escenario.

–¿Te vas a poner en plan Sasha Fierce?

–A Beyoncé le funciona. –Me encojo de hombros.

Anjali coge la copa de vino, la deja en la mesa y la vuelve a coger.

–Y ¿la parte en la que todo es un puto desastre?

–Tienen equipos para encargarse de eso –respondo.

Fangli me ha asegurado que, si su plan sale mal, llamaría a su representante y este haría lo que fuese necesario, aunque se cabrearía mucho por que lo hubiera dejado en la inopia. Sam no lo discutió, así que supuse que sería verdad.

–La solución del equipo quizá sea dejarte a ti en la estacada –comenta Anjali.

–Lo más importante de todo esto es que no se sepa –razono.

–Madre mía, te apetece hacerlo. –Parpadea–. Estás buscando excusas porque te apetece.

–Es por el dinero.

–No, no es verdad. Te apetece hacerte pasar por Fangli. –Flexiona un dedo–. Inserta aquí tu sermón de «confía en mí».

–Lo estoy haciendo por el dinero. –Me dejo caer en el sofá.

–¿Cuántas veces tiene que salir el mismo mensaje de mis labios de zombi manchados de vino tinto? Confía.

–Es muchísimo dinero –insisto–. No tengo trabajo.

–En. –Se inclina hacia delante como si me retase.

–Mira, no me queda más remedio.

–Mí. –Casi me lo grita y me señala con la copa de vino, a punto de verterlo sobre el sofá.

–Joder. –Me rompo–. Sí. Quiero hacerlo, sí. Lo admito.

Me tapo la cara y noto cómo debajo de las manos me arde la piel por la vergüenza.

–Vale.

Al mirar entre los dedos, veo que me está sonriendo.

–¿Cómo?

–Que sí, lo pillo. Es una idea horrible, pero entiendo que te apetezca hacerlo.

–¿En serio?

—Podrás vivir como una estrella de cine y salir con Sam Yao durante un par de meses. ¿Cómo no voy a pillarlo? —Suspira—. Es probable que yo hiciese lo mismo. La vida hay que vivirla, ¿no?

No ha sido el mantra que me he repetido siempre, pero es mucho más alentador que «ándate con cuidado», así que me aferro a eso.

—Estoy nerviosa.

—Y haces bien —me suelta, seria, aniquilando cualquier esperanza que albergase yo de recibir una charla motivacional—. Pero si vas a hacerlo, pues vas a hacerlo. Por cierto, ¿de cuánto dinero estamos hablando?

Le digo la cantidad y frunce el ceño.

—¿Lo negociaste?

—¿Tendría que haberlo negociado? —Ni siquiera se me ocurrió—. Al principio me ofreció cien mil.

—Entonces, seguro que habría subido más. ¿Cuándo te van a pagar? —Me mira a la cara—. No lo has preguntado, ¿verdad?

—Lo preguntaré —le prometo.

Mi lamentable alma para los negocios me provoca desasosiego.

—Tienes que decirles que te den por lo menos un veinte por ciento por adelantado. Mañana mismo. —Le lanzo una mirada, y se conoce tan bien que se echa a reír—. Lo estoy haciendo otra vez, ¿no? ¿Te estoy mandando tal como me dice el *coach* que hago?

—Sí, pero tienes razón.

—Ya lo sé. Hice tus números. Ahora me voy a retirar un poco y prometo no escribirte mañana para preguntarte.

Arqueo una ceja.

—Prometo no mandarte más de un mensaje —se corrige.

—Gracias.

—Brindemos por la esperanza de que no termines muerta.

Levanta la copa.

—Ay, gracias.

Y brindamos.

SISTEMA KANBAN

Tareas pendientes:

- ◌ Visitar a mamá
- ◌ Ver pelis/vídeos de Fangli
- ◌ Investigar a Sam (YouTube)
- ◌ Mensaje a Fangli sobre $$$

Tareas en proceso:

- ◌ Colada (falta doblar la ropa)
- ◌ Abogado: indemnización (esperando respuesta)

Tareas completadas:

- ⊗ Correr (objetivo: 30 minutos)

Siete

A la mañana siguiente, me instalo en mi raída y rayada mesa de la cocina con tarjetas ordenadas alfabéticamente que anoche tardé tres horas en rellenar.

Fangli bebe café solo. Doy la vuelta a la tarjeta. Correcto.

Nació el 10 de noviembre... No, el 19. Mierda. Compruebo la solución e intento grabar a fuego en mi memoria el año de nacimiento recitándolo cinco veces.

Su primera película fue *Por el río*. Correcto. ¿De cuándo es? Me olvidé de añadirlo y busco por internet la fecha.

Termina la frase: «La eternidad es...». Hago una pausa y muevo el boli por la mesa mientras repaso las frases cursis de sus películas. «Solo un día contigo». Perfecto.

Estos preparativos son mucho más intensos de lo que imaginaba. Mi acogedora cocina parece a punto de aplastarme, y si me quedo mucho más empezaré a ver las migas que debería haber barrido y no he barrido, y las copas del fregadero que debería lavar y no he lavado. Hay muchísimas cosas que debería hacer.

Recibo un mensaje de texto.

Anjali: Pregunta lo del dinero.

Gracie: Está en mi lista.

Anjali: Hazlo ahora. No lo pienses, hazlo.

Tiene razón.

Antes de que pueda convencerme de lo contrario, le escribo un mensaje a Fangli.

Hola, perdona, no hemos hablado de plazos de pago. ¿Podría recibir un 20 % por adelantado? No pasa nada si no es posible.

Me quedo mirando la última línea y casi oigo el gruñido de desagrado de Anjali. Elimino No pasa nada si no es posible. En su lugar, escribo Gracias y le doy vueltas a si debería añadir un signo de exclamación o un punto, pero al final opto por la exclamación.

Lo envío antes de pensármelo dos veces y luego meto todo lo que necesito en una bolsa y salgo por la puerta con una gorra grande y gafas de sol. Me muero por mirar si he recibido algún mensaje y también por obtener respuesta, y eso hace que esté a punto de sacar el móvil del bolsillo varias veces antes de detenerme en la acera para mirarlo.

Fangli: No hay ningún problema. Mei se pondrá en contacto contigo. Recibirás otro 30 % cuando hayan pasado seis semanas y el resto, una vez finalizado el contrato.

Vaya. Ha sido más fácil de lo que pensaba. Contentísima, lo elimino de mi lista de tareas pendientes y le mando un mensaje de texto triunfal a Anjali.

De camino a la cafetería de Cheri, me entran las dudas. Quizá no sea seguro entrar allí; si el fotógrafo me está esperando, me pillará antes de que dé comienzo la farsa. Ahora debo pensar en estas cosas de famosos y en cómo afectarán a Fangli, así que me voy a otro sitio antes de subirme al autobús. Hoy estudiaré un poco en la habitación de mi madre y le haré compañía. A lo mejor le gustaría ver alguna de las películas de Fangli conmigo.

Es una mañana agradable. Pedimos su *dim sum* preferido y nos damos un atracón de *har gao* y *congee* con arroz y fideos para comer. No he comido en un restaurante desde que mi madre entró en la residencia. Era algo que hacíamos las dos juntas, y el hecho de ir sola pondría fin a un libro de recuerdos que no estoy preparada para guardar. Le ofrezco un poco a la enfermera del mostrador, pero menea la mano para rechazarlo.

—Ni siquiera sé qué meten en esa clase de comida —dice.

Aunque nunca he llegado a acostumbrarme a los platos preferidos de la mayoría de los norteamericanos y me niego a comer garras de fénix —porque son muslos de pollo—, huevos centenarios —porque son grises— y ojos de pescado (porque son ojos de pescado), estos saquitos de gamba están riquísimos, por el amor de Dios. Siento mucho que no sean *nuggets* de pollo.

Me termino los *dumplings* y me dispongo a estudiar. Meterme en el personaje quizá me sirva de ayuda, y decido que no soy Gracie Reed, una fracasada sin trabajo, sino una etnógrafa que estudia la vida de los ricos y de los famosos, e intenta diseccionar cada actitud y gesto. Con mi colección de *post-its* para tomar notas a pocos centímetros de mi mano, me meto en la primera página web de la lista de Mei.

Pasan dos horas de atenta visualización –Fangli ha salido mucho en los medios de comunicación, qué cojones he hecho yo con mi vida– antes de que vea un montaje de vídeo de Fangli y Sam juntos. O de «Samli», como los llaman sus *fans*.

Ese vídeo lo veo seis veces. Quizá siete. Se mueven como una sola entidad, y la sonrisa que esboza Sam cuando se gira hacia Fangli es mucho más real que la que luce frente a las cámaras. Cuando aparecen en la alfombra roja en el minuto 1:56, ella tropieza y él la coge y la rodea con los brazos mientras mira hacia el rostro en alto de Fangli como en una escena de amor de una de sus películas antes de levantar una mano y apartarle el pelo de la cara.

Si yo no supiera cómo se comporta él en la vida real, suspiraría. Puede que suspire un poquito porque en el fondo fantaseo con que me mire así, como si fuera la única persona que importa en medio de tanto caos. Me reprimo de inmediato. Sam no me cae bien y me pone nerviosa. Además, quizá los rumores sean ciertos y estén juntos. Lo mejor será que asuma que lo están.

Ya basta de realidad o de esta versión de realidad producida en Hollywood. Pongo el drama de época de tres estrellas de Mei, *El loto perlado*. El argumento es bastante directo: Fangli es una emperatriz que intenta salvar al emperador de un ardid que ha tramado un general anciano y malvado. Sam interpreta al noble general rival, que ha regresado de alguna guerra con su amor hacia la emperatriz al rojo vivo.

Mi madre se queda dormida a mi lado y yo veo, embelesada, cómo se desarrolla la historia. Por más deslumbrantes que sean los escenarios y los vestidos –Fangli lleva uno de bordado dorado tan bonito que es un personaje por derecho propio–, no puedo apartar la vista de Fangli y Sam. En el momento álgido, Fangli debe decidir entre el amor y el deber. Si lo envía a él a una misión, salvará al emperador, pero supondrá la muerte para Sam. Los dos saben que, tome la decisión que tome ella, Sam la acatará sin vacilar; no por la lealtad que siente hacia la emperatriz ni hacia China, sino por ella.

Están solos en un jardín, cerca de un estanque que tiene un loto dorado pintado de color perla. Fangli, la emperatriz, no duda en ordenar la misión. No hay ningún cambio en su conducta arrogante y confiada, pero sus ojos muestran a una mujer devastada.

Y luego sigue la escena que paro y reproduzco varias veces. Sam inclina la cabeza, pero en lugar de bajar la vista, no deja de clavar los ojos en los de ella. Fangli permanece erguida y con el rostro tranquilo, pero las mangas de seda que le cubren los brazos tiemblan como si una brisa las meciera. Entre ellos, sin mediar palabra, los dos exhiben el tormento de un amor no correspondido y el dolor del deber. La música es la de un *erhu* que toca un lento estribillo.

La silla de vinilo de la residencia cruje cuando me recuesto en el respaldo y mis zapatillas chirrían sobre el desgastado linóleo, deslucido por los años de suciedad acumulada. Experimento emociones incómodas que no quiero sacar del leño debajo del cual las he enterrado.

Que un drama de época me las haya provocado casi me ofende, porque deberían fastidiarme las noticias, no una historia de amor inventada entre dos personas ficticias. Fangli y Sam –sobre todo Sam, para qué nos vamos a engañar– me vuelven vulnerable. Siento un deseo de... ¿qué?

No lo sé.

De más.

Es lo único que puedo decir. No me gusta que Sam sea capaz de hacerme sentir tantas cosas sin ni siquiera ser consciente de su poder.

Después de esa escena, mi madre se despierta de pronto y parpadea como si intentara recordar quién soy. Le sonrío.

–Gracie, mamá. Soy Gracie.

No me responde, sino que se aparta de mí y se fija en lo que estoy viendo. Para intentar facilitárselo, muevo la pantalla para que la vea.

Alarga una mano más deprisa de lo que yo pensaba que podía y dice algo en chino.

–Es *El loto perlado* –digo para ayudarla mientras observo la pantalla para saber qué ocurre–. Esta es Wei Fangli, que hace de emperatriz. La conoces. Es una actriz.

Mi madre niega desesperadamente con la cabeza y maldigo entre dientes.

Hay días no muy frecuentes en que pensar en su país de origen la sume en una profunda depresión, en lugar de proporcionarle cierto consuelo. La experiencia me dice que no hay nada que pueda hacer yo, así que apago el ordenador portátil y la abrazo mientras se mece hacia delante y hacia atrás.

21 DE JUNIO

HOJA DE HORAS FACTURABLES			
FECHA	HORA	TAREA	DURACIÓN
21/6	9 h	DESPERTARSE	
21/6	9:15 h	¿CUÁNTO TARDO EN CEPILLARME LOS DIENTES? ¿CÓMO LO CALCULO?	
21/6	9:30 h	ESTO ES UNA MIERDA	
		~~HACER LAS MALETAS~~	
	15:30 h	XANADU	
		???	

Ocho

Hay días en que todo sale la mar de bien, como si formara parte de una sinfonía ensayadísima. Los mechones de pelo no se encrespan. Los calcetines se quedan donde están, en lugar de arrugarse sobre los talones. Las llaves están donde las dejaste, el móvil con la batería a tope y la despensa con provisiones de café o, como mínimo, con bolsitas instantáneas.

Hoy no es uno de esos días.

Practico las respiraciones profundas que mi bloguera de estilo de vida preferida insiste en que me cambiarán la vida –no es que necesite ayuda en ese aspecto, muchas gracias, esta semana he conseguido cambiarla con creces– y me quedo mirando el móvil, que me olvidé de poner a cargar. Ojalá llegase al mágico cincuenta por ciento, que es el mínimo con el que estoy cómoda para salir de casa. Cuarenta por ciento. Cuarenta y uno.

Cojo el libro que estoy leyendo y dudo. Siempre he terminado los libros y, aunque este está poniendo a prueba mi paciencia, ya casi lo he acabado. Debería ponerme. Puede que la cosa mejore. Lo meto en mi bolso. Y luego lo saco. La nueva Gracie no va a malgastar su tiempo con libros que no le gustan. A esa novela no le debo nada.

Vuelvo a meterlo en el bolso.

Cuarenta y cuatro por ciento.

Sopeso las consecuencias de un móvil con batería insuficiente y el hecho de llegar tarde a mi reunión con Fangli. Cabreada de repente, cojo el móvil. Hoy las cosas van a cambiar. No pienso permitir que una lista o un porcentaje en una pantalla me limiten. Es cuestión de cambiar de mentalidad, y, la verdad sea dicha, debería darme vergüenza que un teléfono me impida alcanzar mi destino.

Vuelvo a sacar la maldita novela y la estampo contra mi mesita de noche.

Mientras reprimo una ligera punzada de ansiedad, decido comprar un cargador portátil y guardarme el móvil en el bolsillo, coger el bolso y salir pitando por la puerta. Mi barrio es el equivalente residencial a la proporción áurea, lo bastante gentrificado como para que pueda elegir entre dos cafeterías *hipster* llenas de gente que teclea en unos portátiles forrados de pegatinas, pero no tan exclusivo como para que el alquiler resulte prohibitivo para gente con niños pequeños o con trabajos precarios.

Hoy no me detengo a por un café. Hoy voy a vivir una preciosa vida de lujo y engaño.

Esta vez, entro en el Xanadu como si fuera una más. Pues sí, hombre que llevas un traje excelente y que te has operado tantas veces los pómulos que casi te llegan hasta los ojos. Este es ahora mi mundo. Apártate de mi camino, mujer bajita vestida de Gucci de la cabeza a los pies –lo sé porque todas las prendas llevan etiqueta–. Vete por ahí, hombre guapísimo que me miras mientras esperas el ascensor.

Uy, si es Sam. Valoro fingir que no lo he visto porque sería menos incómodo que entablar una conversación, pero me saluda con un gesto apenas imperceptible. Con el nuevo paso *fangliano* que he practicado delante del espejo, me encamino hacia él, arrastrando la maleta tras de mí, y procuro que no note que me tiemblan las rodillas.

–¿Te has hecho daño en la pierna? –me pregunta mientras pulsa el botón de la planta.

–Estoy caminando como una estrella de cine.

–Estás caminando como si los zapatos te fueran grandes e intentaras recolocártelos conforme andas.

–Ah. –Es una crítica demasiado precisa para tomármela como un insulto, así que decido archivarla como «posiblemente útil» y pensar en ello luego.

–¿Vas a seguir adelante con esto? –Habla con voz baja y un bonito acento. Según su página de la Wikipedia, cuando era pequeño tuvo un profesor particular inglés.

–Obviamente. –Reafirmo mi decisión como harían Anjali o Fangli.

–Lo hago por Fangli y quiero ser sincero contigo. –Suelta un suspiro–. No creo que tengas lo que hace falta. No pudiste enfrentarte a un solo fotógrafo, imagínate a cincuenta.

Es cierto, pero era innecesario que lo puntualizara.

—Es que me sorprendió.

—Cuando la cagues, harás más daño del que crees. ¿Por qué has aceptado? ¿Tanto te mueres por ser famosa? —Aunque su tono es sincero, sus palabras son maleducadas, y reacciono ante eso.

—Me lo pidió ella. Ella. Yo no la perseguí ni le supliqué que me contratara como su doble. Tú estabas ahí.

No quiero ser famosa, lo cual es un objetivo tan aburrido e inmaduro para un ser humano realizado que me daría vergüenza admitirlo. Necesito el dinero para mi madre, por eso estoy aquí. No por los aplausos. No por dejarme ver. Por el dinero para la habitación de mi madre.

—Deberías haberte negado.

—Deberías habérselo impedido si tanto te importa.

—No conoces a Fangli. —Hace una mueca.

«Tú tampoco me conoces a mí». Lo ignoro hasta que se abren las puertas del ascensor y echo a caminar. Mi maleta se vuelca y me esfuerzo por darle la vuelta mientras Sam sigue observándome, con los brazos cruzados. Es como si sus pensamientos estuvieran escritos en un enorme bocadillo sobre su cabeza.

«No lo va a conseguir».

Sam Yao consigue ponerme histérica sin ni siquiera intentarlo, sacando a la luz todas mis inseguridades por el simple hecho de ser él, un tío confiado y elegante. Rico. Venerado. Todo lo que no soy y no seré nunca. Bueno, pues que le den. Puede que sea una fracasada, pero por lo menos yo ayudaría a alguien con su maleta. En este preciso instante decido excluir a Sam de mi política habitual de ser maja con la gente. Después de darle un golpe a la maleta para someterla y arrastrarla hasta la habitación 1573, Mei abre la puerta y contempla cómo Sam me sigue al interior.

—La señorita Wei volverá enseguida —dice con los ojos clavados en Sam—. Tenía una reunión después de su última función.

—Esperaré aquí —responde Sam, dos palabras que iluminan sus rasgos como si fuera una puta escultura, cabreándome a mí de paso, y saca el móvil.

Mei se lo queda mirando con los ojos brillantes. Luego, con un suspiro, se vuelve hacia la aburridísima persona que soy yo.

–Su *suite* esta lista.

Como me habían prometido, es contigua a la de Fangli. Nueva-mente intento aparentar normalidad y nuevamente fracaso cuando entro en la estancia como si me hubiera pasado el último año viviendo en una tienda de campaña y lavándome en una acequia.

¡Sala de estar! ¡Cama tamaño XXL! Una mesa enorme y ventanas que dan al lago y unos espejos gigantescos en los armarios. Mi propia selección de velas. Olisqueo el aroma; se llama «Bosque», y decido que es el único olor que quiero notar en la nariz para el resto de mi vida. Suelto mi maleta, que al instante se desploma.

Mei la recoloca con el pie.

–¿Sus pertenencias?

–Sí.

–No son del estilo de la señorita Wei. –Es curioso, porque ni siquiera ha visto nada de lo que llevo en la maleta. Da varios pasos y abre la puerta de un armario: ¡es un vestidor!–. Deberá ponerse todo esto. La dejo para que se instale.

En cuanto se marcha, entro en el armario arrastrando la maleta. El vestidor es lo bastante grande como para lucir un candelabro de tubos de cristal interconectados, un diván y un armarito en el medio. Rodeo el diván y me pregunto quién se supone que va a tumbarse dentro de un armario.

Cuando me concentro en las prendas de ropa que cuelgan en unos elegantes travesaños que recorren las paredes, me doy cuenta de que esa persona podría ser yo, porque me podría pasar el día allí. Meto las manos en los bolsillos mientras superviso mis nuevos y lujosísimos dominios. Los vestidos, clasificados por colores y ordenados por la longitud, se encuentran a la izquierda, junto a una hilera de chaquetas. A la derecha están las blusas, que van del negro al blanco, y debajo los pantalones y las faldas. Intento abrir los cajones del armarito del centro del vestidor y supongo que debe de ser dónde guardan las joyas, y que no confían tanto en mí como para dejarlas a la vista. Lo entiendo. Yo tampoco confiaría en mí en lo que a joyas se refiere. Mis últimos pendientes, unas cadenas plateadas, se me cayeron de las orejas y se colaron en una alcantarilla antes de que hubiera pasado una hora desde que me los puse.

La pared del fondo está dedicada a los zapatos y a los bolsos. ¿Eso es un…? Me acerco más. Sí. Es un Birkin. De hecho, hay tres bolsos Birkin en una ordenada fila debajo de lo que parece el cuero acolchado de varios monederos de Chanel. Ni siquiera conozco el resto de las marcas, pero me imagino que serán caras.

Hago una foto y se la mando a Anjali. Me contesta: Enséñame el resto del armario. Luego coge los Birkin y sal corriendo.

Me rindo y empiezo a tocarlo todo; paso los dedos por encima de las ricas telas y las lujosas pieles. Le mando de vez en cuando una foto a Anjali, que solo me responde con nombres y números.

Balenciaga. 4.000 $

Chanel. 2.000 $

Givenchy. 8.000 $

Cuando he terminado, me echo hacia atrás. Todas las prendas parecen de mi talla, y en todo el vestidor no hay ni una sola prenda que yo habría escogido para mí. No hay vaqueros. No hay zapatos planos. No hay ningún pantalón de chándal. ¿Se supone que iré por ahí con ropa sin cintura elástica como si fuera una especie de animal salvaje?

Son prendas que una se pone para que la vean con ellas. Saco un vestido tan elegante que parece una obra de arte y me acerco al espejo triple mientras me lo pongo encima del cuerpo. No es un vestido que una elegiría para hacer maratones de televisión ni para comer pizza. Ni siquiera creo que sea posible sentarse con él. Me da una nueva perspectiva de la vida de Fangli y una premonición de lo que puedo esperar de los próximos dos meses.

Sam aparece en la puerta del armario.

—Ya veo que no pierdes el tiempo.

—Sí. He cambiado de vida por un vestido de alta costura. ¿Qué haces aquí?

—Quiero intentar convencerte. —Sam le habla a mi reflejo en el espejo—. Ya ves que Fangli está desesperada. ¿Es eso lo que deseas, tener fama sin esforzarte? ¿Apoderarte de alguien como ella?

—No creo que sea fama si la gente cree que soy otra mujer.

En mi voz aparece un temblor cuando el pequeño gusano que quería tratar de localizar a los fotógrafos se remueve.

Sam se da cuenta y se me acerca más.

—Te han despedido del trabajo. —Ha bajado la voz—. ¿Por qué?

—No es asunto tuyo.

Es la última persona a la que me gustaría contarle lo de Todd.

—¿Creías que esto era un atajo? ¿Que una mujer tan guapa como tú podía aspirar a algo más que a trabajar en una empresa de inversiones? ¿Viste una forma de abrir la puerta de una patada y la aceptaste?

Mantengo la vista fija en él en el espejo. La vergüenza que siento por que sea capaz de leerme tan bien se ha convertido en rabia, y la blando como si fuera una cota de malla.

—¿Quieres que me vaya?

Sam vacila.

—Fangli quiere que te quedes.

—Pues déjame en paz —le digo a su reflejo—. Si no, me largo por esa puerta y estará más sola que la una.

Sus labios perfectos forman una línea, pero oímos a Fangli saludando a Mei en la otra habitación.

—Tú decides, actorcillo —le espeto canalizando a la nueva Gracie—. Por cierto, eres un capullo si piensas que tener un trabajo normal y corriente es llegar menos alto que ser actor.

La tensión entre ambos crece, y creo que va a desmontar mi farol. Dejo el vestido y cojo la manecilla de mi maleta en el preciso instante en que Fangli entra en el vestidor.

—Has venido —dice con alivio.

Ese tono de gratitud totalmente agotada debe de ser lo que hace cambiar de opinión a Sam, porque se inclina hacia mí.

—Nos estamos conociendo mejor.

Fangli pasa la vista del rostro amable de él al mío confundido. Porque yo no soy actriz y no he sido capaz de adaptarme al nuevo Sam en cuestión de segundos.

—Dejad que me cambie y hablaremos —nos comenta.

Cuando se marcha de la habitación, Sam se aleja de mí y volvemos a enfrentarnos.

—Un poco de civismo —digo. Me cuesta intentar mantener la paz entre nosotros, más todavía después de una pelea—. Tenemos que trabajar juntos.

Un largo silencio se instala entre los dos, y después Sam se limita a darse la vuelta y a irse. Veo cómo se aleja y me pregunto si he ganado este asalto. Creo que sí, y recupero un poco del orgullo que Todd había machacado.

Me giro hacia el vestidor, pero entonces un pensamiento me detiene en seco.

«¿Sam Yao, el mismísimo Sam Yao, me ha dicho que soy guapa?».

Fiel a su promesa, Fangli enseguida regresa a mi habitación. Se ha lavado la cara y lleva un enorme albornoz que arrastra por el suelo como si fuera la cola de un vestido. Podría asistir a la Met Gala así. He hurgado de nuevo entre la ropa y me he dado cuenta de que hay tres categorías distintas: evento importante, muy elegante y elegante sin más.

—¿Te gustan? —Señala hacia el vestidor.

—Debe de gustarte ir de compras. ¿Es una de las cosas que me tocará hacer?

—Yo no voy de tiendas. —Está sinceramente sorprendida—. Las tiendas me mandan a mí a gente.

—¿Cómo saben lo que quieres? —le pregunto mientras nos miramos a los ojos.

—Me traen toda la colección. —Fangli se encoge de hombros—. Me gusta seleccionar mis propias prendas. Si no, un estilista se encargaría de crear mis conjuntos.

—Claro.

Da unos pasos adelante y coge el mismo vestido que yo tenía en las manos cuando Sam ha entrado.

—Este es mi preferido.

—El mío también. —Intercambiamos una sonrisa.

—Claudie de Chanel me lo diseñó cuando acepté ser la embajadora de su marca. Es muy especial. —Suena totalmente ingenua, y aun sin quererlo me echo a reír. Creo que Fangli me cae bien.

Se sienta en una silla y se cruza de piernas de una forma que sé que voy a tener que imitar y que me parece complicada.

—Se me ha ocurrido que esta noche podíamos hablar, conocernos un poco más. He pedido que nos traigan la cena.

–Gracias. Mmm, ¿cómo te ha ido el día? –Hago una pausa–. No sé gran cosa de qué haces en Toronto, además de actuar en una obra de teatro.

–Es lo único que debes saber.

Se recuesta en el respaldo de la silla y yo suelto un gemido para mis adentros. Es que la tía es superelegante, joder.

Fangli se pasa una hora hablando mientras yo tomo notas y picoteo la ensalada de salmón ahumado que me sirven. Tiene unas alcaparras fritas que están de muerte.

Fangli actúa en una obra de teatro de King Street. *Operación Olvido* es un drama histórico ambientado en la Segunda Guerra Mundial y, conforme me lo cuenta, me cuesta creer que nunca me haya enterado de esa historia. Por lo visto, hubo un grupo de voluntarios sino-canadienses llamado «Force 136» a los que reclutaron para unas misiones especiales y peligrosas en Asia.

–Eso no me lo explicaron en clase de Historia –digo. Pienso en las fechas–. En esa época, los chinos no tenían permiso para votar en Canadá.

–Como parte del entrenamiento, debían nadar con mochilas que pesaban cincuenta kilos –me informa Fangli–. Muy pocos de ellos sabían nadar porque les prohibían la entrada en la mayoría de las piscinas canadienses.

Aunque el reclutamiento de los miembros de la Force 136 tuvo lugar en la otra punta del país, la historia sigue al personaje de Sam, que encuentra a uno de los primeros reclutados, que se está muriendo en Toronto, y se enamora de Fangli, que trabaja en un restaurante de Chinatown.

–¿No os dedicáis al cine? –le pregunto–. ¿Esos papeles no deberían hacerlos actores canadienses?

–Sí, deberían, y estamos aquí durante una parte de la gira porque Sam es amigo del director y pensó que sería una buena publicidad. Los dos empezamos haciendo teatro en China. –Vuelve a cruzarse de piernas–. Me encanta subirme al escenario, así que ha sido un agradable respiro. Estar delante de un público es una experiencia distinta.

–Ya lo veo.

–¿Te gusta actuar?

–Hice algunas obras de teatro en el instituto. –Me encojo de hombros–. Era solo para divertirme.

–¿Te gustaba?

–Me encantaba.

–En ese caso, entenderás por qué he venido aquí. –Una sonrisa le ilumina el semblante–. ¿Cómo va la práctica?

–Júzgalo tú misma.

Respiro hondo. Cojo un par de zapatos de tacón del vestidor, me los pongo y doy varios pasos antes de detenerme, sonreír y saludar. Fangli abre los ojos como platos.

–Vuelve a hacerlo. –Es Sam, que está junto a la puerta. Repito la caminata, un poco más cohibida ahora que él está aquí. Mucho más–. Te veo rara. –Frunce el ceño–. No es que necesites practicar más, sino que no termino de verlo.

–He practicado delante del espejo.

–¿Practicado cómo exactamente? –Entorna los ojos.

–Ah. –Qué vergüenza, joder–. Pues ya sabes. Practicando.

Se cruza de brazos y espera a que le responda.

Intento que se canse de esperar, pero no lo consigo. Puede pasarse horas tal como está, seguro, y no se rendirá por terquedad. Fangli lo observa con sus finas cejas arqueadas con elegancia.

Al final, asumo la derrota.

–Ponía la tableta al lado del espejo e imitaba lo que veía.

–Eres un valle inquietante humano. –Fangli y él se miran a los ojos–. Es increíble.

¿Un valle inquietante?

–¿Cómo? No soy ningún robot.

Sam suspira, coge la tableta y me lleva hasta el espejo.

–Observa. –Da un par de golpecitos, encuentra un vídeo de Fangli sonriendo y saludando, y lo reproduce.

–Ya lo he visto. –Me siento insultada. He hecho los deberes.

–No estás observando. –Habla con un grado perfecto de gravedad. Sam mira hacia el espejo y nuestros ojos se encuentran en el cristal. Acto seguido, bajo la vista hacia su mano derecha, que saluda igual que Fangli en el vídeo.

–Muy elegante –digo mientras intento recuperarme.

–Como la reina –interviene Fangli. Repite el saludo ella misma.

—Pero rotundamente mal. —Sam se gira—. Fangli es diestra y así es como saluda. Tú estás mirando al espejo y copiando sus movimientos, pero eso significa que has saludado con la mano izquierda. Todo está del revés porque su saludo está grabado.

—¿Me estás tomando el pelo? —Me quedo mirando mi mano, perpleja—. ¿Por eso me parecía tan raro?

—Sí. —Le lanza a Fangli una mirada elocuente con la que supongo que le dice lo idiota que soy.

—Mierda. —Me desanimo. Tanto estudiar y practicar, y lo hacía al revés. Me tapo la cara con las manos.

—Es un problema de fácil solución —afirma Fangli—. Mei y tú ya lo puliréis por la mañana.

Se marcha, y Sam titubea. Y luego niega con la cabeza.

—Es diestra —repite.

Se marcha detrás de Fangli; ojalá supiera lo que están diciendo.

Vaya. Ojalá hubiera una forma de aprender chino, quizá con un dispositivo portátil que ponerme convenientemente en la mano unas dieciocho horas al día y que me diera acceso a algo como clases de idiomas dadas a mi ritmo por menos de tres dólares.

Saco el móvil.

En seis minutos, un tío de Escocia y una mujer de Pekín me explican con alegría cómo decir de dónde soy en un perfecto mandarín. Me quedo paralizada cuando pasan a enseñar cómo preguntarles a los demás de dónde son y paro la aplicación. Podría haberlo hecho hace años, cuando mi madre empezó a empeorar. Podría haberle hablado en su idioma todo este tiempo. Aparto ese pensamiento. Lo he hecho lo mejor que he podido.

Me encuentro a solas en mi lujosa habitación, saludándome a mí misma en el espejo y practicando mis nuevas habilidades lingüísticas diciéndole a mi reflejo que soy canadiense con un mandarín de acento muy marcado.

Qué bien todo.

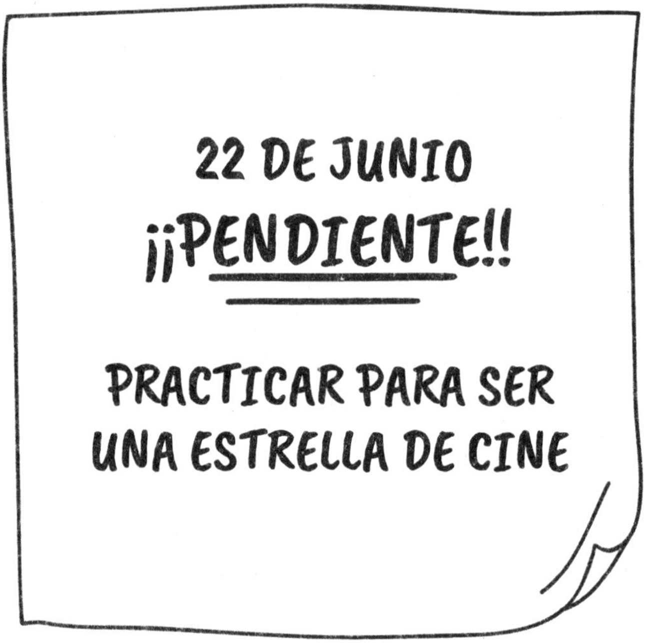
22 DE JUNIO
¡¡PENDIENTE!!
PRACTICAR PARA SER UNA ESTRELLA DE CINE

Nueve

Entro en una *boutique* de Rodeo Drive con un sombrero negro enorme y hombreras lo bastante grandes como para detener el tráfico cuando el intenso sol de verano incide sobre mis párpados cerrados. Acurrucada en la mullida cama, intento volver a dormirme, pero no puedo porque Mei está a los pies de la cama llamándome a gritos.

—Es hora de levantarse.

Me aparto las sábanas y miro por la ventana. El sol ha salido, pero me da a mí que es muy pronto.

—¿Qué hora es?

—Las siete.

Suelto un gruñido.

—Una hora más.

Me quedé despierta hasta tarde, decidiendo qué prendas combinaban mejor con los numerosos bolsos Louis Vuitton y aprendiendo a preguntarle a alguien cómo se llama en chino.

—La señorita Wei es muy madrugadora. Ya está en una reunión.

—Mei tal vez no pretenda sonar engreída en representación de Fangli, pero es lo que a mí me llega.

Me incorporo y voy a cepillarme los dientes. Cuando salgo del cuarto de baño, examino el conjunto que Mei ha dejado sobre la cama.

—¿Vamos a salir?

—No.

Pero ha escogido pantalones planchados a la perfección.

—Como solo estamos nosotras, ¿no me puedo poner pantalones de yoga?

—No.

Se marcha, y me doy cuenta de que la ropa que traía yo ha desaparecido. Pero dejo ese problema para más tarde y me pongo el conjunto. Los pantalones de lino blanco se arrugan al entrar en contacto con mi piel, y mancho en el acto la blusa negra con el desodorante, por lo que debo cambiármela. En el espejo practico otra vez el saludo de Fangli, esta vez con la mano correcta. Los zapatos son planos y preciosos, y me los pongo para comprobar el efecto general.

Mmm… Me doy la vuelta. No me había percatado de la diferencia que suponía la ropa cara porque ahora poso de forma espectacular. ¿Me parezco a Fangli? El espacioso vestidor me permite encontrar mucho antes lo que necesito, así que no debo hurgar entre un montón de blusas apretujadas y arrugadas, y enseguida encuentro una blusa negra de cuello alto. Me la pongo como si fuera una diadema, con el cuello de la prenda alrededor de la cara y el resto del material por la espalda, y sacudo la cabeza. No es el sucedáneo perfecto de una melena larga, pero me hago una idea, si bien con sentimiento monjil.

—He venido a ver si ya estaba vestida. —Mei, que al parecer no entiende qué significa la intimidad, está observando mi improvisada peluca. Me la quito y me paso una mano por el pelo.

—Ah, sí. Gracias.

Se marcha de la habitación; después de lanzar la blusa sobre la cama, la sigo.

Ese día, animada por el café y por el miedo al fracaso, soy la estudiante Fangli ideal. Por lo visto, se maquilla ella misma para los grandes eventos, por lo que Mei me enseña a conseguir el rostro habitual de Fangli, que necesita una sucesión de productos caros con tal de lograr la piel lisa y el tono de ojos ahumados. Mei selecciona el pintalabios, de un rojo intenso que se desliza como en un sueño, y repasa el contorno con un delineador de labios antes de secar el exceso y volver a maquillarme.

Me quedo mirando los labios en el espejo. Ha pasado mucho tiempo desde la última vez que me pintarrajeé tanto, y había olvidado lo intenso que es ese color. Hace que mi boca sea el centro resplandeciente de mi cara. No me extraña que a Todd le gustase. Me estremezco.

—¿Es el color habitual de Fangli? —le pregunto.

—Es el Rouge Allure de Chanel —responde Mei—. El único que se pone en público.

Guardo silencio mientras Mei escruta mi rostro desde el lado.

El maquillaje forma parte de un disfraz. Es el rostro de Fangli el que estamos creando frente al espejo, y cuando la gente lo vea no me verá a mí. Me relajo un poco.

–Marcas del sol. –Mei chasquea con la lengua y escribe una nota en su móvil, interrumpiendo así mi cadena de pensamientos. Me concentro en lo que nos ocupa–. Cogeré un antiojeras mejor. –Me mira más de cerca–. Y un kit de cera. –Echa el brazo hacia atrás y coge una cabeza de maniquí–. Tenga.

Sobre la cabeza hay una peluca. No me he puesto ninguna desde Halloween, y fue una melena corta azul de los años veinte del siglo pasado.

–¿Es cabello real?

Me la pone sobre la cabeza como si fuera un sombrero, y es el Lamborghini de los complementos capilares. Está claro que es cabello real, y seguramente la clase que peinan a menudo con acondicionador. El pelo se balancea como si fuera el mío, mucho mejor que la blusa negra, y cuando sacudo la cabeza, no se desplaza. Hace tantísimo tiempo que llevo el pelo corto que había olvidado lo divertido que es tenerlo largo; giro la cabeza como si fuera a aparecer en *Showgirls* hasta que me entra un leve mareo. Tengo que hacerme una foto así porque a mi madre le encantará verme.

Esta vez, cuando me acerco al espejo, Mei se queda junto a mí con ojo crítico antes de sacar el móvil y mostrar una foto de Fangli con un conjunto similar. Me recoloco para imitar su pose –un pie hacia delante y un poco torcido en un movimiento que mi madre también me enseñó cuando era adolescente– y levanto ligeramente la cabeza hacia la izquierda con una leve sonrisa. Acto seguido analizo mi pose con atención y bajo un poco los hombros. Mei me saca una foto y, cuando la miramos, creo que a lo mejor consigo ser la doble de Fangli.

–Horrible. –Mei da un golpecito a su móvil.

–¿Qué? –Desanimada, vuelvo a poner las piernas en mi pose encorvada habitual y me quito la peluca. Qué calor da.

Alguien llama a la puerta y, cuando Mei la abre, aparece Sam. Hablan en susurros mientras me miran, e intento decidir si mi mejor opción es fingir que no sé que es evidente que están hablando sobre mí o irrumpir en su conversación.

Cojo el toro por los cuernos.

–¡Eh! Estoy aquí.

–Ya lo sabemos.

Sam no me mira. Le da a Mei una orden que la lleva a desaparecer por la puerta que da a la *suite* de Fangli y nos deja solos. Sam se dirige hacia la ventana y, cuando se gira para mirarme, juro que la luz se mueve para rodearlo como si fuera un aura. Siempre me he preguntado qué era el carisma, si existe de verdad, y con Sam noto un exceso de energía que simplemente lo vuelve más atractivo. Fangli también irradia una vitalidad que llama la atención sin importar lo que esté haciendo.

Por Dios, espero que sea algo que se pueda aprender, porque está más claro que el agua que yo no lo tengo.

Aparte de eso, no sé qué es lo que más me molesta de Sam. Lo he visto las suficientes veces en los medios de comunicación como para que no me resulte desconocido, pero cuando está delante de mí, en persona, es otra historia.

–Te veo diferente que en tus películas –digo al final. Es más brusco y frío que en las fotografías. Con un físico más irreal y mucho más arrebatador.

–Ya lo sé –responde sin más–. Mei dice que eres un caso perdido.

–Eso me parece un pelín exagerado –protesto.

–No eres quién para juzgarlo. Camina un poco.

–¿Por qué? –No quiero dar el brazo a torcer.

Cuando se gira, el sol ilumina una parte de su rostro y ensombrece el resto como si fuera un anuncio de colonia. Suelto un gruñido.

–¿Lo haces a propósito? Lo de posar bajo la luz, digo.

Imito su postura.

–Pues claro. –Levanta un poquito la barbilla y ya no necesito más. Me parto de risa. Es tan absolutamente arrogante que empiezo a verlo más como un personaje cómico que como a un hombre. Lo veo fruncir el ceño–. ¿Hay algo que te parezca gracioso?

–Nada en absoluto.

–¿En serio? Porque te estás riendo.

–Vale –admito–. Eres gracioso. ¿Quién hace eso?

–¿Hay algún problema con mostrar la mejor versión de uno mismo? –Al ceño lo acompañan ahora los labios fruncidos.

–Supongo que no. –Me aclaro la garganta para cambiar de tema–. ¿De verdad has venido a verme caminar?

Sam se acerca desde la ventana y se coloca delante de mí. Creo que intenta intimidarme por cómo me mira con la cabeza inclinada, pero me recuerda a uno de sus personajes –era un humilde mensajero que también luchaba contra los delitos– y noto cómo me hormiguean los labios. Me fulmina con la mirada como si supiera lo que estoy pensando.

–Fangli se niega a dejar este absurdo plan –dice. Mira detrás de mí y escoge sus palabras–. Le he prometido que te echaría una mano.

–Si no se te ocurre nada, puedes echarme una mano dejando de ser tan capullo –le propongo.

–Puedo echarte una mano asegurándome de que no te cargas la reputación de Fangli con tu ignorancia. –Se inclina hacia delante–. No me gusta esta idea, pero haré lo que sea necesario para minimizar sus riesgos, aunque eso signifique trabajar contigo.

–Un verdadero profesional.

–Trabajo con mucha gente a la que no respeto. O que no me cae bien.

–Ya somos dos. –Nos miramos a los ojos y me aparto. Le ofrecería una rama de olivo. Ha llegado el momento de ser serios–. Venga, pongámonos con esto.

–Vuelve a caminar. –Se despatarra en una silla y ocupa más espacio del que le pertenece por derecho.

–Dame un segundo.

Vuelvo a poner uno de los vídeos en mi tableta. En la pantalla, Fangli, vestida con un traje pantalón de satén blanco, camina como si estuviera recorriendo una pasarela. Eso no puedo imitarlo. Echo los hombros hacia atrás y decido empezar a andar sin más. Los ojos de Sam me siguen a medida que cruzo la estancia, que curiosamente es tan grande que puedo dar bastantes pasos.

Cuando regreso al centro, lo veo pensativo, como si yo fuera un rompecabezas que resolver, no tanto un insecto que aplastar. Vamos mejorando.

–Ha sido menos horrible que anoche –me felicita–. Tienes unos andares parecidos a los de Fangli.

—No es verdad. —De eso sí estoy segura.

Sam suspira y saca el móvil, que trastea y mete bajo mi nariz. Muestra a una mujer de pelo oscuro que camina por una recepción de hotel con un lenguaje corporal que desprende confianza y naturalidad.

—Es a lo que quieres que me parezca, ya lo sé. Lo estoy intentando.

—Increíble —exclama—. Eres tú. Hazme caso. Cuando no procuras imitar a nadie.

Lo visualizo de nuevo y me doy cuenta de que soy yo saliendo del hotel el otro día. No sabía que daba esa imagen.

—¿Cómo es que lo tienes grabado?

—Te grabé cuando te marchaste para demostrarle a Fangli hasta qué punto era una idea ridícula. —Vuelve a mirar hacia la pantalla—. Te movías mejor de lo que me esperaba —admite a regañadientes.

—Da un poco de grima que hagas eso.

Me deja asombrada su dedicación.

—Ya lo sé. —Lo dice sin vergüenza alguna.

Me dejo caer en la silla a su lado, y él hace una mueca. Supongo que Fangli tampoco es de las que se deja caer.

—El problema es que, cuando sé que la gente me mira, me olvido de moverme. Mis manos son demasiado grandes y torpes.

—Es porque consideras tu propio cuerpo un ser flácido en el que vives, en lugar de una herramienta que puedas entrenar. —Sam me hace señas para que me levante—. Cuando Fangli camina por la calle, es igual que si estuviera en una alfombra roja o en un plató. Sé consciente de tu cuerpo, como una bailarina. Todos los músculos tienen su papel. Todos los gestos tienen su objetivo.

No me gusta que Sam hable de los cuerpos.

—¿Cómo?

—No te lo puedo describir mejor. Cada movimiento es una decisión. No echas a caminar como si tal cosa. Decides dar cada caso, decides inclinar la cabeza cada vez. Piensa en la imagen que quieres dar y consíguela. Tu conciencia debe ser externa: ¿qué está viendo la gente? ¿Qué quieres tú que vea?

Me miro atentamente en el espejo. En un día bueno, tiendo a pensar demasiado las cosas, así que aceptar su consejo haría que me estallara la cabeza. ¿Pensar las cosas más de lo que ya hago?

–Empieza otra vez.

Y lo hago.

–Es peor que antes. –Se frota la frente con el dorso de la mano–. ¿Cómo es posible que una mujer no sepa caminar?

–No estoy acostumbrada a tener público.

–Siempre tienes público –dice con desdén–. Es solo que hasta el momento has disfrutado del privilegio de ignorarlo.

–¿Qué significa eso?

–Que puedes caminar por la calle y que te vean sin que se fijen en ti.

Estupendo, ahora Sam Yao se pone a estresarme con mi invisibilidad como persona… Justo lo que todas las mujeres deseamos oír.

–Desde el momento en que sale de su habitación –continúa–, todas las acciones que hace Fangli se graban y se comparten en todo el mundo. Su vida pública es un papel que interpreta como si estuviera en una película. Fuera de estas paredes, Wei Fangli es un personaje. Debe pensar en la imagen que da en todo momento porque un solo instante con la guardia baja puede provocar una humillación y un ridículo internacionales.

La verdad no verbalizada flota entre nosotros: siendo Fangli, esa humillación a gran escala puedo sufrirla yo si la cago. Aprieto los dientes y lo vuelvo a intentar. Y otra vez.

A la sexta, entiendo los matices a los que se está refiriendo. Es una sensación de ser consciente de mi entorno y de cómo me presento en él. Recuerdo una secuencia fuera de cámaras de una actriz sobre cómo caminar por la alfombra roja. Le dicen exactamente dónde están las marcas y le muestran fotos de la escena. Cerca de la pared, barro la estancia con la mirada mientras Sam busca algo con el móvil, con un ligero fruncimiento en el rostro y la atención alejada de mí. Esta vez no lo veo como una forma de ir del punto A al punto B. Pienso en dónde quiero estar entre los dos. La habitación es mi escenario, no solamente un espacio vacío con unos cuantos muebles que hacen de obstáculos.

–No está tan mal. –Sam levanta la vista del teléfono para contemplarme, y doy un ligero traspié al mirarlo a los ojos. Niega con la cabeza y se concentra en el móvil de nuevo.

Sam es un personaje. Fangli es un personaje. Yo también debo ser uno. No soy Gracie dando vueltas en una habitación de hotel. Debo ser Fangli.

Interpretar a una nueva persona es liberador, y Sam ladea la cabeza cuando echo a caminar de nuevo.

—Mejor.

Para cuando Sam indica que he aprobado el arte de caminar, tengo ampollas por culpa de estos bonitos zapatos bajos.

—Ya está bien por hoy —me felicita. Mira el reloj—. Sigue practicando. Tengo que ir al teatro.

Me desplomo en la cama y veo que tengo un mensaje.

Anjali: ¿Estás viva?

Gracie: No soy cebo para peces aún.

Anjali: Demuéstrame que eres tú.

Le envío una foto de mí en el diván del vestidor con un par de zapatos recargados con unos tacones demasiado altos para mí. No sé qué marca son, el nombre está en japonés, pero supongo que serán carillos.

Anjali: Acepto la foto con respeto. ¿El buenorro te está tratando bien?

Gracie: No demasiado mal.

Hoy con Sam podría haber sido mucho peor. No ha sido borde porque sí.

Anjali: ¿Cuándo será tu debut?

Gracie: Dentro de unos cuantos días. Tengo tiempo.

Nos mandamos varios mensajes mientras intento probarme más prendas de ropa y decidir qué me resulta más fácil de llevar. Le envío fotos a Anjali, que tiene la mala costumbre de preferir los conjuntos más incómodos. Me escribe:

Para presumir hay que sufrir. Fangli es un icono de la moda. No es de las que va al súper en pijama.

De todos modos, seguro que hay gente que irá al súper por ella. Mei me ha contado que Fangli irá directamente a su *suite* después de la función, así que, después de andar un poco más por la habitación, como algo y me voy a la cama, con las piernas y los pies doloridos y el rostro empapado en sérum de retinol que por lo visto el dermatólogo de Fangli le ha recomendado para casos extremos.

Así es como termina mi primer día. He aprendido a caminar.

23 DE JUNIO

MÉTODO IVY LEE:
LAS 6 TAREAS MÁS IMPORTANTES

1. Aprender a ser Fangli
2. App de chino (mínimo módulo 1)
3. Pensar en mi organizador
   de tareas
4.
5.
6. Raro... No hay más tareas...

Diez

—¿Qué estás haciendo aquí? —le pregunto.

Sam está sentado en el comedor de mi *suite* cuando salgo del cuarto de baño, y el vestido ondea sobre mis piernas al detenerme. Me he olvidado de depilarme y espero que no baje la vista. Míster Cuerpo Perfecto no tiene por qué ver esos pelitos.

No baja el móvil mientras sorbe el café.

—Tengo algo de tiempo libre, así que he venido a coordinar tu campamento de verano.

Cojo una taza de café con un bostezo. Ha sido otra noche de sueño irregular en que he ido repasando mis numerosas ansiedades. Mi viejo terapeuta solía intentar que mirara mis problemas con cierta perspectiva. Eso me funcionaba bien cuando lo único que debía entender era que el mundo no iba a derrumbarse si devolvía una llamada de teléfono un martes en lugar de un lunes. Mis técnicas para sobrellevar una situación son claramente menos efectivas cuando debo enfrentarme a una nueva realidad en que la humillación pública a nivel mundial es una posibilidad verosímil si la cago.

—¿Y Fangli? —quiero saber.

—Descansando.

Aunque sería agradable verla, la verdadera razón por la que estoy aquí es para que pueda tomarse un respiro.

—¿Qué toca hoy?

—Conversar.

Por su tono plano, sé que está tan emocionado como yo por pasarse las próximas horas hablando de trivialidades conmigo.

—¿Deberíamos empezar con algo para romper el hielo? —intento animarme.

Sam no cambia de expresión.

—Pues a romper el hielo. —Procuro sonreír. Me está complicando el encargo para el que Fangli me ha contratado.

–Nada de romper el hielo.

–¿Algún recuerdo de infancia?

–No.

–¿Tus mejores vacaciones? ¿Tu comida preferida? ¿Dos verdades y una mentira?

Sam pone los ojos en blanco en mi dirección con tanto énfasis que aniquilaría a un adolescente contestón, y me muerdo el labio para no echarme a reír.

–¿Qué? –me suelta.

–Nada. –Me encamino hacia la mesa–. Dime qué se te ha ocurrido, pues.

Nos sentamos. Sam está aquí bajo coacción, pero no es tarea mía hacer que todo vaya como la seda. Parpadeo. No es algo que suela pensar. Sam saca lo peor de mí.

O quizá lo mejor. No es mi reacción habitual, que sería estar inquieta y llenar los silencios con cualquier cosa que me cruzara por la cabeza.

Para pasar el tiempo, saco el móvil y echo un vistazo al correo, lo que ha sido una mala idea. Tengo uno de Garnet Brothers que me golpea con tal fuerza que me incorporo con una repentina frialdad. Se lo reenvío a Fred el abogado.

–¿Qué pasa? –La atención de Sam está clavada en mí.

–Nada. ¿Por? –Evito sus ojos.

–Estabas mirando el móvil y has gimoteado como un perrito. –Frunce el ceño–. Está claro que has recibido un mensaje que no te ha gustado.

–¿Eso es lo que tú consideras conversar? –le pregunto. No quiero hablar del correo, y mucho menos con él.

–Puede. –Esboza la lenta y agresiva sonrisa que reconozco después de haber hecho una maratón con sus películas. Es inquietante verla en la vida real–. ¿Quieres hablar de eso?

–Creo que no –contesto–. Esa es la cara que pones cuando estás a punto de joder a alguien.

–¿Cómo dices? –La sonrisa desaparece–. Fangli no dice palabrotas.

–Una vez más, no soy la Fangli de verdad. Es tu expresión. Tu mirada en plan: «Me has subestimado y ahora te la voy a liar muy parda». De tus pelis. Te pusiste así antes de luchar contra el tío de la tríada en *Garras de dragón* y también cuando te enfrentabas al hombre que te traicionó en *La casa de cristal*. Ah, y unas cuantas veces en *El callejón de los explosivos*. Es casi un tic tuyo.

Cuando abre mucho los ojos, veo que son de un color marrón oscuro y no negros, como me había parecido.

—¿Cuántas películas mías has visto?

—La mayoría. —Hago una mueca porque Mei me dejó más claro que el agua que entrar en internet y leer los argumentos no era una opción, y este tío ha hecho muchas pelis—. ¿Por qué te parece un problema? ¿No las hacéis para que las veamos?

Sam levanta la cabeza hacia el techo, sumido en sus pensamientos. Y a continuación —que Dios me ayude— se pasa el pulgar por el labio inferior. En la jerarquía de gestos inconscientes y sugerentes que hacen los tíos buenos, ese debe de ser el número uno. La lista incompleta, que he recopilado yo en nombre de todas las personas que encontramos atractivos a los hombres, es la siguiente:

1. Acariciarse el labio inferior con el pulgar (a propósito).
2. Mirar por encima de las gafas de sol (únicamente algunos hombres).
3. Sujetar un gatito (punto extra si entierra la cabeza en el pelaje y le sonríe o le habla como si al animal le importase; los cachorros también valen).
4. Mirar de reojo por encima del hombro.
5. Desanudarse la corbata.
6. Pasarse una mano por el pelo.
7. Mirarte a los ojos mientras se aparta el pulgar del labio y te pregunta qué miras.

—¿Qué pasa? —Vuelvo de mi trance.

Sam ladea la cabeza ligeramente. Añado ese gesto como el octavo de la lista.

—Te he preguntado qué miras —repite.

Mei entra en la habitación antes de que deba responderle, pero mi aplicación de chino mandarín solo me permite comunicarle a la gente que hoy estoy contenta, así que no albergo ninguna esperanza de poder seguir su conversación. Echo un vistazo a mi bandeja de entrada mientras ellos hablan. Han pasado un par de días desde que fui a ver a mi madre, pero le mando un correo a diario y las enfermeras me han dicho que le imprimen los mensajes. De vez en cuando, una de las más simpáticas o un voluntario me mantiene informada. Me pongo nerviosa si no la veo por lo menos una vez a la semana en persona, pero todavía dispongo de un par de días más antes de que se convierta en un problema.

Dejo el móvil y estiro el cuello a un lado en un intento por liberar la débil tensión de un dolor de cabeza que me repta por la columna. Si así es como me siento después de dos días de vivir siendo una pseudofamosa, no me imagino los niveles de estrés que causa la experiencia diaria de Fangli.

–*Hao*. –Sam pone fin a la conversación y Mei sale por la puerta con la blusa blanca y la falda negra que he empezado a pensar que es su uniforme.

–¿Qué pasa? –Me estiro y él cierra los ojos como si sintiera dolor físico cuando me crujo los hombros. Lo vuelvo a hacer.

–Cambio de planes –dice con el mismo tono como si se estuviera preparando para una repentina batalla–. Esta noche vamos a salir.

–Espera, ¿cómo dices? –No estoy lista para esto.

Por la cara que pone, Sam tampoco.

–Después de la función, tenemos una reserva para cenar.

–¿Por qué?

Me pasa su móvil. Muestra una foto de Fangli con aspecto cansado y un titular en chino en el margen inferior.

–¿Me lo puedes traducir? –le pido.

–Hay especulaciones acerca del estado de salud de Fangli. A su representante no le hace ninguna gracia. –Recupera su móvil–. Fangli tiene una imagen que proteger.

Es imposible que la cague yendo a comer. Hace muchos años que como. Me animo una pizca.

–¿Adónde vamos a ir?

–Se llama Ala.

Lo busco en Google de inmediato.

–Qué chulo.

–Es un lugar apropiado en el que dejarnos ver.

Por curiosidad, hago clic en el sistema de reservas de la web y veo que la próxima mesa disponible es para dentro de dos meses y a las cinco de la tarde.

—¿Cómo tienes pensado reservar una mesa?

—Yo siempre puedo reservar una mesa.

Sam me lanza una mirada incomprensible.

La ignoro. En la página web no aparece el menú porque el chef solo utiliza los ingredientes más frescos de los mercados de la mañana. «Emplatados con bellísimos detalles», asegura una crítica entusiasta de Yelp.

El móvil de Sam empieza a sonar, y lo coge.

—Tengo que atender esto y no voy a poder comer al mediodía. Espero que estés preparada a las nueve y media.

Desaparece en el mismo instante en que llega el servicio de habitaciones. En cuanto se ha ido, repaso mis notas de Fangli mientras engullo la pasta y luego me tomo un paracetamol. El primer elemento de mi lista de tareas pendientes es una un tanto abrumadora: fingir ser Wei Fangli.

No es una cuestión sin importancia. Pero si hay algo que me ha enseñado mi análisis exhaustivo de los planes de productividad, es que hay que separar las tareas mayores en acciones más pequeñas. Mientras tarareo con alegría, busco a ver si hay alguna nueva aplicación que pueda satisfacer mis necesidades. Estoy haciendo dos cosas a la vez, ya que me sirve como investigación para mi MOSA. Anoche decidí que MOSA, la sigla secreta para Mi Organizador Sencillo Anual, sería el nombre de mi sistema de tareas pendientes.

—*Wo ke le.* Tengo sed.

Sin ser consciente, repito la lección que se ha convertido en la música de fondo de mi vida. Espero que poco a poco vaya calando en mi cerebro. En el mundo de la organización de la productividad no ha aparecido nada nuevo, así que cojo un boli y una hoja de papel.

—*Wo chi mifan.* Como arroz.

¿Necesito encontrar vídeos de Fangli comiendo? Lo reflexiono durante un minuto antes de rechazarlo por innecesario.

—*Wo he shui.* Bebo agua.

Un conjunto. No será un problema, podré ponerme el vestido que llevo ahora. Me doy un golpecito en los dientes con el boli y escribo «depilarme las piernas».

Añado unas cuantas tareas más, pero entonces recuerdo que, más allá de hacerme pasar por Fangli, debo echar un vistazo a la lista de espera de Xin Guang, llamar al abogado para hablar de Garnet Brothers y pagar el alquiler. Lo añado todo y hago una mueca por no haber pensado antes en mi propia vida.

Por último, entro en mi cuenta corriente para ver si se ha hecho el pago a la residencia de mi madre.

Y luego vuelvo a comprobar la cifra porque soy muchos ceros más rica que ayer. Es el primer pago de Fangli. De repente, mi situación es mucho más real que hace seis minutos. El dinero ha cambiado de manos ya, con lo cual ahora le debo una. Me duele muchísimo la cabeza de tanto pensar en eso, así que cierro la aplicación y respiro hondo varias veces.

Me llevo la libreta y el móvil al dormitorio y los lanzo sobre la arrugada colcha antes de tumbarme a su lado. Mei me ha dicho que llamarán al servicio de limpieza del hotel si necesitamos que alguien venga a limpiar la habitación o a traer toallas limpias, para así evitar cualquier error que pueda cometer una servidora, así que soy la responsable de hacer la cama. Se me cierran los ojos y pongo la alarma del móvil. Una siesta rápida y estaré como una rosa.

Me despierto poco a poco y hundo la cara en la esponjosa pelotita que en el Xanadu han decidido que es la extravagancia más apropiada para hacer de almohada. Unos cuantos minutos más, me prometo, aunque estoy más relajada de lo que he estado desde hace días. Bostezo y me estiro, y pienso en lo tranquila que está la habitación al atardecer. Qué calma.

¿Atardecer?

Cojo el móvil a toda prisa. Son casi las nueve y Sam vendrá dentro de treinta minutos para ir a cenar.

—No. Joder, no.

Totalmente despierta ya, salto de la cama, me enredo con las sábanas y me estampo de bruces en un amasijo blanquecino antes de tambalearme hacia el cuarto de baño, con las sábanas tras de mí como si fuera el vestido de boda menos elegante de la historia. Ya es demasiado tarde para darme la ducha refrescante que había planeado, por lo que me lanzo agua a la cara y hago lo imposible por cepillarme los dientes y el pelo al mismo tiempo.

La cara. Gruño al repasar mentalmente el proceso de varios pasos que entraña conseguir el rostro de Fangli. Me equivoco dos veces con el delineador de ojos y me doy dos veces en el ojo con el cepillito del rímel. No es un buen comienzo.

Por lo menos el pintalabios no me supone ningún problema, y me chupo el dedo para asegurarme de que no me mancho los dientes de rojo, un consejo que me dio mi madre cuando empecé a pintarme los labios. Me fue genial con los primeros colores neutros y mejor aún cuando pasé a tonos más vivos.

Como me he quedado dormida con el vestido que pensaba llevar —y con los sujetadores, que me quito por el placer que me da despegármelos y para pasarme una toalla por debajo de las tetas—, necesito encontrar un nuevo conjunto.

—¿Estás preparada? —La voz impaciente de Sam me habla desde el comedor. Ha venido temprano.

—No mires. Me estoy vistiendo. ¿Cómo has entrado? —le grito mientras saco otro vestido. Este es negro, así que es imposible que no sea estiloso, al menos no en Toronto—. ¿Tienes una llave?

—Sí.

No me gusta. Ya se lo diré mientras cenemos. Tras subir la cremallera del vestido, meto los pies en los zapatos con el tacón más bajo que encuentro y me dirijo hacia la puerta del dormitorio antes de que Sam venga a sacarme a rastras.

Y entonces me quedo paralizada. Él también va todo de negro, con la camisa metida en unos pantalones de vestir negros y americana negra. Tiene una mano en el bolsillo como si tal cosa y lleva el pelo revuelto con destreza. Abro los ojos como platos al verlo.

Cuando él me mira de arriba abajo, no lo hace con la misma emoción que yo.

—Debes de estar de coña.

—¿Qué? —Me observo en el espejo. Tengo un ojo un poco rojo por haberme metido el cepillo del rímel, y supongo que habré estornudado porque hay unas líneas oscuras que decoran mi piel por debajo de ambos ojos. Veo marcas en mi mejilla de haber dormido y, al sonreír, constato que el truco de mi madre, que me ha servido a las mil maravillas, no ha funcionado, porque parezco una vampiresa después de darse un banquete. Además, me he olvidado de la peluca–. Vale.

Me lamo los dientes para librarme del pintalabios rojo mientras me froto debajo de los ojos y regreso a la habitación para ponerme maquillaje que tape las marcas de la cama. Cojo la peluca y me la pongo antes de volver junto a Sam con una actitud más propia de Fangli.

Esta vez me mira largo y tendido. Esbozo la sonrisa de Fangli y él asiente de mala gana.

–Supongo que valdrá –dice–. Perfume. Ella solo se pone Chanel porque es la embajadora de la marca.

–Vale. Me gusta el Poudre, el N.º 19. –Pero no me lo pongo siempre. Nunca me ha gustado la idea de tener una fragancia distintiva, no cuando hay tantísimas opciones.

–¿Cómo? –Le ha sorprendido que conozca un perfume de verdad–. Mei dice que la colección de perfumes está en el cajón de debajo del espejo.

¿La colección de perfumes? ¿Cómo la he pasado por alto? Vuelvo al vestidor y suelto un jadeo de deleite al ver las hileras de frascos. Es como estar en una tienda de Chanel.

–¡Tiene Les Exclusifs!

–¿Les qué? –Se acerca y se apoya contra la puerta como un demonio vestido de negro mientras yo hurgo entre los frascos alargados y rectangulares con el recuadro de Chanel con la fuente inimitable. Ahí está el Bois des Îles, que me compré una vez y no pude justificar el gasto para volver a comprarlo. Me lo pongo y empiezo a toser por las gotitas que flotan en el aire. He cogido aire demasiado deprisa. Sam parece cansado mientras me ve asfixiarme.

–Es una colección de perfumes especial.

No sé gran cosa de moda, pero los perfumes siempre han sido lo mío. Tengo unas trescientas muestras ordenadas en una hoja de cálculo con mis puntuaciones. Es patético, ya lo sé, pero el olfato es el sentido al que siempre he reaccionado con más intensidad.

Ya incluso de pequeña me daba algo si mis padres cambiaban el detergente de la colada. Sam huele bien, un suave olor a especias mezclado con la fragancia de la piedra tallada. Suena raro, pero es sugerente.

–¿Te gusta este? –Olisquea el aire con más precaución que yo–. Huele a sándalo.

–Pues sí. –Pongo el tapón al frasco. Hace el clic magnético tan satisfactorio y típico de Chanel–. El perfume de sándalo es el preferido de mi madre.

–El de la mía también –asiente, como si lo sorprendiera que tuviéramos algo en común–. ¿Podemos irnos ya?

Caminamos hacia el ascensor, y tengo el placer de disfrutar de un flujo constante de críticas y consejos zumbándome los oídos.

–Hombros hacia atrás –dice Sam.

Echo los hombros hacia atrás.

–No tanto. Sonríe más.

Echo los hombros hacia delante y sonrío mientras le espeto con los dientes apretados:

–¿Te quieres calmar? En el pasillo no hay nadie.

–Hay cámaras de seguridad que graban vídeos lucrativos, personal de limpieza y gente detrás de las mirillas. –Me mira con fingido cariño–. Siempre hay alguien observándote.

Las puertas del ascensor se abren y me quedo reflexionando. Es como si Fangli y él viviesen en un estado de vigilancia que se ha vuelto loco. En el ascensor no hablamos y, cuando salimos, me guía para que nos alejemos de la puerta principal.

–¿No vamos a pie? –El restaurante está a solo veinte minutos y la noche de verano es perfecta para dar un paseo.

–Demasiada gente.

Supongo que es una buena decisión, porque incluso con los zapatos de tacón bajo que he escogido me duelen los pies. Me he concentrado tanto en la forma de caminar que ni siquiera me he fijado en las personas de la recepción hasta que la hemos cruzado por la mitad. Incluso en el Xanadu, el hogar temporal de los ricos y los famosos, Sam suscita cierto interés. Los ojos se desplazan hacia mí y me doy cuenta de que no se trata solo de Sam, sino de Sam y yo juntos. Un breve silencio se instala en la recepción mientras la atravesamos, y doy un ligero traspié con el peso de tantas atenciones. Sam extiende un brazo y me aprieta contra su cuerpo en un solo movimiento que sé que parece sexi y protector, como el leal guardaespaldas al que interpretó en una de sus películas.

Creo que oigo gemir a una mujer.

Armándome de valor, lo miro pestañeando. Te juro que me parece que le tiemblan los labios, pero debo de estar equivocada, puesto que me endereza y luego se pone mi mano debajo del brazo.

–Camina –murmura.

Llego hasta el coche, que no es un coche sino un SUV que debería lucir banderitas ondeando como si se tratara de un desfile de vehículos. Sam me ayuda a subir, que tiene la ventaja de evitar que la gente me vea despatarrarme de lado al tropezar en el interior.

Él sube detrás de mí y cierra los ojos.

–No ha ido tan mal –me felicito a mí misma.

–No me gustaría saber qué entiendes tú por «mal».

Sam abre un ojo.

–Lo hemos conseguido. –Me siento confiada mientras me recoloco la peluca. Y luego me pongo recta–. ¿Siempre es así dondequiera que vayáis?

–¿El qué?

–La gente mirando.

–Ya te lo había dicho. –No suena impaciente, solo resignado.

Me quedo pensando en eso. Ha sido emocionante, pero no quiero decírselo a Sam. El gusano de mi cerebro se expande un poco al darme cuenta de que me ha gustado. Me ha gustado que me vean. Me ha gustado que me admiren.

«No era a ti». Era a Fangli. Nadie se habría girado para mirar a Gracie, ni siquiera a una Gracie con el pelo largo y un vestido de alta costura.

Más vale que lo recuerde.

Once

Cuando llegamos al restaurante, es difícil que no me conquiste. Me aliso la parte delantera del vestido nada más bajar del coche y ponerme ante las miradas de los transeúntes. Tal vez no me reconozcan, pero el coche elegante y el encargado que corre a darnos la bienvenida cuando el aparcacoches abre la puerta son indicios visuales de que aquí hay gente con dinero e influencia.

¿Cómo reaccionaría Fangli? Está acostumbrada a los lugares exclusivos, así que no optaría por recorrer con los dedos las paredes junto a las escaleras para comprobar si lo que las cubre es terciopelo de verdad. En cuanto llegase a lo alto de las escaleras, echaría un vistazo a la gente como si tal cosa en busca de conocidos y no soltaría un gritito de alegría al divisar a Margaret Atwood.

Por lo tanto, yo tampoco hago nada de eso. Me limito a componer una expresión neutra y me concentro en los hombros de Sam mientras el encargado nos acompaña hasta una mesa del fondo, la opción más privada que ofrece el local. Un silencio se instala en el restaurante, seguido por un murmullo a medida que la gente nos reconoce. Se trata de un lugar elegante y los clientes son demasiado exquisitos para cometer una torpeza como sacarnos fotos o acercarse a saludarnos, así que los murmullos son lo único que nos rodea.

Me pregunto si Margaret Atwood habrá recibido la misma atención.

El encargado se apresura a deslizar la silla hacia delante cuando tomo asiento y choco los cinco mentalmente conmigo misma por haber sonreído en agradecimiento como haría una mujer acostumbrada a este mundo, en lugar de soltar una sucesión de balbuceos de «No hace falta» y «Ya lo hago yo, tranquilo». El encargado asiente y nos deja a solas con los menús. Qué lástima que la mesa esté del revés y quedemos justo delante del resto de los comensales. Me habría gustado muchísimo más estar frente a la pared y que de mí solo viesen la espalda.

Cojo la pesada carta de cartón con el menú que está delante de mí. En lugar de descripciones enrevesadas o listas de ingredientes, solo hay cinco palabras escritas en fila:

Pescado

Carne

Caza

Verduras

Postres

Miro la parte de atrás, pero no hay nada más. No aparecen los precios y echo un vistazo a la carta de Sam. En la suya tampoco hay precios.

—¿Qué pasa ahora? —me pregunta sin levantar la vista del menú menos informativo del mundo entero.

—¿No crees que es raro pedir «caza» y dejar el resto en manos de la fortuna?

—Confío en el chef. —Se encoge de hombros.

Cuando viene el camarero, pedimos la comida —«carne» para Sam y «pescado» para mí— y me enorgullezco al recordar pedirle con mi mejor voz de Fangli —grave, segura y cálida— que no me pongan zanahorias. Sam se adentra en una conversación sobre los mejores vinos disponibles que maridarán con nuestros misteriosos platos.

—Debería haber sabido que eras un tío de vino —digo cuando el camarero se marcha para traernos las bebidas.

—¿Un qué?

—Ya sabes, uno de esos tíos que hace esperar a toda la mesa mientras habla con elocuencia sobre viscosidad y *bouquet* o lo que sea.

—Me cuesta creer que he hecho esperar a toda la mesa, en la que solo estás tú, para darle al camarero una idea de lo que queremos y mostrar respeto a la bodega de la sumiller. Es una pena que hoy no esté aquí.

Y de pronto empieza a hablar en mandarín. Entiendo el porqué cuando regresa el camarero; obviamente, sería sospechoso que hablásemos en inglés estando a solas, y me impresiona que Sam se haya fijado en ese detalle. Sonrío y asiento como si supiera qué está diciendo.

El camarero nos muestra la botella y la descorcha antes de verter un poco de vino en la copa de Sam con un limpio movimiento de muñeca. Limpia enseguida la botella con el paño blanco que tiene en la otra mano y espera a que Sam dé vueltas al vino y lo paladee para aprobar la elección. Yo intento poner cara de estar interesada.

El camarero se marcha y bebo el vino de un trago antes de que los ojos entornados de Sam me confirmen que acabo de cometer un error táctico.

—Es que tenía sed —me excuso.

Sam aparta la mirada unos instantes como si quisiera reunir fuerzas.

—Fangli no bebe.

Lo había olvidado.

—Entonces, ¿por qué me has servido una copa? —le pregunto con intención. ¿Se supone que me voy a quedar aquí sentada con una copa llena y sin beberla? ¿En una situación tan estresante? ¿Se cree que soy de acero?

Por lo visto, sí.

—Imagina que es veneno —sugiere mientras me llena la copa un mísero centímetro—. Además, el vino se sorbe, no se engulle.

—¿Para qué la copa, entonces?

Sam parece incómodo mientras recorre con un dedo el borde de su copa.

—¿Para que te tomes tu tiempo para apreciar un buen vino?

—No, digo que para qué la copa de vino si ella no bebe.

—La gente espera que en una cena se sirva vino —Sam suspira—, así que Fangli lo aparentaría.

—¿Hace algo sin que haya un motivo oculto detrás? —Me lo quedo mirando boquiabierta.

—¿Lo hace alguien?

Sus hoyuelos aparecen durante unos segundos.

—¿Por qué no se sincera y dice que no bebe?

—Porque entonces cerraría la puerta a todas las posibilidades de anunciar empresas de bebidas alcohólicas. Y pagan muy bien.

–Se mira el reloj–. La cena debería durar una hora, y luego nos marcharemos. –No se molesta en ocultar su alivio.

–Estupendo.

Hay un largo silencio mientras me observa fijamente.

–No creo que funcione –murmura–. No eres Fangli.

Nunca me ha gustado la idea de que me rescate un caballero de brillante armadura, pero ver que Sam está tan claramente en el equipo de Fangli me jode. Lo ignoro; me he pasado demasiado tiempo sola para que ahora me importe.

–Pues entonces deberías echarme dos manos, no solo una –le suelto.

–¿Por qué lo has aceptado? –Sam ladea la cabeza.

–Es mucho dinero. –Me encojo de hombros–. Y como has comentado con tanta amabilidad, estoy sin trabajo.

No me fío de él lo suficiente como para hablarle de la situación de mi madre y de la razón por la que quiero el dinero.

–Lo sabía. –Suena satisfecho consigo mismo–. Nunca me equivoco.

–Ya sé que lo sabías. No has parado de sacar el tema desde que te enteraste. –Hago el amago de coger la copa de vino, pero la cara de Sam me lleva a decidirme por la de agua–. Eso no cambia la realidad. Perdiste y seguiremos adelante con esto.

Arruga la nariz, pero sigue pareciendo un dios del sexo.

–Para de una vez –le digo.

–¿El qué?

–No dejas de intentar marearme enseñándome lo guapo que eres. Ya lo sé, ¿vale? Todo el mundo lo sabe. La revista *Celebrity* lo sabe. Todo el restaurante lo sabe. Así que déjalo ya. –Y añado, por si acaso–: Por lo menos tu físico compensa tu carácter.

Se pone rígido. Al parecer he dado en el blanco, y me alegro. Soy cruel, ¿y qué?

–Tengo buen carácter –dice.

–¿Odias a las personas que te maquillan?

–No. –Está confundido.

–¿Al tío que te trae la comida? ¿A la persona que la ha cocinado?

–Pues claro que no.

Respiro hondo para calmar los nervios y digo lo que pienso.

—Pues no me incordies más. Fangli y yo hemos hecho un trato y estoy haciendo un trabajo. Siento que te hayas visto arrastrado, pero no hacía falta que te apuntaras. Si tienes algún problema, págalo con Fangli porque fue su idea, coño.

Como aprendo rápido, a pesar de lo que piensa Sam, sé que es bastante probable que por lo menos haya una persona en el restaurante que nos esté observando en todo momento, así que esbozo una sonrisa radiante mientras me inclino hacia delante como si le estuviera contando a Sam una historia divertidísima.

Un prolongado silencio sigue a mis palabras mientras Sam se frota el labio con el pulgar. El gesto número uno de esa lista. Me veo obligada a apartar la vista y a mirarme en la pared que tiene detrás para asegurarme de que estoy sentada recta, y hago lo imposible por contener las ganas de comprobar que no se me haya torcido la peluca. Ser Fangli es mucho trabajo.

—Vale —dice.

—¿Vale, qué?

—Tienes razón. Te trataré con… —Le cuesta encontrar una palabra.

—¿Respeto?

Sam mira hacia el techo.

—¿Amabilidad? ¿Afabilidad? ¿Piedad?

Baja la vista y me clava los ojos.

—Sociabilidad.

¿Qué significa eso? Supongo que es mejor que un claro desdén.

Mis latidos se ralentizan ahora que la confrontación ha llegado a su fin y he conseguido por lo menos una victoria parcial, pero los ratoncitos de mi cerebro se ponen a rodar en sus ruedas para dar vueltas por mi cabeza. ¿Por qué no he podido decirle eso mismo a Todd? ¿Por qué no he podido decirle que me tratara con respeto? ¿Por qué no me he defendido?

Miro a Sam, que está observando el móvil como si todo le diese igual. ¿Es porque Sam, actuando o no, quisquilloso o no, parece en esencia una persona buena que, aunque esté equivocado, está comportándose de la manera que considera mejor en beneficio de una amiga o posible novia? ¿Todd me venció porque yo sabía que en el fondo era una persona sumamente malvada?

Gracias a Dios que los platos llegan deprisa, porque la sociabilidad recién adquirida de Sam no abarca una conversación amistosa. *Wo zai chi fan* («Estoy comiendo»; por fin dispongo de una frase que describa lo que hago), pero la comida está tan deliciosa que voy poco a poco para saborearla. Al principio me preocupaba que fuera uno de esos platos estrafalarios con poquita cosa y un chorro de reducción de granada y aguja de pino, pero me equivocaba. El pescado hervido con jengibre me recuerda a mi infancia.

–¿Qué te parece? –Sam levanta la vista de lo que parece un bistec, pero que es casi redondo como una pelota de béisbol.

–Increíble. –Como otro bocado–. Mi madre me preparaba algo parecido, pero con muchísimo más ajo.

–Qué suerte. No creo que ninguno de mis padres se haya preparado su propio té en los últimos cuarenta años.

–¿Salíais mucho a comer fuera?

–A veces. Por lo general, a mí me cocinaban las *amahs*, pero teníamos a un chef para mis padres.

Como si se arrepintiese de haberme contado eso, Sam se concentra de nuevo en la comida, y no hablamos más durante lo que queda de cena. Cuando nos retiran los platos y esperamos a que nos traigan el té, decido que me gusta el silencio. Ya he tenido suficientes citas como para saber que no me apetece fingir que un hombre es interesante, y con Sam no hay ninguna necesidad de preocuparse. Él tampoco hace ningún esfuerzo, y eso me da tiempo para pensar en lo mucho que ya me he adaptado a que la gente me mire, sobre todo ahora que Margaret Atwood se ha marchado y ya no hay nadie más a quien contemplar.

Ninguno de los presentes es descarado, pero las miradas ocasionales son como el aleteo de una mariposa sobre mi piel. De forma individual no son nada, pero en conjunto resultan pesadas. Sam coge la taza de té cuando nos lo sirven.

–Deberíamos hablar para que no parezca que estamos enfadados. –Me lo dice con un tono inexpresivo, como si se preparase para un desagradable pero necesario tratamiento dental.

Le dedico un gesto de aliento y se me queda mirando, sin saber qué decir.

Ladeo la taza en el platillo.

—¿Contratas a gente para que hable por ti igual que la contratas para que te reserve una mesa para cenar?

—Ha pasado mucho tiempo desde la última vez que hablé con alguien de fuera del trabajo —responde.

Si es verdad, es triste. No tanto como para que me replantee su actitud, pero sí lo suficiente como para animarme a seguir con la conversación.

—¿Y tus amigos?

—Todos forman parte de la industria.

Tristísimo, sí. Un mundo demasiado reducido. Me entra curiosidad por la vida que vive esta gente.

—Tu página de Wikipedia dice que empezaste actuando en el teatro.

—Tanto Fangli como yo, sí, unos años después de acabar los estudios de interpretación. Nuestros profesores nos lo recomendaron, y tenían razón.

—¿Por qué?

—En directo recibes una energía del público que pule tus habilidades. —Se inclina hacia delante—. Sus reacciones pueden cambiar todo el sentido de una actuación, y hay que saber adaptarse.

Asiento.

—Recuerdo que una vez en una obra de teatro dije una frase que debía sonar hiriente. En los ensayos funcionó, pero luego el público se rio. Pensaron que era divertida.

—Exacto. —Sam da un golpecito a la mesa—. Debes reaccionar al instante. No hay escena que cortar y retomar. Tienes una oportunidad con ese público y luego ya está. No lo puedes rehacer.

—¿Alguna vez te arrepientes de haber interpretado un papel de cierta forma en el escenario?

—Muchas. Casi siempre. —Deja la taza de té a un lado—. Mis primeros papeles eran sobreactuados y mis gestos, muy rígidos.

—¿Falta de experiencia?

—En parte. —Me mira a los ojos—. Es más fácil representar un papel que sentirlo. Abrirse en el escenario era una batalla constante.

Veo un destello que brilla detrás de mí, y, cuando el rostro de Sam se relaja y abandona la vivacidad de antes, me doy cuenta de que no me ha hablado siendo Sam, el famoso, sino siendo él mismo.

—Alguien nos ha sacado una foto –murmura.

Me había olvidado de que estaba allí para interpretar a un personaje. Doblo la servilleta en una forma que espero que resulte elegante.

—¿Qué hago?

—Sigue hablando. Fangli no se fijaría en una sola foto. Es algo de esperar.

—¿Por qué pasaste al cine si te gusta tanto el teatro?

—Esta respuesta te gustará. –Me lanza una sonrisa radiante–. Por el dinero. –Y cambia de tema–. Mañana estarás con Mei. Serán los últimos preparativos.

—¿Para qué?

Sam arquea las cejas.

—Para tu nueva vida como Fangli, claro.

Doce

Fangli está en su habitación cuando volvemos al hotel, pero al oírnos viene hacia la mía. Por sus ojos rojos, sé que ha estado llorando, pero no me siento lo bastante cómoda como para preguntarle qué ha pasado, así que hago como Sam, que finge no darse cuenta. Quizá sea normal en ella. Sam se marcha por el pasillo a su propia *suite* y nos deja solas con Mei, que está en la cocina preparando el té.

Fangli niega con la cabeza, y su melena se bambolea.

—No deja de asombrarme lo mucho que nos parecemos –dice–. ¿Cómo ha ido la cena?

Me quito la peluca y la lanzo sobre la mesa, donde se desparrama como si fuera un pulpo.

—No era lo que esperaba –contesto mientras me rasco la cabeza.

Es un gesto repugnante, pero es que la peluca me provoca picores.

—¿Por qué?

Fangli acepta el té que Mei le ofrece y yo aspiro el delicado aroma floral. No es jazmín ni crisantemo, así que olisqueo de nuevo. Quizá manzanilla. Mei le recuerda a Fangli que por la mañana tiene cita con su entrenador personal, coge sin hacer ningún comentario la peluca que he dejado tirada y se va.

Me siento con cuidado en una silla porque no quiero romper una costura de mi vestido.

—Me preocupaba que la gente viniera a hablar conmigo –digo.

—Eso pasa de vez en cuando, pero la mayoría de la gente es respetuosa, sobre todo en tu país.

—¿Hay gente que no lo es?

Me mira por encima de la taza antes de dejarla sobre la mesa.

—Para ellos no soy una persona. Soy un producto. Los objetos no tienen emociones ni sentimientos.

—Ah. —No sé qué decir. Mi ex tenía un código verbal para esas situaciones en las que debes transmitir que lo entiendes y no se te ocurre ningún comentario productivo, pero lo dejo a un lado y me lanzo–. Qué duro. ¿Cómo te hace sentir eso?

–Es inquietante. –Fangli sonríe–. Gracias.

–¿Por qué?

–Por preguntar. Por entenderme. Por no decirme que debería estar agradecida, que es mi deber dejarme ver y dejar que los *fans* se me acerquen. Que es algo que va con el estatus de ser rico y famoso, y que ya lo sabía y lo acepté cuando empecé a actuar.

Me quedo reflexionando. No me parece bien ni siquiera para una estrella de cine.

–Necesitas espacio para ser tú misma.

–A veces me pregunto quién soy –murmura. Después, zarandea los hombros como un perrito empapado y deja la taza de té–. Cuéntame qué tal tu día.

–Bueno, me lo he pasado casi todo durmiendo. –Hago una mueca–. Perdona, no quería restregártelo por la cara.

–Solo estoy un poco celosa. ¿Y la cena?

–Uy, increíble. –Le describo la comida con todo lujo de detalles hasta que reparo en su expresión confundida–. ¿Qué pasa?

–Me refería con Sam. ¿Ha sido…? –Busca la palabra adecuada.

–Lo puedo llevar sin problemas.

–Siento mucho que esté siendo difícil contigo. –Me mira con gesto empático–. Hablaré con él.

–No, ya hemos llegado a un acuerdo. No ha ido tan mal como pensaba.

Fangli asiente.

–Gracias.

Cuando cierra los ojos, todo su rostro se contrae y se tensa.

–¿Cansada? –le pregunto.

Voy hacia la nevera y cojo dos latas de soda. Según Mei, Fangli solo bebe en copa, así que abro el armarito.

–La lata me va bien. –Extiende una mano y me la arrebata.

–Mei me ha dicho que solo en copa.

Fangli se apoya la lata en el cuello para notar el frescor antes de abrirla. El metal le deja una débil marca roja en la piel.

–Si te digo la verdad, me da lo mismo. La asesora de imagen decía que era mejor porque así parezco más sofisticada.

–¿Asesora de imagen? –Deduzco a qué se dedica por el nombre, pero me parece totalmente innecesario.

–La veo cada seis meses. –Me sonríe–. La instruyeron para ser futuróloga.

Qué curioso.

–¿Qué cosas te cuenta?

–Es una experiencia interesante. –Fangli inclina la lata y bebe varios tragos–. Me gusta ir a verla.

–¿Te viste?

–Por ese dinero no. –Se ríe–. Viene y se queda medio día conmigo, y hablamos sobre los eventos del mundo y las tendencias que detecta. Principalmente trabaja con directores ejecutivos.

–No lo entiendo.

–Necesito ir un poco por delante. No demasiado, pero tampoco por detrás.

–¿Cómo? –Estoy perpleja–. ¿Cómo lo consigues?

–Con práctica. –Se encoge de hombros–. Además, a estas alturas, yo creo tendencia. Si me corto el pelo como tú, dentro de tres meses habrá un repunte de ese peinado, sobre todo en segmentos demográficos específicos en centros urbanos de Asia antes de extenderse por las ciudades occidentales y europeas. Los anunciantes estudian mi alcance y potencial para la penetración de un mercado antes de pedirme que promocione sus productos.

–Vaya.

Lo dice como si no fuera nada, pero de pronto pillo que Fangli es un negocio multimillonario. Debe de ser por eso por lo que Sam está tan preocupado; hay mucho dinero en juego si meto la pata. Sin presión.

–Intento no pensar en eso. –Sonríe de oreja a oreja–. Ahora cuéntame qué estarías haciendo si no estuvieras aquí.

–¿Te refieres a si tuviera un trabajo de verdad que no implicara hacerme pasar por ti?

Pienso en Todd y me estremezco.

El miedo que me da... Un momento. ¿Miedo? ¿Me daba miedo? Es una palabra muy grande, más apta para situaciones de vida o muerte que para esa clase de gilipolleces normales y corrientes, pero me parece apropiada. Me daba miedo, pero, a decir verdad, no solo eran las acciones de Todd sino también mis propias reacciones las que me asustaban. Me quedaba paralizada cuando se me acercaba. ¿Qué dice de mí el hecho de que no lo detuviera?

–Lo que sea.

–Iría a ver a mi madre. Tiene alzhéimer y está en una residencia.

Se lo cuento a toda prisa porque no quiero que sienta lástima por mí.

Fangli no me dedica la mirada que me temía. Tan solo asiente.

–Tiene suerte de contar con una hija que la quiere ya que tu padre murió hace tiempo.

Debe de saberlo gracias al dosier que recibió del investigador privado, pero me trata como una adulta al decirlo tal cual en lugar de fingir que no sabía nada de mi padre.

–Murió hace casi diez años.

El cáncer es muy cabrón. Intento no pensar en eso.

–Ah. Yo no conocí a mi madre. Murió cuando yo era un bebé. Mi padre se volvió a casar con una mujer muy maja, pero tenemos muy pocas cosas en común.

–¿Sigue vivo?

–Vive en Pekín. Voy a verlo cuando vuelvo a casa, pero se niega a salir de China.

–¿Por qué? –En el mundo hay tanto que ver.

–Dice que todo el mundo está en China. –Pone los ojos en blanco–. Yo tampoco sé a qué se refiere.

–Y ¿qué le pareció que te dedicaras a la interpretación?

Fangli estira los brazos y se recoge la melena en una cola de caballo que enseguida cae sobre su espalda.

–En mi vida solo he querido dos cosas. Tener un gato, a lo que se negó cuando era pequeña y ahora no paso el suficiente tiempo en casa como para cuidarlo si lo tuviera, y ser actriz.

–¿Cómo supiste que era lo que querías hacer? –Estoy intrigada.

–Siempre lo he sabido. –Juguetea con el asa de la lata con un dedo con manicura perfecta, pintado con un esmalte claro–. Seleccionaron mi instituto para hacer una obra de teatro como homenaje a una visita de la Secretaría General. Uno de los directores de la

Central Academy of Drama me vio y le dijo a mi padre que yo llevaría la gloria a mi país. Fue la única razón por la que mi padre me dejó apuntarme. Quería que fuera científica.

—¿En serio?

Quizá me equivoco, pero no creo que a muchos actores norteamericanos los animen a entrar en la industria por patriotismo.

—Y fue allí donde conocí a Sam —añade—. Estudiábamos en el mismo curso.

—¿Alguna vez os habéis...? —Muevo las cejas con intención mientras tanteo el terreno. Soy una cotilla, ¿vale? No tiene por qué responder.

—Nunca.

—¿No sois pareja? —Me siento más animada, lo cual no deja de ser raro, porque el hecho de que Sam no salga con Fangli no significa que vaya a abrirse a mí.

—Sam es como un hermano para mí —se estremece—, pero la gente cree que es imposible que un hombre y una mujer solo sean amigos. Nunca podría verlo de esa forma. Jamás.

Pone una cara de tener arcadas que resulta muy graciosa.

—¿De verdad? —Me inclino hacia delante—. ¿Ni siquiera cuando os conocisteis? —Porque supongo que ya cuando era un adolescente Sam habría destacado...

—En la Academia no hay tiempo para salir con nadie, y de haberlo habido a mí el que me gustaba era su mejor amigo.

—¿Un triángulo amoroso?

—Éramos jóvenes y ni Sam ni yo estamos interesados en el otro, así que fue más una línea recta que un triángulo. —Fangli se echa a reír—. Pobre Chen. Fundó una empresa tecnológica y hace siglos que no lo veo. Vive en Vancouver. —Arquea una ceja—. El detective me contó que estabas soltera.

—Hace dos años ya —respondo—. Riley era..., o sea, es, que no ha muerto. Es buen tío.

—¿Pero?

—No lo sé. —Hablar con Fangli es muy cómodo, es como hablar con la hermana que siempre he querido tener. O lo que en mi cabeza significa tener una hermana—. Nunca hubo una pasión desbordante, pero un día le cociné la cena y cenamos y, cuando me puse a fregar los platos, supe que, si iba a tener que hacerlo el resto de mi vida, acabaría marchitándome.

–¿Tú cocinabas y fregabas los platos? –Fangli frunce el ceño–. ¿Qué hacía él?

–No lo sé. –Parpadeo–. Siempre me encargaba yo.

–Ya veo. Bueno, y ¿cómo se lo tomó? –Se inclina hacia delante con los ojos como platos.

–Eso es lo impactante. Me pasé una semana histérica antes de decidir cuál era la mejor manera de decírselo. No quería hacerle daño, así que quise evitar un restaurante por si ese sitio le despertara malos recuerdos en el futuro. Vivíamos juntos, pero me pareció frío sentarme con él en la sala de estar. Al final, le propuse ir a dar una vuelta.

–¿Y eso?

–Pensaba que lo ayudaría a distraerse del mensaje.

–Y ahora llega lo mejor, ¿verdad?

Asiente como si atara cabos.

–Exacto. Lo organizo todo y luego le digo: «Oye, no eres tú, soy yo, pero creo que lo nuestro ha terminado».

–¿Se puso a llorar? –Se me acerca más.

–No.

–¿A gritar?

–Qué va.

–¿Qué dijo? –Arruga la nariz.

Incluso ahora me cuesta creerlo.

–Me dijo: «Vale, muy bien».

Fangli espera.

–¿Y ya está? –pregunta al final.

–Ya está. «Vale, muy bien». Nada más. Dimos media vuelta y volvimos a casa. Dormí en el cuarto de invitados y fuimos unos compañeros de piso estupendos durante tres semanas hasta que él encontró otro piso. Cuando se marchó, me estrechó la mano.

A Anjali no le había contado ese detalle por lo sorprendida y casi avergonzada que me quedé por aquel entonces. Fangli abre los ojos como platos por la incredulidad.

–¿Te estrechó la mano? –repite.

–Tal que así.

Le doy el apretón de manos firme y profesional que me dio Riley antes de salir por la puerta, como si yo fuera una nueva clienta que seguro que iba a contratarlo gracias a la sólida propuesta que me había hecho.

Veo que intenta controlarse, pero a Fangli le tiembla el labio. Cuanto más aprieta los labios, más noto que los míos empiezan a ceder.

—Lo siento —susurra mientras se tapa la boca con una mano—. No es divertido. Pero ¿un apretón de manos?

Debo admitir que ha hecho un gran esfuerzo por no dejarse llevar. Le dedico un asentimiento, el mismo brusco y arrogante y excesivamente irritante que siempre me lanzaba Riley cuando terminaba de explicar con sumo detalle por qué él tenía razón y yo no.

Y ya no es necesario nada más. Fangli suelta una indecorosa carcajada que me descoloca. Y mi cara le provoca una risita, que me hace reír a mi vez. Al cabo de unos segundos, estamos muertas de la risa, hasta quedarnos casi sin aliento. Riley tal vez haya sido el detonante, pero es una liberación de estrés muy sencilla y supernecesaria.

—¿Cuánto tiempo estuvisteis juntos? —me pregunta.

—Dos años. —Me enjugo las lágrimas, pero al oír mi respuesta se echa a reír otra vez.

—Dos años —susurra al final para sí misma mientras yo me froto la barriga, que me duele después de tanto reír. Se levanta—. ¿Qué clase de hombre hace eso?

—Buena pregunta —digo recomponiéndome un poco.

—Uno que no te merece. —Me mira a los ojos.

—Ya no está en mi vida —digo—. No me costó librarme de él y de sus apretones de mano.

Mi comentario hace que vuelva a reírse, y unas cuantas risotadas la acompañan mientras se despide y se va a acostar.

No puedo evitar sonreír. Siempre me ha turbado bastante esa ruptura y me he preguntado lo aburrida que era yo si las únicas emociones a las que pudo recurrir Riley se resumieron en un «Vale». Me sentí insuficiente, pero la alegría contagiosa de Fangli ha hecho que algo cambiara en mi mente.

El humor lo ha despojado del escozor que me carcomía. ¿Fangli me ha dado la validación que yo no sabía que ansiaba o ha sido solo el alivio por habérselo contado a alguien? Sea como sea, por fin puedo darlo por zanjado.

Y hablando de zanjar cosas, le ha llegado al turno al día de hoy. Doy un bostezo tan grande que casi me desencajo la mandíbula. Hora de irse a la cama también para mí.

25 DE JUNIO
NOTAS PARA EL MOSA

Quizá sería chulo usar
círculos concéntricos.

Idea estúpida...

¿Cómo relacionas las tareas?

Columnas. Sí. Columnas
y círculos para añadir tareas
diarias y a largo plazo.

Hay que poder
añadir información extra,
como el estado emocional. → Olvídalo.

Nada de estado emocional.

Prohibido sentirte culpable por no poder
hacerlo todo; concéntrate en lo positivo.
Mmm... Quizá demasiado emotivo; filtrar las
tareas pendientes en función del estado de
ánimo. Darle una vuelta más.

Trece

Ahora que hemos llegado a un acuerdo, prefiero estar con Sam que con Mei. Es la asistente de dirección más intimidante del director ejecutivo más exigente. Es precisa, imperturbable, inexpresiva y perpetuamente seria. A ver, sé que no soy graciosa, pero ¿no es de mínima educación por lo menos fingir una sonrisa por un chiste malo?

No si eres Mei.

Debería encontrarla fácil de llevar, como si fuera un robot, pero es que tengo la sensación de que me juzga y me pone nerviosa. Por lo menos cuando estoy con Sam me siento juzgada y nerviosa, pero tengo algo mono que contemplar.

Hoy Mei me da una clase exhaustiva sobre la colección de arte de Fangli. Mi colección de arte son dos pósteres enmarcados de IKEA en el comedor, así que hay mucho que aprender. Es peor que un examen, y me rindo después de tres horas de arte que no tengo ni idea de cómo interpretar.

—Hora de una pausa —digo cerrando la libreta encuadernada de la mesa y dirigiéndome a la nevera—. ¿Te apetece un poco de agua?

Bebo agua. *Wo he shui*. Más vale que me guarde algo de tiempo hoy para escuchar los audios de mi aplicación y así poder avanzar y hablar del tiempo.

—*Bu yao*. —Mei no levanta la vista.

Comprendo el tono, si bien no las palabras. Es un no rotundo.

—Se me había ocurrido ir a visitar a mi madre esta tarde —digo cuando regreso a la mesa—. Al fin y al cabo, no soy una prisionera.

Lo último me sale un poco a la defensiva porque, si soy una prisionera, soy una consentida a la que llevan a comer a restaurantes exorbitantemente caros.

—No hay tiempo —protesta Mei. Habla con voz suave—. Tiene cita para una limpieza facial y luego para ir de compras.

–¿Qué pasa con la ropa que hay aquí?

Señalo hacia el enorme vestidor.

–Al señor Yao y a la señorita Wei les ha parecido que le iría bien escoger algunas de sus propias prendas. Tengo una cita programada con una marca aceptable.

–Fangli dice que le traen la ropa a ella.

–Vendrán aquí. –La expresión de Mei no cambia.

Llega la hora de comer, y creo que se relaja un poco cuando le pregunto si quiere comer conmigo. Hoy toca *sashimi*, y me pongo a ello después de abrir una Coca-Cola *light*.

–¿Hace mucho que trabajas con Fangli?

No sé nada de la vida personal de Mei.

–Dos años. –Come de forma delicada, así que bajo un poco el ritmo, avergonzada.

–¿Qué hacías antes de eso?

–Trabajaba en el estudio haciendo encargos de todo tipo.

–¿Dónde aprendiste inglés?

–Fui autodidacta.

Espero a que me haga alguna pregunta ella o a que me dé una respuesta más larga, pero se contenta con comer en silencio. La pelota está en mi tejado.

–¿Sam también tiene una asistente?

Mei hace una pausa.

–Deng está enfermo y el señor Yao ha decidido apañárselas solo.

–Pues qué pena. Espero que se recupere pronto. –Las palabras educadas salen de mi boca de forma automática.

No obtengo respuesta. Decido indagar en busca de confirmación externa de lo que Fangli me dijo anoche.

–Mientras investigaba, leí muchos artículos que aseguraban que Sam y Fangli son pareja.

–Sí. –Su voz suena rígida. Es como hablarle a una pared.

–¿Es cierto?

–El señor Yao y la señorita Wei son buenos amigos. –Percibo que se sonroja–. Tengo entendido que el interés del señor Yao está concentrado en otro lugar.

Conque tiene novia. Me meto un poco de atún rojo en la boca. Es decepcionante y no debería serlo, ni por asomo. Es rico, famoso y superguapo. Es embajador de Naciones Unidas. Amal Alamuddin debería apellidarse Yao, no Clooney.

Ahora Mei está del todo colorada y me pregunto qué chismes sabe y no me está contando. No debería ponerla en apuros, así que cambio de tema.

—¿Hay planes para esta noche?

—Una exposición de arte.

Por eso hoy me ha enseñado tantas cosas de arte. Se me cae el alma a los pies.

—¿Tendré que hablar?

—Sobre arte. —Se mira el reloj—. Hora de la limpieza facial.

Escribo a Anjali:

Ahora sé mucho de arte.

Me manda una foto de la Mona Lisa fumándose un porro.

Me sienta bien escribirme con ella, un poco de normalidad en lo que se está convirtiendo en una semana de locos. Me cuenta cosas de su trabajo; yo le cuento cómo subir las escaleras con minifalda… Por lo visto, la clave es inclinar el cuerpo a un lado. Hablamos más desde que estoy viviendo en el Xanadu. Anjali dice que quiere vivir a través de mí como ese uno por ciento de gente rica, pero es obvio que me escribe para asegurarse de que estoy bien. Su preocupación me afecta más de lo que imaginaba, y procuro mandarle un mensaje a diario para que sepa que estoy viva.

Y entonces entra en una reunión y yo me preparo para ser una consentida.

La esteticista entra en la habitación y dispone frascos y botellitas y toallas de un blanco impoluto antes de invitarme a tumbarme con una sonrisa llena de dientes tan blanqueados que se ven azules. A continuación, empieza una hora de mimos, desde mascarillas frías hasta rodillos faciales de la coronilla a lo alto de las tetas o, como la esteticista lo llama, mi *décolletage*. Hay muchas cremas y muchos olores. Mis múltiples imperfecciones son señaladas y pinchadas y al final erradicadas bajo las diestras manos y pincitas de la mujer. Termina con una máscara facial que calienta y tensa mi piel mientras diez dedos me frotan y me rascan el cráneo. De haber sido un gato, habría empezado a ronronear. Creo que ron-

roneo de todos modos porque soy una medusa flácida y viscosa sin ningún poro visible. La esteticista me asegura que es un nuevo procedimiento, así que puedo salir por ahí de inmediato en lugar de dejar que mi piel se asiente. Le tomo la palabra.

Me quedo tumbada en una agradable niebla de relajación hasta que empieza a tirar de la máscara, que se ha vuelto cemento sobre mi cara. Al oírme maullar como protesta, la esteticista se detiene.

–No debería doler –dice.

Le habría respondido si hubiese sido capaz de mover los labios, pero la máscara los ha pegado. La mujer tira de la máscara y me levanta la cabeza de la mesa.

–Esto no lo había visto nunca –murmura con tono pensativo.

Hay ciertos momentos en que no me apetece oír que soy especial. El primero es delante de cualquier profesional de la salud. El segundo, que le va a la zaga, es frente a una mujer que me ha untado una masa que no puede quitarme de la cara. Mei se materializa a mi lado como si fuera Porosa, el ángel vengador del cuidado de la piel, mientras la mujer lentamente me va despegando la máscara. Desplazo los ojos hacia su rostro y veo las gotitas de sudor de estrés que le perlan el labio superior mientras Mei murmura una sucesión de palabras de aliento que la esteticista y yo interpretamos como amenazas ligeramente veladas.

Nunca me han despellejado, pero sí que me he arrancado vendas adhesivas. Supongo que esta experiencia está a caballo entre lo uno y lo otro. No soy un yeti, pero cualquier pelito que tuviera en la cara se despide a regañadientes de mi piel cuando la mujer me arranca la máscara milímetro a milímetro y yo intento no gimotear. Es casi imposible.

En cuanto da el último tirón, suelto un chillido.

La puerta se abre de pronto.

–¿Qué demonios está pasando?

Un montón de cosas suceden a la vez. Sam entra por la puerta en un oscuro borrón. Sorprendida, me incorporo de la mesa como si fuera un muñeco accionado por un resorte y me olvido de que solo estoy envuelta con una toalla que inmediatamente cae al suelo. Sam clava la vista en mis ojos antes de bajarla hasta mis enormes braguitas de topitos y corazones de abuela, y se queda paralizado antes de taparse la cara con las manos y tambalearse hacia atrás mientras emite ruidos inarticulados. Procuro recoger la toalla y en el proceso vuelco la mesa portátil con el culo. La mesa se estampa contra la pobre esteticista, que está observando boquiabierta el bellezón que es Sam Yao. Cae hacia atrás y suelta un agudo grito cuando mete una mano en el tarro del blandiblú blanquecino y malvado que me ha provocado un desastre en la cara.

Mei se levanta y nos organiza a todos sin mediar una sola palabra. A Sam le indica que vuelva a su habitación. A mí me señala la mesa con un dedo para que me siente. Le lanza una mirada a la esteticista, una impresionante elocuencia inexpresiva, y la mujer se limpia las manos con una toalla.

Toda la agradable relajación se ha esfumado. ¿Cómo he podido olvidar pedirle la llave a Sam? Mi cara, con una piel mucho más fina que hace diez minutos, me arde por la vergüenza. ¿Cuánto habrá visto? Cuando no esté vestida con una toalla, hablaré con él, pero ahora mismo soy un ser humano apaleado y despatarrado sobre una mesa con Mei inclinada sobre mí y negando con la cabeza mientras la esteticista me examina con cuidado con los dedos.

—No hay nada que una máscara fría no pueda solucionar —grazna al final.

Miro a Mei de reojo y compartimos unos instantes de comunión en que le pido con una ceja arqueada que me salve de esta tortura.

—Tenemos programada otra cita —responde sin más.

—Pues le pondré un tónico y…

—¡No hace falta!

Bajo los pies al suelo y los meto en las zapatillas de rizo. Finalmente consigo retroceder agarrando fuerte la toalla. Mei me sigue hasta el dormitorio, donde asomo la cabeza por la puerta para asegurarme de que Sam no está ahí, y las dos nos miramos en el espejo para inspeccionar las manchas rojizas que me salpican la cara como si tuviera una enfermedad infecciosa.

Muevo el cuello a un lado y me muerdo los carrillos. Hay una mancha que se parece a Australia.

—No es para tanto —digo—. Un poco seca, quizá. Para eso sirve la exfoliación, ¿no? Para librarnos de capas de piel muerta y conseguir una piel más suave, ¿verdad?

Nunca me he aplicado algo que no fuese un exfoliante de semillas de albaricoque, así que me encuentro fuera de mi zona de control.

Me echo agua fría en la cara para aliviar un poco del ardor y luego humedezco una toalla para ponérmela sobre la mejilla. No servirá de nada que me cabree con la esteticista, que seguramente lo ha hecho lo mejor que podía, por lo que cierro el pico e intento ver el lado positivo. Mei me observa en el espejo.

—¿Le ha preguntado su tipo de piel?, ¿los medicamentos que toma?, ¿si tiene alergias previas?

—¿Qué importa eso ahora? —Dejo la toalla a un lado.

—Es su trabajo y ha fracasado si no se ha asegurado primero.

—Bueno, ya es demasiado tarde. Seguro que se ha esforzado al máximo.

No quiero que tenga problemas. Cojo un frasco de crema hidratante del hotel y me unto la piel con un olor a vainilla y a nuez moscada. He leído un estudio que dice que a los hombres les gustan las mujeres que huelen a comida dulce, pero no creo que sea esto lo que tenían en mente. Ahora huelo a una pastelería que se prepara para las Navidades.

Perfecto.

Decido ignorar el momento en que Sam ha sido espectador de mi última desgracia y rezo por que él también lo haga. No es necesario que ninguno de los dos reviva ese momento de caos, y, ahora que hemos firmado la paz, sería de mal gusto que él me lo recordara.

Mei retrasa una hora la llegada de los representantes de la marca de ropa para aplicarme en la piel de la cara una capa sólida de base.

—Vaya. —Me inclino hacia delante y examino el lugar donde antes estaba Australia. Nada—. Has hecho un trabajo fantástico.

Mei no responde, pero guarda el cepillito y el maquillaje con el gesto satisfecho de una mujer que ha logrado lo imposible. Y acto seguido me tiende la peluca.

—¿Para esto voy a ser Fangli?

—Sí.

Me coloco bien el pelo y la peluca cae sobre mi espalda. Quizá me deje el pelo largo. Me pregunto si Sam lo prefiere largo o corto.

No. No, no me lo pregunto, qué va. Es totalmente irrelevante para mí lo que Sam prefiera o deje de preferir.

Mei me acompaña hasta la habitación principal de la *suite* donde han dispuesto unos biombos. Me detengo de pronto en la puerta cuando aparecen un hombre y una mujer. Van vestidos igual pero de forma opuesta: él con camisa blanca y pantalones negros, que contrastan con la blusa negra y los pantalones blancos de ella. Los dos llevan el pelo largo peinado en trenzas que enmarcan unos labios fruncidos y unos pómulos prominentes que deben de verse desde la estratosfera. Estoy casi convencida de que son multirraciales y me los quedo mirando sin vergüenza porque es muy emocionante para mí ver a gente que se me parece un poco y que tiene más o menos mi edad. Ojalá hubiera conocido a más personas como yo cuando era joven. O incluso ahora. Anjali me dijo un día que podía volver al pueblo de su padre y verse rodeada de gente idéntica a ella, que hablaba su idioma y conocía su historia remontándose varias generaciones.

A lo mejor sería asfixiante. Nunca lo sabré porque para mí no habrá un lugar como ese, una comunidad de personas que comparten mi historia y mi familia.

Pero ahora no es el momento de preocuparse por las experiencias vividas por individuos que se han creado una identidad birracial en la moderna Norteamérica, porque esa ropa es lo mío. Si el armario de Fangli es de un lujo imperecedero, el de estos dos también es elegante, pero con un punto diferente. Sé sin temor a equivocarme que tienen la clase de tienda en la que hay tres camisas en un perchero y un DJ. Me intimida su aplomo aun cuando me muero por ver lo que han traído.

—Diseñadores locales —dice Mei—. Trace y Hendon de House of Swing.

Me las apañaré siempre y cuando no me hagan demasiadas preguntas. Nos estrechamos las manos y la mujer, Trace, toma la palabra para preguntarme por mi filosofía sartorial.

—Mi filosofía sartorial —repito.

—Exacto —me anima—. ¿Qué es lo que quiere conseguir con la ropa?

¿Además de dejar de estar desnuda? Me estrujo el cerebro para dar con una respuesta antes de recordar una de las afirmaciones de un artista del resumen de la colección de arte de Fangli.

–Valoro la habilidad que tienen las líneas para despertar el estado emocional –recito.

Lo asimilan, y al poco Hendon sonríe.

–Bien. Ahora cuéntenos…

Antes de que me obliguen a elaborar la mierda que acabo de soltarles, Sam entra en la habitación. De verdad que tengo que quitarle la llave, lo primero; y, lo segundo, ¿por qué ha venido?

–Cuando Fangli me ha dicho que vendríais, he querido pasarme a saludar –dice–. Admiro vuestro trabajo.

Tanto Trace como Heldon se yerguen y se pasan una mano por el pelo. Sam tiene ese efecto en la gente cuando está de buenas, y por alguna razón ahora lo está. ¿O acaso le interesa de verdad el diseño de moda? Puede que sí, porque al cabo de menos de un minuto se pone a hablar con ellos de su propia filosofía y empieza a sacar ropa que ilustra distintos factores.

Me dejan a mi rollo, que me parece genial porque así puedo ir echando un vistazo a los percheros mientras conversan. Saco un vestido elegante, una funda blanquinegra que cae desde los hombros, y froto el material con los dedos. Me parece un grueso satén, pero sin tanto brillo.

Al mirar hacia atrás, veo que Sam me está observando. Se aleja de la conversación para coger una percha.

–Pruébate este –me dice.

Lleva una camisa de manga corta y flexiona el bíceps al entregarme una masa de tela negra. Los ojos de Trace y de Hendon se clavan en sus músculos. Yo aparto la mirada.

–Me gusta este vestido –digo.

–Pues pruébate los dos. –Y redirige su sonrisa hacia mí–. Este te quedará bien.

Es una petición sencilla y en realidad no tengo ningún motivo para no ponerme… esa cosa que me está tendiendo…, pero me resisto. No quiero que él me vista y piense que sabe mejor que yo lo que me quedará bien a mí. Pero Trace y Hendon asienten y me rindo. No quiero avergonzar a nadie. Además, es probable que Fangli se probara ese maldito vestido.

Cojo los dos, además de otras cuantas cosas que han llamado mi atención, y me lo llevo todo al dormitorio. Lo primero que me pruebo es el que he elegido yo. Frunzo el ceño. Aunque en la percha se veía bonito, una vez puesto me cuelga y me asienta al suelo, obligándome a contonearme debajo del pesado material que se apoya en mis hombros.

Vale, pues va a ser que no.

Me pongo unos pantalones anchos negros de tiro alto con botoncillos en las caderas y una blusa negra, y luego, con gran alegría, un par de bailarinas. Qué cómodas. Nada de tacón. Me muerdo el labio mientras me pregunto si debería salir para que vieran el conjunto. Supongo que debería, ¿no? ¿Es lo que haría Fangli normalmente? Mei no está aquí para que se lo pregunte; ha desaparecido en cuanto ha entrado Sam.

Saldré como si quisiera encontrar otra blusa que haga juego con los pantalones. Así me verán y podrán comentar, pero no habré salido en busca de sugerencias. Fangli no necesitaría consejos. No me cabe ninguna duda de que tiene una filosofía sartorial.

Los tres lucen la misma expresión apreciativa cuando aparezco, pero en quien me fijo yo es en Sam. Ladea la cabeza y luego coge una blusa rosa pálido. Intento no hacer ninguna mueca porque jamás visto colores pastel. La agita delante de mí y me la llevo a la habitación.

«Maldito Sam», pienso mientras me la pongo.

La blusa es perfecta. Sobre mi cuerpo, el color se convierte más bien en un estado de ánimo. Me siento… ¿guapa? Sí. Es un conjunto muy bonito. Me miro en el espejo con ojo crítico. Nunca me he sentido guapa. «Mona» es lo más alto a lo que he llegado en la jerarquía física, que en mi opinión va tal que así:

Espectacular/deslumbrante
Preciosa
Guapa y, por otro lado, fascinante
Impresionante
Atractiva
Mona
[Y mucho más abajo]
Única

Pero es que este rosa es mágico. Salgo con un leve contoneo, y tanto Trace como Hendon exclaman «Sí» al unísono. Sam no dice nada, pero la mirada que pone me recuerda al primer día que entró en la habitación y me miró como si fuera la mujer más importante del mundo, la única persona que le importaba. Ahora mismo, su atención está clavada en mí y solo en mí, pero a diferencia de la última vez no me parece que me desafíe con la mirada.

Es abrumador. Vuelvo a la habitación y saco de la funda la prenda negra que Sam me ha dado, que resulta ser un mono ceñido en los tobillos con un top de cuello abierto y espalda descubierta. Imposible ponerse sujetador. Mmm. Doy una especie de saltito y decido que tendré que hacerme con esos discos de plástico que te pegas a las tetas para que no se muevan del sitio.

Como ahora mismo no los tengo, me tocará apañármelas sin ellos.

Salgo y los diseñadores se acercan para empezar a cotorrear sobre el conjunto. Sam se cruza de brazos pero me mira a los ojos, no al cuello ni a mis amigas liberadas. Es como si me viera a mí, a Gracie, y me pregunto si es a mí de verdad y no a Fangli ni a una especie de híbrido que jamás podrá existir.

Me desconcierta tanto que soy la primera en bajar la vista.

Catorce

M e quedo los pantalones, las blusas y el mono, pero rechazo el vestido. Sam espera en la habitación hasta que se vacía, y yo intento olvidar que hace un par de horas me ha visto buscando la toalla como una loca con media cara despellejada. Y desnuda casi del todo.

—Esta noche hay una exposición de arte –dice–. Fangli cree que estás preparada.

—Fangli casi nunca me ve como si fuera ella. –Me quito la peluca para airear mi cerebro durante unos minutos–. ¿Dónde será?

—¿No lo sabes? –Se recoloca las mangas.

Me encojo de hombros. No estoy al corriente de los eventos que están por venir porque Mei me ha ido enseñando cosas sobre la marcha.

—En el Museo de Arte Contemporáneo.

—¿Voy a comprar alguna pieza de arte?

—No. Te interesa apoyar a los artistas locales y vas allí a admirarlos. Es una exposición privada de una colección privada.

—¿Habrá medios de comunicación?

—Es posible. No sirve de mucho tener cosas caras y gente importante que las admire si nadie se entera. –Bosteza–. Puedo encargarme yo.

—Ya lo hago yo.

Me mira como si fuera a protestar, pero al final solo echa un vistazo a su reloj.

—Salimos dentro de una hora.

Y se marcha antes de que pueda pedirle que me devuelva la llave de la habitación.

Una hora. Primero llamo a la residencia, donde me aseguran que mi madre está bien. Luego miro mi lista de tareas pendientes, que se va llenando de cosas estresantes y vuelve a desmoralizarme. ¿Y si procuro llevarlas a cabo cuando llegue el momento necesario?

Me paso unos alegres veinte minutos ordenando y desordenando las tareas de las que más tiempo me van a suponer a las que menos, antes de decidir que el valor de la tarea en sí es mucho más importante. Cuando termino, me doy cuenta de que me he pasado todo ese rato con la lista en lugar de hacer una de esas tareas. Quizá es porque una de esas tareas, llamar al abogado, me hace sentir tan incómoda que me cuesta leer esas tres palabras.

Mis ojos las pasan por alto.

No es un comienzo prometedor para la creación de mi propio método de productividad. Añado a la lista «encontrar una forma de lidiar con tareas desagradables».

Por lo menos dispongo del tiempo suficiente para arreglarme. Me pego en las tetas los discos de plástico que Mei me ha conseguido, y me impresiona su realzada turgencia. Debería llevarlos en todo momento. La asistente me ha dado instrucciones para retocarme la cara, y me unto y me coloreo y me pinto líneas como un soldado que se aplica pintura de camuflaje antes de ir a la batalla. El mono, que Trace y Hendon han ajustado con dedos expertos antes de marcharse, se desliza por mi piel como si fuera una armadura de la era espacial, y envidio a Sam por tener tan buen gusto. Me ajusto la peluca.

Cuando me miro en el espejo, esta vez sí soy Fangli. O Fangli con unos zapatos muy monos pero cómodos.

Mei me ha ordenado que espere a que Fangli vuelva al hotel para que no se deje ver al mismo tiempo en dos sitios distintos. Salgo cuando oigo que se abre la puerta anexa y casi suelto una exclamación en alto. Si el primer día que la vi en el SUV me pareció que estaba exhausta, hoy está tan fatigada que es casi transparente.

—¿Qué te pasa? —le pregunto.

—Estoy un poco cansada. —Se acaricia la frente.

No es un cansancio físico normal. Por lo general, tengo la percepción emocional de una ardilla, pero todo el ser de Fangli irradia una sensación con la que estoy muy familiarizada. Está tan tensa que apenas se puede mover y tan apática que no quiere moverse. Creo que está deprimida. No triste. Deprimida, con todo el significado que implica el término.

—¿Fangli? —tanteo con la voz.

Levanta la cabeza e intenta sonreír antes de abrir mucho los ojos.

–Increíble. Cuando te pones maquillaje, es como ver mi reflejo. ¿De dónde has sacado ese mono? Quiero uno.

–Gracias.

–Pero más vale que te pongas alguna joya de más calidad que esos aros dorados. Algo rojo para dar un poco de color.

Llama a Mei, que aparece al cabo de unos minutos y me coloca en la mano un par de pendientes y una pulsera.

–Dime que son falsos, por favor.

El frío peso de la pulsera se desliza por mis dedos cuando la cojo.

–Está todo asegurado. –Fangli se encoge de hombros–. Póntelo.

Los pendientes son unos candelabros sorprendentemente ligeros para la cantidad de joyas que lucen, y el brazalete alterna rubíes y diamantes, y enseguida me calienta la muñeca.

–Estupendo –aprueba Fangli–. Ahora sí estás completa.

Se levanta y las dos nos miramos en el espejo.

–¿Cómo es posible que nos parezcamos tanto? –le pregunto–. ¿Tienes una foto de tus padres? –Es evidente que Brad Reed de Brampton, Ontario, no se parecerá al padre de Fangli, pero quizá nuestras madres son gemelas separadas al nacer.

–Solo de mi padre.

Las dos sacamos el móvil y, cuando Sam entra, estamos comparando y contrastando narices y formas de ojos.

–Si no lo fueras solo al cincuenta por ciento –Sam niega con la cabeza–, pensaría que eres china al cien por cien.

Me quedo sin aliento, pero antes de que se me ocurra qué responder, se vuelve hacia Fangli y se dirige a ella en mandarín.

Su desdén habitual me pone…, no sé. Seguro que el alemán, que ha creado palabras como *schadenfreude* (la alegría que uno siente por las desgracias ajenas) y *kummerspeck* (el peso que se gana cuando se come demasiado por razones emocionales), tiene una para la indefinible mezcla de emociones que experimento, pero ni siquiera de adulta sé qué contestar. ¿Por qué me molesta menos cuando Anjali me dice lo mismo?

–¿Preparada? –Sam se gira hacia mí y decido que no vale la pena discutir. ¿Qué le voy a decir? ¿Que ser medio china es suficiente?

Los dos guardamos silencio mientras bajamos. No sé qué estará pensando Sam, pero a pesar de que he decidido no mencionar lo que ha dicho, sus palabras no dejan de dar vueltas en mi cabeza. Un terapeuta que me visitó hace tiempo me invitó un día a asimilar la idea de que había internalizado poco derecho a considerarme occidental o china porque nunca había sentido que perteneciera a uno de esos dos grupos. Como no iba por ahí sintiéndome fatal por que nadie me diese una camiseta de un equipo u otro, lo ignoré. Sin embargo, el comentario de Sam ha removido unas emociones que por lo visto no están resueltas.

Entierro esos pensamientos en el agujero oscuro en el que suelen habitar. No será la última vez que oigo algo parecido y no ha sido la primera, pero no tengo las herramientas para analizarlo, no cuando estoy a punto de salir por ahí para hacerme pasar por una famosa internacional. Me invito firmemente a aceptar que ahora debo concentrarme en la labor que me ocupa.

Esta vez, cuando atravesamos la recepción del hotel, canalizo toda mi actitud de Fangli. Es mucho más fácil cuando no debe preocuparme dar un traspié con unos tacones finísimos y cuando mis tetas se ven aerodinámicas.

El coche nos espera en la calle y me horroriza un poco lo fácil que me he acostumbrado a una vida de comodidades y lujo. «Famosa, pero una impostora», recito para mis adentros. «Dentro de dos meses volverás a ir en metro en la hora punta, invisible y desconocida».

Sam no hace ningún comentario sobre mi interpretación, y decido asumir que la falta de noticias es una buena noticia. Se limita a darme consejos sobre cómo gestionar el evento que tendrá lugar en breve.

Lo escucharía, pero es que tiene el cuello de la camisa un poco abierto y me distraigo pensando en cómo debe de estar sin ropa. Seguro que en internet hay fotos, pero está claro que no puedo buscarlas con el móvil delante de él. La verdad es que no las buscaría aunque no estuviera aquí. Hace unas semanas, no habría dudado en buscarlas, pero ahora me parece desagradable la mera idea de pensarlo, como si así fuese a violar su intimidad, aunque en las imágenes él saliera posando.

Antes de salir del hotel, me he metido en el bolso el dosier de arte de Mei, y lo saco para tener algo en que pensar que no sea el pecho de Sam. El tema preferido de Fangli es el rejuvenecimiento, y se ha construido toda una colección alrededor de eso, si bien es raro pensar que una persona de mi edad tenga una colección de arte, y más aún una temática. Repaso nuevamente los folios impresos y frunzo el ceño al ver la fotografía de un rostro del revés con los labios separados en un grito doloroso, e intento averiguar de qué forma resulta estimulante.

Sam ve mis esfuerzos y señala la explicación del artista. La leo dos veces, pero es como si estuviera escrita en sueco, porque no me entero de nada.

—No pienso hablar de arte —le anuncio—. Arrugaré el entrecejo y asentiré mientras paseo por delante de las obras.

—¿Y si te preguntan qué opinas?

He interpretado ese papel con Mei, así que me siento segura.

—Que me fascinan, y luego les preguntaré qué opinan ellos.

—¿En serio? —Sam se aprieta el puente de la nariz.

—A ver, ¿qué dirías tú?

—Yo escogería un elemento y lo resaltaría antes de pedirles su opinión.

Agito el rostro angustiado hacia él y me lo arrebata de las manos.

—La disposición pretende mostrar el trabajo de Yong Chen acerca de la soledad y yuxtapone la idea de aislamiento con la del rejuvenecimiento. ¿Es una actividad individual o social?

Intento dejar de apretar los puños.

—Porque estoy familiarizada con la obra de Yong Chen.

—O podrías decir lo que pienses de verdad cuando la veas. ¿Qué te hace sentir? ¿Qué te evoca?

Antes de que le conteste, añade un nuevo argumento mientras señala el dosier.

—En cuanto el arte abandona las manos del artista, es el espectador quien debe determinar su significado.

—No estoy de acuerdo.

—¿Ah, no? —Arquea esas cejas tan bien delineadas.

—El aislacionismo está pasado de moda. —Suelto un resoplido teatral y me echo hacia atrás el montón de cabello de mentira—. Hay que tener en cuenta el contexto y la intención de la obra. El arte no se crea en un vacío.

131

—Pero la interpretación depende de las experiencias y de los valores del espectador que lo ve.

Empiezo a sentirme cómoda.

—Que a su vez están influidas por el conocimiento de la intención del artista. ¿Y «ver» es la palabra correcta? Ver implica una distancia y una falta de compromiso. El arte debería motivarnos para que pasáramos de verlo a participar en él activamente.

—¿Todo el arte? —Se inclina hacia delante con los codos sobre las rodillas. Esa pose hace que se le baje la camisa y muestre los músculos ensombrecidos de su pecho.

—¿Por qué eres actor? —Al mirar hacia abajo, le veo el pecho. Al mirar hacia arriba, ese rostro suyo. No hay ninguna zona segura.

—Porque necesito contar historias —responde sin vacilar—. Historias a las que solo yo puedo dar vida.

—¿Quieres que alguien las vea y las olvide? ¿O cambiar a esa persona?

—Lo segundo, obviamente.

Me lo quedo mirando y hace una mueca.

—Puede que sea un poco exagerado. Por lo menos que se entretenga.

—Ahí lo tienes.

—Tú ganas. —Se recuesta en el respaldo.

—No estábamos discutiendo.

—No —dice con sorpresa—. Pero no tardaremos. —Se queda observando su bonito reloj—. Ya casi estamos.

El miedo va creciendo. La cena del otro día estuvo bien porque lo único que tuve que hacer fue comer. Esta vez tendré que mostrarme, con gente que se sentirá lo bastante cómoda como para acercarse a mí y que esperará que entable conversación con ellos.

Y por eso voy a ganar ese pastizal de dinero. Fangli confía en que puedo conseguirlo, y, a pesar de los numerosos defectos de carácter de Sam, él me cubrirá las espaldas si así la ayuda a ella.

—¿Cuál ha sido tu última compra de arte? —me pregunta en plan profesor examinador.

—Un cuadro de Murat Tekin —respondo. Triunfal, hurgo entre mis notas—. Mierda. Ese fue el último que vendí. Joder, menudo precio. ¿De eso suele hablar la gente del mundo del arte?

—Depende del tipo de gente. —Suspira—. Lo que no sé es por qué no le interesa un arte más tradicional.

—¿Qué coleccionas tú? —le pregunto—. ¿Porcelanas de la dinastía Ming?

—Cerámicas Ru de la dinastía Song del norte. —Me mira de soslayo con esos ojos oscuros suyos—. Mi colección está dando la vuelta al mundo. Ahora mismo está en Berlín.

—Ah. —No paro de olvidar que además de famoso es muy rico—. Qué guay.

No me contesta, y paso página para dar con más rostros que gritan y manos que se alargan mientras mi ansiedad va en aumento. Por lo menos he escogido bien la ropa para la ocasión y el breve asentimiento de Sam ha sido una clara mejora de las expresiones previas que ha puesto al verme en otros momentos. El mono flota sobre mis caderas como si fuera de agua. Es simple y perfecto, y la peluca, con la pesada mata de pelo, me parece natural por primera vez. Incluso he reprimido al setenta por ciento mis preocupaciones por si pierdo las joyas de Fangli.

El coche nos lleva a la linde occidental de la ciudad y gira por una calle residencial que se convierte en una zona industrial. Miro por la ventanilla.

—Sé dónde estamos.

—Deberías. ¿No vives cerca de aquí?

—Yo no voy a muchos museos de arte moderno.

—Es arte contemporáneo —me corrige.

—¿No es lo mismo? —Examino el dosier.

—El arte contemporáneo está en evolución y empezó hace unos sesenta años. —Sam suspira—. Se diferencia del arte moderno en que es más conceptual y no tan basado en la estética.

—Ah. ¿De ahí las caras que gritan?

—De ahí las caras que gritan. —Se frota los ojos—. No sé si es una buena idea.

—Lo voy a hacer bien.

Al ver sus dudas, me siento más segura de mí.

Doblamos una esquina cerca de un almacén y luego otra antes de que el coche se detenga delante de un edificio de numerosas plantas en el centro de lo que parece un campo abandonado.

Con un sobresalto, me doy cuenta de dónde estamos. Justo en el camino por el que salgo a correr. Debo de haber pasado por aquí una docena de veces, y solo en una ocasión me fijé en la cervecería artesanal que se encuentra al lado. Esta falta de conciencia de mi propio entorno me destroza la confianza y aferro el brazo de Sam.

–Tienes razón. Vayámonos.

Me coge la mano con la suya, creo que para consolarme, pero es para zafarse de mí.

–Demasiado tarde.

La puerta se abre y nos encontramos ante dos desconocidos. Mei me ha preparado, así que sé que no son conocidos de Fangli, y también sé en este preciso instante que ni de coña voy a sobrevivir a esta noche.

–Empieza la función –dice Sam por encima del hombro al bajar del coche.

Necesito salir de aquí ya mismo.

Quince

Las dos personas de la galería de arte se presentan, y ni siquiera me quedo con sus nombres porque estoy concentrada en mi nuevo plan. Me aclaro la garganta y articulo con los labios «laringitis». Sam me mira con los ojos como platos y le dedico mi sonrisa de Fangli más leve y suplicante, la que utiliza ella cuando pide disculpas. La sonrisa que me devuelve, y que es mucho más agresiva, me transmite que me cubrirá las espaldas, pero que vamos a tener una buena conversación cuando estemos a solas.

Sam tiene una cara terriblemente expresiva.

Las personas que nos han recibido se preocupan con educación, y Sam interviene para romper el silencio.

–Fangli se ha negado a perderse esta velada –dice–. Está emocionada por ver la exposición, pero tendréis que perdonarle que no hable. Debe descansar la voz para la función de mañana.

El hombre se aleja de nosotros, y me pregunto si habrá ido a anunciar mi estado. Hay un fotógrafo cerca y Sam y yo posamos para varias tomas antes de entrar en el museo. Mei me ha dado instrucciones de la pose que más favorece a Fangli, y ladeo la barbilla con un leve fruncido de labios. El obturador dispara varias ráfagas tras nosotros, pero a diferencia de en la escena con Mikey en la cafetería, no me siento atacada. Quizá no tenga controlada la situación ni la más remota idea de qué está pasando, pero ir vestida para el papel y con alguien que sabe qué ocurre me insufla una débil sensación de poder.

Sam me roza el brazo desnudo para decirme que podemos detenernos y se inclina para murmurarme al oído:

–No ha estado mal.

–Menudo cumplido. –Aun en un susurro, los nervios me proporcionan un tono brusco que él ignora.

El fotógrafo no es más que uno de los obstáculos de la noche.

En cuanto entramos en el museo, la estancia se llena de los habituales murmullos, y lanzo mi sonrisa de Fangli la superestrella a todos los que se nos acercan. Los primeros minutos pasan en una nebulosa mientras rechazo una copa de vino con gran pesar y asiento para responder a las personas que se me presentan, cuyos nombres y rostros olvido de inmediato. Casi me ciegan los adornos de cuentas de los vestidos de gala. Esta gente se viste más elegante un martes por la noche de lo que he visto en algunas bodas, y una mujer luce la tela sobrante de los años ochenta con unas hombreras lo bastante grandes como para jugar al rugby y una dosis asfixiante del Poison de Dior. No sé si es su estilo habitual o una declaración de intenciones artísticas.

Mi mono parece casi demasiado anodino. Y luego veo a una mujer que lanza una mirada codiciosa a mis pendientes y me siento mejor. Fangli pensaba que iba bien y Sam considera que voy aceptable, lo cual significa que lo estoy petando.

Sam se queda junto a mí para llevar las riendas de las conversaciones, que al principio son triviales acerca de si nos gustan la ciudad y el frío atípico de una noche de verano. Es agradable saber que, aun entre la multitud versada en arte, el tiempo sigue siendo una forma de empezar una conversación entre canadienses.

A medida que avanzamos entre la muchedumbre, me fijo en las numerosas joyas brillantes que adornan orejas, dedos y cuellos. Con un sobresalto, recuerdo que Fangli pagó una vez medio millón de dólares por un lienzo de manos en distintas poses. Estoy en una sala donde la gente considera razonable comprar una fotografía que cuesta lo mismo que una casa grande.

Son solo personas, intento recordar mientras me presentan a una mujer de labios carnosos y piel tersa. Lleva únicamente una joya, un enorme colgante que no es una circonita cuadrada, estoy segura al mil por mil. Tan solo es dinero.

El dinero no te hace mejor persona ni más digna de respeto.

Pero en la sala la actitud es distinta. Como mi conveniente laringitis implica que no puedo hablar, escucho las conversaciones. Todas las personas esperan que se las escuche. Todas ocupan espacio. Veo cómo un hombre se ajusta las solapas de la americana antes de cruzar la sala y cómo los camareros se apartan de su camino sin mediar palabra.

Por eso Sam no lo tiene tan claro. Me parezco a Fangli, pero no he aprendido a reinar en una sala como hace ella. Gracias a su fama, Fangli es el blanco de todas las miradas casi siempre –e incluso sin los diamantes–. Mi madre me contó que había que evitar ser el centro de atención.

Ahora me toca conseguir que la atención recaiga en mí. Joder.

Mei no lo ha tratado en particular, pero Sam el Maestro está aquí y puedo aprender de él.

Con rostro amistoso pero distante, lo miro y tengo una diminuta revelación. No es lo que él o los demás estén diciendo. Es cómo se comportan. Estoy en el zoo viendo cómo los animales luchan por ser los dominantes, y Sam está en su apogeo. Él decide con quién hablar. Nunca se acerca a nadie, ellos se dirigen hacia él.

Pero a mí me miran como si esperasen a que yo tomase la iniciativa. Cuando nos aproximamos a alguien, se comen un poco de mi espacio. ¿Es porque perciben una falta de fuerza? ¿Hacen lo mismo con la verdadera Fangli?

Ahora mismo no puedo permitirme dudar de mí. Por suerte, la huida se presenta en forma de un amable golpecito de Sam que sé que es mi señal para empezar a admirar el arte como Dios manda. Para mi sorpresa, lo que veo es mucho más accesible que la colección de Fangli, y me acerco a un maniquí rodeado de cables con púas decorados con resplandecientes esquirlas de cristal. El artista ha escrito «mío» con letras minúsculas en cada centímetro de la piel del maniquí en cien idiomas distintos. De la cabeza brota una amapola rojísima. Sé que no es el estilo de Fangli, a ella no le va este tipo de obras, pero camino alrededor para verlo desde todos los ángulos y leer el cartelito correspondiente.

En torno a mí, los coleccionistas van haciendo comentarios de lo más impenetrables. Es como escuchar un código diseñado para expulsar a los culturalmente ignorantes. Y esa soy yo, pero solo Sam y yo lo sabemos.

Cuando me inclino para observar mejor la obra de arte, un hombre me mira con los ojos entornados desde la otra punta de la sala. Procuro mantener bajo control mi respiración, pero Sam se gira a toda prisa hacia mí.

—¿Qué pasa? —murmura con los ojos clavados en mi rostro.

—Nada.

Imito a un perezoso y me muevo muy lentamente para evitar la atención del posible depredador. Es difícil, porque casi todos los presentes nos observan como si quisieran monitorizar nuestra ubicación en todo momento. El estrés de intentar emular el aplomo de Fangli se ve en parte anulada por una preocupación mucho más importante: mi exjefe Todd está en esta misma sala.

No debería sorprenderme; lo he oído alardear de la colección de arte de su padre. Está acompañado de una rubia que luce una sonrisa que no se altera y me pregunto si la pobre sabe, o si le importa, qué clase de hombre está a su lado. Me inclino hacia Sam y él me tapa como el protagonista de uno de sus dramas de época.

—¿Cuánto tiempo debemos quedarnos? —susurro.

—Por lo menos una hora.

—¿Podemos ir a otra sala? ¿O solo hay esta?

Me responde poniéndome un brazo en la piel desnuda de mi espalda y guiándome hacia una puerta en la que yo no había reparado hacia otra exposición. Estoy tan alterada que apenas me fijo en el cálido consuelo que me proporciona su contacto. Tal vez no seamos amigos, pero en estos instantes es el único en mi bando. Para mi alivio, en la nueva sala hay una proyección de vídeo con una iluminación tan tenue que casi resulta difícil ver algo. El ambiente casi de caverna se acentúa cuando me pongo junto a la pared y Sam se aproxima como para protegerme.

—Gracie —murmura—. Dime qué pasa.

Ha usado mi nombre, el de verdad. Como no le respondo, se cierne sobre mí y me levanta la barbilla para analizar mi rostro.

—¿Necesitas que nos vayamos? Podemos irnos si quieres.

Niego con la cabeza y lo veo fruncir el ceño.

—¿Estás segura?

Saber que está conmigo basta para tranquilizarme, porque no creo que Todd intente acercarse a mí si me acompaña otro hombre.

La verdad cae de repente encima de mí. No soy Gracie. Ahora mismo soy Wei Fangli y Todd no tiene ningún poder sobre mí.

No puede tocarme. No puede despedirme ni intimidarme sin que Sam o los organizadores tomen cartas en el asunto. Estoy protegida porque ahora soy una persona famosa de gran valía.

Aquí la gente me ve.

Agacho la cabeza y Sam se aparta como si quisiera darme espacio.

—Estoy bien —le digo.

Me mira durante un buen rato antes de asentir.

—Espero que me avises si quieres que nos marchemos.

Sam me sigue cuando examino los vídeos, en los que aparece Anpanman, el superhéroe japonés. El artista ha puesto al personaje con cara de pan en situaciones basadas en comida como programas de cocina y supermercados. Su rostro, que por lo general es alegre, aparece preocupado y amenazante.

Fascinada, pulso con el pulgar el botón para reproducir el siguiente vídeo.

—¿Te gustan? —me pregunta Sam.

Sigo contemplando la pantalla para que nadie me vea hablar, contradiciendo así mi historia de la laringitis.

—Mi padre se fue a Japón en un viaje de negocios y me trajo una figura de Anpanman que me encantaba. Nunca vi su programa. Supongo que no es así, ¿no?

El vídeo que vemos muestra a Anpanman arrancándose una parte de la cabeza para dar de comer a un gato hambriento antes de ser objeto de un violento ataque por parte de una bandada de gaviotas a las afueras de una zona de restauración.

Sam se inclina hacia delante para ver el vídeo.

—Con mucha menos violencia, pero Anpanman sí que da partes de su cabeza a la gente necesitada. Y luego Jam Ojisan le prepara una nueva.

—¿Es altruista si puedes conseguir una nueva cabeza cuando la necesites?

Sam se encoge de hombros y me roza el brazo con el suyo.

—Conozco a gente que aunque tuviese diez cabezas a su lado para darlas no donaría ni una migaja.

Yo también, la verdad. El vídeo termina y los dos nos giramos al mismo tiempo. Su cara está tan cerca de la mía que si diese medio paso adelante… Sus ojos pasan de los míos a mis labios, y un estremecimiento me recorre el cuerpo entero.

Podría dar ese medio paso. Siento escalofríos en los muslos por la tensión. A lo mejor Sam se mueve. ¿Se moverá? ¿Se acercará? Mis pies están pegados al suelo, pero por dentro me sacude un auténtico tornado.

−¿Señor Yao?

Sam se yergue cuando oye su nombre y yo parpadeo con fuerza y regreso a Anpanman sin verlo. Esta noche es el equivalente mental de un latigazo que me azota con estados emocionales extremos. Hacerme pasar por Fangli. Todd. Sam, tan cerca de mí.

Después de que la conversación de Sam llegue a su fin, salimos de la sala en un acuerdo tácito y avanzamos entre la multitud, y solo nos detenemos para que Sam salude a alguien cada pocos pasos. La noticia de mi laringitis debe de haber corrido como un reguero de pólvora, porque nadie se dirige a mí más que para desearme que me mejore pronto.

A pesar de mi confianza recién descubierta, no quiero encontrarme con Todd, así que hago lo imposible por alejar a Sam. Es estresante saber que está ahí, y se me forma tal nudo en el estómago que me sacude y todo. La mano de Sam vuelve sobre mi cadera para darme fuerzas, y mis músculos se relajan lo suficiente como para permitirme dejar de apretar los dientes.

Al cabo de una hora exacta, Sam se despide del organizador y posamos para unas cuantas fotos, en las que creo que he sobresalido como una campeona. Ya casi hemos cruzado la puerta cuando me llama un grupito cerca de la minúscula tienda de regalos. Tardo unos segundos en reaccionar porque he olvidado que esta noche me llamo Wei Fangli.

Me giro con mi sonrisa más radiante. El grupo empuja hacia delante a una joven con una larga melena negra recogida en una perfecta cola, que es su portavoz, y sé que no estoy en absoluto preparada para el infierno que está a punto de abrirse ante mí.

Madre de Dios, me habla en mandarín. El oscuro pozo que da al inframundo se va expandiendo, y las llamas lamen los precipicios.

–¿Un autógrafo? –interviene Sam en inglés.

El fuego se alza por encima de los precipicios. Madre y padre de Dios. No tengo ni idea de cómo es la letra de Fangli y hay cero posibilidades –repito: cero– de que consiga representar caracteres chinos. El tiempo se detiene cuando la mujer me tiende una libreta con ojos esperanzados.

La cojo de forma automática y miro dónde ponerla para emular la firma de Fangli. ¿Por qué no he fingido un esguince de muñeca? ¿O una lesión en un dedo? Sam me habla en chino, pero como no me dice que tiene hambre ni cómo se llega a una tienda, no entiendo ni papa. La sonrisa eterna hace que me duelan las mejillas mientras voy con Sam hacia una alta mesa de cóctel.

Él deja la libreta y se pone detrás de mí para taparme.

–Finge que estás escribiendo algo –murmura.

Lo obedezco, pero me tiembla la mano, aunque ahora no es porque esté a punto de meter la pata y que se descubra el pastel, sino porque me está apretando y noto su duro cuerpo contra el mío. Sé que es para ocultarnos de las chicas que esperan, pero me fallan las rodillas. Maldigo y espero que no se dé cuenta, porque nunca me recobraría de la vergüenza.

Finge darme el bolígrafo, pero en el último minuto baja la mano y garabatea a toda prisa lo que supongo que es el nombre de Fangli. Y luego me devuelve el boli. Ha tardado milisegundos.

Cojo el boli y la libreta, y se los devuelvo a la embelesada admiradora. Me dedica una inclinación de cabeza y yo hago lo propio antes de despedirme –con la mano correcta porque eso sí lo he practicado– y marcharme.

Cuando estamos en el coche, y para mi humillación, rompo a llorar.

Con un exceso de empatía que no me esperaba, Sam me da un pañuelo y espera a que remitan los sollozos.

–Lo has hecho bien –me dice.

–Lo siento.

Me sueno con los pañuelos y más aparecen junto a mí cuando extiendo la mano. Entierro la cara en ellos.

–¿Ha sido ese hombre?

–¿Qué? –Levanto la cabeza de golpe.

Sam mira por la ventanilla, donde la luz de las farolas se va turnando para iluminar y oscurecer su rostro.

—El hombre de traje azul acompañado de una mujer rubia. Te estaba observando y tú te concentrabas en intentar evitarlo.

—¿Crees que se ha dado cuenta? —Me deja un poco descolocada que haya interpretado tan bien la situación.

—No, has sido supersutil para ser tú.

Genial, porque habría sido un desastre.

Reprimo un nuevo arrebato de náuseas. Todd me despidió por la foto en la que me confundieron con Fangli. Sabe que nos parecemos. ¿Y si dice algo?

Vuelve a tener poder sobre mí. Dudo si contárselo a Sam, pero decido que no. Esperaré a ver qué ocurre.

Él se remueve en el asiento y me mira directamente a los ojos.

—¿Quién es?

—Mi antiguo jefe.

—No te cae bien.

—¿A ti te caería bien la persona que te ha despedido?

—Va más allá de eso. Lo he notado. —Arquea una ceja—. Sé qué caras pones.

No puedo rebatírselo.

—Es un capullo y no me cae bien.

—Ah. —Sam me sigue mirando—. ¿Te ha reconocido?

—No. Pero no he querido darle la oportunidad de verme de cerca ni de hablar conmigo.

—Chica lista.

—Las obras de arte eran bonitas.

Me enjugo los ojos con el pañuelo.

—Creo que debes de ser la única persona que describe el arte contemporáneo como bonito. —Sam suspira.

—¿Arte que hace pensar? ¿Evocador? ¿Vanguardista?

—¿Eso es mejor que innovador?

—Un paso por delante. ¿Alguna vez llegas a acostumbrarte a esto? —La sombría oscuridad del interior del coche hace que sea más fácil preguntárselo—. A la atención, digo.

—No conozco otra cosa. —La voz de Sam me envuelve—. Ya sabes quiénes son mis padres.

Los aclamados progenitores de Sam, una madre estrella de cine y un padre director, se mencionan en casi todos los artículos.

Interpreta mi silencio como un gesto de asentimiento y prosigue:

—Mis padres son muchas cosas maravillosas, pero también ansían ser el centro de atención. Llevo toda la vida rodeado de cámaras.

Intento imaginármelo. Todos los errores que he cometido, documentados y comentados; todos los días con un peinado horrible y ropa escogida con el culo, registrados para la posteridad y dispuestos a aparecer en alguna listilla cada pocos años.

—No sé cómo lo sobrellevas.

—No conozco otra forma de vivir.

No lo dice con amargura, sino como si fuera un hecho.

—¿Y si quieres estar solo?

—Me quedo en casa. Es el único sitio en el que puedo ser yo mismo.

—Ah. —Se siente solo.

—Estás mejorando. —Cambia de tema.

Busco en su tono algo de sarcasmo... Sospecho de su fingido buen rollo.

—Gracias. —Me aclaro la garganta—. Por preguntarme antes si quería irme.

Se desabrocha el cuello de la camisa.

—Me ha parecido mejor opción sacarte de esa situación que presenciar cómo metes la pata siendo Fangli.

Se me encoge el estómago.

Claro que era por Fangli. No se estaba preocupando por mí: estaba asegurándose de que yo no lo mandaba todo a la mierda por ella. Con la expresión bajo control, me niego a que sepa que a lo mejor he pensado otra cosa y hablo con tono ligero.

—Como antes pensabas que lo hacía fatal, no me parece que el listón estuviera muy alto.

—Fangli está mejor desde que estás aquí —me dice—. Está más tranquila ahora que no debe preocuparse por tener que salir por ahí.

—Hablando de Fangli. —Hago una pausa y decido coger el toro por los cuernos—. No está bien.

—¿A qué te refieres?

—No la conozco mucho. —Me quedo reflexionando y me corrijo—. No la conozco en absoluto, pero creo que tiene una depresión.

—¿Tú qué vas a saber? —Se pone rígido.

Insisto porque es cierto y Fangli necesita más ayuda que contratar a una doble.

—Recuerdo haberme sentido igual cuando a mí me la diagnosticaron. Su expresión es la misma que yo veía en el espejo.

Sam se inclina hacia delante para coger una de las botellas de agua del minibar y la abre con gesto rabioso.

—He trabajado mucho tiempo con norteamericanos, pero sigue maravillándome vuestra franqueza para hablar de esos temas.

—No todo el mundo puede ni quiere hablar de eso.

El mundo sería un lugar mejor si lo hiciéramos.

—Ya es más de lo que suele pasar en China. —Se bebe media botella de agua—. No es asunto tuyo.

—Es que creo que…

—No. Fangli está cansada, nada más —me interrumpe, y nos pasamos el trayecto en silencio hasta llegar al hotel.

Cuando todavía estamos en el coche, lo intento por última vez.

—Sabes que no es eso, Sam. Necesita ayuda.

No dice nada, y me planto una sonrisa en la cara para la gente del vestíbulo antes de bajar del coche.

Dieciséis

Sam viene a mi *suite* para interrogarme, pero lo ignoro mientras me quito los nuevos zapatos y toco con los pies el frío parqué. Aunque eran planos, me dolían. El mono ha sido un claro triunfo; quizá se lo compro a Fangli para quedármelo cuando hayan transcurrido los dos meses, ya que Mei me advirtió que no iba a poder volver a ponérmelo mientras me hiciese pasar por ella. Fangli no repite nunca la misma ropa en dos eventos distintos.

–Debes practicar el autógrafo de Fangli –me dice cuando regresa junto a la mesa con agua–. Podría haber salido fatal, no entiendo cómo a Mei se le ha pasado ese detalle. Por lo general es muy organizada y perspicaz con lo que hay que hacer.

Debo darle la razón, aunque me jode admitir que la tiene.

–¿Tienes una copia de su firma?

–Mira. –Escribe tres caracteres en una hoja, cuyas líneas se ciernen sobre las demás–. Wei es su apellido. Luego Fang de «fragante» y Li de «jazmín».

Estudié un poco de chino en la universidad, y ya por aquel entonces mis intentos eran más unos garabatos de un niño pequeño comparados con esa letra firme. No me extraña que me pusieran un aprobado pelado. Sam se arremanga la camisa –venga, añadámoslo a la lista de los gestos sexis– y mueve el bolígrafo hacia mí. Acerco una silla a la mesa y contemplo sus antebrazos. Tiene las muñecas anchas, y me doy cuenta de que jamás me había fijado en las muñecas de un hombre, y mucho menos había preferido unas anchas con las venas ligeramente visibles.

Como era de esperar, mis primeros intentos son horribles porque tengo una letra feísima en cualquier idioma, y hasta mi propio nombre parece una línea serpenteante decorada con un punto que suele estar sobre la «C» o sobre la «E», pero casi nunca sobre la «I». Sam levanta la vista del móvil para observar mi progreso.

—No se te da muy bien —comenta.

—Vuelve a repetirlo —digo pasándole el boli—. Más lento.

Esta vez, contemplo cómo Sam baja el bolígrafo y escribe el nombre de Fangli en el papel. Me lo devuelve y me muerdo el labio mientras lo analizo. Recorrer los caracteres con los movimientos de los músculos tal vez me ayude, así que intento recordar dónde ha empezado a escribir Sam.

—Aquí. —Me coge la mano y me la guía hacia el comienzo.

Su piel está caliente, pero me estremezco.

—Ya lo pillo. —Retiro la mano. Cuando trazo la línea, me avergüenza que esté torcida. En su caricia veo más de lo que hay, y eso me hace reaccionar fatal—. Lo conseguiré por mi cuenta —digo.

Me levanto de la mesa y me golpeo los muslos contra el cristal. Ay... Vuelvo a sentarme.

—Está claro que no. Sigue intentándolo delante de mí.

Su comentario me pone tensa e intento olvidar el latigazo de dolor que me atraviesa las piernas.

—No eres mi jefe, ¿eh? Me las apañaré.

—¿Qué habrías hecho por tu cuenta? ¿Fingir un esguince de muñeca de última hora como has hecho con la garganta?

—Ha sido una buena solución al problema.

O... podría haber explicado que mientras esté en Canadá solo hablaré inglés, como se suponía que iba a decir. La presión me ha hecho olvidar lo que habíamos urdido para esa exacta situación.

—Error. —Se aparta de la mesa—. Te contrataron para hacer un trabajo y no lo has hecho. Mei se ha pasado horas contigo, horas que debería haber invertido en su puto trabajo, y tú las has malgastado.

No se me había ocurrido que Mei también tenía encargos que hacer a jornada completa para Fangli.

—Una parte de su trabajo es ayudarme a mí.

Es una gilipollez, y lo sé en cuanto las palabras salen de mi boca. Avergonzada, me pongo terca, levanto la barbilla y paso al ataque.

—Ninguno de vosotros mencionó lo de los autógrafos. No estaba preparada.

Me mira con sincera sorpresa.

—¿Eres incapaz de pensar tú solita en lo que pueda pasar y anticiparlo?

–Oye, perdona que no sea rica ni famosa. La gente no va por ahí pidiéndome autógrafos. Deberíais habérmelo dicho.

–Que la gente te pida autógrafos es de sentido común.

–Para mí no y, por lo visto, para Mei tampoco.

Eso, cavando mi propia tumba.

–No culpes a Mei. –Sam da una palmada a la mesa–. Ni siquiera te estás esforzando. Esto va más allá de ponerse una peluca. Debes esforzarte. Actuar es trabajar, y tanto da si estás en el teatro o asistiendo a una exposición.

Sam está a un metro de mí y veo cómo le tiembla un músculo de la mandíbula.

–Lo estoy intentando –mascullo entre dientes.

–Es un encargo importante –me espeta–. Le dije a Fangli que era una pésima idea, joder, pero estaba segura de que lo conseguirías.

Oigo claras como el agua las palabras que no verbaliza: «Mira lo mucho que se ha equivocado contigo».

–Lo voy a conseguir.

–Esta noche era tu oportunidad y has fingido haber perdido la voz. –Niega con la cabeza, incrédulo–. ¿Cómo has podido pensar que era una solución razonable?

–Me han traicionado los nervios, ¿vale? –Bajo la vista hacia la mesa–. Lo admito.

No me muestra la empatía que quería recibir de él. Se recoloca la chaqueta y tengo que mirarlo a la cara. Está muy serio.

–No hay margen para que te traicionen los nervios. Hazlo mejor.

Dicho esto, pasa junto a mí y abandona la habitación. Lo sigo y cierro los tres pestillos de la puerta para que no pueda volver a entrar, porque he vuelto a olvidarme de pedirle la llave.

Ahora mismo, sin embargo, es la última de mis preocupaciones.

Me quito el mono y lo lanzo a un rincón, pero enseguida lo recojo y alisó las arrugas de la tela con la mano. Sam está en lo cierto, y lo odio por ello porque significa que me he equivocado mucho. Me he arriesgado y he metido la pata. Y es culpa mía, aunque cobarde de mí he intentado acusar a Mei. He sido muy tonta por pensar que lo conseguiría.

Para Fangli, Sam y Mei, es algo que tiene un impacto real en sus vidas. Fangli me cae bien. Y me da pena. Estoy sumida en el efecto de Benjamin Franklin: me cae mejor porque me ha pedido que le haga un favor. Aunque sea por dinero.

Me abalanzo sobre la cama y me quito los tristes discos de plástico de los pechos. Es un día espantoso para todo mi cuerpo porque, como ha pasado por la mañana con la máscara facial, los discos me arrancan la piel allá donde han estado en contacto con ella. Después de correr al cuarto de baño y limpiarme dos veces la cara, me miro en el espejo. Tengo la cara y el pecho cubiertos de manchas rojas, y suspiro.

Desde que metí a mi madre en la residencia, he hecho un pliegue por ahí y una doblez por allá para hacerle origami a mi vida hasta volverme pequeña y manejable. Aunque nunca he sido tan osada como Anjali, que un buen día dejó el trabajo y fundó su propia empresa para ver cómo le iba, sí que he sido lo bastante valiente como para querer vivir en lugar de conformarme con existir. Antes de que mi madre se pusiera muy enferma, buscaba experiencias. No es que fuese a tirarme en paracaídas ni nada parecido, pero sí que me apunté a una clase de pintura y me obligué a socializar. Salí a cenar sola porque me apetecía. Me apunté en el último segundo a un viaje con Anjali a Cuba. Para alguna gente no será gran cosa, pero a mí me parecía que era salir de mi zona de confort habitual.

Ahora soy tan vulnerable como un caracol sin el caparazón, una presa fácil para todos los Todds del mundo, dispuestos a tirarme sal por encima como niños traviesos y felices, dispuestos a exhibir el poco poder que tienen.

Arrastro los pies por el cuarto de baño y me unto una sucesión de cremas antes de ponerme el pijama y meterme en la cama; me tapo con la sábana hasta la cabeza mientras rememoro el estrés de la noche. Ver a Todd me ha afectado más de lo que pensaba, y ahora tengo la preocupación adicional de esperar que no se cosque de lo que estoy haciendo por Fangli.

Mi mente va de modo automático hasta la entrevista de ZZTV y hasta mi madre, acosada en la residencia por culpa de la impostora de su hija. La reputación de Fangli, hecha pedazos. El fin del mundo, en realidad, porque ese es el destino final de todos los viajes que emprendo por la Carretera de la Ansiedad.

Los comentarios de Sam también me duelen. Qué imbécil he sido al pensar que habíamos conectado. Ahora veo cuánto me equivoqué, porque para él soy antes que nada una trabajadora que no está cumpliendo las expectativas. Pensaba que me había seleccionado un conjunto porque quería verme guapa, pero era para Fangli. ¿Me ha escoltado durante la exposición de arte, tan pegado a mí que hasta me ha tocado? Porque era lo que la gente esperaba ver. ¿Me ha cogido la mano para guiar el bolígrafo? Porque quería que aprendiese el maldito autógrafo.

Para él es un trabajo, y yo pensaba que era tan fabulosa como para que quizá Sam Yao sintiera algo por mí, como si estuviese en un cuento de hadas. Incluso había olvidado a la misteriosa novia a la que Mei aludió y a la que Sam nunca ha mencionado.

Entierro la cara en la almohada y tarareo para intentar contrarrestar la vergüenza y los remordimientos que me desgarran la piel y dejan fríos hormigueos a su paso.

Hace menos de una semana que nos conocemos; ¿qué sé de Sam exactamente? No soy nadie, y él se codea con los famosos porque, para que te enteres, es uno de los actores más buenorros del planeta. Pues claro que en su vida no soy más que una persona temporal, nadie especial. Nadie excepcional.

Lo único que me consuela de este desastre es que todo esto solo haya ocurrido en mi cabeza. Sam no tiene ni idea de que me he planteado besarlo en la galería de arte, y no se va a enterar jamás de los jamases. Es un trabajo, un contrato a corto plazo, y soy tonta de remate por pensar que el Sam al que he visto era el hombre de verdad y no un personaje.

Además, hace días que no veo a mi madre. Debe de sentirse sola. Cojo el móvil y se me ocurre que a lo mejor podría mandarle un mensaje a Anjali para que me calmase, pero veo la hora. Es muy tarde y no quiero molestarla.

Las lágrimas son ardientes y horribles. Vuelvo a apoyar la cara en la almohada y boqueo en busca de aire a medida que los sollozos me zarandean el cuerpo y me obligan a hacerme un ovillo con las rodillas juntas. El calor de mi aliento se combina con las lágrimas para pegar el algodón blanco a mi rostro. Es cuestión de unos minutos, pero para cuando me aparto de la almohada, hipando, estoy agotada.

Le doy la vuelta a la almohada para recostarme en el lado seco y me tapo la cara con la sábana. Y me duermo mientras de los párpados, que he cerrado con fuerza, me siguen manando lágrimas.

26 DE JUNIO

MÉTODO IUG
TÚ PUEDES, GRACIE

NIVEL DE IMPORTANCIA	NIVEL DE URGENCIA	NIVEL DE GRAVEDAD
Muy importante.	Alto. Hacer asap, en días, si no horas.	Sí, la cosa empeorará si no lo soluciono de una vez.

Diecisiete

Al día siguiente, me despierto pronto, justo cuando sale el sol, y me quedo unos instantes entre las sábanas mientras me debato si levantarme o dormir un poco más. Después del arrebato emocional de anoche, pensaba que las pesadillas me arruinarían el sueño, pero he dormido mejor que en los últimos tiempos.

En un acto reflejo, miro el móvil. No tengo ningún mensaje de Sam, para variar, porque «él nunca me ha visto como nada que no fuera un trabajo».

Venga. Levántate.

En el cuarto de baño, me examino la piel. Como esperaba, las manchas han desaparecido. Tengo los ojos iluminados con un repentino destello dorado, un bonito efecto colateral de haber llorado, como si hubiera limpiado las impurezas de mis cuencas oculares. Me lavo la cara y, después de quitarme los rastros de las lágrimas de las mejillas, me siento renovada de una forma que llevo un tiempo sin sentir.

De regreso a la *suite* principal, me preparo un café en la máquina de cápsulas y cojo el ordenador para transcribir y organizar todas mis notas acerca de mi nuevo sistema de tareas. El bajón de anoche me abrió los ojos, y me enfrento al día que empieza con cierto placer. Que le den a Sam. ¿Cree que se me da como el culo? Pues se va a enterar. ¿Cree que no me estoy esforzando? Que se vaya a la mierda.

Que le den también a Todd.

Estoy sembrada. «Que te den, Sam, y que te den a ti, Todd, y a ti, Mei, por hacer que la conversación sea complicada, aunque fui una gilipollas al culparte de mis problemas. A ti no, Fangli. Tú me caes bien».

Puede que la energía negativa sea mi combustible, pero tecleo con histeria, sin ni siquiera volver hacia atrás para corregir las erratas porque no quiero interrumpir mi cadena de pensamientos. Me pierdo en mis propias palabras mientras escribo, y cada idea me lleva a otra y las conecto de nuevo. Estoy tan inmersa cn el proceso que ni siquiera me percato de que Mei entra en la habitación –dado que entra por la puerta anexa, los pestillos de la puerta principal no le han supuesto un obstáculo– hasta que se sienta a mi lado a la mesa. Incluso entonces tardo varios segundos en salir de mi trance mental.

No dice nada, pero pone la tableta delante de mí. Veo una foto mía de anoche y, aunque al principio es un alivio que fuera idéntica a Fangli porque el maquillaje es mágico, sé por la cara que pone que la historia no es tan positiva como podría ser. Leo el texto.

Wei Fangli, la megaestrella china, anoche no lució su sonrisa de megavatios en una exposición privada en el Museo de Arte Contemporáneo. Tal vez se deba a la garganta irritada que le impedía hablar, pero cuentan las fuentes que hay problemas en el paraíso en la rumoreada relación estable que la une con la superestrella Sam Yao. Los dos están en Toronto y protagonizan Operación Olvido, una obra de teatro ambientada en la Segunda Guerra Mundial que se representa en el Royal Alexandra.

–¿Cuáles son las fuentes? –le pregunto.

Es una mala noticia, ya que pensaba que Sam y yo lo estábamos haciendo bastante bien, por lo menos en público.

Mei no responde, como de costumbre.

Fangli aparece con los ojos muy abiertos.

–¿Qué pasó? –quiere saber. Cuando se sienta, su pierna derecha sube y baja en un veloz *staccato*.

–Fue culpa mía –digo.

Fangli no es Fangli.

–Pensaba que me habías dicho que os llevabais mejor. –Su pierna se mueve más deprisa, y Mei baja la vista hasta el suelo.

–Es que nos llevamos mejor. –Hablo con voz suave para tranquilizarla. Mei me mira a los ojos, pero no sé qué está pensando, así que estoy sola en esto–. Fangli, mírame.

Me clava unos ojos muy abiertos cuya vibra no me gusta nada.

–Fue culpa mía –repito lentamente–. Lo siento. Lo haré mejor.

Al ver que los movimientos de su pierna se ralentizan, sé que debo de haber acertado con el comentario.

–Fue una noche rara –digo–. Estaba nerviosa, pero ahora ya sé a qué atenerme. No volverá a ocurrir.

Mientras pronuncio esas palabras, me doy cuenta de que van en serio. A pesar de la forma asquerosa con que me transmitió el mensaje, Sam tenía razón. He sido una persona a medias, he hecho solo lo mínimo para apañármelas porque no he encontrado las fuerzas para hacer más, no con Todd y mi madre y la vida en general. Es algo que ya no quiero. Le dije a Fangli que cumpliría el encargo y pienso hacerlo, pero a mi manera.

He sido demasiado pasiva, como un globo llevado por el viento.

El rostro de ella no cambia, pero deja de mover la pierna.

–Esta mañana tengo que ir a visitar a mi madre –digo con voz firme–. Volveré al mediodía, y voy a practicar tu autógrafo durante veinte minutos. ¿Vas a pasar el día aquí, Fangli?

Mira a Mei, que me mira a mí.

–Si estás libre esta tarde –prosigo–, cuando haya terminado, iré a verte para que me puedas enseñar de qué forma reaccionarías si alguien se te acercara, y así sabré qué hacer.

–La señorita Wei tiene varias citas antes de ir al teatro –me informa Mei.

–Pues lo hacemos entre una cita y otra. –Agito el móvil en su dirección–. Envíame una invitación para una reunión en cualquier momento pasado el mediodía.

Si es un trabajo, voy a tratarlo como un trabajo.

Fangli agacha la cabeza y respira hondo.

–Nos vemos esta tarde –le digo–. A no ser que quieras acompañarme a visitar a mi madre.

Su rostro se ilumina antes de que Mei niegue con la cabeza.

–La señorita Wei tiene varias citas esta mañana –repite–. No es buena idea arriesgarse a que alguien les haga una foto juntas.

–Pues la próxima vez –digo–. Puedes venir conmigo siempre que quieras. Me pondré un disfraz de pirata para que nadie se dé cuenta de nuestro parecido.

Es una broma muy mala, pero Fangli me hace el favor de sonreír antes de que Mei se la lleve. Miro la hora y calculo que si salgo dentro de diez minutos tendré tiempo de llegar a la residencia, quedarme un par de horas con mi madre y regresar. En el cuarto de baño, no me pongo nada en la cara y opto por el pelo corto y los labios sin maquillar para que nadie me confunda con Fangli. Encuentro mi vieja ropa en uno de los cajones del armario y saco un par de vaqueros holgados y un top ancho. Con mis gafas de sol, vuelvo a ser yo.

Acto seguido, cojo el móvil. Tengo el número de Sam porque Mei me lo dio por si había alguna emergencia, pero todavía no lo he usado. Podría mandarle un mensaje para decirle... ¿qué? Me guardo el teléfono en el bolso y me dirijo a la puerta.

Encontrar una excusa patética para estar por casualidad en el mismo lugar que él o mandarle un mensaje «para ver qué tal» es la misma técnica que usaría una adolescente con la persona que le gusta, y no tengo intención de hacerlo. Sam ha dejado clarísimo lo que piensa.

Lo voy a respetar. Ha llegado el momento de dar un paso adelante.

Como me imaginaba, en el vestíbulo del Xanadu nadie mira dos veces a la silueta desaliñada y falta de estilo que cruza la recepción hacia el transporte público. Echo de menos la atención de la gente, pero solo un poquito.

La enfermera me saluda con una inclinación de cabeza cuando llego, juzgándome porque han pasado varios días desde la última vez que vine. Firmo el libro de visitas y echo a caminar por el pasillo. La rutina de mi madre está estructurada, y tengo el horario en casa y guardado en el móvil en forma de foto. A las diez de la mañana hay tiempo libre y actividades sociales, pero mi madre preferiría despellejarse ella misma antes que jugar a las cartas, que es una de las pocas actividades que ofrecen, así que en primer lugar asomo la cabeza en su habitación. Para mi sorpresa, está vacía. Enseguida me aseguro de comprobar que tenga ropa limpia y todo esté ordenado, y después me voy hacia el solárium.

Cuando llego a la estancia, me quedo junto a las cristaleras abiertas y la busco con la mirada. Está bastante abarrotado, a lo mejor hay unas diez o doce personas sentadas a su aire con un periódico ante sí o mirando por la ventana. No suena música ni habla nadie, y el agujerito de mi pecho se ensancha. Necesito el dinero de Fangli para poder ponerlo encima de la mesa cuando me llamen de Xin Guang. Podría ser cualquier día. Llevo siglos en la lista de espera.

Cruzo la estancia hasta llegar a mi madre y doy gracias por que no necesite silla de ruedas. He visto a algunos de los otros residentes, con los brazos demasiado débiles para impulsar la silla, esperando a que una enfermera o un voluntario tenga un momento para llevarlos a donde quieren ir. Mi madre no ha perdido la movilidad, y esa es una buena noticia.

Me gustaría hundir la cara en su hombro como hacía cuando era pequeña. Al final me limito a extender los brazos y rodearla con suavidad. Su cuerpecillo me parece ligero, pero sus ojos se arrugan al sonreír, como siempre, con unos surcos profundos que se propagan hasta sus sienes.

–Hola, cielo –me dice. Y luego niega con la cabeza–. ¿Te has cortado el pelo?

–¿Te gusta?

–Pues sí. Qué corto.

Me señala una silla junto a la suya, y me siento unos instantes con su mano en el pelo. Siempre ha hecho gala de una energía muy suave, y cierro los ojos para permitir que borre la vergüenza miserable que me queda de anoche. Buf, la energía maternal. Cuando funciona, funciona que no veas.

Le cuento a qué personas he visto viniendo hasta aquí. Y luego le miento sobre el trabajo y le digo que va igual que siempre, y le cuento un drama laboral falso. Ladea la cabeza y me escucha, pero cuando le formulo alguna pregunta, tan solo sonríe y me acaricia el brazo con una mano. Parloteo durante unos minutos más antes de sumirme en el silencio. Los demás presentes en la sala están tan callados que es como estar en una galería rodeada de esculturas. Cuando se acerca una voluntaria para preguntar si a alguien le apetece una taza de té, su voz retumba por las paredes.

Después de pedir una taza para mi madre y un café para mí, cojo un periódico y empiezo a leer en voz alta. Leo lentamente, pero no presto atención a las palabras porque estoy pensando de nuevo en crear mi propio organizador. Necesito mirar lo que he escrito esta mañana, pero sé qué ideas he apuntado.

Una cálida oleada me inunda, una honda satisfacción que hace mucho tiempo que no experimento.

Las dos horas pasan lentamente y voy a buscar más café, más té y más galletas. Mi madre deja que el té forme una capa en la parte superior mientras se concentra en la nada que está sucediendo afuera. A nuestro alrededor, los otros residentes van entrando en la sala y ocupando los asientos. Es evidente que cada uno de ellos tiene una silla preferida, y me pregunto qué pasará cuando uno se sienta donde no le corresponde. Seguramente haya un combate de lucha libre.

Llevo a mi madre a la habitación para que coma y luego me vuelvo al Xanadu después de darle un beso. Visitarla me ha tranquilizado, y ahora veo la situación con perspectiva.

Sé qué necesito hacer y estoy preparada para hacerlo bien.

Cuando llego a mi *suite*, no hay nadie, pero oigo la voz de Fangli en la habitación de al lado. Mei me ha enviado una invitación para reunirnos dentro de una hora, así que no pierdo el tiempo. Tengo que hurgar por todas partes para encontrar el papel que me dejó Sam anoche, y me paso exactamente veinte minutos repitiendo la firma hasta que soy capaz de reproducir las suaves líneas sin mirar. Me guardo el papel con orgullo. Un logro pequeño, pero conseguido. Una tarea que borrar de mi lista. Toma chute de dopamina.

Todavía tengo cuarenta minutos, así que cojo el ordenador portátil para ordenar un poco mis notas. Estoy esbozando un dibujo para ver cómo podría tomar forma mi lista de tareas cuando alguien llama a la puerta que conecta las dos *suites*. Debe de ser Fangli, que está lista unos minutos antes de lo acordado. Dejo el portátil y me acerco a abrir la puerta.

Sam está delante de mí, con las manos metidas con elegancia en los bolsillos dejando a la vista unas muñecas excelentes.

Procuro componer una expresión neutral mientras me aparto y le hago señas para que entre en la habitación. Profesional. Educada y distante, como deberían ser los nuevos compañeros de trabajo.

—Pensaba que hoy estabas ocupado.

No tenemos ninguna salida prevista hasta dentro de un par de días. Mei me ha enviado un montón de invitaciones de la agenda mientras estaba con mi madre y las he leído por encima para saber qué me esperaba.

–He terminado antes y no hace falta que vuelva al teatro hasta dentro de un buen rato. –Se pasa una mano por el pelo negro, que cae sobre sus ojos hasta adoptar la misma forma que tenía antes para cubrir sus rectas y espesas cejas–. Fangli está molesta por la discusión que tuvimos anoche.

Ha venido por Fangli. Intento no guardarle rencor por ello.

–Ya le he dicho que no fue nada.

–Vale. –Vacila y mira hacia atrás. Sigo sus ojos y veo que Mei está sola en el centro de la *suite* de Fangli, contemplándonos.

Sam cierra la puerta y espía mi portátil, que apago a toda prisa.

–¿Qué hacías?

–Apuntaba todo lo que estoy haciendo para poder vendérselo al mejor postor cuando me marche.

Se me queda mirando con los ojos como platos, y me froto la nuca.

–Es broma –digo–. Es un proyecto personal que no tiene nada que ver con vosotros, porque ¿sabes una cosa? No he tenido nada que ver con vosotros durante casi toda mi vida.

Se instala un breve silencio entre nosotros, y Sam se mece hacia delante con las manos en los bolsillos.

–Puede que los dos hayamos empezado con mal pie –dice.

–¿Puede? –Qué manera tan generosa de resumirlo–. ¿Los dos?

–Yo estaba equivocado. –Se sienta.

–¿Cómo?

Yo también me siento y aparto el ordenador. La habitual aspereza de la voz de Sam ha desaparecido y creo que estoy hablando con su verdadero yo, una criatura tan esquiva como críptica.

No me mira a los ojos, sino a un punto que queda detrás de mi hombro.

–Anoche estaba cabreado en el coche y lo pagué contigo.

–Tenías razón –comento. Yo también acabo mirando más allá de él, hacia el lago–. No me lo estaba tomando en serio, pero a partir de ahora lo haré.

–No lo estás haciendo tan mal –dice–. No me malinterpretes, lo de la garganta irritada fue una idea horrible, pero en general te esfuerzas. –Nos miramos a los ojos y él aparta la vista–. Es lo que me dijiste en el coche. Sobre Fangli.

Quiero interrumpirlo, pero solamente sería para oírme a mí. Al final me quedo callada porque a Sam le está costando hablar y no quiero que acabe guardando silencio.

–Tienes razón. Fangli está enferma. –Un ligero rubor asciende por su cuello–. No físicamente. Mentalmente.

–¿Qué le pasa?

–Tiene ataques de pánico. Muy fuertes, durante los que no sabe qué es real y qué no. Empezó a tenerlos cuando estudiábamos interpretación. –Hace una pausa–. La ponen demasiado ansiosa para trabajar y no le gusta hablar demasiado sobre eso. Su representante le dijo que lo ocultase, que nadie quiere pensar que Wei Fangli está loca. Ella tampoco lo quiere. Es algo que la asusta.

La amargura de su voz me confirma que es cierto.

–¿Qué ha hecho para evitarlo?

–Acupuntura. Dieta. –Suspira–. Yo la convencí para que aceptara la obra de teatro en Canadá porque pensaba que un nuevo ambiente quizá la ayudaría a hablar con alguien y a pedir ayuda. En China no puede hacerlo. Siente demasiada vergüenza.

–¿Y la cosa va a peor?

Se coloca las manos sobre las piernas y agacha la cabeza.

–Está al límite. Desesperada por ocultárselo a todo el mundo, y yo soy la única persona con la que puede hablar. Estoy tan acostumbrado a proteger su secreto que oírtelo decir a ti me hizo reaccionar de forma desproporcionada.

–Debería hablar con un terapeuta, un doctor. Hay medicamentos que ayudan. –Vacilo–. Yo los tomo.

–¿Cómo? –Sus ojos se clavan en mí.

–Yo también tengo pánico. Depresión. Empecé a tomar antidepresivos hace un par de años.

Me cuesta hablar de esto. Sé que sucede y sé que es habitual, de verdad, pero una parte de mí sigue pensando que tomar antidepresivos significa que soy débil, como si no pudiera enfrentarme a las cosas. Sé que no es así, pero en mi cabeza es un problema de fuerza de voluntad, no una cuestión de química cerebral.

–Me da la sensación de que os parecéis mucho, no solo físicamente. –Me dedica una sonrisa burlona.

–¿Cómo puedo ayudarla?

–Anoche no te mentí al decirte que el hecho de que estés aquí la está ayudando. Lo está llevando mejor.

Tomo una decisión. Le tiendo la mano.

–Empecemos de cero. En lugar de que tú pienses que soy un fracaso andante y yo que eres un capullo arrogante bidimensional, seamos Gracie y Sam, dos personas que están trabajando juntas.

–En ningún momento he dicho que seas eso –protesta. Y luego hace una pausa–. Un momento. ¿Así es como me ves?

Me quedo mirando fijamente la mano para responder.

–Lo siento. –Me la estrecha unos instantes y me suelta–. He pagado mi cabreo contigo porque no he podido evitar que este plan de Fangli siguiera adelante. Era una gilipollez... Supongo que así lo llamarías tú.

–Pues sí. –Asiento con ecuanimidad.

–Vale, muy bien. Me alegro de haberlo resuelto.

–Hola, Sam –digo–. Encantada de conocerte.

Esta vez es él quien me tiende la mano.

–Gracie. Tengo ganas de que empecemos a trabajar juntos.

Cuando se la estrecho, no estoy tocando a Sam Yao, el famoso actor de cine. Es simplemente Sam.

Un Sam que se siente incómodo nada más soltarme la mano. Baja la vista, flexiona los dedos y frunce el ceño.

–¿Y a partir de ahora cómo lo hacemos? –me pregunta.

Su clara inseguridad me consuela en cierto modo –me alegro de ver que es un ser humano–, pero también me inquieta porque por lo menos uno de los dos debería saber cómo coño lidiar con estas situaciones.

Esa persona tendré que ser yo.

–Seguimos trabajando, pero codo con codo –decido–. Te diré si necesito ayuda en lugar de evitar la situación.

–Yo intentaré escucharte.

–Sam.

–Te escucharé –se corrige.

Saco un papel y él me observa mientras escribo. Aunque veo que se muere de curiosidad, espera hasta que esté preparada. Le paso la hoja, que lee en alto con su voz grave.

–«Este contrato (en adelante, el Contrato), fechado el 26 de junio, resume el acuerdo profesional (en adelante, el Acuerdo) firmado por Sam Yao y Gracie Reed». –Levanta la vista–. ¿Los términos legales son necesarios?

–Así parece más oficial.

Sam retoma la lectura de la hoja.

–«Ambas partes juran solemnemente: Uno. Tratarse con el debido respeto que merece un compañero de trabajo» –lee–. ¿Por qué lo has enumerado si solo hay un punto?

–Añade lo que te parezca –le digo–. Todo lo demás me parecía redundante.

Se queda pensando unos segundos y se encoge de hombros.

–Es probable que tengas razón.

Firma con una floritura y me pasa la hoja. Yo la firmo y la doblo.

–Ahora es oficial. Somos compañeros de trabajo.

Esboza una sonrisa asimétrica que enseguida se convierte en una sonora carcajada.

–Eres de lo que no hay, Gracie Reed.

No puedo evitar devolverle la sonrisa. Creo que tiene razón.

28 DE JUNIO

MOSA: MAPA CONCEPTUAL

ACCIONES

PENDIENTES ESTA SEMANA

ORGANIZAR TAREAS SEGÚN:

OBJETIVOS

PENDIENTES HOY

IDEAS

Dieciocho

Los dos próximos días siguen una agenda tranquila que disfruto. Firmo la indemnización por despido de Garnet Brothers y activo una opción de la bandeja de entrada para que todos los correos que provengan de una dirección de garnetbrothers.com vayan directamente a Fred, el abogado. No me había dado cuenta del miedo que me daba abrir la bandeja y ver un correo de Todd.

Dedico la mayor parte de mis días a practicar ser Fangli, y esta vez lo hago como es debido, enumerando todas las formas en que alguien se le puede acercar y mis respuestas de antemano. Si alguien se me aproxima en la calle. En los lavabos. Si alguien quiere una foto. Un *selfie*, un autógrafo. Me pongo a devorar vídeos de Fangli hasta que soy capaz de imitar sus modales hasta el punto de meterme en su piel incluso cuando no estoy en público.

Sam me ha asegurado que le ocurre a veces cuando entra mucho en un personaje.

Porque, para mi sorpresa, Sam se ha vuelto insustituible. Siempre que no está en el teatro, practicamos hasta que me resulta del todo natural girarme hacia él con una sonrisa y ver su mirada de aprecio. Aunque sea sincero, ya no soy tan ingenua ni estoy tan desesperada para verlo como más de lo que es: apoyar a una amiga. Lo está haciendo por Fangli y por la carrera de ella. Yo tan solo soy una herramienta. Me duele menos de lo que pensaba, seguramente porque ahora que lo pienso la idea de enamorar hasta las trancas a Sam Yao sin tener trabajo ni fama es de risa.

Pero es una pena que su nueva amabilidad lo vuelva más atractivo. No físicamente, ya que la perfección no se puede mejorar, sino como persona. Este Sam no es frío y distante, sino bobo y encantador. Es un adicto al pop británico de los noventa y una noche cantó de principio a fin *Wonderwall* de Oasis conmigo para el gran deleite de Fangli, acompañado de unos emocionantes gestos imitando una guitarra.

Sus chistes son horribles, casi al nivel de los de un buen cuñado, de lo que me doy cuenta cuando me ve con un café con leche tomando notas.

–Gracie, ¿sabes qué hace una vaca con los ojos cerrados?

–¿Qué? –¿De qué me está hablando?

–Leche concentrada. Y ¿sabes cuánta leche da una vaca en su vida?

–Sam, ¿te encuentras bien?

–Pues la misma que en bajada.

Con una sonrisa beatífica, se aleja, feliz por haber soltado dos de los peores chistes del mundo.

Baila de putísima madre, algo que descubro por casualidad un día en que intento adivinar cómo hacer un bailecito de moda que veo en las redes sociales. Él lo observa una sola vez y luego lo repite a la perfección mientras me lo quedo mirando boquiabierta.

–Mi madre dice que tengo una buena inteligencia corporal cinestésica. –Se encoge de hombros–. Heredada de ella, claro.

–Es imposible que yo consiga hacer eso.

–Claro que puedes. Es cuestión de mover las caderas.

Solo se rinde después de pasarse cinco minutos muy inútiles intentando enseñarme a hacer *twerking*. Gracias a Dios, porque como tenga que ver una vez más cómo sacude las caderas y ese culo tan fibrado, me va a dar algo. Él no se da cuenta del impacto que tiene en mí y se sienta en el sofá.

–¿Qué pensabas hacer antes de ponerte a bailar?

–Ver *El loto perlado* de nuevo. –He decidido que sería positivo ahora que estoy un poco más acostumbrada a ser Fangli.

–¿Te importa si me uno? –Este Sam también es tremendamente educado comparado con el de antes.

–Claro, pero tendrás que contarme todos los chismorreos de detrás de las cámaras. –Pongo la película, pero al poco la dejo en pausa–. ¿Te parece raro verte a ti mismo en la pantalla?

–No solía ver mis propias películas –responde–. ¿Quieres palomitas?

–Sí. –Se levanta para coger una bolsa y espero a que siga hablando–. ¿Y bien?

–¿Y bien, qué?

Sam se agacha para abrir un armario en busca de dos cuencos.

–Ser actor. Verte en la pantalla. ¿No solías pero ahora sí?

–Quizá te sorprenda, pero es una experiencia muy incómoda –dice mientras en el microondas suenan unas cuantas explosiones–. Todas las escenas se pueden mejorar, pero ahí están, grabadas para la eternidad. Mis expresiones de idiota. El ridículo que hago con un disfraz. Durante muchos años no lo soportaba.

–¿Qué cambió?

–Mi amigo Chen me comentó que, si nunca veía mis viejos trabajos, nunca podría mejorar. Tenía sentido y se ha vuelto más sencillo. –El microondas suelta un pitido y Sam va a por la bolsa. Suelta un taco cuando la abre y el vapor le quema la mano–. Dicho esto, cuesta ver una peli cuando estoy con alguien que no deja de chotearse de mí.

–¿Chotearse?

–Mi profesor particular solía decirlo. Significa burlarse de alguien.

–¡Yo nunca haría eso! –Me ofende que me vea tan mezquina.

Sam se acerca con dos cuencos y me ofrece uno.

–Es una broma, mujer… Ya sé que no eres así.

Volvemos a poner la película y, al cabo de unos pocos minutos, la para.

–¿Ves eso?

Entorno los ojos para observar la escena, que tiene lugar en la sala del trono, debajo de un dragón dorado con rubís por ojos.

–¿Es un vaso de Starbucks?

–Nadie confesó haberlo dejado ahí.

–No era tuyo, ¿verdad?

Cuando se echa a reír, todo su rostro se ilumina con gesto travieso.

–Se estuvo comentando en las redes sociales durante días. No pude contárselo a nadie. Era demasiado vergonzoso.

Se mete una mano en el bolsillo y extrae el móvil, que le está vibrando. Endurece el semblante y decide rechazar la llamada con gran determinación.

Ve que lo miro.

–Es mi madre –se excusa.

Hago unos cuantos cálculos mentales.

–¿No son las cinco de la mañana en Pekín?

–Más bien las tres, pero a mi madre no la limitan detalles como los husos horarios cuando se trata de controlar mi vida.

Saber que Sam tiene problemas con su madre me sorprende tanto como cuando vi a mi profesora de primaria en el supermercado; es un hecho asombrosamente íntimo.

–¿Qué pasa?

–Nada.

Mis ganas de cotillear son infinitas.

–Y yo te contaré lo de mi proyecto secreto.

–No te creo. –Sam arquea una ceja.

–Se llama MOSA. Es una exclusiva.

Termina rindiéndose.

–Ya sabes quién es mi madre.

–Lu Lili. Veíamos sus películas.

–Y mi padre.

–Ren Shu, el director.

–Exacto. Mi madre es un prodigio. –Hace una mueca–. He salido en veintitrés películas. Llevo casi quince años actuando. Soy uno de los actores mejor pagados de China y, a pesar de todo eso, con treinta años siento la necesidad de que apruebe mi vida.

–Madres –rezongo.

–Madres –asiente–. Quiere que deje de actuar y que me una a la empresa de entretenimiento de mi padre.

–¿En plan actor?

–Para prepararme a ser el director ejecutivo, como él. Es mi deber como buen hijo.

–Eso suena muy dinástico.

–Lo es. –Bebe con los ojos cerrados–. Lu Lili siempre consigue todo lo que quiere. Tiene suficiente influencia para evitar que otras empresas me contraten, y estaría convencida de que es por mi propio bien.

–¿No es lo que quieres tú?

–Es que somos personas diferentes –asegura con vehemencia–. Con ambiciones diferentes. Y no lo entiende. Es porque nos quiere, pero también porque no tiene límites.

Me recuesto en el sofá y levanto las piernas.

—¿Qué vas a hacer?

—Ignorar sus llamadas. —Señala el móvil.

—No es el mejor plan a largo plazo.

—De momento me ha funcionado. —Ladea la cabeza como suele hacer—. ¿Qué me sugieres?

—¿Has intentado decirle cómo te sientes?

—No somos de los que hablan de sentimientos. —Sam está horrorizado a ojos vista.

—A lo mejor va siendo hora de que empieces a hacerlo si no quieres tener que ignorar a tu propia madre porque te aterra mantener una conversación. Con treinta años.

—No me aterra.

Le lanzo un cojín y me maravilla lo tranquila que estoy.

—No mientas.

—No conoces a mi madre.

—Ni tú a la mía.

—¿Hablabas a menudo con ella con el corazón en la mano?

—No —admito—. Pero ojalá lo hubiera hecho. Sigue mi consejo...

—Gracias.

Se concentra en la película y la vemos en silencio durante unos minutos. Y de pronto la vuelve a detener.

—Háblame de tu MOSA.

¿Por qué cuesta tanto hablar de las cosas que son muy importantes para uno? Entiendo que en un plano general de la vida crear una lista de tareas pendientes que te funcione no está al mismo nivel que revertir el cambio climático, pero para mí perfeccionar la lista es necesario. Sam se ha girado hacia mí con todo el cuerpo y se inclina hacia delante como si estuviera interesado.

Intento distraer su atención.

—Es una cosilla en la que estoy trabajando.

Cuando no añado nada más, la atmósfera entre nosotros cambia. Se echa atrás y, como soy una persona con la puta manía de complacer a todo el mundo, me desmorono.

—Es una lista de tareas pendientes —le suelto.

—¿De tareas que debes hacer?

Entre sus ojos aparece una fina línea.

–No, de cómo organizar una. Un método de organización. Ninguno de los que he probado me ha servido, así que voy a crear uno propio. –Suena ridículo. Tiro de un hilo de la costura del sofá.

El surco que le separa las cejas se incrementa.

–¿Como uno de esos en forma de diario?

–¿Te gustan las listas?

Ahora me toca a mí abrir los ojos como platos.

Para contestarme, saca el móvil y me enseña una carpeta entera de herramientas de productividad.

–Mi asistente, Deng, me lo ha pegado, pero no he encontrado la adecuada.

–Yo tampoco.

–Y has decidido crear un sistema. –Sonríe–. MOSA. Qué gracioso. A mí nunca se me habría ocurrido crear un sistema propio.

A duras penas es un cumplido, pero su tono hace que me ponga roja.

–No es nada –murmuro–. No hay para tanto.

–¿Cómo que no? Has detectado un problema y lo quieres solucionar. La mayoría de la gente se las apañaría con cualquier otra cosa.

–No he llegado muy lejos.

–En el mundo ya hay suficientes personas dispuestas a menospreciarte. –El ceño fruncido regresa–. ¿Hace falta que te sumes a su club?

Sus palabras me golpean en el estómago.

–¿Ese es tu mantra?

Sam coge el cuenco con las palomitas y se lo queda contemplando. Como estamos manteniendo una conversación seria, intento no fijarme en el ángulo de su rostro, que va desde el pómulo hasta la barbilla, pero es que es complicado, joder.

–Debe serlo. Todo lo que hago se critica. Lo que me pongo. Con quién salgo. Los papeles que acepto y cómo los interpreto.

Claro.

–¿Cómo lo sobrellevas?

–No leo las críticas. Ni las buenas ni las malas. –Me entrega el cuenco–. ¿Me dejarás que lo pruebe en versión beta?

–¿Te gustaría?

Su propuesta me provoca una oleada de emoción que no puedo ocultar.

Se echa a reír.

—¿Si me gustaría poder organizarme la vida? Tú qué crees.

Y presta atención de nuevo a la película mientras yo me acomodo en el sofá, demasiado contenta.

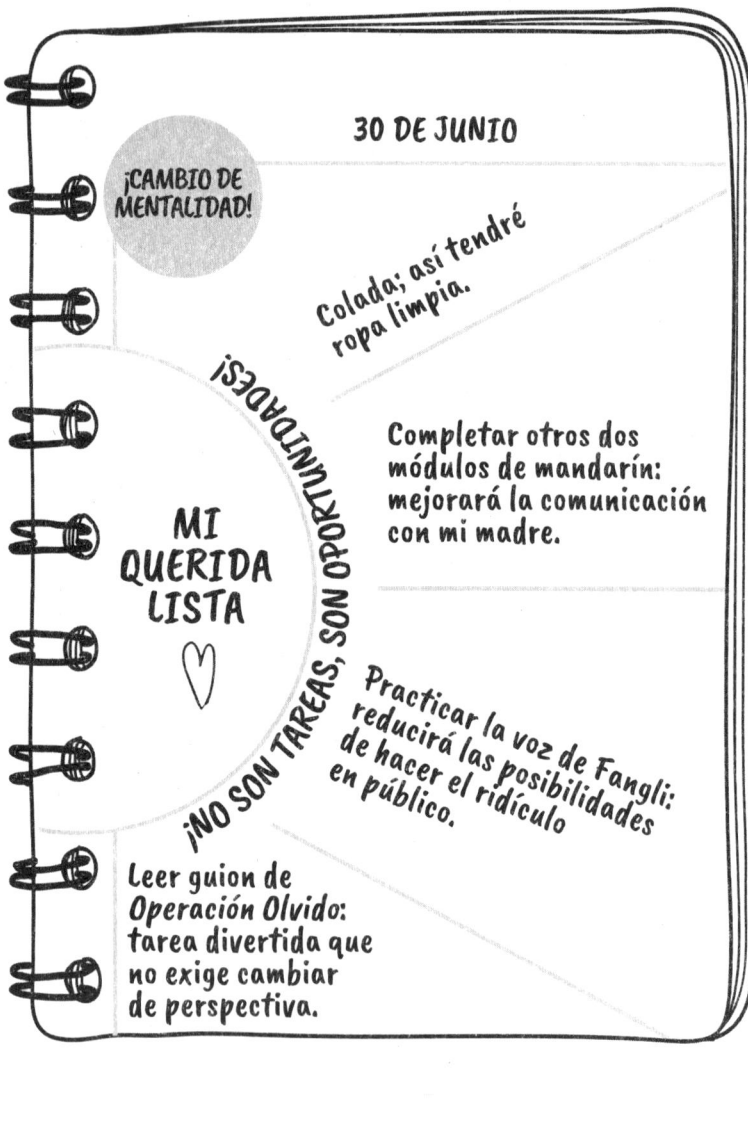

30 DE JUNIO

¡CAMBIO DE MENTALIDAD!

Colada; así tendré ropa limpia.

Completar otros dos módulos de mandarín: mejorará la comunicación con mi madre.

¡NO SON TAREAS, SON OPORTUNIDADES!

MI QUERIDA LISTA ♡

Practicar la voz de Fangli: reducirá las posibilidades de hacer el ridículo en público.

Leer guion de *Operación Olvido*: tarea divertida que no exige cambiar de perspectiva.

Diecinueve

Hago un esfuerzo con Fangli. No me resulta cómodo hablar con ella a las claras sobre salud mental, pero una noche, cuando viene a mi habitación, menciono que he olvidado tomarme la medicación y procuro que me vea tragar una pastilla.

–¿Estás enferma? –me pregunta con preocupación.

–Tengo depresión y ataques de pánico. –Intento contestar como si tal cosa–. Estos antidepresivos me ayudan a tranquilizarme porque me ajustan la química cerebral.

–¿Cómo? –Abre los ojos como platos.

–Hace mucho que los tengo, pero empecé a coger las riendas de la situación hace un par de años –digo–. Me costó mucho admitir que necesitaba ayuda.

Tal vez sea humillante, pero intento que suene más fácil para Fangli, como si fuera algo que ella también puede hacer.

No responde durante unos segundos.

–Me gustaría ir a dar una vuelta –dice al fin.

–Deberías salir. –He captado la indirecta–. Te sentará bien que te dé el aire.

–No conozco la ciudad muy bien. Me llevan a todos lados en coche.

–Vayamos juntas –le propongo de repente–. Iremos a un bar de mala muerte donde nadie esperará verte. Te puedes poner mi ropa.

–No estoy segura de que sea una buena idea. –Parece afligida–. Alguien podría hacerme una foto.

–¿Qué te parece si nos preparamos y valoras el conjunto? No nos iremos a no ser que te sientas cómoda –le prometo.

Fangli mira hacia la noche oscura a través de la ventana.

–Será difícil que me vean la cara en la calle –añade como si quisiera autoconvencerse.

Saco un par de vaqueros y un top del cajón de mi ropa.

–Toma.

Me sonríe y se marcha con las prendas. Cuando regresa al cabo de cinco minutos, tengo que echarme a reír. Se ha añadido un cinturón, se ha hecho un nudo en la camiseta y se ha puesto zapatos de tacón. Está fantástica.

—Casi. —Le arreglo la camiseta hasta metérsela por dentro de la cinturilla del pantalón y le doy mis sandalias planas y una gorra—. Nada de maquillaje.

—¿Ni siquiera pintalabios?

—Ponte este. —Es un bálsamo de color pastel.

Cuando nos miramos al espejo, parecemos hermanas, pero es imposible que una persona normal y corriente pueda confundir a la mujer esbelta, sin maquillaje, con el pelo recogido en una cola y una gorra de béisbol con una estrella de cine, por lo menos en Toronto.

—Yo te veo bien —le aseguro.

—Vámonos, sí. —Un ligero rubor le tiñe las mejillas—. Daremos una vuelta con un café de Starbucks.

—Bajaré yo primero y te esperaré fuera de las puertas de la recepción, por si acaso —digo—. El vestíbulo es la peor parte, donde puede haber gente vigilando quién entra y quién sale.

Fangli asiente cuando acepta la pequeña bandolera que le doy. Con el pelo corto y apenas maquillaje, no parezco nadie especial, así que atravieso el vestíbulo del hotel sin problemas. Fangli se reúne conmigo y echamos a caminar por la calle.

Decido descartar la idea del bar de mala muerte y llevarla hacia Yongé Street, que está a solo unos minutos del hotel. Pido los cafés en la camioneta móvil y Fangli enseguida disfruta del sueño de sorber un americano descafeinado mientras pasea por la sucia acera. Como estamos en verano, hay gente paseando, y, salvo por un tío que se pone delante de nosotras y nos suelta un «Tía buena», Fangli está encantada al ver que a nadie le importa una mierda quién es.

—¿Cómo es la situación en China? —le pregunto—. ¿Puedes salir a pasear así?

—Tengo chófer y guardaespaldas. —Niega con la cabeza con tanta fuerza que se le cae la gorra.

—¿Incluso para ir al súper?

–Yo no voy al súper. –Fangli me señala con el café–. No es seguro para mí ni para la gente que me rodea. A veces me acosa la multitud.

–Pero aquí no.

–Aquí no soy tan famosa. –Sonríe–. Es un placer.

–¿Te gusta? –Intento imaginarme ser tan famosa.

–No es cuestión de si me gusta o si no. Es lo que hay. Tengo que ser actriz porque quiero que se me recuerde, que esta vida haya significado algo. –Se encoge de hombros–. Hago lo que me encanta y gano dinero con eso. ¿Cómo voy a quejarme si no puedo ir a por un café cuando me apetece?

Pasamos por delante de una tienda y Fangli se detiene al ver un cartel que anuncia la marca Trident.

–¿Quieres unos chicles? –le pregunto.

–Hace años que no masco chicle. –Niega con la cabeza–. Mi representante me lo prohíbe. No es elegante.

Me imagino que me prohíben mascar un chicle de fresa.

–Esta noche es para ti –la animo–. Haz una locura.

Entramos en la tienda. Dejo que Fangli se lo piense delante del estante de las chuches –¿cómo es posible que en el mundo haya tantos sabores de chicle?– y echo un vistazo.

Es un local enorme, con un mostrador de cosméticos de marca cara. En el hotel tengo todo lo que necesito, pero mis ojos se clavan en los pintalabios. El último que me compré fue el del color neutro que pillé para Garnet Brothers.

Una dependienta se me acerca con una experimentada sonrisa.

–¿Puedo ayudarla en algo?

–No, gracias. Solo estoy mirando.

–Muy bien. Estoy aquí si me necesita.

Se pone a organizar un estante de antiojeras. Delante de mí veo una resplandeciente fila de productos de Dior en unas cajitas negras y plateadas. Se ven bonitos y elegantes, y en el extremo izquierdo de la hilera veo uno de color rojo oscuro. Es más oscuro y arriesgado que los rojos brillantes que me ponía y que me pongo ahora siendo Fangli, pero no puedo quitarle los ojos de encima.

–Disculpa. –La mujer se gira al oír que la llamo–. Perdona, ¿me puedes poner ese pintalabios?

–Claro. –Abre un enorme cajón y lo coge–. Ahora se lo cobro.

Después de sufrir un breve ataque al corazón porque desde cuándo un pintalabios cuesta cincuenta pavos, me reúno con Fangli en la puerta de la tienda, donde por lo visto quiere comprar un chicle de todos los sabores que hay. No es un comportamiento que vaya a pasar desapercibido, pero está tan contenta que no le digo nada.

Mi nueva compra está guardada a buen recaudo en mi bolso, un secreto que me proporciona tanta alegría como la que parecen provocarle a Fangli los chicles. Es una chorrada, un tubito de nada, pero al mismo tiempo es algo colosal. Es mío.

Fangli termina de escanear los productos en la caja automática. Cuando nos vamos, balancea la bolsa de plástico como un niño con un juguete nuevo.

–¿Quieres uno? –me pregunta con una mano en la bolsa.

–Luego. –Le enseño el café.

Más adelante, la multitud estalla en vítores; en Yonge-Dundas Square hay un concierto.

–¿Quieres echar un vistazo? –le pregunto. Suena divertido.

–¿Será seguro? –Fangli tiene cara de ilusión, pero titubea.

–Claro. Nos quedaremos en el fondo y así no nos rodeará la muchedumbre.

Mi comentario reduce su preocupación. La música no está a un volumen insoportable, y en las últimas filas la gente está bailando y jugando. Fangli lo observa todo con los ojos muy abiertos. La mayoría de la gente tiene veintipico, y los hay para todos los gustos y estilos.

–Todo el mundo es distinto –se maravilla–. Y es una multitud reducida.

Intento verlo desde su perspectiva.

–¿Cuánta gente vive en Pekín?

–Unos veinte millones de personas.

Diez veces el tamaño de Toronto. No llego a entender lo grande que es eso. Veo una gastroneta de churros cerca, así que pillos unos cuantos. Acabamos cubiertas de azúcar, lamiéndonos el dulce de leche de los dedos y berreando el estribillo de la canción, o por lo menos lo que nosotros pensamos que están cantando. Es divertido hasta que miro el móvil para ver qué hora es y me encuentro con una sucesión de mensajes histéricos de Sam.

¿Dónde estás?

¿Estás con Fangli?

Y luego distintas variaciones del mismo mensaje que abarcan la última hora. Debe de haber vuelto justo cuando nos hemos marchado. El último mensaje me da a entender que está a punto de llamar a la policía, así que le respondo a toda prisa.

Estamos dando un paseo. Todo bien.

El concierto finaliza y la gente aplaude. Fangli se gira hacia mí con los ojos brillantes, y parece que acabe de cumplir veinte años.

–Ha sido increíble.

Yonge Street ahora está abarrotada del gentío que se dispersa, algunos chillando las letras de las canciones hasta el punto de lograr que toda la calle termine cantándolas, así que me encamino hacia Dundas Street y luego vamos a Nathan Phillips Square, donde recorremos el serpenteante camino de hormigón que lleva hacia el ayuntamiento. Está cerrado y no podemos entrar, pero nos quedamos en el balcón que da al parque, con los brazos apoyados en la barandilla.

–Había olvidado cómo era lo de estar rodeada de gente que disfruta de la vida –dice.

–¿No es así cuando vuelves a casa?

Se ríe por la nariz.

–La vida de mi padre está dedicada al trabajo. Es como si estuviera sola.

–Pero seguro que tienes amigos.

Los actores son personas, por el amor de Dios.

–Todos actores o gente de la industria. –Se pasa las manos por los brazos–. No podemos huir del entorno. Todos los amigos que hice en la escuela… Al final perdí el contacto con ellos.

–Y ¿qué me dices de Chen, el chico que te gustaba tanto?

–Me gustaba un poco. Con él también perdí el contacto, y es difícil conocer a gente nueva. No sé qué quieren de mí, y trabajo tanto que no consigo dedicarles el tiempo que merecen. –Habla de forma realista y levanta los ojos hacia el cielo oscuro–. Deberíamos regresar.

Miro el móvil y veo un mensaje de Sam que no había leído.

¿Me puedo sumar?

Mierda, debe de estar superpreocupado por Fangli si está dispuesto a dejarse ver con las dos. Reprimo el pensamiento esperanzador de que algún día también se preocupe por mí y tecleo la respuesta:

Ya estamos volviendo.

Nos acercamos a la fuente y ya casi hemos llegado a Bay Street cuando le pregunto:

–¿Por qué no le mandas un correo electrónico?

–¿A quién? –Fangli está contemplando con curiosidad su propio reflejo en un oscuro escaparate–. No me parezco en nada a mí.

–A Chen.

–¿Para qué? –Se encoge de hombros–. ¿Para que otra persona me ignore por mi carrera?

No soy psicóloga, pero sigo en mis trece.

–Podría ser eso. O podrías encontrar a alguien con quien hablar.

–No es algo que a mí me funcione. –Suena derrotada–. Necesito estar sola mucho tiempo.

No voy a discutírselo porque no me apetece cargarme el buen rollo del paseo, así que le cuento una cena de Navidad del trabajo que salió como el culo en el restaurante por el que pasamos por delante.

–Nadie sabía que las bebidas eran dobles y el director terminó bailando un cancán sobre la barra. Todo el mundo se liaba por todas partes.

–Y ¿qué pasó luego? –Fangli se sujeta la barriga con las manos, partiéndose de risa.

–El director resbaló con el guacamole y cayó de espaldas. Estuvo una semana sin ir a trabajar, pero al día siguiente todos recibimos un correo que anunciaba que en próximas cenas y reuniones de la empresa no se serviría alcohol. –Hago una pausa–. Aunque dos de las parejas que se liaron terminaron casándose.

Nos reímos con carcajadas intermitentes durante todo el trayecto de regreso al hotel. Fangli sube primero mientras yo voy a un súper a por unas patatas fritas. Los churros me han abierto el apetito y quiero compensar el azúcar con un poco de sal.

Cuando estamos de vuelta a la habitación, alguien llama a la puerta, y al abrirla veo que se trata de Sam. Está serio, pero cuando ve a Fangli toda la tensión desaparece de su cuerpo. Entra en la *suite* y se acerca a la nevera para coger una cerveza.

−¿Os lo habéis pasado bien?

Fangli parlotea con él en mandarín mientras yo abro la bolsa de patatas fritas y acepto la cerveza que me tiende Sam. Supongo que me ha perdonado, ya que me sonríe cuando coge la bolsa que le ofrezco. Ha sido una noche estupenda, me felicito al ver a Fangli. Ha comprado chicles. Yo he comprado un pintalabios de Dior. Las dos estamos contentas.

2 DE JULIO

MÉTODO POST-IT:

HACER SOLO LO QUE QUEPA EN UN POST-IT

PRACTICAR CHINO
ENTRENAR
LA COLADA (¡EN SERIO!)
MOSA
BUSCAR PELIS
PREPARAR EVENTOS

Veinte

Sentada en el sofá bebiendo café, estoy rebosante de felicidad por mi éxito nocturno y murmurando junto a mi aplicación de chino. No entiendo cómo es posible que estudiase ese idioma durante tres años en la universidad y que nada de nada se quedara grabado en mi memoria. Estuve a punto de lograr cierta fluidez, pero ahora incluso necesito refrescar los números. *Yi. Er. San. Si. Wu. Liu. Qi, ba, jiu, shi.* Del uno al diez, y a partir de ahí todo es bastante lógico. Once es diez-uno. Veinte es dos-diez y veintiuno es dos-diez-uno. Nada de «diecialgo» ni de añadir el número con una «y» tras la decena.

Creo que fue Malcolm Gladwell quien escribió que esa lógica hace que las matemáticas sean más fáciles, y estoy a punto de hacer una búsqueda en Google cuando decido que estoy procrastinando y que voy a ponerme a aprender los números en lugar de aprender cosas sobre ellos. Ojalá mi madre me hubiera hablado en chino en casa, pero se negó. Hasta que se manifestó la demencia, casi nunca la oí hablarlo. El pasado pasado está.

Esta noche, Sam y yo tenemos que salir, y ya he decidido que voy a dividir mi día entre aprender cosas sobre la industria cinematográfica de la China continental –una búsqueda para conocer los principales nombres– y trabajar en el MOSA. Anoche, cuando me estaba quedando dormida, Sam me mandó un mensaje con una idea que desencadenó una serie de otras tantas muy buenas, y me muero de ganas de ponerlas por escrito.

Pues sí. Sam me mandó un mensaje sobre el MOSA. Lleva los últimos días escribiéndome bastante, y no solo cuando está preocupado por Fangli. Intento no tomármelo como algo más, pero es difícil. Cada vez que veo un mensaje suyo me da un vuelco el corazón; ojalá pudiera dejar atrás esa reacción y así ser la amiga neutral que ya ha decidido que soy. Mejor amigos que nada, y mucho más fácil amigos que rivales.

Mi móvil se ilumina con un nuevo mensaje y, una vez más, se me acelera al corazón al ver que es de Sam.

Estoy en el pasillo.

Por lo menos no ha irrumpido en la habitación como de costumbre. A ver si me acuerdo por fin de pedirle la llave. Me hago un chequeo emocional y me alegro de que mi pulso se haya tranquilizado y de no tener escalofríos ni ningún otro sentimiento fuerte. He aceptado que es solo un trabajo.

Es positivo para mí, y muy razonable.

Ese mantra me dura hasta que abro la puerta y veo a Sam vestido en chándal con unos pantalones anchos y una camiseta varias tallas grandes. Su conjunto podría valer entre cien y diez mil dólares, y no me sorprendería lo uno ni lo otro. Me aparto y entra en la *suite*.

—Pensaba que hoy estabas ocupado.

—Vamos a salir a dar una vuelta —dice.

—No, no vamos a salir —niego—. Fangli tenía una cita y no pueden verme contigo al mismo tiempo. —Aunque vaya con él sin ir disfrazada de Fangli, me parezco demasiado a ella como para no suscitar sospechas si nos pilla un fotógrafo.

—Cierto. —Se acerca a la ventana y se queda mirando las vistas—. Es que quiero ir a ver la ciudad. Me muero de ganas de salir de aquí.

La actitud de Sam hacia mí ha cambiado desde la conversación que mantuvimos sobre Fangli, y es un alivio poder bajar la guardia estando con él.

—Esta noche tenemos el estreno de esa película.

Ya me ha tocado practicar cómo sentarme con el vestido, que es una auténtica maravilla.

—Atrapados en un cine. —Hace un gesto grosero.

—¿No estabas ocupado? —Le repito la pregunta que no me ha respondido.

—Hemos acabado antes. —No se gira, pero ladea el cuello como si quisiera librarse de un calambre.

—¿Ha pasado algo?

—No.

Cruzo la habitación para ponerme a su lado junto a la ventana. Huele bien, la misma fragancia a piedra recién tallada. Hoy hace un día nublado y fresco, y el viento crea pequeñas olas con la cresta blanca en la superficie del lago. Abro la puerta corredera de la terraza para que entre la brisa y Sam cierra los ojos.

Su calma también me afecta a mí.

—¿Qué sueles hacer para relajarte?

—Entrenar. Ver vídeos en YouTube. Jugar al Candy Crush.

—¿Por qué nivel vas?

Saca el móvil.

—Por el trescientos ochenta.

—Yo, por el cuatrocientos noventa y dos.

Como es muy competitivo, frunce el ceño. Se me acaba de ocurrir una idea.

—¿Y si vamos al salón recreativo que hay cerca del acuario? Ponte una gorra y algo menos... —lo señalo con una mano— a la moda.

—A lo mejor ese es el quid de la cuestión. Nadie se preguntará quién soy si no reconocen a Sam.

—Es lo que suelo ponerme cuando estoy en casa.

Se mira el conjunto.

Otros chicos se conformarían con unos bóxers y una camiseta sucia.

—Parece que hayas salido de un anuncio de ropa informal de *Vogue*. En Toronto los tíos no llevan pantalones tan holgados.

—Ah. —Sonríe—. Entendido.

Se dirige a su *suite* mientras yo me paso una mano por el pelo. Yo parezco yo; nadie me mirará.

¿Quiero que la gente me mire? Cojo el pintalabios de Dior. Se llama Revelation, y me pregunto cómo puedo conseguir que me contraten para poner nombre a esos productos.

La primera pasada es suave como la seda. Mei insiste en que me delinee los labios cuando me haga pasar por Fangli, pero ahora es para mí y no me importa que el contorno esté algo difuminado. El color es tan intenso como esperaba y le proporciona a mi rostro un aspecto más angular. Me gusta.

Me gusta mucho.

Sam reaparece y me mira de arriba abajo.

—Estás distinta.

—Ya lo sé. —No le pregunto qué opina porque no me lo he puesto para él. Me limito a contemplar su conjunto. Esta vez se ha puesto vaqueros negros ceñidos, una gorra de béisbol, gafas de sol y una mascarilla negra. Cierro los ojos–. Quítate la mascarilla o las gafas de sol. ¿Me puedes devolver la llave de la habitación?

–Me las suelo poner cuando salgo –dice.

–Un accesorio está bien. Los dos, sumados a la gorra, gritan: «Mírame, soy famoso».

–Vale. –Se quita las gafas de sol–. ¿Contenta?

Le estoy dando una clase magistral para vestir como una persona normal y corriente.

–¿De verdad te miran siempre? –le pregunto.

–No lo sé. Es más seguro pensar que sí para así estar preparado.

No se me ocurre qué responderle a eso, así que cojo el bolso y salimos de la habitación. Como por un acto reflejo, se acerca a la hilera de coches, le agarro el brazo y corrijo su rumbo.

–Iremos a pie.

–Ah. Vale.

Le suelto el brazo al instante porque notar sus músculos es igual que tocar un fogón encendido.

–No dejes de mirar hacia delante. Haz como si en ti no hubiera nada especial. No eres más que un tío cualquiera que sale a dar una vuelta. Conduces un Honda Civic de hace cinco años y te preguntas si tienes suficiente dinero para pagar la entrada de un estudio.

Su lenguaje corporal se vuelve más desenfadado al escucharme.

–Entendido.

Es un día entre semana y estamos lo bastante cerca del distrito financiero como para que la calle se llene de oficinistas que van a por comida o de un lado a otro. Nadie nos saca una foto ni nos pide un autógrafo porque la mayoría de ellos están con el móvil o hablando unos con otros, y Sam se alegra al descubrir que nadie nos reconoce como Fangli y Sam. Tan solo somos dos personas sin rostro en una multitud sin rostro.

–La CN Tower es altísima. –Levanta la vista al pasar por delante.

–¿Quieres que subamos?

No he subido desde que hice una excursión en primaria.

–¿Podemos subir? –Su sonrisa es anhelante–. Cuando era pequeño, tenía un libro en el que salía una foto de esta torre. Pensaba que, si subía tan alto, podría ver el mundo entero.

Echa la cabeza hacia atrás y lo imito. La estructura puntiaguda de hormigón se cierne sobre nosotros y vuelve diminuto todo lo que la rodea.

Al entornar los ojos, se fija en unos puntitos rojos que se mueven por el exterior del receptáculo principal.

—¿Son personas?

—Te puedes poner un arnés y situarte en el borde de la torre. —Levanto una mano antes de que diga una palabra—. Que quede claro que eso lo harás tú solito.

—Paso. Ya he hecho funambulismo en alguna peli.

Compramos las entradas y bostezamos para destaparnos los oídos cuando salimos del ascensor hacia el mirador. Aunque el día está nublado, no hay tantas nubes como para que las vistas estén oscurecidas del todo.

—No se ve el mundo entero, pero eso de ahí es Hamilton. —Señalo hacia las afueras de la ciudad, que lindan con el lago al suroeste.

Sam sonríe y extiende la mano como si quisiera coger la mía. Me quedo paralizada y luego me hundo cuando veo que roza la ventana.

—Me sirve.

Dejo a Sam soñando despierto junto a la ventana y doy una vuelta para evitar el suelo acristalado que ofrece unas espeluznantes vistas del suelo. Que nuestra relación ha cambiado de una forma muy drástica es innegable, y me debato entre aceptarlo sin más y querer hablar al respecto hasta la saciedad.

Una chica tranquila se lo tomaría con calma.

Yo no soy una chica tranquila.

Me acerco trotando hasta él antes de perder el valor.

—¿Por qué te comportas así?

—¿Así, cómo? —Gira la cabeza para mirarme.

—Simpático. Al principio eras muy borde conmigo, y últimamente has sido muy majo, más de lo que te exige el trabajo. ¿Qué pasa?

Se me rompe la voz porque no me gusta la confrontación, y, aunque no sea hostil, se trata de sentimientos, algo que también suelo evitar. Hay muchas cosas que no me gustan de esta situación, pero si consigo arrojarle un poco de luz, estaré más contenta.

—Lo siento.

No era lo que pensaba que me diría.

–¿Qué es lo que sientes?

–¿No lo hablamos la otra noche? –Mira por la ventana hacia el horizonte–. Te dije que estaba preocupado por Fangli.

Una familia ruidosa se nos aproxima y nos alejamos hasta la otra punta del mirador.

–Vale. Pero eso no explica por qué prefieres salir a dar una vuelta conmigo antes que quedarte en el hotel jugando al Candy Crush.

Sam se apoya en la pared y se cruza de brazos.

–¿Acaso estar conmigo es una tortura? ¿Sabes que hay gente que mataría por estar aquí conmigo?

–Dame nombres.

–Vale, me sentía solo –me espeta–. ¿Contenta? Me aburría, y Fangli y tú volvisteis tan contentas la otra noche que me apetecía sentir lo mismo. Quiero vivir un par de horas sin expectativas. Quiero olvidarme de ser yo.

Entiendo ese sentimiento.

–Muy bien –digo.

–¿En serio? –Me mira a los ojos.

–Sí, es legítimo.

Me analizo.

¿Me duele su respuesta? En cierto modo, me alegro de haber sacado el tema. Me utiliza para sentirse como una persona normal durante unos instantes. Yo uso a Fangli para ganar dinero y disfrutar de unos segundos de su vida en el mundo de los famosos. Fangli me usa para proteger su salud mental. Yo uso a Sam para... Vale. No me cuesta nada pasar tiempo con el Hombre Más Sexi del Mundo. ¿Superficial? Sí. ¿Verdad? También.

–Lo siento –repite–. Deberíamos volver.

–Ni de coña. –Le cojo la manga cuando pasa por delante de mí–. Hemos dicho que iríamos al salón recreativo.

–¿Estás segura? –Me mira con ciertas dudas, y luego se inclina como si estuviera dispuesto a confiarme el secreto de su vida–. Una cosa, Gracie.

–¿Qué?

–¿Sabes qué hace una abeja en un gimnasio?

Hago lo imposible para no retorcerme los nervios ópticos al poner los ojos en blanco.

–Zumba.

–Ah. Ya lo sabías. –Su decepción momentánea pronto se ve sustituida por su expresión competitiva–. Hora de ir a jugar a algo. Prepárate para una derrota épica.

Veintiuno

Sam me da una paliza de la hostia en todos los juegos que probamos. En todos. Hago lo imposible por no perder los nervios porque tener un berrinche como una niña pequeña por haber perdido al Plinko no queda bien, sobre todo cuando tu contrincante casi se pone a tararear de la alegría. Termino invirtiendo mi resentimiento en una discusión para decidir quién paga las cervezas.

–Un buen vencedor es generoso –digo.

–El perdedor siempre paga.

–Eres millonario –puntualizo.

–Un golpe bajo, pero certero. –Extiende el puño–. ¿Y si nos lo jugamos a piedra, papel o tijera?

Tres rondas más tarde, Sam está junto a la barra pagando las bebidas. Acepto la pinta con una sonrisa petulante que le arranca una carcajada.

No me sorprende que Sam dé voz al pensamiento que lleva la última hora dando vueltas por mi cabeza.

–Ha sido divertido –dice.

–Salvo porque yo he perdido en todos los juegos.

–Lo que yo digo, divertido. –Bebe un sorbo de su cerveza–. Me ha animado. ¿Cómo va tu MOSA?

Se acuerda del nombre que le había puesto. Intento no soltar chiribitas por los ojos.

–Bien, creo.

–¿Problemas?

–Problemas no. Más bien retos.

–¿Pensando en cómo ensamblar la priorización de las tareas con la gestión del tiempo?

–¿Cómo lo sabes? –Me lo quedo mirando boquiabierta.

–Es lo que busco cuando intento organizar una lista.

Tengo delante a una persona que usaría la aplicación, y si el

MOSA funciona para una estrella de cine, supongo que funcionará para el resto de los mortales.

—¿Qué más buscas?

Nos pasamos una estupenda media hora —por lo menos para mí; Sam parece a punto de desvanecerse después de las primeras doce preguntas— repasando su lista de tareas ideal. Al final tose para aliviar la garganta seca y mira hacia mi jarra.

—¿Quieres otra?

—¿Me vas a volver a invitar?

Apuro la cerveza y observo los pantallazos de notas que he tomado con el móvil. Sam ha sido una mina de oro. Incluso conoce unas cuantas plataformas de las que yo no había oído hablar.

—Solo porque me da pena una persona que ni siquiera ha podido ganar una versión actualizada del Pong.

Se aleja antes de que pueda protestar —ese juego era muchísimo más difícil que el clásico Pong— y hago un esfuerzo por no seguirlo con los ojos, pero fracaso estrepitosamente. La madre exhausta que intenta acorralar a tres niños gritones hace lo mismo, y en su rostro veo la fantasía que provocan los hombres guapos: «Por favor, líbrame de esto. Mírame. Sé mi príncipe. Sé mío. Haz que me sienta especial. Mírame».

Para cuando Sam regresa, estoy pensativa.

A su izquierda, una mujer lo ha estado contemplando entre sorbo y sorbo de vino blanco, pero antes de que pueda avisarlo, deja la copa sobre la mesa y se pone en pie. Consigo emitir un «Uh» antes de que llegue hasta él.

—Perdona, pero ¿no eres el amigo de Kai? —Lo mira con unos ojos azules enormes debajo de un espeso añadido de pestañas falsas—. ¿No nos conocimos el otro día?

—No, lo siento. —Sam le dedica una agradable sonrisa.

—Ah. —La mujer ladea la cabeza y sacude su melena oscura—. Soy Lauren.

Alargo el brazo y cojo la mano de Sam.

—¡Encantada de conocerte! —exclamo imitando su sonrisa y con una cara que dice claramente: «Oye, guarra, para el carro».

Sé que pilla el mensaje porque tuerce el gesto cuando Sam pone la otra mano encima de la mía.

–Creo que me he confundido de persona. –Y se marcha.

–Lo siento –me disculpo a Sam mientras aparto la mano enseguida.

–Bien jugado. –Me sonríe.

–¿Te pasa mucho? A mí nadie se me acerca para ligar.

–No me lo creo –dice con educación–. Para responder a tu pregunta, pasa de vez en cuando. Cuando salgo no suelo estar solo, así que únicamente se atreven las más valientes. Pero no me desean a mí.

–¿A qué te refieres?

–Las atrae el concepto de mi persona, pero es una fantasía que se han creado ellas mismas. No importa si saben o no quién soy. Es por esto. –Se señala la cara con una mano y se encoge de hombros–. La fama ayuda. Por lo menos no me ha reconocido. Habría sido un desastre.

–¿Has pedido la cerveza Ego Masivo? –Miro hacia su jarra.

–He pedido la Realista –me corrige–. Mi físico es un activo. Totalmente monetizado.

Sé que tiene razón. Es la persona pública que es Sam y lo mismo que Fangli me dijo el primer día sobre sus seguidores. ¿Qué clase de presión produce el hecho de estar en un pedestal que tú no has construido y que es una consecuencia de hacer un trabajo con la mejor de tus habilidades?

–Mmm. –Le lanzo una sonrisa de oreja a oreja a Lauren, que me está taladrando con la mirada–. ¿Cómo es lo de ser tan guapo?

–Dímelo tú.

–Claro que sí, Hombre Más Sexi del Mundo.

Para mi sorpresa, se le ponen las orejas rojas.

–Si me lo permites –dice–, a Fangli se la considera una de las mujeres más guapas del cine. Y tú te estás haciendo pasar por ella.

–Nadie piensa eso de mí –le aseguro–. Siempre he tenido unas pintas un poco raras.

No ha sido hasta los últimos años cuando la gente ha empezado a comentar lo atractivas que somos las personas multirraciales, como si admirar nuestro físico compensara su innecesaria necesidad de hablar de nuestro físico desde un principio. Echo un vistazo al cerco que ha dejado mi vaso sobre la mesa. Fangli y yo somos idénticas, pero hemos tenido unas experiencias muy distintas sobre lo que representa nuestra cara para los demás. La suya se juzga según estándares estéticos. La mía no es más que el resultado de la vida social moderna.

—No. —Sam niega con la cabeza.

Haber bebido dos pintas significa que dispongo del valor para verbalizar lo que me ha estado irritando.

—Me lo dijiste tú.

—¿Qué? —Deja el vaso y se inclina hacia delante—. Jamás. Nunca lo pensaría siquiera.

—El otro día me dijiste que era solo medio china. Dijiste: «Si no lo fueras solo al cincuenta por ciento, pensaría que eres china al cien por cien».

Sam guarda silencio.

—No es lo mismo.

—Un poco sí. —Hago una pausa y vuelvo a echar mano de mi valentía—. Implica la misma idea. Ser diferente.

—No pasa nada por ser diferente.

—No pasa nada por serlo si quieres serlo —lo corrijo.

—¿No quieres serlo? —Me lanza una mirada confusa—. ¿Por qué ser normal y corriente si tienes la posibilidad de ser mucho más?

—¡Porque no quiero que sea solo por mi físico! Ni porque mi madre es de otro país.

Para mi vergüenza, se me seca la garganta y se me llenan los ojos de lágrimas. Me muerdo la lengua porque no quiero que vea lo afectada que estoy. Pero estoy delante de Sam, a quien le han enseñado a reaccionar frente a un lenguaje corporal mucho menos sutil que el mío, y me coge la mano.

—Lo siento.

—Perdona.

Como no quiero que me vea llorar, me levanto para huir hacia el lavabo. Sin embargo, la mano de Sam se posa sobre mi brazo. Es un gesto suave, no controlador.

—No te vayas. Vayamos afuera —me propone—. Y hablemos.

Terminamos sentados en un banco del Museo del Ferrocarril, justo delante de la entrada, observando a unos niños que juegan al escondite. Aunque yo y mi gran bocaza hayamos iniciado la conversación, no me apetece nada retomarla. ¿Por qué habré sacado el tema?

–Te he molestado –dice en voz baja.

–Lo siento. No es para tanto.

–Eso lo haces mucho. Dices que lo sientes cuando no tienes nada que sentir.

–Soy canadiense. Nos educan para disculparnos y devorar sirope de arce.

Ignora mi triste broma.

–Gracie, te pido disculpas de corazón por lo que te dije. No quiero buscar excusas que justifiquen a qué me refería, pero deja que te diga que no quiero que pienses jamás que eres menos de lo que eres. A ti te veo por lo que eres, una persona completa al cien por cien.

–Vale.

Levanto la vista. Está frunciendo el ceño hacia la reluciente locomotora que se alza delante de nosotros como si sopesara sus próximas palabras.

–A ti no te limita tu aspecto. A lo que me refería era a que podías ser más, a que es positivo ser diferente. –Arruga la nariz–. Tu físico es lo último en lo que estaba pensando.

Una idea breve y desleal que me llena de culpa me atraviesa la cabeza: ¿pensaría yo lo mismo si me hubiera educado una mujer que valorara el hecho de destacar en lugar de temerlo? Quizá.

Ya es demasiado tarde. Soy como soy.

–Te entiendo –le digo a Sam. Y es que lo entiendo. También sé que esta conversación ha llegado a su fin porque no me apetece seguir hablando de eso–. Deberíamos volver. Necesito tiempo para prepararme para esta noche.

Me da la sensación de que quiere añadir algo más, pero se levanta y me ayuda a ponerme en pie. Me aprieta fuerte la mano y, cuando tira de mí, pierdo el equilibrio y caigo hacia delante. Una vez más, me incorpora poniéndome las manos, muy cálidas, sobre la espalda. Y me mira a los ojos. Me quedo sin aliento cuando me suelta.

–Ha sido como la vez que Fangli resbaló y la cogiste –exclamo para romper la tensión del momento–. Era uno de los vídeos que Mei me ha hecho ver.

–Fue en Milán, creo. –Sam asiente–. Hace dos años. Provocamos un buen revuelo.

–¿Cómo?

–¿Creías que era real? –Se echa atrás, atónito.

–¿Estaba planeado?

Ahora me toca a mí estar sorprendida.

–La película iba sobre una historia de amor maldita. –Se queda pensando–. ¿Fue idea mía o de Fangli? Diría que mía.

–No tenía ni idea. ¿Habrá que hacer algo parecido esta noche?

–Será más bien un movimiento estratégico especial. Hoy hay que ir y dejarse ver. –Sonríe–. Será un momento.

Intento no pensar en lo agorero que suena eso mientras volvemos al hotel. Solo cuando llegamos me doy cuenta del hambre que tengo, así que pido un sándwich al servicio de habitaciones antes de meterme en la ducha. El gel carísimo me anima como solo pueden hacer los productos de lujo, envolviéndome en su fragancia –de Chanel, cómo no– gracias a Fangli. Salgo con la piel suavísima y me envuelvo el pelo en una toalla para prepararme con la masilla que debo aplicarme sobre la cara como preludio al maquillaje. Ya me he puesto lo más básico cuando alguien llama a la puerta. Debe de ser el servicio de habitaciones.

Voy a por un albornoz y abro la puerta. No hay nadie, así que salgo para ver si la persona ya se ha ido y está junto al ascensor. Un movimiento por el pasillo me llama la atención y doy un paso adelante porque no quiero que se me escape el sándwich.

Detrás de mí oigo un suave clic cuando la puerta se cierra.

Y aquí estoy, retorciendo el pomo de la puerta y negándome a aceptar la realidad. Mierda. Tengo el móvil en la habitación. Y la llave. Me acerco a la puerta de al lado y llamo a la de Fangli; no contesta. Por lo menos Sam tiene mi llave, pero cuando llamo a su habitación tampoco responde nadie. Vuelvo a la mía y zarandeo el pomo por segunda vez como si en los últimos treinta y cuatro segundos se hubiera abierto por arte de magia. Pues no.

Me tocará bajar a la recepción con la toalla y el albornoz. Sopeso los pros y los contras. Pros: entrar en la habitación. Contras: humillación pública. Fotos en las que salgo semidesnuda como si fuera Fangli que se hacen virales. Apoyo la cabeza en la puerta y le pido consejo al universo.

El universo pasa de mí.

Mientras intento recordar la disposición de la recepción y si hay alguna manera de bajar por unas escaleras traseras y chistarle al conserje escondida detrás de la puerta de las escaleras, aparece un carrito por el final del pasillo. Al final, el universo se ha apiadado de mí, porque el personal del servicio de limpieza podrá abrirme la puerta. Cuando me aproximo y veo a la mujer que está limpiando una habitación, me mira de arriba abajo con una sonrisa radiante.

–Lo siento –le digo–. Se me ha cerrado la puerta de la habitación. ¿Podría abrírmela?

–¿No tiene llave? –Su sonrisa no se inmuta.

–No, se me ha cerrado la puerta. Necesito volver a entrar en la habitación.

–Necesita una llave.

–Claro –convengo–. Está en la habitación. Y la puerta se me ha cerrado.

–Puedo llamar a seguridad.

–Gracias.

Sé que sobre el papel tiene sentido, ya que no puedes hacerle caso a alguien que diga así como así que se aloja en ese hotel, pero estoy en el pasillo con una toalla y un albornoz, y mi paciencia tiene un límite. La mujer se marcha y yo regreso junto a mi puerta. Quizá ha llegado el servicio de habitaciones y me permiten entrar.

El servicio de habitaciones no ha llegado.

Aunque por lo general lo clasificaría en la categoría de contratiempos titulada «No hay nada que hacer», el hecho de que esté en el pasillo con el maquillaje a medias significa que la ansiedad que siento por que esto termine salpicando a Fangli va creciendo cada vez más. Sam dijo que hay cámaras por todos lados. No necesito que Fangli me vea haciéndome pasar por ella con cara de rata medio ahogada.

Recorro el pasillo descalza y me pego a las paredes como si fuera un ratón que evita ser detectado, manteniendo la cabeza gacha con la esperanza de que las cámaras de seguridad estén todas cerca del techo y solo graben la toalla retorcida sobre mi cabeza.

Un traje negro de corte impecable se dirige hacia mí. Excelente. Es Sam. Nunca he estado tan contenta de verlo.

Se detiene en seco ante mí y contempla mi albornoz.

—¿Qué haces?

Parece preparado para recibir cualquier tipo de respuesta.

—Necesito la llave de mi habitación —le pido—. Se me ha cerrado la puerta.

—Se la he dado a Mei. Me he dado cuenta de que estaba violando tu intimidad.

—Esta tarde la tenías. Hace dos horas la tenías.

—Porque me olvidé de dártela cuando me la pediste y no quería empeorar la cosas.

—¿Tenías que ser un caballero? —gruño—. ¿Justo ahora? Mei no responde.

—Se ha ido para acompañar a Fangli a una cita. ¿Por qué has salido al pasillo así vestida?

—Me aburría y se me ha antojado explorar el hotel con mi nuevo vestido de gala.

Hago una irónica reverencia que tiene el desafortunado resultado de abrir el albornoz y mostrar la toalla que llevo debajo, que solo me llega hasta medio muslo.

El ascensor emite un pitido y Sam masculla entre dientes.

—Entra en mi habitación antes de que alguien te vea.

Miro hacia atrás y veo el carrito del servicio de habitaciones salir del ascensor.

—Seguro que es mi sándwich.

Sam respira hondo.

—Ya iré yo a coger tu preciosísimo sándwich, pero ahora mismo necesito que desaparezcas del pasillo. Por favor.

Es lógico. Asiento y la toalla me cae de la cabeza. Me agacho para recogerla, pero pierdo el equilibrio después de cogerla del suelo y Sam se ve obligado a agacharse y sujetarme por los hombros para evitar que me estampe de bruces contra el suelo. Es una situación extraña, pero dos segundos después ya está todo solucionado. Me lleva hasta su habitación y, nada más cerrar la puerta, lo oigo hablar con alguien en el pasillo. Me quedo escuchando y oigo otra voz. Los de seguridad. He liado una buena.

Mientras espero, intento evitar husmear por la habitación de Sam. Es idéntica a la mía, pero del revés: si mi dormitorio está a la derecha, el suyo está a la izquierda. No pienso entrar en su dormitorio. Ni hablar. Para contener el impulso, me siento en el sofá envuelta en el albornoz y me froto el pelo para secármelo antes de volver a cubrírmelo con la toalla. Suerte que nadie nos ha visto en el pasillo.

La puerta se abre.

–Todo solucionado –dice Sam haciendo lo imposible por no dirigir la vista hacia mi cuerpo albornozado–. La comida está en tu habitación. Tienes cuarenta minutos.

Me levanto como un resorte y en el proceso la toalla vuelve a salir despedida de mi cabeza. Sam se clava el dedo en la sien como si quisiera repeler un dolor de cabeza y cierra los ojos. Ese gesto no entrará en la lista de gestos sexis de hombres buenorros. Lo ignoro y me tapo otra vez el pelo con la toalla.

El guardia de seguridad está delante de mi puerta, y le doy las gracias con la cabeza gacha para que no pueda verme bien antes de entrar.

Cuarenta minutos. Me zampo el sándwich y me cepillo los dientes para, a continuación, secarme el pelo y prepararme para ponerme la peluca. Le estoy cogiendo el truquillo al maquillaje, y consigo clavar unos ojos ahumados y unos labios rojos en un periquete.

La etiqueta del evento es muy elegante. Me he negado a que me hicieran la pedicura porque me da grima que alguien me toquetee los pies, así que los zapatos son cerrados, pero tan bonitos que decido que merece la pena la tortura de llevarlos. Son lo que una compañera de trabajo describió como zapatos «de cena breve», aptos solo para coger un taxi hasta el restaurante y volver a casa de inmediato.

Después de una corta pero intensa pelea entre mis caderas y los dos pares de fajas Spanx que me oprimen el cuerpo como si fuera una salchicha, me pongo el vestido. Es un *qipao* negro con cuentas azul marino que le proporcionan un peso agradable y un cuello alto que, sin embargo, deja a la vista los hombros. Le añado los pendientes, unos sencillos con diamantes grandes como peras, y la multitud de pulseras finas de oro que Mei me ha dejado. Hay tantas que en realidad tardo minutos en ponérmelas todas, pero cuando he terminado, muevo los brazos como si fuera Wonder Woman con sus guantes de metal. Suponiendo que son auténticas, y para mis niveles de estrés más me vale fingir que no lo son, estoy forrada de dinero.

En cuanto me pongo la peluca, me miro en el espejo y hago una doble comprobación.

Hoy soy una doble exacta de la Fangli real. Eso me da confianza. Practico su firma, sus gestos y su sonrisa. Me sé todas sus películas y recuerdo dónde estudió y su color favorito, por si alguno de esos temas sale a colación. Lo más importante es que la gente espera ver a Fangli, y eso es lo que van a ver. Decido tomármelo como mi verdadero debut en mi *alter ego*.

Oigo que Fangli entra en su cuarto y me guardo el pintalabios, el móvil y la llave de la habitación en el bolsito con cuentas, lo cual es mucho más elegante que metérmelo debajo del sujetador. Cuando llamo a la puerta que conecta las *suites*, veo que Sam ya está allí, pero Fangli no.

–¿Preparado? –le pregunto. Al verle la cara, sé que hay algún problema–. ¿Qué pasa?

Mei murmura algo y se marcha cuando Sam me enseña su móvil.

Es una publicación de una mujer con albornoz blanco arrodillada delante de un hombre, las manos de él sobre los hombros de ella en una pose que es claramente sexual. Esa moqueta me suena. Ese pasillo me suena. Esas personas me suenan porque yo soy una de ellas.

–¿Qué coño es esto? –Le doy la vuelta al móvil por si así fuera a darme más información.

–Esa boca. La ha hecho el chico que te ha traído el sándwich –dice Sam–. El equipo de Fangli está ocupándose de eso.

No puedo hacer más que mirar la imagen. Es horrible, muy horrible.

–¿Está editada? –No he hecho más que agacharme para coger una toalla. Lo que sugiere es espantoso, como si estuviera a punto de… Se me revuelven las tripas. Pobre Fangli–. ¿A qué te refieres con que están ocupándose de eso?

–No se ha vuelto viral, así que la borrarán de todos lados. Y a ese gilipollas lo van a despedir, claro. El hotel ya está haciendo control de daños por el golpe que supone a su reputación. Nadie querrá alojarse aquí si su intimidad puede verse comprometida con tanta facilidad.

Me siento en una silla, muy recta por el vestido.

—¿Y Fangli?

—No se ha enterado. Y no se enterará.

—Su equipo debe de saber que no se trata de ella —argumento—. No estaba aquí.

—Es la percepción. La foto asegura que es Fangli.

—¿Y tú? —Me pongo roja al volver a mirar la foto—. Lo siento mucho.

Por primera vez, entiendo cuando dice que siempre hay que estar atento. Pensaba que llevaba cuidado al agachar la cabeza y esquivar así a las cámaras de seguridad para que no me pillasen, pero ahora veo que no tengo ni idea del verdadero alcance de los daños que puede provocar un simple accidente. Fangli no puede tener ningún accidente y, en consecuencia, yo tampoco.

Pero me ha pasado, y ahora no me queda más que confiar en que el equipo de Fangli sea capaz de controlarlo. En mi interior crece la rabia hacia el tío que ha hecho la foto. ¿Qué pretendía conseguir? Unos cuantos aplausos a costa de la reputación de otras personas.

La voz de Fangli suena en mi cabeza. «Soy un producto, no una persona».

—No es culpa tuya. —Sam se arrodilla para que quedemos al mismo nivel y clava los ojos en los míos—. Quiero que sepas que no has hecho nada mal.

—Mira esto. —Agito el móvil delante de su cara—. Me dijiste que tuviese cuidado.

—Te lo dije y lo tienes. Ha sido un accidente.

Mi vista regresa hasta la foto y Sam se guarda el móvil con amabilidad.

—Ya lo estamos solucionando. —Me extiende el brazo—. ¿Preparada para irnos?

—¿Nos vamos?

—Nosotros no tenemos que ocuparnos de ese problema. Ya hay

gente para eso. Ahora tu trabajo es asegurarte de que Fangli resplandece para que nadie se crea esa basura. —Ladea la cabeza—. ¿Serás capaz?

«Ni de coña», dice una voz en mi interior. La ignoro y yergo la barbilla mientras me levanto de la silla. Tengo un trabajo que hacer. Me giro hacia Sam.

—Vámonos.

Veintidós

—Habrá cámaras —me recuerda Sam por cuarta vez cuando el coche se detiene delante del cine de King Street—. Recuerda nuestra señal.

Hemos decidido que Sam iría por delante, no como si fuera un señor de las cavernas carca, sino haciendo de avanzadilla para que yo supiera dónde detenerme y posar como Fangli para los fotógrafos.

Me ve juguetear con la hilera de pulseras del brazo antes de ponerme una mano sobre los dedos con suavidad.

—¿Estás preparada?

Ver la foto ha incrementado mi ansiedad, pero procuro dejar a un lado la negatividad y hacerle hueco al problema más inminente de la alfombra roja.

—Nací preparada.

Mi réplica le hace negar con la cabeza —pero con una sonrisa— antes de salir y encorvarse para ayudarme a bajar, con lo que me tapa mientras yo procuro no deslumbrar al mundo con la raja de mi falda. Suerte que este detalle absorbe buena parte de mi atención, porque cuando salgo del coche con la sonrisa puesta solo tengo tiempo de ver una alfombra azul antes de que por todas partes empiece a brillar una sucesión de destellos de cámaras que podrían provocarle un ataque a cualquiera. No son solo los fotógrafos que flanquean la alfombra, sino todas las personas que nos hacen fotos y gritan mi nombre y el de Sam.

Nada de lo que me ha contado Sam me había preparado para el carácter físico de esta experiencia. Las cámaras no son instrumentos pasivos utilizados para capturar un momento en el tiempo, sino participantes activos y hostiles.

Me quedo paralizada, perpleja pero con la eterna sonrisa, y Sam se inclina ligeramente para rodearme la cintura con el brazo. Esta vez huele a sándalo, y lo huelo para dejar que su aroma me tranquilice. Yo me he puesto Coromandel, un pachuli intenso que estimula mi confianza. Solo las chicas malas y los *hippies* se ponen pachuli, una fragancia que puede pasar de distintiva a abrumante en un segundo. Jamás me he atrevido a ponérmela.

–Lo tienes controlado –me murmura.

Todo se convierte en un borrón. Sonrío y poso con la mano en la cadera y la barbilla bajada y un poco hacia la derecha, que Mei me ha recordado en numerosas ocasiones que es mi lado bueno. Me duele la cara y se me secan los ojos cuando me olvido de parpadear. Hace unas horas he practicado unos cuantos gestos con los que cambiar de pose como si nada, y los ejecuto como si fuera la bailarina de una coreografía de Beyoncé.

Pensaba que esto sería lo más emocionante que me ha ocurrido nunca, ya que recorrer la alfombra es el epítome del glamur de las estrellas de cine, pero los *flashes* y los aullidos que me rodean amenazan con volverme loca. Por no hablar de que un solo gesto en falso, un traspié o un fruncido o una cara rara, se verá en todo el mundo antes siquiera de que me dé cuenta de que he metido la pata. O que cualquiera podría señalarme y chillar: «¡Es una impostora!» al estilo del cuento del traje nuevo del emperador.

–Respira –me susurra Sam, y cojo un poco de aire en una breve bocanada, y luego más en un largo jadeo.

Noto el pecho comprimido por el miedo y por las fajas, pero su mano me aferra la cintura y consigo respirar hondo como Dios manda.

Sam me lleva hasta el final de la alfombra rumbo al vestíbulo principal, lleno de gente bien vestida que se da dos besos al aire. A diferencia de la exposición de arte, los asistentes lucen conjuntos que van desde la elegancia formal hasta la excentricidad más absoluta. De mientras, Sam me pone una mano debajo del brazo y a mí me preocupa que el sudor que noto en el labio superior vaya a destrozar la espesa capa de base que me he puesto, un hombre pasa por delante de nosotros con un traje de topos verde amarillento y un sombrero de panamá por encima de los ojos. Al parecer, aquí se aprecia tanto el estilo como la riqueza.

Como yo no tengo ni lo uno ni lo otro, no me quedo más tranquila.

–Ah, ahí está. –Sam saluda a alguien detrás de mí.

–¡Sammy! –Un hombre bajito con un moño alto se acerca con una sonrisa radiante en el rostro. Sé quién es porque esta vez he investigado y he mirado en la web de IMDb del director Eddy Freedman antes de salir del hotel–. Tu representante no me había confirmado tu asistencia, pero sabía que no me fallarías.

–No dejarías de echármelo en cara.

–Cierto. Wei Fangli, encantado de verte. –Asiente y recuerdo que en internet dice que tiene fobia a que lo toque la gente–. Deben de haber pasado tres años ya. ¿O cuatro?

–Como mínimo.

Estoy hablando con alguien que conoce a Fangli.

–Te veo algo diferente. –Me mira y ladea la cabeza ligeramente mientras yo intento no ponerme histérica–. Te has cambiado el peinado –decide al fin.

Una mujer preocupada con vestido gris y auriculares en la cabeza tira del brazo de Eddy y le murmura algo al oído. El director asiente.

–Vale, pues te veré en la posfiesta, ¿no, Sam?

–Mañana nos toca levantarnos temprano, pero nos pasaremos un rato.

Y ya está. A Eddy lo engulle la multitud y Sam coge dos copas de vino espumoso de una bandeja. Lo acepto y resisto la necesidad de beberlo de un trago porque Fangli no bebe.

Las estrellas de la película llegan y Sam y yo nos retiramos a un rincón de la muchedumbre. Me aseguro de no dejar de sonreír.

–Ya los saludaremos luego –me dice–. ¿Cómo estás?

–Bien –contesto. Y luego lo repito–. Bien. –Lo estoy.

Mi sonrisa no se ha tambaleado y he conseguido superar el rebaño de fotógrafos, más inofensivos pero en cierto modo más intimidantes que los toros de los sanfermines.

¿Ahora qué viene?

–Como hemos programado llegar un poco tarde, nos ahorraremos la mayor parte de los saludos. Nos pedirán que entremos en el cine. Veremos la película. Aplaudiremos. Seguiremos a todos a una sala. Rechazaremos una copa. Nos quedaremos quince minutos y nos marcharemos.

–Qué cita tan interesante –digo.

–Para ti, lo mejor de lo mejor. –Me guiña el ojo de forma cursi.

Una voz grave suena por un altavoz.

–Por favor, ocupen sus asientos. Damas y caballeros, ocupen sus asientos.

El gentío avanza poco a poco para dirigirse hacia las puertas abiertas de la sala. Sé gracias a Sam que la película es una comedia de enredos ligeramente basada en *El abanico de Lady Windermere*, de Oscar Wilde. Sam se sienta junto a mí y los dos sonreímos a las personas de nuestra fila, que parecen conocerme sin decir que me conocen. Entablamos una conversación trivial acerca del tiempo y del calor que hace en Los Ángeles en esta época del año; dan gracias a Dios por haber ido en *jet* privado, ya que el viaje es mucho más conveniente porque no hace falta esperar en las aduanas, y yo doy gracias a Dios por la iluminación tenue antes de proseguir esta fútil conversación.

En la oscuridad, soy muy consciente de que Sam está sentado a mi lado. Ya hemos hecho un educado numerito de *jiu-jitsu* con los codos para saber quién se queda con el reposabrazos que nos separa, pero termino cediéndole el terreno que me ha costado mucho ganar al percatarme de que la opresión que supone la ropa de mujer hace que sea más cómodo enlazar las manos en el regazo y tener la espalda recta como norma. Me remuevo para encontrar una posición menos abotargada, pero para mi desgracia la faja se me empieza a deslizar. Solo un poco, pero es igual que cuando se te bajan los calcetines por las pantorrillas y terminan hechos un gurruño en los tobillos: se me arrugan los extremos y mi vientre pide que lo libere. Cuando me levante, tendré una especie de michelín alrededor de las caderas. Aunque quiero descartar la inquietud en defensa de la naturalidad de cualquier tipo de cuerpo, no tengo el valor de hacerlo delante de un público de las altas esferas.

–¿Qué te pasa? –me sisea Sam al oído.

–Se me están bajando las Spanx. Si me levanto, me habrán juntado las piernas.

–¿El qué se te está bajando?

–La ropa interior.

201

Es la forma más fácil de describírselo sin así empezar un debate acerca de los distintos complementos femeninos.

Sam no responde, tan solo se tapa los ojos con una mano como si quisiera hacer acopio de todas sus fuerzas emocionales.

—No es culpa mía.

Más silencio.

—¿Qué hago?

Se gira hacia mí, estupefacto.

—¿Cómo quieres que lo sepa? Yo no llevo ropa interior femenina. Seguro que a tu edad estarás más que acostumbrada a ponértela.

—No me apetece hablarlo contigo.

Esta conversación ha sido susurrada, como si estuviéramos tratando un tema que en absoluto tiene que ver con mi ropa interior.

—Vale.

—Vale.

La película empieza sin anuncios ni tráileres. Quiero disfrutar del filme, por lo menos para así poder hablar sobre la historia en la fiesta posterior, pero mi ropa hace que sea una experiencia interminable. Cuando la peli va por la mitad, mis muslos tiemblan por el esfuerzo de mantenerme erguida e inmóvil. No sirve de nada. Con cada respiración y nimio movimiento, las fajas siguen su inexorable viaje cuesta abajo por mi cuerpo y ya se encuentran por debajo de mis caderas.

Sam me pone una mano en la rodilla y, por más que en cualquier otro momento me habría sorprendido su caricia, ahora mismo solo puedo pensar en que esa delicada presión a lo mejor me baja las Spanx otro centímetro. No me puedo arriesgar y aparto su mano.

—Deja de removerte —masculla.

—¿Puedo ir al lavabo?

—No.

—Joder, ¿los ricos no meáis o qué?

Es un comentario nada propio de Fangli, y la mirada penetrante que me lanza Sam me lo confirma.

—Seguro que no pinta tan mal como crees —susurra.

Me consuela un poco saber que es probable que tenga razón. Las posibilidades de que alguien me mire la barriga los tres minutos que tardaré en ir al baño para ajustarme las fajas son mínimas. Siempre y cuando las Spanx no se me bajen del todo, claro. Respiro hondo varias veces y hago una mueca cuando los extremos elásticos se me clavan en la carne de debajo de las caderas. Me van a dejar una marca.

Lo que necesito es distraerme, como cuando intentas sobrevivir a los últimos diez segundos de la postura de la tabla. La película es buena, pero no tanto, así que mi cabeza empieza a repasar todos mis problemas actuales: buscar trabajo, preocuparme por mi madre, que me pillen haciéndome pasar por Fangli. Y luego me concentro en el que resulta más acuciante porque está sentado junto a mí.

Sam.

En un cine a oscuras siempre hay intimidad, y tenerlo tan cerca y con ese traje basta para que mi imaginación se ponga en marcha. Sam me coge la mano y me tira hacia él. Sam me rodea con el brazo mientras se ríe a mi oído por un chiste buenísimo que le cuento. Sam observa cómo me arreglo antes de tumbarme sobre la cama, su pelo oscuro y su piel morena haciendo un fuerte contraste con las sábanas blancas. Sam me lanza la misma mirada que la primera vez en la *suite* de Fangli, pero esta vez de corazón. Sam me ve siendo yo y no la doble de Fangli.

En la pantalla se suceden las imágenes sin que yo me dé cuenta de lo que ocurre en la historia porque no dejo de pensar en Sam. Solo durante un rato, me prometo. Solo durante el tiempo que tarde la película en arrancar me permitiré adentrarme en la fantasía de cómo sería que Sam me desease y ser una de las pocas personas que conocen al hombre que hay más allá de la imagen pública. Y que solo me deseara a mí.

Reprimo un fuerte suspiro. Es muy bonito que Fangli y él sean tan buenos amigos, pero estoy un poco celosa. No de Fangli en concreto, sino de la fuerza de su relación. Hay un nivel de confianza entre ambos que solo puede construirse si dos personas se apoyan mutuamente durante las malas épocas, cuando el trabajo es difícil y te va a dar algo porque te duelen todos los músculos por el cansancio. Saben que pueden contar con el otro.

La película termina demasiado pronto y me despido de mis sueños de mala gana. Vuelvo a ser la Fangli de mentira con la circulación interrumpida por las fajas.

—Unos tonos preciosos —elogia el hombre que está junto a mí—. La paleta de colores ha sido perfecta.

—Maravillosa —asiento.

Sam se levanta y, al hacerlo yo, mis Spanx se deslizan más hacia abajo. Él nota cómo lo agarro de pronto y baja la vista. Y abre los ojos un poco.

Ah, conque pinta tan mal como me imaginaba. No sé si es una confirmación o una humillación.

Salgo de la fila detrás de él y me rodea la cintura con la mano abierta sobre la cadera. Su caricia es firme porque está intentando subir el maldito elástico. Caminamos como si corriésemos con tres piernas hacia los lavabos, Sam con su sonrisa social resplandeciente y yo junto a él. Me deja junto a la puerta.

Hay cola. No me lo puedo creer. Los hombres seguro que llegan hasta los urinarios sin ninguna preocupación. Entre mi ropa interior, el hambre y las dolorosas ensoñaciones que he fantaseado con Sam, quiero dar por terminada la noche.

Cuando salgo con mis fajas precarias por fin bajo control, Sam está hablando con una mujer a la que no conozco.

Nos miramos a los ojos cuando me dirijo hacia él. Sam no deja de hablar, pero el contacto visual dura dos segundos más de lo que debería e intento no tambalearme.

«No leas entre líneas». Lo único que ha pasado es que me ha mirado mientras me acercaba. Ya me ha mirado antes. Me volverá a mirar, y verme es una parte del trabajo.

No quiero seguir siendo su trabajo.

Quiero pensar que me miraba a mí, a Gracie, la persona a la que le encanta una copa de vino hasta los topes y piensa demasiado tiempo en sistemas de organización, y no a una Fangli alternativa. No es terreno seguro.

Y entonces alguien me coge por el brazo con fuerza y me grita al oído.

—¡No me puedo creer que seas tú de verdad! —Una rubia de ojos como platos se inclina hacia mí demasiado cerca y no deja de apretarme el brazo con la mano—. ¿Nos podemos hacer una foto?

A eso se refería Fangli cuando afirmaba que la gente se comporta como si ella no fuese más que un robot. Sam llega junto a mí en un santiamén, pero la mujer no aparta los ojos de mí.

Si le sigo la corriente, enseguida se marchará.

—Pues claro —digo con educación.

—¡Qué cara tan bonita tienes! Me encantó tu papel en *Devoradora de pecados*.

Me la quedo observando mientras me estrujo el cerebro con todas las películas de Fangli. Sé que ese título no forma parte de su filmografía, pero me resulta familiar. Tanto Sam como yo nos damos cuenta en el mismo momento.

Ellen Gao es la única actriz china de *Devoradora de pecados*. Me ha confundido con otra persona.

Tras decidir que la discreción es la mejor opción, poso y sonrío como se espera de mí. La mujer desaparece casi tan rápido como ha salido de la nada y Sam me coge del brazo. Su sonrisa se desvanece y mira alrededor para hacer una señal con la mano.

Al cabo de unos segundos, aparece a su lado un hombre con traje negro y pinganillo. Sam habla con él entre susurros y el hombre sonríe, me contempla el brazo y se marcha.

—Creía que soy Ellen Gao —digo casi entre risas. No es divertido. Me falta el aliento y tengo la adrenalina por las nubes.

—No debería haber pasado. Se ha colado, pero los de seguridad se encargarán de echarla. —Sam señala mi brazo y al levantarlo veo las marcas de los dedos de esa tía. Me las acaricia suavemente con expresión dura—. ¿Te duele? ¿Quieres que nos vayamos?

—No. —Estabilizo mi voz—. ¿No has dicho que pasaríamos quince minutos por la fiesta?

—Solo si te ves capaz.

—Me veo capaz.

Dije que me tomaría el trabajo en serio y pienso hacerlo. Esta vez, soy yo la que camina delante de Sam.

—No he podido comer nada —le confieso a Fangli cuando volvemos al hotel. Ha venido a mi habitación después de que me hubiese quitado el maquillaje y las fajas, y ahora mi cuerpo ondea como un cangrejo que se ha liberado de un caparazón demasiado pequeño.

Me acerca un recipiente de apio que ha picoteado y un cuenco con hummus que no ha tocado.

—Toma.

Cojo una buena cantidad y me la meto en la boca.

—¿Cómo te ha ido el día?

Por favor, que no me diga que he estado a punto de hacer añicos su reputación soltando una toalla y aparentando que estaba haciéndole una mamada a Sam en el pasillo. Él me ha asegurado que se ha solucionado sin que Fangli se haya enterado, y eso me da cierta confianza en la capacidad de su gente para lidiar con los tabloides si llega a saberse lo que estoy haciendo para Fangli. Pero odio pensar en lo que podría haber ocurrido.

Fangli tuerce el gesto y bebe un trago de soda.

—Me ha llamado mi padre.

La luz de la habitación es tenue y de fondo oigo música que no reconozco sonando en su móvil. Me envuelve la nostalgia.

—Me da que no ha sido una conversación estupenda.

—Desaprueba que trabaje fuera del país —responde—. Cree que debería quedarme en China.

—Padres.

—Ya lo sé. A veces desearía haber tenido un hermano para dividirnos un poco tanta presión. Quería tener una hermana. Mi madrastra no estaba dispuesta.

—Yo también quería tener una hermana.

—¿Por qué no la tuviste? —me pregunta—. En nuestro caso, por la política de engendrar un solo hijo. Nací cuando ya estaba en vigor.

—No lo sé —contesto—. Nunca se lo he preguntado a mi madre. Supongo que siempre he pensado que conmigo tenía suficiente.

—Claro que sí. —Fangli se inclina y me acaricia la mano—. Me habría encantado conocer a mi madre.

Nos quedamos unos segundos en silencio, hasta que ella lo rompe.

—¿Te gustaría asistir mañana a la función? —me propone—. A lo mejor te sirve como experiencia para saber cómo es.

Casi me levanto de la silla de un salto.

—Me encantaría. ¿Iría como una invitada normal o como tu asistente de maquillaje?

—Como una invitada. —Ladea la cabeza como si me estuviera observando—. Mei te conseguirá una entrada y nos marcharemos por separado para que no nos vean juntas, pero seguro que sale bien.

—Hace siglos que no voy al teatro —le digo.

—Según tu dosier, actuaste en el instituto.

Fangli se acerca el apio.

—Sí, y no paraba de asistir a obras de teatro. —Paso el dedo por la mesa—. Cuando mi madre empezó a ponerse mal, me resultó más difícil salir de casa.

—¿Salir físicamente de casa o encontrar la energía para salir?

—La energía. Debía decidir qué función, comprar las entradas... Estaba tan agobiada que eran demasiadas cosas. —Niego con la cabeza—. Suena absurdo cuando digo en voz alta que me parecía demasiado duro comprar una entrada a través de una página web.

Pero a mi lado Fangli asiente con la cabeza.

—A mí me ha pasado —tercia—. Hay mucho donde elegir, y como todas tienen su atractivo es agotador escoger. Por lo menos yo tengo a Mei para que me ayude a filtrar las opciones.

—Externalizar las decisiones. —Le arrebato el apio y empiezo a comer—. Me gusta.

—La mayor parte de mis días está organizada para mí —me cuenta—. Me dicen dónde debo ir y alguien me lleva hasta allí. Me pregunto si eso hará que ahora me cueste más pensar por mí misma.

De repente, la cara de Fangli adopta una expresión perdida, como si se hubiera sumido en una introspección. Muevo la mano por delante de sus ojos.

—Eh... Tierra llamando a Fangli.

—Estaba intentando pensar en la última vez que tomé una decisión trascendental —dice. Y luego sonríe—. Fue cuando decidí ir a buscarte.

—¿Ni siquiera actuar en esta función?

—No lo habría valorado de verdad si no hubiera sido por Sam. Fue él quien me lo propuso y quien pensó que podría ser divertido para los dos. Nuestros equipos estuvieron de acuerdo, así que yo también. —Se limpia los dedos con una servilleta—. Sam suele conseguir lo que quiere. Creo que es el efecto que tiene Lu Lili en él.

—Su madre.

—Es una diva de la cabeza a los pies. —Los ojos abiertos de Fangli lo dicen todo—. Forma parte de una clase propia.

—¿Alguna vez has trabajado con ella?

—Una. —Fangli se arrebuja el albornoz sobre los hombros y habla con los susurros con que uno suele describir una fuerza de la naturaleza—. Lili estuvo magnífica. Nunca alzaba la voz, ni una sola vez, pero te hacía saber dónde habías cometido un error. Sabía cómo debía grabarse cada escena, los mejores ángulos y la mejor luz. Y estaba en lo cierto siempre. Pobre Sam.

—¿Por qué pobre Sam?

—Su madre gestiona su vida personal de la misma forma que su vida profesional. Ha intentado meterlo en un sinfín de proyectos, y, aunque él se niegue a la mayoría, ha aceptado algunos por el bien de la paz familiar. —Mira el reloj—. Debería irme. Me aseguraré de que Mei te da una entrada para la función matutina, mañana no hay función por la noche. Que descanses.

Fangli se va y yo me dispongo a llevar a cabo mi rutina de limpieza facial.

En un acto reflejo he ocultado las marcas de la presidenta del club de *fans* de Ellen Gao, pero ahora las examino con más atención. Me ha apretado tan fuerte que me ha dejado marcas con las uñas con forma de medialuna. Me estremezco. Sería guay tener fama y dinero, pero ¿a qué precio? Y ha sido un incidente sin importancia.

Ser famosa no se parece en absoluto a lo que me había imaginado.

3 DE JULIO

¡VOY AL TEATRO!

PREPARARME PARA ESTA NOCHE

(POR LO MENOS
UNA HORA)

Veintitrés

Al teatro se puede ir a pie desde el hotel, y salgo un poco antes de la hora para dar un tranquilo paseo bajo el sol hasta allí. Hace un día precioso, con un cielo azul digno de una postal.

Después del espectacular destello blanquecino del sol, tardo un minuto en adaptarme a la penumbra del vestíbulo del teatro. Ya he estado antes, pero aunque no fuera así es justo lo que esperaría en un teatro, con madera oscura, moqueta roja y adornos dorados. Mei me ha conseguido una entrada estupenda en el centro de la platea con estrictas instrucciones de no quitarme las gafas de mentira que me ha dado. Un acomodador me entrega un programa cuando me encamino hacia el asiento de terciopelo rojo y ladeo el librito en un ángulo extraño para tener suficiente luz y poder leerlo antes de que empiece la función. Ya he leído el guion, así que me salto la sinopsis y paso un minuto extra repasando las biografías. Sam lleva una camisa negra de cuello alto y sonríe de oreja a oreja, mientras que Fangli luce una expresión traviesa y el pelo desparramado sobre los hombros.

Las filas se llenan enseguida y, después de las advertencias para apagar los teléfonos móviles y prohibir cualquier tipo de grabación, seguido por el reconocimiento a los legítimos propietarios indígenas de esas tierras, las luces se apagan y el telón se levanta con una ovación estruendosa.

El primer acto se desarrolla en un restaurante chino, con mesas cubiertas de manteles blancos y sillas negras. Fangli aparece con un vestido azul de cintura estrecha, y su voluminosa melena la hace parecer una *pin-up* de los años cuarenta. Es la personificación de la perfección al avanzar entre las sillas. Incluso en silencio consigue retener mi atención con su mera presencia.

Y entonces sale Sam al escenario. Hago lo imposible por no devorarlo con los ojos, pero es igual que evitar mirar al sol durante un eclipse. Sé que no debería y sé que no me hará ningún bien, pero no puedo resistir echar un vistazo porque seguro que no me pasa nada.

Viste un traje gris oscuro, y le han peinado el pelo de forma que le quede la cara despejada, en lugar de su habitual aspecto enmarañado. Cuando se desabrocha el botón del chaleco, añado el gesto a la lista de gestos sexis de tíos buenorros, que reconozco que es una lista de gestos sexis de Sam.

Los dos juntos tejen una historia con algo más que sus palabras. Todas y cada una de sus acciones añaden matices. Contemplo con ojos ávidos mientras construyen su relación alrededor de una multitud de secretos, entre los cuales se cuentan la inminente misión secreta de él en el sudeste asiático y al ausente y odiado prometido de ella.

Antes del entreacto, su química se ha vuelto algo tangible que embelesa al público. Fangli-Lin se siente enormemente atraída por Sam-Jimmy, aunque sabe que él le esconde algo. Jimmy piensa lo mismo, y le está costando resistirse a ella. Me lo quedo mirando, sin apenas respirar, cuando Lin se inclina para acariciarle la solapa de la americana y Jimmy se aleja de un rápido salto para apoyarse en la pared.

En ese momento, se encienden las luces y el público se relaja en los asientos con un suspiro colectivo. Las personas que me rodean se levantan para ir a por un poco de vino o al lavabo, y yo saco el móvil para distraerme de las visiones de un Sam con traje gris que baila frente a mis ojos. He recibido un mensaje.

Mei: Hay cambios en los planes de esta noche. Iréis al hospital infantil a saludar antes de la gala benéfica. Debéis salir una hora antes.

Gracie: Entendido. Gracias por la entrada, el asiento es estupendo.

Silencio. Tengo la incómoda sensación de que la he ofendido, incluso por mensaje de texto. No sé cómo, he intentado por todos los medios hacerlo todo mejor, pensaba que le facilitaría la vida. Me esforzaré más todavía; a ver si así se calma un poco.

La mujer que está a mi lado regresa con un vasito de plástico con vino blanco y se gira hacia su amiga, que también sujeta un vaso lleno hasta los topes. Hablan tan alto que me da en la nariz que no son las primeras copas que beben.

–Una historia preciosa –dice la que está a mi lado mientras se recoloca la blusa.

–Un poco inverosímil. –Su amiga apura por lo menos una tercera parte del vaso de un trago–. Durante la guerra, todos los asiáticos estaban en campos de concentración, así que es imposible que hubieran podido prestarse voluntarios para luchar.

–¿En serio? No tenía ni idea. No te acostarás sin saber una cosa más.

Mis ojos se desplazan hacia ellas como atraídos por un imán.

No me puedo creer que alguien sea tan ignorante con la historia, pero supongo que te importa menos si no consideras que forma parte de ti.

–Conocí a una muchacha china en un club de lectura.

La mujer asiente con confianza como si ese detalle supusiese el equivalente de un máster en estudios de Asia Oriental.

Debo interrumpirlas a pesar del aviso de Mei de intentar pasar desapercibida.

–Disculpen, pero no es verdad. –Me subo un poco más las gafas por la nariz y me inclino hacia ellas–. En el programa hay una nota histórica.

Se quedan petrificadas.

–Ah, gracias, querida –dice una de ellas. Y ya está. Se vuelven hacia la otra, ignorándome educadamente, y hablan en voz baja. Y entonces oigo–: El protagonista es bastante guapo para ser oriental.

–Pues sí. No me convencían las entradas de último minuto para asistir a esta función en lugar de a un musical, pero supongo que es un poco de cultura.

Son un caso perdido. Dejo que vuelvan a sus vasos de vino.

Se alza el telón y la acción borra a las dos mujeres de mi mente. Como me pasó cuando vi *El loto perlado*, me resulta difícil dejar de contemplar a Sam. Es totalmente cautivador, y recuerdo lo que me dijo acerca de navegar por un entorno en lugar de limitarse a ir del punto A al punto B. No fluye como un bailarín, pero hace gala de tanto control que todos sus movimientos son poesía. El Sam al que veo en el escenario no tiene nada que ver con el Sam al que conozco, y me pregunto cómo canalizará su energía. Me asombra su habilidad de conjurar emociones físicamente, y me

212

obligo a dejar de pensar en cómo debe de ser en la cama. Es inútil porque, cuando se acerca a Fangli y la acorrala contra la pared, rodeándola con las manos a ambos lados de su cabeza, Sam es tan convincente que me creo que hará lo que haga falta para que Fangli se entregue a él en cuerpo y alma.

No, Jimmy. Jimmy y Lin, no Sam y Fangli.

Cuando la función acaba y los actores salen para saludar, reciben una ovación tremenda, y yo aprovecho para ir al final de la fila para evitar a las dos mujeres de antes.

Salgo del teatro pensativa. Que esté desarrollando esas emociones hacia Sam no es apropiado, y necesito el avance firme de mis pasos para poner en orden mis pensamientos. La primera y más obvia razón por la cual no siento nada por Sam es sobre todo por lo que representa. Pon a cualquier hombre famoso, guapo y rico en su lugar y me provocaría los mismos escalofríos, como entrar en una bañera con agua supercaliente cuando estás helada.

Pero es que anoche asistí a un estreno con varios hombres famosos, guapos y ricos, y no me fijé en ninguno de ellos. Por lo visto, Chris Evans estuvo allí. Por lo general, que Chris Evans estuviese a un radio de un kilómetro de mí habría bastado para que mis niveles hormonales experimentasen un ascenso estratosférico, pero no lo he sabido hasta que esta mañana he ojeado las webs de chismorreos. Que estamos hablando del Capitán América, el mejor Chris.

Si acepto que sí es por Sam, ¿qué es lo que tiene?

Me detengo para pensar y luego me meto en un parquecillo para que la multitud deje de rodearme y así poder tomar un poco el sol en un banco de madera desgastada.

Estar con Sam, a pesar de sus numerosos fallos y defectos, hace que me sienta viva. Ese extraño deseo subyacente de querer algo distinto, algo más, se acalla cuando estoy con él. Estoy alerta.

Y eso es más inapropiado todavía porque si algo me ha enseñado la vida es que una encuentra significado y valía en su interior, no gracias a un hombre ni a otra persona. La independencia es la cumbre, y, aunque un hombre pueda ser un acompañante, es un grave error pensar que se convertirá en el centro de tu universo. Nunca debes ser un satélite que orbite alrededor de tu propia vida. Mi madre me lo repitió desde que era pequeña, pero ¿acaso respetó esa filosofía? Estuvo perdida cuando murió mi padre.

Me levanto de un salto y echo a correr para ver si así soy capaz de dejar esos pensamientos en el banco de madera. Lo estoy exagerando. Sam estará en mi vida durante otras seis semanas como máximo, y por el momento no he visto ninguna señal de que le despierte algún interés, como vi de primera mano el otro día. Necesito redirigir esas energías hacia un proyecto más positivo, como mi MOSA.

De regreso al Xanadu, me suena el móvil con un mensaje.

Anjali: Hola.

Gracie: ¿Qué pasa, bro?

Anjali: ¿Estás de coña?

Gracie: Los chavales lo dicen mucho. ¿Qué tal?

Anjali: Un día durillo.

No es típico de ella. Dudo.

Gracie: ¿Te llamo?

Anjali: Vale.

Coge el teléfono al primer tono.

—¿Qué te pasa? —le pregunto.

—Cosas del curro. —Suena de bajón—. Y el *coach*. Estoy intentando integrar lo que me dice con mi estilo de trabajo.

—¿Y no te funciona?

—Entiendo a qué se refiere —dice—. Necesito bajar de revoluciones para terminar las cosas, dar espacio a la gente para que cometa errores.

—Detecto un pero.

—Es que parezco una impostora. —Arrastra las palabras—. No parezco yo. ¿Tú antes pensabas que era una capulla?

—No. No está tan mal ser asertiva, confiada y abierta con tus sentimientos. Creía que te gustaba tu *coach*.

—Al principio sí, pero ya no sé. —La oigo desanimada—. En el trabajo, no dejan de cuestionarme. Eso nunca me había pasado.

—Eres *project manager*. De ti depende tomar decisiones y que se hagan las cosas.

—Ya lo sé.

—Anjali, sabes que lo puedes parar, ¿no?

—¿El qué?

—Lo del *coach*. No es un dios ni nada. Le puedes dar las gracias por su tiempo y dejar de ir a verlo.

Se hace un largo silencio.

—Es que me ha ayudado mucho. Me ha hecho replantearme las cosas.

—Has llegado hasta donde has podido, y lo puedes dejar si quieres.

—Sí, ¿verdad? —Suena un poco más contenta.

—Claro.

—Tengo otras dos sesiones ya pagadas —me cuenta, pragmática.

—Pues entonces dile que no te está funcionando y que cambie su enfoque. Eres tú la que paga.

—Gracias, Gracie. —Anjali está aliviada—. Necesitaba comentárselo a alguien.

Hablamos un poco más y colgamos.

Y entonces caigo en la cuenta de que es la primera vez que hablamos por teléfono. Siempre nos escribimos o quedamos en persona. Me da la impresión de que he desbloqueado un logro de nuestra amistad.

El resto del día transcurre sin sobresaltos. Salgo a correr un poco, y la actividad física, que había echado de menos, obra maravillas en mi estado de ánimo. ¿A lo mejor la idea de que me gusta Sam es el resultado de no haber hecho suficiente ejercicio?

Cuando regreso lo veo en el pasillo, y es imposible ocultar mi aspecto sudoroso y mi pelo revuelto. Sam lleva una gorra de béisbol negra calada para taparse los ojos.

—Deberíamos hablar de lo de esta noche —dice como saludo.

Me sigue y coge una botella de mi nevera mientras yo me sirvo un vaso de agua. Si no bebo por lo menos un par de vasos, me entrará un dolor de cabeza brutal por la deshidratación.

—¿Fangli ha salido?

—Habrá vuelto antes de que debamos irnos. —Se quita la gorra y se pasa una mano por el pelo—. ¿Qué te ha parecido la función de hoy?

—Ha sido increíble. ¿Has emulado al detective de *El camino dorado* a propósito?

Deja la botella en la mesa con un chasquido.

—¿A qué te refieres?

—La escena con Fangli, cuando la has estampado contra la pared.

—Sí, ya sé cuál es. —Hace un gesto de impaciencia. ¿Hay para tanto? Supongo que sí.

—Es lo mismo que hiciste en *El camino dorado*.

—Han pasado ocho años de esa peli.

—Bueno, es que la vi el otro día —me defiendo.

—¿Qué más viste?

—Nada. Tampoco es que te haya estudiado.

Aunque, como he visto suficientes películas suyas para saber cuáles son sus manías, me parece que voy por el buen camino para graduarme en Samología.

Está a punto de presionarme, pero entonces me suena el móvil y lo cojo.

Una de las enfermeras de la residencia de mi madre me dice que lleva todo el día muy nerviosa.

—Sé que está muy ocupada, pero quizá se calme si viene a verla, aunque solo sea un momento.

—Por supuesto.

Cuelgo y miro la hora. Ya son las cuatro, así que hago unos rápidos cálculos mentales. Si cojo un taxi…, pero ahora sale la gente de trabajar. El tranvía o el metro será una opción mejor.

—Necesito ir a ver a mi madre —le digo a Sam—. Me arreglaré allí y nos vemos en el hospital.

—Es imposible que te dé tiempo. Iré contigo.

—¿Qué? No.

—Es la forma más fácil y eficaz de utilizar nuestro tiempo.

—Piénsalo bien. ¿Por qué iba a visitar a mi madre el famoso Sam Yao? ¿Y conmigo haciendo de Fangli?

—Bueno, y ¿por qué iba a coger el metro Fangli vestida de gala? —Sonríe, y sus hoyuelos aparecen por arte de magia—. Me apuesto una cena contigo a que nadie se da cuenta. Maquíllate y ponte la ropa de Fangli para cuando salgamos del hotel.

—¿Seguro que quieres acompañarme? A lo mejor nos descubren.

—Como ya te he dicho, será más eficaz, así que tiene todo el sentido del mundo. —Me lanza una mirada—. Hazme caso. No soy un imprudente.

Debe de estar confiado si está dispuesto a arriesgarse a destapar la farsa de Fangli, por lo cual no renuncio a la apuesta.

–Trato hecho.

–Coge una gorra y una muda de ropa. –Arquea una ceja–. Yo empezaré a pensar a qué restaurante me vas a llevar a cenar.

Veinticuatro

Sam se va y me dirijo al vestidor para buscar un vestido que pueda ponerme en el coche. Me cuesta concentrarme porque, aunque no es la primera vez que me llaman desde la residencia para que vaya a tranquilizar a mi madre, me parece raro, más urgente. Me muerdo la lengua con fuerza cuando me da por pensar que a lo mejor su alzhéimer está empeorando. Los médicos me advirtieron que me fijase en sus cambios de estado de ánimo y de personalidad, y creía haberlo hecho. ¿He estado tan concentrada con el plan de Fangli que no me he dado cuenta?

Cuando por fin encuentro un vestido, debo secarme las palmas sudorosas sobre los muslos antes de tocar el delicado material. Lo saco y le echo un vistazo rápido, ansiosa por marcharme. Tiene la cintura ceñida y la falda larga, pero la gracia es que se abrocha con una cremallera lateral, así que no necesitaré la ayuda de Sam para cambiarme. El maquillaje y la peluca están en su sitio en un abrir y cerrar de ojos. Me estoy acostumbrando ya.

Sam llega –con su llave, he tenido que pedirle que la recuperara de Mei por si en el futuro hay alguna otra emergencia– justo cuando estoy metiendo una falda y una camiseta en una mochila.

Lanza una mirada de incredulidad hacia mi bolsa.

–Es imposible que pienses que vas a poder salir con el vestido elegante y una mochila de nailon encima del hombro –dice.

–¿Cómo voy a llevar mi ropa si no?

Como si fuera un mago, saca una bolsa de tela lo bastante grande como para transportar un animalillo de granja.

–Es de Hermès –añade al guardar mis prendas, como si eso explicara el tamaño gigantesco. A lo mejor sí–. ¿Y la gorra? La vas a necesitar para intentar taparte la cara cuando lleguemos a la residencia de tu madre, porque ya te has maquillado.

Se la doy.

–¿Y tú?

–Yo voy bien. Fangli ha vuelto hace quince minutos, así que nos podemos marchar ya. Por suerte ha regresado temprano. –Me mira de arriba abajo y me pregunto qué lista de conjuntos de Fangli está repasando mentalmente antes de aprobar el atuendo con un asentimiento.

Nos encaminamos hacia el coche y esta vez soy capaz de avanzar por la recepción sin obsesionarme con mi forma de caminar. Estoy demasiado preocupada por mi madre como para darle importancia a eso; ¿por qué está tan nerviosa?

Sam me ayuda a subir al coche y le doy la dirección al conductor.

Y acto seguido me giro hacia Sam.

–Como me voy a cambiar en el coche, ¿el chófer no se dará cuenta de que no soy Fangli cuando lleguemos a la residencia?

–Hace muchos años que conozco a Gregor –me calma Sam–. Sabe guardar un secreto.

–Genial. –Me quito la peluca y me revuelvo el pelo–. Necesito un poco de intimidad.

Se vuelve para mirar por la ventanilla, que por suerte es de cristales tintados.

–¿Te puedes tapar los ojos?

–¿En serio?

–Hazlo, porfa.

Me mira a la cara, pero al final se los cubre como si fuera un niño pequeño que juega al escondite. Me cambio por partes para minimizar la desnudez, como en un gimnasio con un diseño fatal donde la puerta del vestuario puede abrirse en cualquier momento y dejarte a la vista de todo el mundo. Me pongo la falda por debajo del vestido. Desabrocho la parte superior y me giro a un lado para ponerme la camiseta. Me quito el vestido, me coloco la gorra y vuelvo a ser Gracie, o Gracie con un maquillaje fantástico.

–Te toca –le digo.

Se gira y me mira.

–Se te ha corrido el pintalabios.

–¿Ah, sí?

–Espera. –Tiende el pulgar hacia mí y me frota la piel debajo del labio.

¡Madre de Dios! Su caricia termina casi antes de empezar, pero sus efectos me recorren el cuerpo como un zumbido.

—Ya está —me asegura observándome el labio.

—¿Todo bien? —Me aclaro la garganta—. ¿Y tú no te cambias?

Se quita la americana y la camisa; debajo lleva una camiseta. A continuación, saca una bolsita de su gigantesco bolso de marca. Dentro hay un par de zapatillas. Se inclina para ponérselas, suelta una maldición cuando el cinturón lo echa hacia atrás, consigue calzarse y después se cala una gorra para proyectar sombras sobre sus ojos. Con la transformación completada, levanta las manos como para invitarme a valorarla, y tengo que echarme a reír.

—¿En serio piensas que nadie te va a reconocer?

—Tienes que ir a ver a tu madre, ¿no? Es la única manera de conseguirlo y luego poder ir a la gala benéfica. El riesgo es mínimo.

—¿Y eso?

—¿A cuántos asiáticos vamos a ver?

Me quedo pensando en la residencia.

—A mi madre.

—Pues eso. Creo que no pasará nada. —Me sonríe.

—Te presentaré como un amigo del trabajo que me ha traído en coche —le digo—. No sabe que me han despedido, así que nada de contárselo. De hecho, será mejor que no abras la boca.

—¿Por qué no se lo has contado?

—No quiero preocuparla.

Miro por la ventanilla y noto cómo crece mi inquietud a medida que me repito que es probable que se haya recuperado cuando lleguemos; luego me convenzo de que está muy angustiada y que la residencia le ha restado importancia para no preocuparme y que su alzhéimer ha empeorado y necesitaré buscarle más ayuda y…

Ponerse en lo peor es una puta mierda.

Sam me roza brevemente la mano y empieza a tararear mientras guarda las cosas en su bolsa. Yo me pongo a tararear con él para disimular los pensamientos que dan vueltas en mi cabeza, y me distrae conocer la canción, aunque soy incapaz de recordar el título.

Pronto nos sumimos en una guerra de tarareos, los dos intentando tararear más alto que el otro hasta que me doy una palmada triunfal en la pierna y suelto un corto aullido.

–*Girls & Boys*, de Blur –anuncio.

–Has tardado lo tuyo. –Sam sonríe.

–Había una discoteca que organizaba noches de pop británico, y esa la ponían cada vez –digo–. También servían chupitos por un dólar.

–No sé si suena interesante o peligroso.

–Un poco de lo primero y un poco de lo segundo. –Suspiro, nostálgica–. Era una discoteca sórdida con esas luces ultravioletas, por lo que si te ponías un sujetador blanco se transparentaba por debajo de la camiseta.

Los ojos de Sam bajan un poco, pero al poco regresan a mi cara.

–Yo no he tenido que preocuparme por eso.

–Ya. –Me encojo de hombros–. Aunque ya no frecuento esos sitios.

–No he ido nunca a uno.

–¿En China no hay discotecas? –Frunzo el ceño.

–Pues claro que sí, pero siempre me tocaba ir a las que eran buenas para mi imagen. –Mira por la ventanilla.

–O sea que nada de chupitos por un dólar. Qué pena.

–Ni de coña.

–Bueno, lo de «qué pena» era broma –le aseguro–. A ver, en su día era divertido emborracharse y darlo todo en la pista de baile con gente a la que nunca volvías a ver, pero las resacas de garrafón son horribles.

–No me estás ayudando –gruñe.

Sé que intenta hacerme reír y me sirve para entretenerme durante el trayecto, aunque sacudo la rodilla mientras procuro relajarme. Mi madre no está herida. Está nerviosa. Los médicos me dijeron que podía pasar. No es positivo, pero no es infrecuente.

Doblamos la esquina y los temores reaparecen.

–Hemos llegado.

Sam percibe mi cambio de tono y asiente. Me acaricia suavemente en la mano y me sujeta la puerta abierta para entrar en la residencia. Intento no echar a correr por el pasillo.

–¿Me han llamado para decirme que mi madre estaba inquieta? –pregunto cuando llego al mostrador sin aliento.

–Ha tenido un día malo –me responde la enfermera. Mira hacia

Sam y luego lo ignora–. ¿Es un aniversario? ¿Hay algo que haya podido desencadenarlo?

–No, creo que… –Me detengo, consternada. Es el aniversario de la muerte de mi padre–. Voy a verla –susurro.

¿Cómo he podido olvidarlo?

La culpa me pone mala. Sam espera hasta que nos alejamos del mostrador para tocarme el hombro.

–¿Qué pasa?

Con la demencia, me cuesta creer que mi madre recuerde qué día es hoy, pero supongo que hay fechas que terminan grabadas a fuego en tu mente para siempre. O, en mi caso, olvidadas.

–Hoy hace diez años que murió mi padre. Por eso está tan alterada. Debería haber estado con ella.

–Gracie. –Esta vez me coge la mano–. Estás aquí ahora. Eso es lo importante.

Quiero creerlo, pero no puedo. No me suelta la mano hasta que llegamos a la habitación de mi madre.

–Compañeros de trabajo –murmura.

Con un breve asentimiento, asomo la cabeza por la puerta. Mi madre está despierta y dando vueltas por la habitación, con los brazos cruzados sobre el pecho. Debo de haber hecho algún ruido, porque levanta la vista justo cuando Sam me acaricia la espalda.

–¿Mamá?

Me saluda con una ráfaga de palabras chinas que no entiendo.

–Mamá, soy Gracie. Me tienes que hablar en inglés, ¿vale? *Shuo Yingyu.*

Mi madre ve a Sam detrás de mí y abre mucho los ojos.

–¿Xiao He?

Ese nombre sí lo he comprendido.

–No. –Casi me precipito hacia ella–. Es Sam, un amigo. Del trabajo. Es un amigo del trabajo. Un compañero de trabajo. –Y añado para Sam–: Cree que eres su hermano pequeño.

Sam entra en la habitación y extiende una mano.

–*Ni hao. Wo jiao Sam. Wo shi ni nu'er de tong shi.*

Doy gracias a la aplicación, ya que Sam habla lo bastante lento para que pueda entender lo que ha dicho.

Mi madre vuelve a parpadear.

—*Ni hao?* —Me mira a los ojos—. ¿Gracie? ¿Cariño?

—Sam me ha traído. Le iba de camino —le cuento.

—¿Es amigo tuyo? ¿Chino? —Lo observa con atención—. ¿Está casado?

—¡Mamá!

Sam se echa a reír.

—Casado solo con el trabajo.

—¿Te gusta el peinado de mi Gracie? —Mi madre chasquea la lengua—. Se lo cortó el otro día. Muy corto.

—Gracie es un encanto. —Lo dice como si tal cosa y se me queda mirando—. Es usted muy afortunada por tenerla como hija.

Mi madre asiente, satisfecha con la educada réplica, porque ¿qué iba a decir el pobre si no? Y luego vuelve al mandarín. Sam se queda escuchando antes de girarse hacia mí.

—Tu madre quiere enseñarme una foto de su hermano.

Me acerco al armario y saco el raído álbum de fotos. Antes de que mi madre entrara en la residencia, hice copias digitales de todas las fotografías, y tengo otro álbum idéntico preparado por si algo le ocurre a este. Espero hasta que se sienta y le hace señas a Sam para que tome asiento delante de ella antes de que le entregue el álbum y me siente sobre la cama.

El dedo torcido de mi madre señala una imagen, y me inclino hacia delante para ver a un hombre que se parece a Sam solo porque los dos son chinos. Sam le dedica la misma sonrisa que su hermano en la foto, y ella se golpea la pierna y se echa a reír.

—Gracie es bastante parecida a Xiao He. —Mi madre extiende el brazo y me da una palmada en la mano como solía hacer cuando yo era pequeña—. Muy íntegra. Fiel a sí misma, con mucha rectitud.

Qué palabra tan anticuada. Me pongo roja como un tomate porque dentro de treinta minutos Gracie Rottenmeier se va a ir y a ponerse una peluca en un coche para engañar a un montón de niños y que piensen que es una actriz de cine.

—Cuénteme cosas sobre él —le pide Sam.

—Ah, pues era ingeniero. Listo, muy listo. Todos estábamos muy orgullosos de él.

—¿Vive en China?

—Murió en un accidente industrial al poco de que naciera Gracie. —Su sonrisa desaparece–. A ella le puse el nombre por él.

—Eso no lo sabía yo. –¿Cómo es que no lo sabía?

—*He*, de «armonía», y debe haber armonía para que haya gracia. Le debo mucho. –Niega con la cabeza–. El pasado es pasado.

En el pasillo suena el timbre y mi madre se incorpora. En la residencia, las comidas son lo que más la inquietan, y se molesta si le toca esperar, así que le digo a Sam que vuelvo enseguida.

La cena ha borrado de la cabeza de mi madre la idea de que Sam está soltero, y se dirige con nervios hacia el comedor después de despedirse de él con un simple y rápido movimiento de cabeza.

Como veo que está mejor, decido no mencionar a mi padre, y me limito a darle un beso y saludar a las mujeres que cenan en su mesa. Todas se sumen en un alboroto para asegurarse de que tienen tenedor y agua.

Cuando vuelvo a la habitación, Sam está hojeando el álbum.

—No entiendo cómo es posible que te parezcas tanto a Fangli si este era tu padre.

La página está abierta por una fotografía clásica de mi padre a principios de los noventa. Su pelo rojizo está rizado y lleva un jersey de cuello alto y una riñonera, con el brazo alrededor de una joven y feliz Agatha, que solo le llega por el hombro. Mi madre lleva pantalones cortos de deporte y un jersey varias tallas más grande. Qué tiempos aquellos.

—Siempre dijo que estaba contento de que hubiese heredado más de mi madre que de él, porque era la mujer más guapa del mundo.

Sam sonríe y me entrega el álbum cerrado para que lo guarde.

—Estaban muy enamorados.

—Pues sí. –Se me rompe la voz cuando abrazo el álbum. Es una tontería, pero soy reacia a esconder de nuevo el álbum en el oscuro cajón, como si estuviera desprendiéndome de los recuerdos de mi padre–. El dinero del encargo de Fangli… Lo quiero para mi madre, para trasladarla a una residencia mejor. No es porque sea una avariciosa.

Sam se me acerca y me atrae hacia su pecho.

—Gracie. –Su voz es grave y, durante un breve instante, cierro los ojos y me permito sentir sin más. El día que murió, mi padre me abrazó fuerte, como si no soportase soltarme. Había perdido tanto peso por el tratamiento que casi se le rompieron los huesos cuando me estrechó los hombros.

–Hace diez años, cuando mi padre me abrazó, yo no sabía que sería la última vez que lo hacía –digo al pecho de Sam–. No lo sabía.

¿Por qué no lo supe? Debería haberlo percibido, debería haber deducido que nunca volvería a tocarme. No me di cuenta y jamás tendré esa oportunidad. No hay forma de repetir esos momentos.

–Gracie. –Sam alza una mano y me la apoya sobre el pelo, pero no pronuncia más que mi nombre.

No puedo llorar. En los últimos diez años he llorado tantísimo por mi padre que ahora mismo me arden los resecos ojos. Mi aliento calienta la camiseta de Sam y giro la cabeza. No estoy resollando, pero se me ha acelerado el corazón, y él me acaricia la cabeza de forma lenta a propósito para calmarme. Aunque miro hacia la pared, no veo nada. Tan solo existo.

No sé cuánto tiempo pasa hasta que me separo de él.

–Deberíamos irnos –digo mientras me froto la mejilla–. Ay, mierda. Mi maquillaje.

La camiseta de Sam está manchada con una huella perfecta de mi rostro. Mira hacia abajo y, cuando clava los ojos en los míos, los suyos están iluminados por una agradable diversión.

–Es más maquillaje del que me suelo poner para salir al escenario.

–Es el maquillaje de mis ocasiones especiales –digo–. O lo era.

Aparto la vista del álbum cuando lo guardo.

–Gracias –le digo a la puerta en lugar de a Sam. No quiero mirarlo a él. Me avergüenza que me haya visto así.

–De nada.

No añade nada más, y decido dejarlo correr y salir de allí.

Veinticinco

Gregor está calle abajo, donde le he insistido que esperara con el coche para que las enfermeras no nos vieran entrar y despertáramos sus sospechas. Ese cochazo es demasiado elegante para ser un Uber Black. En cuanto nos subimos al vehículo, recobro la compostura.

–He traído una camisa extra por si acaso –dice Sam. Coge la camisa de cuello alto que se había quitado en el coche y la deja a un lado.

Y acto seguido se quita la camiseta. Justo delante de mí, Sam Yao está sin camiseta y le da lo mismo. Semidesnudo, hurga en esa bolsa enorme mientras murmura triunfal y saca una camisa negra doblada que sacude con un solo gesto. Sé que es de mala educación, pero debo contemplarlo porque en la vida real nunca he visto un cuerpo como el suyo. Está fibrado, con brazos firmes y musculosos, y hombros anchos. Unos músculos pequeños, que no sé ni cómo se llaman, se le marcan justo debajo de las costillas. Después de ponerse la camisa, levanta las caderas para meterla por dentro del pantalón –puede que en este momento yo haya abierto la boca– y luego se pasa una mano por el pelo.

–¿No deberías cambiarte? –me pregunta.

Cierro los ojos para rememorar la imagen de su torso.

–Date la vuelta.

Se gira y repito a la inversa la técnica de antes: me quito la camiseta y me pongo el vestido, que dispongo hasta el suelo antes de desabrochar la falda. El coche parece demasiado pequeño y Sam está demasiado cerca.

Tiro de la cremallera, pero se atasca.

–Mierda.

–¿Qué? –Sam empieza a darse la vuelta, pero se lo impido.

–¡No mires!

–¿Tanto movimiento y aún no estás vestida?

Levanto el brazo y alargo el cuello para ver la cremallera. Me da miedo tirar demasiado fuerte por si la rompo o me cargo el vestido. Solo me queda una opción.

—Necesito que me ayudes.

Mira hacia atrás con tiento como si no estuviera seguro de mi nivel de desnudez. Tras confirmar que todo lo importante está tapado, me pregunta:

—¿La cremallera?

Es una desgracia que, a diferencia de una cremallera en la espalda, que únicamente dejaría a la vista... mi espalda, esta cremallera muestre todo mi costado, entre la axila y la cintura. Sam se acerca para sentarse a mi lado.

—Levanta el brazo.

Cuando toquetea la cremallera, sus dedos me rozan las costillas y me provocan escalofríos. «Por favor, por favor, que no se dé cuenta. Por favor». Miro por la ventanilla conforme recorremos University Avenue hacia Hospital Row.

—Un poco de tela se ha quedado atascada en la cremallera —masculla—. Dame un segundo.

Mete una mano en el interior del vestido para intentar desatascarlo. Ahora tengo toda la mano de Sam contra el cuerpo y su cabeza tan cerca de mí que su aliento incide sobre la piel desnuda de mi torso. Nunca he estado tan contenta de haberme puesto desodorante.

—Ya está —exclama con orgullo. Y cierra la cremallera.

Mi brazo sigue en alto donde lo he puesto para no estorbarlo, pero como empieza a quedarse sin circulación, lo bajo más rápido de lo que pretendía y termino colocándolo sobre su hombro, en parte rodeándolo.

Espero que se aparte, pero no lo hace. No hace más que mirarme a los ojos, y me quedo paralizada.

—Lo siento. —Me echo hacia atrás y busco la peluca, que me pongo de pronto—. Más vale que me arregle el maquillaje. ¿Y mis zapatos? —Estoy divagando.

—Un momento. —Me roza la rodilla y me deja inmóvil—. La peluca está torcida.

Tiende una mano para meterme un poco del pelo debajo de la peluca y luego recoloca el revuelto amasijo de cabellos, con las cejas arqueadas mientras se esmera en ayudarme. Ahora está tan cerca que podría besarlo y, durante un segundo de locura, me pregunto qué pasaría si me atreviese.

Sería horrible. Le estoy dando demasiadas vueltas como en la galería de arte: visualizo oportunidades románticas solo porque deseo que se hagan realidad. Sam termina de ponerme bien la peluca y se desliza a su lado del coche mientras yo me pinto los labios, me los seco y me los vuelvo a pintar antes de empolvarme la cara.

Por último, empujo la melena para que algunos mechones queden por delante de los hombros y el resto, por detrás.

Mei dice que enmarca mejor mi rostro.

–¿Estoy bien así? –le pregunto.

Sam se acerca y me pasa todo el pelo detrás de los hombros antes de regresar a su asiento original.

–Así mejor –exclama–. Así te veo la cara.

–Como intento que la gente no se concentre en mi cara, ¿no crees que la primera opción es la mejor? –Arqueo una ceja.

–A mí me gusta así.

Ah. ¡Ah!

–Además –añade–, me debes una cena.

–¿Qué?

–Como te he prometido, hoy nadie me ha reconocido. –Asiente con la cabeza, satisfecho.

–Deja que pasen doce horas y, si no hemos aparecido en las redes sociales, la victoria será tuya.

Gregor se detiene en la entrada del hospital, donde nos recibe una mujer alta con un móvil y una carpeta que se presenta como Jessica.

–Los niños tienen muchas ganas de verle, señor Yao –dice con voz agradable–. No le puedo expresar cuánto les agradecemos que hayan venido, sobre todo pidiéndoselo con tan poca antelación. Como nos pidieron, no habrá medios de comunicación, pero nos gustaría que se hiciesen algunas fotos para los niños.

–No hay problema –responde él.

Sam, por su parte, está bastante emocionado con la idea de conocer a unos niños y acribilla a la relaciones públicas con preguntas. ¿Cuántos niños hay? ¿Cuántos años tienen? ¿Qué debería saber él de antemano? ¿Está permitido tocarlos o mejor que tan solo salude con la mano? Se detiene en la entrada para limpiarse las manos con gel hidroalcohólico y yo hago lo propio. A fin de cuentas, se trata de un hospital, y los niños no necesitan nuestros gérmenes.

Yo nunca había estado en un hospital infantil, así que dejo que los dos vayan delante de mí y charlen mientras examino el vestíbulo, que está decorado con murales y hay personajes de dibujos animados en los carteles. Dos personas pasan junto a nosotros cogidas de la mano y una mujer abraza a un niñito con un casco.

Estoy experimentando un montón de emociones por lo de antes y examino con atención el rostro de la gente. Algunos están interesados en las dos personas elegantes que recorren el pasillo –la actitud de Jessica grita: «Cuidado, son famosos»–, pero la mayoría de ellos siguen sumidos en sus mundos y en sus familias. Cogemos el ascensor para subir a una sala acristalada abarrotada de niños y padres, así como de mesas de futbolines y juegos.

–Aquí es donde vienen y se entretienen los mayores –nos indica Jessica.

Uno de los niños tiene una vía conectada con un soporte lleno de hileras y más hileras de abalorios coloridos.

–¿Son importantes? –le pregunto.

–Las llamamos «cuentas de valentía». Los niños se las ganan, una por cada operación o tratamiento superado.

Sam y yo nos detenemos en seco.

–Ese niño tiene muchísimas –dice–. Cientos.

–Son chavales muy fuertes –se limita a responder Jessica–. ¿Están preparados?

Me quedo rezagada porque el protagonista es Sam y los niños quieren conocer a un héroe de acción en la vida real, no a una actriz de mentira. Se queda fuera para esperar a que le permitan entrar, con el rostro totalmente iluminado. A uno de los niños le han asignado el papel de maestro de ceremonias, y lo presenta mejor que cualquier presentador de campeonatos de lucha libre; oímos cómo su voz retumba por el pasillo. Para cuando ha descrito una de las escenas de acción de Sam con todo lujo de detalles, acompañada de efectos sonoros, todos los asistentes se ríen y vitorean.

–¡Dadle la bienvenida a Sam Yao!

Sam entra corriendo en la sala y se detiene con una pose de combate, provocando un buen revuelo a su alrededor. No puedo dejar de reír, y Jessica sonríe de oreja a oreja.

–Me dijeron que no tendría tiempo de venir, pero yo sabía que vendría –me confiesa con los ojos oscuros brillantes.

–¿Cómo lo sabía?

–Laurence, el chico que ha hecho la presentación, le escribió una carta que enviamos a un contacto del teatro. Al leerla, me eché a llorar. Era imposible que el señor Yao se negara si la leía. –Asiente en dirección hacia la sala–. Estos pequeños se pierden muchas cosas de la vida. Entremos.

Sam está decidido a conocer a todos los presentes, y la multitud, en lugar de rodearlo sin más, se organiza para que él pueda pasar unos instantes en privado con cada uno de ellos. Una chica, sentada en una silla de ruedas, se tapa la cara con timidez, y Sam se arrodilla a su lado. Lo que sea que le susurra al oído le provoca a la pequeña una risilla histérica, con lo que él también se parte de risa, una carcajada desenfrenada que yo nunca le había oído.

–¿Eres Wei Fangli? –Al mirar hacia abajo, veo a un chiquillo rubio con gafas que me observa atentamente. Me agacho dando gracias a la falda del vestido para quedar a su altura.

Soy incapaz de responder que sí, así que opto por preguntarle:

–¿Cómo te llamas?

–Laurence.

–¡Laurence! Me ha impresionado tu presentación. Eres un gran seguidor de Sam. –Me inclino hacia delante–. Yo también. –Y no es mentira.

–No sabía que tú también vendrías.

Detrás de las gafas, sus ojos azules son enormes y su piel, tan translúcida que veo las venas que fluyen por debajo.

–Espero que no haya problema por que haya venido.

–*Wo hen kaixin.*

Gracias a Dios que lo he entendido y le puedo responder:

–*Ni de Zhongwen shuo de hen hao.*

—Estoy aprendiendo chino para no tener que leer los subtítulos de las pelis de Sam —me cuenta con orgullo—. En el hospital tengo mucho tiempo libre.

—¿Qué es lo que más te gusta de sus películas?

Me duelen los muslos y me pongo de rodillas en el suelo.

—Que él es real, ¿no crees? —Se muerde el labio al reflexionar en sus palabras—. Y bueno. Aunque pegue a gente, es para proteger a alguien. No para ser malo ni para presumir.

—Un rasgo muy decente.

—Creo que tú también lo eres en tus pelis. Cuando enviaste a Sam a esa misión en esa peli para que muriera, no querías. ¿Por qué lo enviaste?

—En *El loto perlado*. —Pienso cómo describírselo a un niño, y decido que lo que él crea es más importante—. ¿Por qué crees que la emperatriz lo hizo?

—Bueno, querías a Sam —me suelta de pronto—. Y él también te quería a ti.

—Los personajes se querían en la película —le aclaro—, sí.

—No deberías haberlo enviado —me dice con total sinceridad—. Ni siquiera se lo comentaste a él. A lo mejor se le ocurría alguna otra idea.

—Eso habría sido más inteligente —concedo—. Deberías escribir tu propia película.

—¿A qué te refieres? —Frunce el ceño.

—Puedes escribir una película. Un guion tuyo con el que cuentes la historia que desees. O una obra de teatro si quieres que los actores la representen en un escenario, como está haciendo Sam ahora mismo.

—¿La gente hace eso? —Los ojos de Laurence están muy abiertos.

—Claro que sí. Es muchísimo trabajo, pero seguro que lo consigues.

El muchacho baja la vista hasta el suelo. Una mujer se acerca y me sonríe.

—Mamá —le dice él mientras se recoloca las gafas—. Wei Fangli dice que puedo escribir un guion. ¿Es verdad? ¿Puedo? Ella sale en películas, debe de ser verdad, ¿no? ¿Lo es? No me mentiría, ¿verdad que no?

Hago amago de explicárselo a la mujer, pero está ocupada asintiendo.

–Claro que puedes, cariño.

–¿Me enseñarás? –Laurence se gira hacia mí con los ojos como platos.

–Nunca he escrito un guion –respondo. Por lo menos ahora no le estoy mintiendo–. El trabajo de un actor es representar lo que tú escribas. Pero te puedo decir una cosa que a lo mejor te ayuda. ¿Quieres que te la diga?

El chiquillo asiente.

–Nadie puede ser tú. Nadie puede contar tu historia como tú. Eres especial, así que escribe la película que quieras ver.

–Nadie puede contar mi historia –repite, maravillado.

–Solo tú.

–Voy a empezar ahora mismo. –Me sonríe de oreja a oreja–. Ya tengo una idea sobre un dragón. ¿Crees que a Sam le gustaría salir?

–¿Si me gustaría salir dónde? –Sam se me acerca y los ojos de Laurence se abren tanto que casi devoran su carita por completo.

–En la peli que voy a escribir. Fangli dice que debería hacerlo. ¿Crees que debería?

–Sí. –No ha dudado lo más mínimo–. Escríbela y luego me la envías.

Detrás de Laurence, su madre agacha la cabeza mientras el pequeño grita de alegría. Veo lágrimas en las mejillas de la mujer.

–Tenemos que irnos, pero ¿me dejas que te dé un abrazo? –le pregunta Sam–. Muchas gracias por invitarme.

Tanto Sam como yo le damos un abrazo a Laurence, que es tan frágil que me da miedo estrecharlo demasiado fuerte. Es como un pajarito. Su madre nos acompaña hasta la puerta.

–Muchas gracias por venir –se apresura a decir.

–Espero no haberme pasado de la raya al sugerirle que escriba su propio guion –me disculpo. Me inundan los remordimientos por haberme equivocado. Pero ella niega con la cabeza.

–Tener un proyecto que lo absorba será fantástico.

La madre de Laurence se marcha y Jessica nos lleva a Sam y a mí hasta la entrada del hospital. Está encantada con cómo ha salido todo, y dejo que Sam se encargue de las trivialidades porque me abruma la culpa. Laurence creía que yo era Fangli. No me importa lo más mínimo que un porrón de ricos coleccionistas de arte o gente de la industria cinematográfica o personas corrientes por la calle crean que soy Fangli, pero él sí. «No me mentiría, ¿verdad que no?».

Le damos las gracias a la organizadora del encuentro y subimos al coche para ir hacia la gala benéfica. A diferencia de mí, Sam está eufórico por haber conocido a los chicos y no deja de sonreír. El evento tiene lugar cerca del lago en una especie de galería de arte abierta, y rezo por que no sea necesario verbalizar opiniones intelectuales. Este día me ha agotado, y apoyo la frente en la ventanilla.

—¿Te encuentras mal? —me pregunta Sam.

—Estoy pensando —repongo—. En los niños.

—Han sido estupendos. —Se ajusta el cuello de la camisa y sonríe tanto que aparecen sus hoyuelos—. Has hecho bien en proponerle escribir a ese niño. A Laurence. He visto en su cara que ha sido como si se hubiera abierto una puerta de su mente.

—Quería escribir porque Wei Fangli le ha dicho que podía hacerlo —le suelto—. Yo no soy Fangli. Ha sido un timo.

—El detonante es irrelevante. —Los hoyuelos de Sam se esfuman—. En cuanto se te ocurre la idea de que puedes hacer algo, eso es lo que cuenta. ¿A quién le importa quién haya accionado la manecilla para Laurence siempre y cuando sea capaz de cruzar la puerta?

—No está bien —digo, obstinada—. El fin no justifica los medios.

—No estoy de acuerdo —tercia—. Un camino negativo puede desembocar en un resultado positivo.

Como decido que esta conversación está a punto de derivar en un discusión estéril de «que sí, que no», aprieto los dientes y lo dejo correr, en parte porque es un debate filosófico profundo y necesito tiempo para organizar mis argumentos. Necesito un MOSA para eso también. Una forma de categorizar con claridad el remolino de mi cerebro y dar forma al caos de impresiones y reflejos para que sean ideas cristalinas y defendibles.

Sam ya ha pasado página para recordarme a quién vamos a saludar en la gala benéfica y yo intento concentrarme en él. Como el director de *Operación Olvido* no ha podido acudir, vamos en representación de todo el elenco, y Mei nos ha confirmado que en la lista de invitados no figura ningún contacto personal de Fangli. Si llegar al estreno de la película fue un firme ocho en la escala del uno al diez del estrés, este evento se acerca a un tres.

–¿Gracie? –Sam me mira a los ojos–. ¿Me estás escuchando?

–Sí. –No. Quizá Fangli tenga razón. Laurence y los demás *fans* quieren la idea de Fangli, lo que proyectan en ella.

–¿De qué estaba hablando?

–De la lista de invitados –me aventuro.

Sam me mira con recelo, pero llegamos antes de que me pueda responder. Me ayuda a bajar del coche, y me aseguro de que mi sonrisa esté medida para mostrar lo contenta que estoy de haber acudido a la gala benéfica. Hay una fotógrafa –ahora sé que todos los eventos contratan a sus propios fotógrafos–, y esta se queda totalmente en silencio cuando Sam la mira, y baja la cámara para verlo sin ningún filtro.

Pasamos al lugar de la fiesta, que está decorado con enormes guirnaldas florales tejidas con margaritas teñidas que oscilan por el techo y que forman unas cortinas sobre las paredes, intercaladas con largos flecos que cuelgan del techo y que están iluminados por debajo para que dé la sensación de que resplandecen. Por el suelo hay luces de neón de color pastel. La dirección de arte debe de haber querido simular que es la boda de un unicornio en un club nocturno, y me pregunto por qué no habrán donado directamente al hospital el dinero que han gastado con esas decoraciones. Deambulamos hacia las silenciosas mesas de la subasta, llenas de tabletas para introducir las pujas. Intento que no me dé un síncope al ver que la puja mínima es de miles o decenas de miles de dólares, y van desde un crucero (para ser el invitado privado del director de un banco) hasta una semana en un *spa* para el ganador de la puja y tres acompañantes.

Es mucho. Es demasiado. Necesito que me dé el aire.

–Disculpa –le digo a Sam–. Enseguida vuelvo.

Sigue mi mirada hacia los lavabos y asiente. Al cabo de un minuto, estoy sola en un retrete, inhalando el ligero aroma a lavanda que expulsan los difusores de los lavamanos. No puedo dejar de pensar en la expresión de Laurence. En el coche, Sam me ha preguntado a quién le importa cómo se acciona la manecilla.

A mí. A mí me importa.

Según mi madre, mi tío He era un hombre de gran rectitud. Saco el móvil y enseguida confirmo que es el concepto que me imaginaba: una recta razón moral de lo que debemos hacer o decir. Una sensación de qué es correcto y qué no, y estar dispuesto a actuar en consecuencia. Hoy no he mostrado rectitud. No he mostrado rectitud desde el día que acepté el encargo de Fangli. ¿Es esta la persona que quería ser? Necesito el dinero para mi madre, pero sé que, si le contara lo que estoy haciendo para conseguirlo, se horrorizaría.

Peor aún, estaría decepcionada conmigo.

Las puertas se abren y me doy cuenta de que, si hay algo que me hayan enseñado los años que pasé en la universidad, es que, aunque los lavabos de un bar hayan presenciado numerosas crisis existenciales o amorosas, no es un buen lugar para tenerlas.

Compruebo mi aspecto en el móvil y salgo para lavarme las manos. A lo mejor antes no he reunido moral ética, pero mi moral profesional es consciente de que he hecho un pacto para fingir ser Fangli, y estar presente en esta fiesta es una parte del trabajo. Ya me derrumbaré más tarde, me digo mientras me paso el pelo detrás de los hombros.

En cuanto me obligo a adoptar la mejor actitud mental posible, la gala benéfica transcurre sorprendentemente bien. A pesar de la negrura de mi alma, soy capaz de emular a Fangli con tanta maestría que Sam se siente lo bastante seguro como para dejarme sola a fin de que los dos podamos iniciar una órbita codependiente sobre el otro. Unas cuantas personas me preguntan algo en mandarín, pero cuando respondo en inglés con la explicación preparada de antemano, se lo toman con buen humor.

Nadie me toca. Todd no está aquí. Nadie me pide un autógrafo ni una foto. La comida es deliciosa y dejo las zanahorias a un lado. Los discursos son incluso interesantes porque tratan de los niños. No bebo nada, pero Dios sabe cuánto me apetece. Decido que ya vaciaré el minibar cuando vuelva al hotel.

Y eso es justo lo que hago.

Veintiséis

Mi querida amiga, la ansiedad por resaca, me visita vengativa a las cinco de la mañana. Me sobresalta hasta desvelarme del todo con sus manazas. ¿Qué he hecho? ¿Qué he dicho? Al menos he tenido el sentido común de esconder el móvil antes de abrir la primera botellita de vodka, por lo que no debo preocuparme por si descubro que he mandado mensajes humillantes y llenos de faltas de ortografía.

Gruño contra la almohada e intento ignorar la sucesión de imágenes que atraviesan mi mente. Pero no puedo. Lo que me afecta no es lo que hice mientras bebía, sino lo que me llevó a abrir la nevera. Todavía noto los brazos fantasmales de mi padre alrededor, pero cuando me mira es con los ojos enormes de Laurence, centelleantes de la emoción ante la idea de escribir una película para su actor preferido. Me tapo la cara con la almohada y casi me pongo a hiperventilar por el estrés y la falta de oxígeno.

Tengo que decirle a Fangli que no puedo seguir con esto.

Todavía queda otro mes de contrato, pero llevarlo a cabo hasta el final me parece mal, o por lo menos mal para la persona que aspiro a ser. Ojalá fuera más directa, porque no quiero mentirle a la gente, pero detesto tener que decirle a Fangli que voy a romper mi promesa.

Y luego está el tema del dinero. Lo que Fangli me ha ofrecido es mucho más que dos años de sueldo, una altísima cantidad de la que cuesta alejarse sin una razón de peso. Que es el billete de salida de mi madre de Glen Lake.

Hecha un ovillo de costado, rodeo la almohada con los brazos. Quiero poder hablar con alguien, pero no puedo decírselo a mi madre, y Anjali ya me dejó claro desde el principio que esto era una mala idea. Sam, Fangli y Mei, obviamente, no son buenos candidatos para una conversación con el corazón en la mano.

Como siempre, estoy más sola que la una.

Me giro y golpeo la almohada con un puño impotente.

Siempre estoy sola. En las pelis y en los libros, las mujeres parecen contar siempre con una legión de animadoras personales, pero no es así como me ha resultado a mí. La mayor parte del tiempo, no me supone ningún problema, pero hoy lo único que quiero es tener a una persona, mi pilar, a la que poder llamar y que lo deje todo para venir a mi lado.

Anjali y yo estamos más unidas, pero no llegamos a ese nivel, y no quiero ser un engorro. Veo la relación que tienen Fangli y Sam, y deseo ese vínculo, porque si tuviese a esa persona le podría pedir consejo. Le podría decir que estoy cansada de pasar desapercibida, pero que tampoco quiero destacar como destaca Fangli. Le preguntaría cómo ser mi mejor versión de Gracie.

Y esa persona me dejaría desahogarme y me calmaría y luego probablemente me diría que esta no es la forma de hacerlo.

«¿Qué debería hacer, pues?».

Pienso en lo que me diría Anjali. «Ya sabes lo que debes hacer».

Tengo que romper el contrato. Tengo que renunciar al dinero y recuperar la libertad que representa. Me tumbo de espaldas.

No quiero hacerlo ni de coña, pero ya no puedo más. No quiero mentir. Quiero ser como el hombre por el que me pusieron el nombre, un hombre con principios, y regirme por ellos. Quiero empezar a vivir mi vida y dejar de ponerla en pausa por los demás.

Todo eso basta para hacer que me levante de la cama. Bebo un poco de agua, me pongo un albornoz y salgo a la terraza; el frío de buena mañana sirve de bálsamo para las pocas náuseas que me quedan de la resaca. Veo cómo sale el sol con una libreta en el regazo, pero mi alegría de ver las olas del lago solo duran un minuto antes de que sienta la necesidad de hacer algo, lo que sea.

Abro la libreta por una página en blanco y me pongo a ello. Por supuesto, me va bien porque la vida es como una de esas estrellas que dibujas trazando una línea hacia arriba, una hacia abajo y luego a los lados. Amor, salud, dinero, familia y trabajo son los cinco ángulos, y si uno va bien tira hacia un lado y las líneas se contraen.

¿El amor y la familia te van genial? Seguro que te despiden. ¿Un trabajo nuevo maravilloso? Adivina a quién van a dejar. ¿Todo mantiene un equilibrio? Qué aburrimiento. Es como si la vida no tuviera suficiente espacio para expandir esas líneas y te impidiese experimentar todo lo que quieres al mismo tiempo.

En cuanto me contento con lo que he hecho, dejo a un lado la libreta y me preparo un té de menta. Ahora mismo, mi trabajo –mi MOSA– va bien y contrasta con todo lo demás, así que me concentraré en eso. De momento tengo una idea básica de cómo sería en forma de hoja de cálculo. Es básicamente un calendario diario, pero con columnas para distintas áreas de tu vida, de modo que puedas ver con un simple vistazo todo lo que debes hacer y cuándo tendrás tiempo de llevar a cabo las tareas. Doy golpecitos a la mesa con un dedo mientras medito y repaso las notas que escribí después de hablar con Sam. Por lo menos puedo dar gracias por tener eso. Hay algo que me va bien.

Cuando una luz pálida irrumpe en el horizonte, decido ir a dar un paseo para aclararme las ideas. La tensión sobre Fangli ya ha desaparecido porque sé qué debo hacer. Le diré que lo siento, pero que no puedo seguir trabajando para ella. Y luego le sugeriré que vaya a terapia. No me andaré con rodeos: le diré a las claras lo que debería haberle dicho el otro día.

Me pongo un jersey, unas sandalias y el móvil en el bolsillo.

En el pasillo, el único sonido son mis suelas avanzando por la moqueta y el pitido del ascensor al llegar a la planta. El conserje está ocupado escribiendo algo en una carpeta, así que me escabullo sin que me vea.

Me encanta caminar por una ciudad cuando se despierta; las puertas y las ventanas se van abriendo como si se abrieran los ojos de la calle. Unas cuantas personas ya están fuera de casa incluso tan temprano, bostezando sobre tazas de café que sujetan con manos vagas. Una mujer camina por el centro de la acera con el vestido de anoche y una sonrisa de satisfacción. Cojea un poco en sus altos zapatos de tacón y luego se apoya en la pared y se los quita. Cuando pasa por delante de mí, va descalza y moviendo los pies mientras tararea la canción del verano, de Drake.

–¿Gracie? –Un hombre vestido de negro y con gorra de béisbol me detiene y se quita los auriculares. Es Sam, sudoroso de haber salido a correr–. Has madrugado mucho.

–No podía dormir.

–¿Estás bien? –Me mira a los ojos y se quita la gorra como si eso fuera a ayudarlo a verme mejor.

Ahora. Debería decírselo ahora mismo para que vaya preparando a Fangli.

–Sam, tengo que hablar contigo.

–¿De qué? –Se le ve inquieto, seguramente porque después de un «tenemos que hablar» nunca va nada bueno.

Una música alegre suena en su mano y levanta el móvil.

–Es Mei –dice–. Qué raro, por lo general me escribe. ¿Te importa si lo cojo?

Le hago un gesto de aprobación; me entra una gran curiosidad, y así tendré tiempo para pensar cómo verbalizar lo que quiero decir. Debo soltárselo antes de que me sienta mal por dejarlos en la estacada. La clave es que parezca claro que no van a hacerme cambiar de opinión, que es una pena, pero que no hay nada que hacer al respecto.

Empatía con la situación, pero firme con cómo va a terminar.

La expresión de Sam se oscurece y oigo un débil eco de la voz de Mei.

–*Hao* –dice él. Hablan durante otro minuto y luego cuelga–. Tenemos un problema. Fangli está enferma.

–¿Con la gripe o algo así?

Se pasa el móvil de una mano a la otra mientras inspecciona la calle.

–¿Ibas a volver pronto al hotel?

Doy media vuelta y nos ponemos a caminar hacia el Xanadu. Cuando el sol aparece en forma de una bola de amarillo anaranjado en el cruce de dos calles, levanto una mano para taparme los ojos. Sam mete una mano en el bolsillo y me pasa un par de gafas de sol tremendamente modernas.

–Toma.

Me quedan gigantes en la cara, que es justo como a mí me gustan. Me mira y asiente.

–Genial –aprueba.

—¿Por qué llevas unas gafas de sol en el bolsillo al salir a correr?

—Por si hace un día muy soleado. —Me mira como si fuese algo obvio y se pone a toser—. Te quedan bien. Quédatelas.

—Me puedo comprar unas yo, pero gracias por el préstamo. —Me las subo por la nariz hasta que toco los cristales con las pestañas antes de señalar un súper que está abierto—. Le compramos un poco de zumo de naranja si está mala.

—No está mala en ese sentido. —Sam me retiene.

Tengo un mal presentimiento.

—¿A qué te refieres?

—Mei dice que no quiere salir de la cama. No responde más que para decir que está demasiado cansada para trabajar.

—¿Le ha pasado antes?

—Una vez durante una peli, pero no tenía que grabar hasta al cabo de unos días y cuando llegó el momento ya estaba mejor.

—¿Qué ocurrió para que se sintiera mejor?

—Decía que necesitaba dormir. —Está perplejo—. Ya está.

Estoy muy cabreada en nombre de Fangli y apenas puedo respirar. Sé que Sam está haciendo lo que puede, o eso dice, pero no es suficiente, y creo que lo sabe. Que yo sea cómplice no hace que me sienta mejor.

Sam observa el tráfico y cruza la calle.

—Necesitamos que nos ayudes.

—No. —No quiero adentrarme más en nuestra farsa. He tomado una decisión.

—Por favor. No hace falta que ocupes su lugar en el escenario. Tenemos a una suplente y hoy no hay función.

Me lo quedo mirando fijamente.

—Ah, qué bien.

¡Como si pensara subirme al escenario en su lugar!

—Está previsto que grabemos un anuncio promocional de la obra de teatro para la segunda fase de la campaña de *marketing*. Y debe ser hoy.

—¿Por qué no usan un vídeo como todo el mundo?

—Lo quieren en directo. —Hace una mueca—. Forma parte de un segmento que suele funcionar muy bien en redes sociales. Estamos comprometidos. No hay mucho diálogo y eres tan rápida que lo pillarás enseguida.

Aunque tal vez crea que soy rápida, ahora mismo voy lenta.

—¿Me estás diciendo que quieres que me haga pasar por Fangli para promocionar vuestra obra de teatro?

Es demasiado. Más descaro y una energía más grande de la que me imagino, y mucho menos de la que soy capaz de reunir.

—Sí.

—Es imposible.

—Te saldrá bien. He visto cómo te relacionas con la gente en los eventos.

—Sam, es la idea más absurda que he oído nunca.

—Fangli necesita tiempo. —Duda—. Por favor. Necesito tu ayuda.

Eso activa la parte de mí que quiere complacer a los demás, un músculo bien entrenado que es más fuerte y veloz que mi promesa de principiante de ser mejor persona. Los maldigo a todos. Mis planes para renunciar al contrato se desintegran, pero me aferro a otra cosa que puedo hacer para mitigar una parte de la consternación por ser una mentirosa que miente sin parar. Es lo último, me prometo. En cuanto haya terminado, les diré que quiero romper el contrato.

—Con una condición.

—¿Cuál? —Aun desesperado, es prudente.

—Consíguele ayuda a Fangli. Un terapeuta.

—Lo he intentado. —Su rostro se ensombrece.

—Pues esfuérzate más —digo—. No tienes más que mirarla. Necesita ayuda.

—No puedo obligarla.

Me detengo para girarme, quitarme las gafas de sol y fulminarlo con la mirada.

—¿No fuiste tú el que me dijo que eras un gran actor? Averigua la forma de convencerla. Si no, harás el anuncio tú solito.

Caminamos otra manzana antes de que Sam se vuelva hacia mí.

—Trato hecho.

—Vale.

Caminamos otra manzana.

—Sam, es imposible que pueda hacerlo.

—Lo repasaremos varias veces en el hotel. —Mira alrededor y extiende un brazo para estrecharme en un abrazo amistoso—. No hay nadie en quien confíe más para esto.

—¿Cómo? —Bajo su brazo estoy como en casa.

—Gracie, has conseguido hacerte pasar por Fangli después de haberla estudiado unos días. —Me da la vuelta—. Tienes un talento natural. Y yo tengo fe en ti.

—No es lo que dijiste hace un mes.

Sam suspira.

—¿Qué quieres de mí?

—Pues no sé. ¿Una disculpa?

—Te pido disculpas.

Reflexiono un poco.

—En realidad, me gustaría que admitieras haberte equivocado al juzgarme.

—Me equivoqué de todas todas. Lo siento.

—Porque no me conocías.

—Cierto, pero antes de que sigamos por este camino, quiero puntualizar que tú pensabas que yo era un capullo arrogante.

—¿Qué quieres decir con eso? —Frunzo el ceño.

—Que nos hemos juzgado los dos, Gracie.

—Pero hay una diferencia. —Le dedico una sonrisa radiante—. Tú estabas equivocado.

—Tú ganas. —Agacha la cabeza—. ¿Me vas a ayudar, por favor?

—Lo intentaré, pero repito que creo que es una pésima idea.

—Saldrá bien. —Arquea una ceja—. Además, yo te ayudaré.

—Vale.

—Ya sabes que tengo un Óscar.

—Lo sé.

—Al mejor actor. El primer chino en ganar uno. Un momento histórico.

—Sam.

—Pues eso. Que soy muy bueno.

Suspiro sin más.

Veintisiete

Sam me pide que no vaya a ver a Fangli, y en esto al menos estoy de acuerdo. Durante mis peores días, lo último que quería era que alguien merodease a mi alrededor, y no me apetece empeorar la situación. Me limito a mandarle un mensaje lleno de corazones y abrazos, y luego un vídeo de mí lanzándole un beso para que sepa que pienso en ella. Después de enviárselo, el guion de *Operación Olvido* entra en mi bandeja de correo electrónico. Las instrucciones de Sam indican: «Empieza en la página 47».

Por suerte, ya he leído y visto la obra.

Cierro los ojos para recordar qué pasaba en la escena. Fangli no decía gran cosa, pero había muchas miraditas. Muchas miraditas sensuales que parecen increíblemente ridículas cuando las ensayo frente al espejo.

Cojo el móvil y busco en Google «consejos para actuar». El primer resultado me asegura lo importante que es aprender el arte de la interpretación.

Echar un vistazo a la hora me confirma que estoy jodidísima. No puedo aprender el arte de la interpretación hasta un nivel profesional en noventa minutos.

Me dejo caer en el sofá y me giro para quedar de lado. Estoy a punto de humillarme delante de profesionales del mundo del cine sin esperanza alguna de que lo guarden en secreto porque el objetivo de este puto anuncio es llamar la atención del público tanto de esta ciudad como de posiblemente todo el mundo.

¿Por qué me cuesta tanto decirle que no a alguien que no soy yo? «No, Fangli, no voy a hacerme pasar por ti. No, Sam, no voy a intentar actuar en vuestro anuncio. No, Todd, no voy a permitir que me intimides». ¿Por qué me preocupa tanto lo que piense de mí esta gente, que no ha dejado de utilizarme por su bien sin inmutarse? Ya no vivo en las llanuras, donde el ostracismo del grupo me llevaría a morirme de hambre.

A ninguno de ellos les importa la opinión que me merecen.

Me suena el móvil. Es Sam.

Estoy aquí.

Abro la puerta.

—¿No es más fácil que llames? Por cierto, sigue siendo una mala idea.

—Un mensaje de texto es igual de fácil y así no es necesario que mires por la mirilla. Si no te gusta el plan, estaré encantado de oír una idea que signifique que los dos grabamos hoy con Fangli o con una candidata apropiada. —Señala hacia la puerta que conecta ambas *suites*—. He ido a verla.

—¿Y bien?

—Después de varias súplicas y amenazas, y que conste que ni lo primero ni lo segundo me ha parecido correcto ni cómodo de hacer, Fangli ha aceptado ver a alguien que hace visitas de emergencia a domicilio. Pasará dos horas con ella.

—Has hecho lo correcto.

Cierra los ojos y se inclina hacia delante para apoyar la mejilla en mi cabeza, como si yo fuera una almohada. Me quedo paralizada.

—Eso espero.

Cuando se incorpora, me dirijo hacia el fregadero para llenar un vaso de agua con el ansia de alguien que acaba de salir de un desierto. «Compórtate, Gracie». Cojo el vaso con dedos entumecidos mientras oigo cómo Sam habla con la voz ininteligible e incorpórea de un Charlie Brown adulto.

—Y con eso ya estaríamos —concluye.

No he oído ni una sola palabra.

Por lo menos Fangli recibirá ayuda, y eso significa que puedo dejar de preocuparme por ella y reconducir mi consternación hacia mi persona.

—Sam, no sé actuar.

—Llevas unas dos semanas actuando, como ya te he comentado. ¿No me escuchas? No me estás escuchando.

—Eso no es actuar. —Mi cabeza da vueltas—. Es imitar.

—Una cuestión de semántica, y si puedes hacerlo aquí podrás hacerlo allí.

—No funcionará —me apresuro a añadir—. La gente de maquillaje sabrá que no soy ella. Tendrán que examinarme la cara con atención.

–Por suerte, Mei ha conseguido a una mujer nueva para hoy que no te conoce. Y tampoco te conocen el resto de los profesionales.

Es conveniente, pero aun así…

–Es una mala idea –repito–. No funcionará.

–¿Por qué no? –Me lo pregunta como si le interesara de verdad mi respuesta.

¿Por qué no? «Porque no» no parece la mejor respuesta, pero es que no se me ocurre ninguna otra. Pensar que una opción no saldrá bien es el modo por defecto de los derrotistas, y yo siempre me he considerado parte de ese grupo. ¿Y si para variar pensara que a lo mejor sale bien?

Puedo imitar a Fangli. Puedo fingir ser ella porque ya lo he hecho. Si lo he conseguido en la vida real, puedo fingir ser ella ante las cámaras, ¿no? Esta gimnasia mental es agotadora y no me está ayudando, pero de pronto recuerdo por qué no me he negado en rotundo. Es porque en el fondo quiero intentarlo, igual que quería intentar ser la doble de Fangli. Quiero ver si soy capaz. Negarme es básicamente para curarme en salud, y así si la cago podré responder con un «Te lo dije».

Estoy muy cansada de mentirme a mí misma.

Miro el guion y me vuelvo hacia Sam.

–Dime cómo lo vamos a hacer.

Es buen profesor y me ayuda a comprender todo el proceso. Primero lo leemos, solo las frases. Luego las frases con las emociones. Canalizo a mi Fangli interior para esta parte. El último paso es interpretar. Sam me para casi de inmediato.

–Estás pensando demasiado en cómo ser el personaje –me dice–. Necesitas sentirlo, ser el personaje. Cierra los ojos.

Los cierro, pero no del todo.

Sam emite un gruñido de impaciencia.

–Que los cierres.

Y entonces se pone detrás de mí y me los tapa con las manos para impedirme ver. Su voz suena cerca de mi oído.

–Ahora mismo, no eres Gracie. No eres Fangli. Eres Lin, una camarera de un restaurante venido a menos que quería algo mejor. Estás enamorada de un hombre que sabes que se marchará, pero lo deseas, aunque se supone que vas a casarte con otra persona, un hombre cruel al que ha elegido tu familia. Jimmy es una vía de escape, aunque solo sea por un día. Estás hecha un lío, pero ahora mismo, en este preciso instante, solo quieres estar con él.

Aparta las manos y, cuando lo miro a los ojos, es Jimmy, mi salvación.

—¿Por qué has venido? —Sé cómo suena la voz de Fangli y modelo la mía como haría ella, con ligereza y gravedad.

—No puedo dejar esto a medias.

Terminamos la escena y Sam da unos pasos atrás con las manos en las caderas.

—Has estado bien —me felicita—. Lo suficientemente bien.

Lo que para Sam es suficientemente bien para mí es fantástico, y no puedo dejar de sonreír. Ha sido una experiencia satisfactoria. Me he dejado llevar como si fluyera sin problemas.

—En la siguiente escena no hay diálogo. —Se aclara la garganta—. Nos tenemos que besar.

Me echo atrás como si una cobra hubiera caído del techo.

—Perdona, creo que lo he entendido mal. —En la página 47 del guion no hay ningún beso.

—Es una escena posterior —me explica como si lo que me generara un problema fuese la continuidad temporal—. Los dos hemos aceptado que estamos enamorados.

—Nos tenemos que besar. —Me cruzo de brazos—. ¿Con ternura? ¿Con pasión? ¿Con arrepentimiento? —Creo que sé cuál es la escena concreta, pero quiero que me lo confirme.

—Con pasión.

—No estoy preparada.

Para mi sorpresa, se desternilla de risa.

—Nadie lo está. Nunca. Es lo más raro del mundo. Yo utilizo una botella entera de enjuague bucal.

Por Dios, ni siquiera había pensado en mi aliento. Otra preocupación.

—¿Es necesario?

—¿Te ayuda saber que a mí también me cohíbe un poco?

246

–¿Sí? –En realidad no, porque es el puto Sam Yao y claro que me muero por que me bese con desesperación, pero en privado y porque le apetece, no porque sigue las instrucciones de un guion–. ¿No hay ninguna forma de evitarlo?

–Lo siento. –Parece arrepentido de verdad–. Lo he intentado.

Respiro hondo. A lo mejor es la última vez que los ayudo con algo, así que por qué no echar el resto.

–Vale.

–Si quieres, lo practicamos.

–Estupendo.

O no ha percibido el sarcasmo o decide ignorarlo. Da varios pasos y de pronto está demasiado cerca de mí.

Enjuague bucal. Esta mañana solo he tomado café.

–Un momento.

Me escabullo debajo de su brazo y corro hacia el cuarto de baño, donde procedo a eliminar casi toda la piel de mi lengua y la capa superior de esmalte de mis dientes. Incluso me cepillo las mejillas por dentro.

–¿Mejor? –me pregunta cuando salgo.

–Sí.

–¿Preparada?

–Sí. –No.

Se vuelve a inclinar y me pasa un brazo por la cintura para atraerme hacia sí mientras con la otra mano me levanta la barbilla. Embelesada por tener su cara tan cerca de la mía, me emociono y le piso.

–¡Ay! –Me suelta y se agacha para frotarse el pie, y en el proceso me golpea la barbilla con la frente.

–¡Sam, cuidado! –Me acaricio la cara mientras me fulmina con la mirada.

–Me ha dolido –dice.

–Has ido demasiado rápido. No estaba preparada.

–¿Te he preguntado o no te he preguntado si estabas preparada? –Se incorpora.

–Sí –admito.

–Y has dicho que sí. Has dicho que lo estabas.

–¡Pensaba que sí!

Me mira, más serio de repente.

—Si de verdad no me quieres besar, no te voy a obligar. Depende de ti.

«Vamos, Gracie». Me froto los brazos para recomponerme mientras contemplo sus labios.

—En el escenario beso a Fangli casi a diario —me explica—. Intenta pensar que es como besar un maniquí.

—Eso no me ayuda, pero gracias por el consejo. —Un maniquí. A lo mejor me funciona. Le hago señas para que se acerque.

En cuanto su rostro está junto al mío, sé cuál es el problema. Los maniquíes no son personas con labios cálidos y ojos que te examinan la cara para ver cómo reaccionas. Suelto una risilla nerviosa.

—Lo siento.

Sam luce la sufrida expresión de un tío que solo quiere terminar un trabajo.

—Veo que la idea del maniquí ha sido un fiasco. Me alegro de que te resulte divertida. Nos queda una hora.

—Vale.

Intento borrarme la sonrisa, pero cuando se acerca de nuevo debo apretar los labios con fuerza para reprimir una carcajada.

Esta vez, Sam no me da tiempo para recuperarme. Me coge la cara con las manos y posa los labios sobre los míos.

No podría haber hecho ninguna otra cosa para evitar que me echase a reír. Una mano me recorre el cuello y luego la nuca en un gesto que resulta muy sexi cuando lo veo en una pantalla, pero que en la vida real es como estar atrapada. Con Sam no.

Con Sam es tan maravilloso como siempre pensé que sería, posesivo pero amable. Se está apoderando de mí.

¿Cómo no vas a responder si un hombre te besa así? Dejo de pensar que es un personaje llamado Jimmy que besa de mentira a un personaje llamado Lin para una escena de mentira para el equipo de *marketing* porque ¡Sam me está besando! Me aprieto contra él y le pongo las manos en los brazos. Sus músculos se tensan bajo mis palmas.

¿Cuánto dura el beso? No tengo ni idea, porque nunca he estado tan perdida.

Al final, se separa de mí, pero apoya la frente sobre la mía durante unos segundos, con los ojos cerrados como si estuviera pensando en el beso que acaba de suceder.

Estoy noqueada. Me fallan las rodillas. Nunca me han besado así, y sé que estoy abriendo los ojos como platos y que están irradiando todas las emociones que siento y que ojalá no sintiera.

—Eh… ¿Ha sido…? ¿Así va bien? —Incluso mi voz suena ronca.

—Creo que sí. —Sam niega ligeramente con la cabeza—. Me he olvidado de grabarlo.

—¿Cómo? —pregunto con un graznido.

—Para comprobar los ángulos. —Se frota la barbilla—. Debes ladear la cabeza para la cámara. Es un poco diferente que en el escenario. —Suena desenfadado porque estamos actuando.

¿Alguna vez me he desinflado más deprisa? Mientras estaba sumida en el momento, él estaba pensando en cómo se veía el beso en la cámara. «Porque para él es un trabajo, idiota». ¿Cuántas veces lo he olvidado? Demasiadas.

—¿Estás preparada? —Sam ahora se coloca junto al espejo—. Ven aquí.

—¿Qué?

—Quiero que nos observes para que decidas cómo quieres salir.

Esta vez, cuando me echo a reír apenas puedo mantenerme en pie.

—Es la cosa menos sexi del mundo.

—Se supone que no es sexi. —Señala el espejo—. Te iluminan los focos. La gente te observa. Gracias a Dios que no es una escena de sexo.

—No podría. —Creo que se me acaban de caer los ojos de la cabeza.

—Por suerte, los besos apasionados es lo máximo a lo que llegamos en esta escena. —Frunce el ceño hasta lucir un surco entre las cejas—. Demasiado ejercicio para tener que quitarme la camisa.

Me reúno con él frente al espejo y decido tomármelo con la misma frialdad que él. No es Sam, un hombre intrigante con aliento de menta. Es mi compañero, y resulta que besarlo forma parte del trabajo. ¿Cómo consigue hacerlo Fangli todos los días?

Esta vez, cuando me besa no cierro los ojos y los dirijo hacia el espejo. Mi lenguaje corporal está rígido, pero el suyo… Madre del amor hermoso. Todo el cuerpo de Sam se cierne sobre el mío y todos los centímetros de su ser gritan una sed insaciable. Me desea a mí y a nadie más. No lo puedo evitar. Cierro los ojos y me permito abandonarme al beso, consciente de que jamás volveré a sentir nada parecido. Casi me ahogo en este mar embriagador de sentimientos destinado para alguien y mezclado con la impresión de verme atrapada por una marea que no puedo controlar.

A este beso le pongo fin yo, pero él me acerca hacia sí. Mi brazo queda entre los dos, y lo coloco alrededor de su cuello para enterrar los dedos en su pelo. Esta vez soy yo quien da el paso con el beso, y él me lo permite.

Ninguno de los dos sonríe cuando nos separamos.

–Creo que ya lo tienes –dice–. Practica el guion y prepárate para salir dentro de cuarenta y cinco minutos.

Se marcha antes de que le pueda responder y me desplomo en una silla, sin saber cómo me siento.

Y entonces me muerdo el puño y sonrío tanto que la sonrisa me llega a las orejas.

Joder. He besado a Sam Yao.

Veintiocho

—Necesito una copa.

Hemos regresado a mi *suite* y estoy encorvada sobre la mesa mascullando con los brazos estirados. Sam está en el sofá, detrás de mí.

—No ha salido tan mal.

—He sobrevivido. ¿Crees que alguien se ha dado cuenta? —Levanto la cabeza con un gran esfuerzo para mirarlo—. Que era yo y no Fangli, digo.

Sam tiene los ojos cerrados y está sentado con los brazos extendidos sobre el respaldo del sofá y la cabeza ladeada con el cuello expuesto. Intento no recordar que hace varias horas mi labios estaban trazando una línea por ese punto. Ha sido un día la mar de raro.

—Diría que se lo han tragado. Casi parecéis gemelas. —Abre ligeramente un ojo—. Es increíble y al mismo tiempo fantástico que seas capaz de imitarla tan bien. Me cuesta mucho creer que no seas una actriz profesional.

Nunca algo «aceptable» ha sido digno de celebración. Lo he conseguido. Al traste con las órdenes de mi madre por pasar desapercibida y que nadie se fije en mí. Me he puesto delante de los focos. Y me ha gustado.

—¿Cómo está Fangli?

—La psiquiatra ha venido hoy. —Sam titubea—. Fangli ha aceptado tomar medicación, pero tardará un poco en hacer efecto. Ha empezado a hacer terapia, y la mujer le ha aconsejado ejercicios de meditación. Fangli dice que mañana quiere trabajar. Cuenta con una sustituta si no puede, así que dispondrá de más tiempo si lo necesita.

—¿Le has contado lo que ha pasado hoy?

—Dice que gracias. —Sam se inclina hacia delante—. Está dispuesta a hablar, si todavía quieres ir a verla.

—Vale, gracias.

—¿Me ha parecido oír que te apetecería tomar una copa? —me pregunta.

—O más de una. Estoy abierta a sugerencias.

—Esta noche se supone que cenamos en Honsen's.

—¿Es un restaurante elegante? —No me suena.

—Es probable.

—¿La gente te reconocerá y pensará que soy Fangli?

—Es probable.

—¿La gente nos observará?

—¿Por qué me lo preguntas si ya sabes la respuesta?

No puedo con esto. Necesito tranquilidad.

—¿Y si te invito a la cena que te debo? En el sitio que yo elija.

—Vale.

Su veloz respuesta me indica que a él tampoco le apetece hacer un numerito esta noche. Es un alivio, ya que no tengo la energía de lidiar con su precaución cuando nos ven en público.

—Voy a hablar con Fangli y luego nos vamos. Tú prepárate y procura pasar por una persona normal y corriente.

Ni siquiera me rebate, sino que se levanta y se marcha. Debe de estar agotado por no tratarme mal en todo momento.

Me limpio la cara, me aplico mi nuevo pintalabios Revelation y me pongo un vestido negro y zapatillas. Hoy el verano es vengativo, y con esta humedad hace demasiado calor para ponerme vaqueros.

A continuación, llamo a la puerta que da a la habitación de Fangli. Mei la abre y me mira de arriba abajo.

—Voy a salir con Sam, pero quería hablar con Fangli. ¿Puedo?

Se le hunden las mejillas y creo que se las está mordiendo. Es muy protectora con Fangli. Me pregunto si se va a negar a que entre, pero entonces oigo la voz de Fangli.

—¿Gracie?

Mei se hace a un lado.

Cruzo la *suite* hasta llegar al dormitorio de Fangli. Es una copia más grande del mío, y Fangli está acurrucada en un sofá cerca de la ventana. Lleva un pijama de seda y le sobresalen los pies descalzos de una manta de cachemir que le tapa las rodillas flexionadas. El vapor de la taza de té que tiene en la mano le nubla un poco los rasgos.

–Hola –la saludo.

No me sonríe, pero la tensión alrededor de sus labios se relaja.

–¿Cómo ha ido el anuncio?

–Sam se ha quedado contento.

Fangli apoya la cabeza en una mano; el cansancio se ha adueñado de cada parte de su cuerpo. Le cojo la taza de té y la dejo sobre la mesa, y luego vacilo. No sé qué decir, pero no puedo quedarme aquí escuchando cómo se prolonga el silencio.

–¿Te puedo dar un abrazo? –le digo.

No soy de las que abrazan sin ton ni son y siempre he intentado evitarlo quedándome lo bastante lejos de la gente como para que resultase inconveniente que alguien me estrechara. Pero es que Fangli está agotada hasta la extenuación y necesita un poco de consuelo.

Tarda un minuto en responder, y al final agacha la cabeza para asentir.

Me siento en el sofá a su lado y con cuidado le pongo un brazo alrededor de los delgados hombros. Nos quedamos así varios segundos hasta que Fangli suspira, un sonido profundo e irregular.

–Estoy cansada –murmura en voz muy baja–. Quiero estar mejor. ¿Por qué no consigo estar mejor?

Dispuesta a abrazarla del todo, la atraigo hacia mí para poder rodearla con los brazos.

–Es cuestión de tiempo –le digo.

–Es lo que me ha dicho la terapeuta. No tengo tiempo. Necesito estar bien. Ya. –Ha alzado la voz.

–Lo sé. –Yo quería lo mismo. Se recuesta contra mí, sin llorar pero respirando con jadeos superficiales–. Deberías dormir –le aconsejo.

–No quiero.

No quiero ir a la cama, no quiero despertarme. No quiero hacer nada. Sé lo que es eso.

–Esperaré hasta que te quedes dormida. Venga.

La animo a ponerse en pie y se dirige a la cama, donde me deja que la tape con la sábana. Me siento a su lado.

–¿Quieres que te cuente un cuento?

–¿Como si fuera una niña pequeña? –Fangli suelta una tímida risa.

—Si los cuentos para ir a dormir funcionan es por algo —le aseguro—. ¿Quieres que te cuente uno o no? Es uno que me contaba mi madre.

—Sí. —Se sorbe la nariz.

—Se llama *El hotel de los globos*. Sabes lo que pasa cuando un niño suelta un globo y se pone como loco, ¿verdad? Pues es el hotel donde van todos los globos cuando suben hasta el cielo.

Le cuento la historia hablando entre susurros hasta que se le cierran los ojos. Al poco se queda dormida. Dejo el cuento a medias y espero unos segundos, y noto cómo se esfuma mi valentía al pensar en decirle a Fangli que lo dejo. No puedo abandonarla así. ¿Cómo le voy a dar la espalda por que me haga sentir mal que alguna gente crea que soy ella? Fangli es de carne y hueso. Los otros son abstractos. Son «gente», mientras que Fangli es una persona.

Incluso Laurence. Se llevó una gran alegría al conocer a la que pensaba que era Fangli, y ¿no basta eso?

Tengo que quedarme.

Me levanto de la cama. No estoy conforme al cien por cien con mi decisión, pero serán unas pocas semanas nada más. Y aprovecharé para aprender de la experiencia. Ya he aprendido mucho.

Mei no está ahí cuando salgo del dormitorio. Regreso a mi habitación y me tomo unos minutos para recomponerme. Cuando me he echado un poco de agua en la cara, le mando un mensaje a Sam y meto en mi bolso los tres objetos principales —la tarjeta, la llave y el pintalabios—. Sam se presenta con unos pantalones negros que le llegan por los tobillos y una camisa gris claro. Con una blusa de ese color, yo tardaría unos pocos segundos en tener unas enormes manchas de sudor debajo de las axilas.

Me mira a la cara.

—¿Gracie?

—Fangli estaba bien.

—Ahora estoy más preocupado por ti. —Entra en mi habitación y cierra la puerta—. ¿Ha sido difícil?

—Estoy bien —le aseguro.

—A Fangli le caes bien —dice—. No ha tenido ningún amigo en mucho tiempo, sin contarme a mí.

—Pobrecita.

–Sí, estás bien. –Me sonríe–. ¿Te sigue apeteciendo salir a cenar?

–Y que lo digas.

Incluso más que antes. Quiero que me rodeen los ruidos y la gente, y comer cosas grasientas para así no tener que pensar durante un par de horas.

–¿Adónde vamos a ir? –Empieza a caminar a mi lado cuando salimos al pasillo.

–Sorpresa. Espérame fuera de la recepción. –Es más seguro que bajemos por separado porque voy vestida como yo.

Aunque espero que me presione para que le dé más detalles, Sam parece lo bastante contento como para seguirme afuera y hacia el metro.

–Te puedo decir en qué parada bajamos, por si quieres sentarte a solas –digo antes de que llegue el tren.

–¿Por qué iba a quererlo? –Se frota la nuca.

–¿Para que no nos vean juntos? –¿No es obvio?

Sam observa el andén. Somos los únicos que esperamos el metro.

–¿Para que no nos vea quién exactamente?

–Muy gracioso. –Le doy un golpecito con el hombro–. Me refiero en el vagón.

–Seguro que hay alguno que esté vacío.

–Tú mismo.

Es un cambio interesante del hombre al que le entran paranoias por cualquier cosa. Ni siquiera ha mencionado las cámaras de seguridad, si bien las posibilidades de que lo reconozcan en una grabación en blanco y negro seguro que son escasas. Me gusta que se esté relajando con esas cosas.

–Me gustan los trenes –comenta cuando nos sentamos en los sucios asientos de terciopelo rojo.

–Creía que ibas en coche a todas partes.

–Casi siempre, sí –asiente–. Cuando creo que no hay peligro, me gusta coger el transporte público. Hay más gente a la que mirar.

–¿Cuando no hay peligro?

–Cuando creo que nadie me va a reconocer.

–¿Mirar a la gente te parece importante?

Contempla los vagones del metro. Estamos en uno de los que

están interconectados, así que vemos desde el principio hasta el final del tren.

—Si me quedo solo en casa, no voy a coger ideas de cómo interpretar a los personajes. Fíjate.

Sé a quién se refiere porque a unas filas más allá hay un hombre con esmoquin, pajarita tallada en madera y botas relucientes leyendo una novela romántica de la regencia inglesa de Georgette Heyer. Las preguntas se formulan solas. ¿Quién es? ¿Adónde va? ¿Esas pintas son especiales o normales en él? ¿Por qué lee ese libro?

Tenemos la decencia de no hablar de ese hombre delante de él, pero en cuanto bajamos del metro competimos para ver quién va a narrar primero su historia. Gano yo y le cuento a Sam mi relato durante la manzana que nos separa hasta el bar: es la reencarnación de Miss Havisham, que llora por la muerte de su querida gatita Lady Fluff. El bar es uno de mis sitios preferidos y estoy convencida de que ni una sola persona reconocerá a Sam ni dará importancia a quién es.

Nos sentamos en un reservado del rincón. Sam se pone junto a la pared, que está adornada con fotos en blanco y negro.

—¿Fotos policiales?

—Se llama Taberna Policial.

—No me sorprende. Allí veo a James Brown y a Robert Downey Jr.

—Paris Hilton. —Señalo otras imágenes—. Bonnie y Clyde. Lindsay Lohan. Macaulay Culkin.

Sam asiente.

—Por lo que deduzco, si algún día me detienen, lo más seguro es que termine en esta pared de delincuentes.

—¿Estás pensando en pasarte al lado oscuro o qué?

Frunce los labios como si lo estuviera pensando.

—Nunca digas «de esta agua no beberé». —Y me lanza una sonrisa.

El camarero nos deja un par de cartas y pedimos vino. Esta noche no soy Fangli, así que no tengo reparos en beber. Me quedo mirando la carta.

—Me apetecen unas patatas fritas.

—Siempre y cuando no sean de boniato.

—Eso es una abominación.

Como mañana Sam tiene una sesión de fotos, no quiere pedir nada con mucho sodio, que le hincha la cara. Eso limita sus opciones a una ensalada verde, y al final suspira y se pide una hamburguesa.

—Ya me beberé un vaso de leche antes de ir a la cama.

Nos sumimos en un cómodo silencio con nuestro vino. El bar está medio lleno y me llegan retazos de las conversaciones que me rodean. Detalles del día a día de una persona: chismes, quejas laborales y una primera cita desastrosa.

—¿No me ibas a decir algo? —me pregunta Sam—. Antes de que me llamase Mei.

—No me acuerdo —miento. No servirá de nada transmitirle mis inquietudes ahora que he decidido seguir adelante con el contrato.

—Hoy lo has hecho bien. —Sam apura la copa, ve que yo casi me la he terminado y pide dos más.

—Has sido paciente conmigo.

Con el día ya casi terminado, apenas me acuerdo de lo que ha pasado. Como en la mayoría de las situaciones de crisis, me vienen fogonazos de recuerdos nítidos entre un fondo de sensaciones apenas asimiladas.

—¿El beso ha sido tan horrible como te imaginabas?

Me mira por encima de la copa de vino y su tono es más de curiosidad que de burla. Me atraganto con el vino.

—Ha estado bien.

—Gracie.

—Ha sido raro, nada más. —Me froto la nariz.

—¿Quieres un consejo? —Sam me mira con intensidad por debajo de la visera de su gorra.

—¿Sobre mi técnica de besar? —pregunto totalmente horrorizada—. No. Claro que no. Por Dios. ¿Qué le pasa?

—A tu técnica no le pasa nada —me asegura—. Es la cara que pones.

—La cara que pongo —repito. El problema que tiene Sam con mis besos es mi cara, una noticia excelente. Me voy a morir de la vergüenza, pero es como ver una peli de terror. Necesito saberlo—. ¿No tenías los ojos cerrados?

—Antes de besarme, apartabas la mirada.

—No es verdad.

Seguro que me habría dado cuenta; además, ¿cómo iba a apartar la mirada cuando Sam iba a pegarme un morreo?

–Sí, y también lo has hecho mientras practicábamos. Cuando estoy aquí –y se pone una mano a quince centímetros de su rostro–, tus ojos se van a la izquierda como si estuvieras buscando una vía de escape.

Agarro la copa de vino y me recuesto en el respaldo rojo de piel del reservado.

–Es probable que sea por el contexto. Creo que con un beso de verdad no lo haría.

–Por eso te decía que me miraras.

–Pensaba que era una parte de la escena que había olvidado.

–Improvisación.

–¿Qué piensa tu novia de que te beses con Fangli?

He intentado encontrar una forma de confirmar lo que me comentó Mei, y en internet no he dado con ninguna información. Es la manera más suave que se me ocurre de averiguarlo.

–¿Cómo? –Se le cae la hamburguesa y suelta un taco al ver que se le desparrama. No ha sido tan suave, pues–. ¿Mi qué?

–Mei me dijo que tenías novia, o me lo dio a entender.

–No. Pero si la tuviera, lo hablaríamos. No me gustaría hacer nada que la hiciera sentirse incómoda. –Vuelve a juntar la hamburguesa–. ¿Por qué me lo preguntas?

–Creo que sería complicado llegado el caso –respondo con precaución, intentando fingir que mi objetivo era adentrarnos en una conversación profunda sobre las relaciones y no tanto meter las narices donde no me llaman.

–A veces sí. Todos los trabajos tienen sus inconvenientes.

–Pero no como ese.

–Tengo entendido que las auditorías a veces son una locura.

Y empieza a comer de nuevo.

Comparto las patatas fritas con él y Sam comparte los aros de cebolla conmigo, y no decimos gran cosa hasta que hemos terminado de comer y hay una tercera copa de vino delante de nosotros. Es un silencio agradable. Sam sirve un vaso de agua y lo desliza sobre la mesa hacia mí. Me lo bebo porque mañana quiero trabajar en mi MOSA e ir a ver a mi madre, además de practicar mi interpretación de Fangli, y, aunque me merezco un respiro después de la mierda de hoy, no me apetece hacer nada de eso con resaca.

–¿Qué te pasó en el último trabajo? –me pregunta Sam.

Acaba de destrozar mi relajación con su infalible habilidad para sacar temas incómodos.

Ya tengo una respuesta preparada para las entrevistas de trabajo, así que se lo suelto.

–No era un lugar adecuado para mí. Quiero un trabajo en el que se me permita probar nuevas ideas.

–Si vas a dar esa respuesta, no encorves el cuerpo –dice Sam–. Sabrán que estás mintiendo.

Bajo la mirada y veo que he cruzado los brazos y las piernas.

–No es mentira.

–¿Cuántas veces tenemos que discutir sobre lo mismo? Para ser una mujer que se está haciendo pasar por otra persona, mientes fatal.

–No me gusta mentir porque siempre olvido lo que he dicho.

–Pero aquí estamos. ¿Qué pasó de verdad?

–Odiaba a mi jefe, el tío al que viste en la galería de arte. –Se lo digo de corrido–. Era una rata y me despidió cuando vio la foto que me hicieron en la cafetería.

Mierda, he hablado más de la cuenta. Había olvidado que se lo había ocultado. Maldito vino.

–¿Qué es lo que vio? –Sam deja el vaso sobre la mesa.

Ha llegado el momento de sincerarse.

–El día que me la hicieron había dicho que estaba enferma y le dije que no era yo, pero él lo supo porque la de la foto se parecía mucho a mí. Mi pelo, mi bolso.

–¿Te amenazó?

–No de una forma que fuese a afectar a Fangli.

–Estás mintiendo otra vez.

–Tengo un abogado, ¿vale? –Descruzo los brazos–. Ya está en ello.

–Hay algo que no me estás contando.

–¿Podemos no hablar de esto? Te aseguro que lo tengo todo bajo control. –Esta vez yergo el cuerpo y lo miro directamente a los ojos.

Al cabo de unos segundos, suspira.

–No te puedo obligar a que me lo cuentes, pero entre tú y Fangli estoy rodeado de secretos.

No se me ocurre qué responder porque es cierto. Bebemos en silencio, pagamos la cuenta –la pago yo, ya que le debía la cena, aunque Sam protesta– y regresamos al hotel sin apenas hablar. El desgraciado de Todd vuelve a arruinarme la fiesta.

Al día siguiente, Fangli consigue ir a trabajar. Asoma la cabeza por mi puerta para darme un abrazo antes de irse, y, aunque la veo un poco pálida, yergue los hombros y la mirada.

–Gracias –me dice.

–A mí me fue bien –le suelto–. Cuando pedí ayuda. Pero fue difícil. Me sentía débil, como si no pudiera gestionar mis propios problemas. Hablar con alguien sobre cómo me sentía… Sí. Fue duro. –Claro que lo fue. A duras penas consigo hablar con la gente que me cae bien de mis problemas, y mucho menos con un desconocido.

–Duro. –Baja la vista–. ¿También más fácil?

–Porque no tienes la sensación de que estás avasallando a alguien con tus chorradas.

–Sí.

–No cambiará de la noche a la mañana –le digo–. Sin prisa, pero sin pausa.

–Hay que ser la tortuga, no la liebre. –Se pasa el pelo detrás de los hombros y mira hacia el techo–. Es lo que me dijo la terapeuta ayer.

–Que la fuerza de las tortugas esté contigo.

Levanto el puño.

Sonríe –un ligero gesto en que alza la comisura de los labios, pero me vale– y se marcha, y Mei la sigue murmurando algo al teléfono.

Después de hablar con ella, estoy de mejor humor. Fangli me cae bien. Sam dijo que me consideraba una amiga. Me gustaría serlo, aunque sé que volverá a China en breve y ya me cuesta mantener las amistades con la gente que vive en mi ciudad. Me quedo pensando. También es posible que nuestra breve pero intensa relación, como sucede con la gente que se conoce en un crucero, me esté engañando para ver más de lo que hay. Pero espero que no.

Me gustaría que se quedara en mi vida.

Dejo a un lado todas las preocupaciones y me pongo con mi MOSA.

Hoy es el día que he decidido ponerlo a prueba, y me dispongo a ordenar en columnas todas las cosas que pueblan mi mente. Tardo unos veinte minutos en descargarlo todo de mi cerebro y otros diez en analizar mi calendario para cerciorarme de que he anotado todos mis eventos y citas. Necesito una herramienta que sincronice la agenda y lo apunto en la columna «Aplicación».

Y luego me preparo un café de cápsula y me limito a mirar la pantalla del ordenador con una sonrisa. Mi idea está ahí, delante de mí. A lo mejor es absurdo estar orgullosa de haber creado una lista de tareas pendientes, pero lo estoy. No se parece a nada de lo que se ofrece en el mercado.

Hora de empezar. Lo primero que hago es reunir lo que hará destacar mi aplicación, porque voy a necesitar dinero para contratar a un programador y lanzarla. Estoy construyendo el avión a medida que vuelo, pero me siento bien así.

Cuando llega la hora de comer, he encontrado varios nuevos problemas, y después de tomar notas es el momento de ir a dar un paseo para que me circule la sangre. Nadie se pone creativo sentado a una mesa varias horas.

Es un día despejado y soleado, y avanzo con ligereza mientras deambulo sin ningún destino en mente. Le mando un mensaje a Anjali, que quiere saber si Sam sigue estando tremendo y si yo sigo estando viva.

Gracie: Sí. Nos besamos.

Anjali: ¿Que QUÉ? ¿Por qué siempre me cuentas estas cosas cuando estoy en una reunión? MADRE MÍA... ¿Fue espectacular? ¿Cómo? ¿Por qué? ¿Cuándo?

Gracie: Para un anuncio. Fangli no podía hacerlo, así que me tocó hacerme pasar por ella.

Anjali: Repito: ¿fue espectacular?

Me quedo mirando el móvil durante un minuto antes de contestar: Sí.

Me manda un mensaje con siete emojis de berenjena.

Ojalá Anjali estuviera en la ciudad para hablar, pero se ha ido a un viaje de negocios.

Gracie: Para ya.

Más berenjenas.

Anjali: Cuando vuelva, necesitaré todos los detalles.

Le envío un emoji con el pulgar hacia arriba porque mis sentimientos hacia Sam son demasiado complicados para deconstruirlos, y mucho menos resumirlos en un mensaje.

¿Cómo intento explicarle que he besado a Sam varias veces? El equipo de grabación quiso muchas tomas y, cada vez que él me movía diferente y me tocaba de una manera nueva, yo me olvidaba de todo menos de él.

Supongo que mis sentimientos no son para nada complicados. Ya sé cuál es el problema. Me estoy enamorando de Sam. Es el cliché más cliché de todos: me he enchochado de un actor que dentro de unas semanas me dirá adiós para siempre.

Lo menos que puedo hacer es guardármelo para que él no se entere.

Es un riesgo que no estoy dispuesta a asumir, ni siquiera en mis momentos de mayor valentía. La vergüenza del rechazo sería demasiado insoportable. Sam me ha dicho que lo sorprendió que supiese actuar. Pues nada, seguiremos actuando.

Veintinueve

Las dos semanas siguientes transcurren en una rutina bastante predecible. Sam y Fangli trabajan. Me dedico un cincuenta por ciento a buscar trabajo y un cien por cien a pulir mi MOSA. Cada pocos días, voy a visitar a mi madre. Por la noche, Sam y yo salimos para sonreír y dejarnos ver, y procuro entablar conversaciones triviales y tener las manos quietas.

Así es como termina el primer mes en que me hago pasar por una estrella de cine. Esto es lo que he aprendido.

El MOSA es una absoluta maravilla y voy a ser millonaria y quizá saldré en *Vanity Fair* para hablar de cómo ha cambiado mi vida en una historia muy inspiracional, pero humilde. Se lo contaré al universo una y otra vez.

Ser una estrella de cine ha sido más fácil ahora que le he pillado el truquillo.

Fangli es muy maja y me cae superbién.

Mei es una profesional y ya está. Me considera una trabajadora y punto.

Mi madre no hace gran cosa aparte de mirar por la ventana cuando voy a visitarla, y llamo a Xin Guang cada dos días en una forma educada y alegre de decir: «Sigo interesada, ¿eh?».

Sam… me está matando. Me está matando por el mero hecho de existir. Aunque no esté cerca de mí, pienso en él, y no me gusta. Agatha Wu Reed siempre me advirtió que nunca permitiera que un hombre ocupase demasiado espacio en mi cabeza, y Sam consume una ingente cantidad del tiempo que paso despierta, en parte porque a menudo está cerca. Mi *suite* se ha convertido en una especie de centro de reunión nocturno para los tres –Fangli, Sam y yo–, donde vemos películas, entramos en internet para ver las casas más raras del mundo o las recetas más asquerosas, hacemos test para ver qué princesa Disney somos o jugamos a las cartas. Esto último es lo más divertido porque, si bien puede que Sam me diera una paliza con los videojuegos, las cartas se le dan fatal, y a Fangli y a mí nos proporciona un placer enorme su incapacidad para ocultar lo mucho que le jode perder.

–¿Al UNO? –le pregunto una noche con incredulidad mientras Fangli echa un vistazo al mazo para ver cómo lo ha podido hacer tan mal–. ¿Pierdes incluso al UNO?

–Me han tocado unas cartas horribles –se enfurruña.

–¿Cinco veces seguidas?

Es esa parte de Sam la que me enamora. Está relajado, y eso lo vuelve más real e insoportablemente atractivo. No cambia cuando me habla a mí o a Fangli y a mí juntas. Sé que es sincero, pero en plan amigos. A veces los dos pasan al mandarín, pero mi aplicación solo ha conseguido que sepa qué pedir en un restaurante (*Wo yao chao fan*, «Quiero pedir arroz frito»), así que se me escapan muchas cosas. De vez en cuando me lanza una mirada de reojo acompañada de una sonrisa burlona, y mi corazón se detiene. No significa nada. No es un ligón profesional, pero es consciente de su poder visual, y creo que se ha convertido en su segunda piel.

Aunque me descoloca cada vez. ¡Cada vez! Lo que también me derrite es que quiera que le diga cómo va mi MOSA. Que se lo tome realmente tan en serio me emociona.

–Cuéntame los cambios que has hecho –me dice cuando asistimos a otra velada. El importante Festival de Cine de Toronto tendrá lugar en septiembre, y, como el representante de Fangli quiere que se deje ver y Sam estrena una película en el festival, no paramos quietos.

Sujeto la copa de vino que se va calentando poco a poco y que tengo prohibido beber mientras nos quedamos en una mesa del rincón descansando de la cháchara.

–Está yendo bien –digo.

–¿Cuándo podré probarlo?

–Más adelante.

¿Por qué sueño con salir en *Vanity Fair* y en programas de televisión matutinos, pero me niego al instante a que Sam pruebe mi sistema? El objetivo principal es que la gente lo utilice.

–Vas a necesitar a alguien que lo pruebe, y me prometiste que podría ser uno de los primeros en usarlo –razona con lógica–. Además, te di un montón de ideas.

–¿Por qué quieres probarlo?

–Por cómo lo cuentas. Parece emocionante, como si fuera a darle un giro de ciento ochenta grados a mi vida. –Me sonríe–. No me iría nada mal.

–A ti. A Sam Yao, la estrella de cine.

–Que solo cuenta con cierto tiempo al día y en el mundo para hacer lo que quiere hacer. –Su sonrisa no se tambalea.

–Lo probarás en cuanto haya escrito unas instrucciones de uso.

Tiene razón, necesito poner a prueba el sistema.

Para cuando llega nuestro siguiente compromiso ineludible, me siento más segura, y es positivo porque es para Chanel y es una de esas situaciones en que todo el mundo se fija en mí. Fangli iba a hacerlo, pero me lo ha pedido en el último momento. Acaba de pillar un resfriado y tiene unas pintas espantosas.

–Claudie no puede ir, así que será coser y cantar –me anima–. Es la única que me ha conocido en persona. Irás con Sam y veréis un miniespectáculo de moda y ya está.

Estoy con una bata dentro del vestidor mientras Fangli revolotea a mi alrededor. Es obvio que debo llevar algo de Chanel, pero no sé cuáles de los conjuntos que tengo son de Chanel. Creo que son famosos por los vestidos cortos de tela un tanto rugosa. ¿Me pongo perlas? Tengo el recuerdo lejano de haber visto a algunas modelos llevar un porrón de perlas.

Fangli se me acerca para sacar un par de pantalones cortos con una camiseta a juego y una chaqueta sin mangas. Arrugo la nariz.

–Solo me he depilado las piernas hasta las rodillas.

Suspira, pero cambia los pantaloncitos por una falda larga y vaporosa.

–Servirá.

–¿De qué tendré que hablar?

–De lo mucho que te gusta trabajar con Claudie, por ejemplo, pero hazles preguntas tú. A la gente le encanta hablar de sí misma. Es un encuentro especial con gente vip, por lo que habrá una mezcla de personas, no solo procedentes del mundo de la moda. Por lo general, tiran de la lista de clientes locales más importantes.

Me pongo la peluca y me aplico una última pasada de pintalabios antes de darle un beso a un pañuelo para retirar el exceso. Fangli se suena la nariz y se mete un caramelo en la boca. Apesta a eucalipto y a limón.

—Hoy has ido a ver a tu madre, ¿no? —me pregunta.

—Esta mañana. Está igual. —Suspiro, y la mano de Fangli me da un apretón en el hombro.

—Nunca me has contado cómo vino a Canadá.

—Nunca habla del pasado. Lo único que solía decir era que quería empezar de cero.

—¿No sientes curiosidad?

—Ni te lo imaginas. A menudo le hacía preguntas a mi padre, pero solo me respondía que era ella quien debía contar su propia historia, y ahora es probable que no me entere nunca. En China tengo familia a la que jamás conoceré.

—¿No te fastidia?

—En un plano abstracto, a veces, pero ¿qué íbamos a tener en común? Serían parientes, pero unos desconocidos.

—Qué triste. A lo mejor se sentía más segura guardando silencio.

Me quedo quieta con la polvera en la mano.

¿Segura? Nunca se me había ocurrido la posibilidad de que mi madre estuviese huyendo de algo o de alguien. Siempre he pensado que solamente quería empezar de cero en Canadá por trabajo o por dinero. Durante veinte años vivió en China, y no sé nada de esa época. No pensaba que fuera posible sentir más remordimientos por no haberle preguntado a mi madre por su vida, pero supongo que, como todos los hijos, creía que su vida empezó en cuanto me tuvo a mí. Fangli se suena con un pañuelo.

—Supongo que, si se hubiera casado con un hombre como mi padre, habría querido asegurarse de que no la encontraba.

—¿Un hombre como tu padre?

Fangli ve por la cara que pongo que me estoy imaginando lo peor y levanta las manos como para interrumpir mis lúgubres fantasías.

—No, no. Es un buen hombre y se esfuerza, pero está enamorado de su trabajo y de las normas.

En realidad, ese hombre parece uno que a mi madre le podría gustar, aunque Brad Reed era más bien un espíritu libre.

—Es romper del todo con el pasado y demás. A menudo me da por pensar que ojalá pudiera hacer algo parecido.

—¿No puedes?

—Lo quiero y es mi padre, pero tenemos filosofías distintas. —Se encoge de hombros—. Es difícil, pero ¿cómo voy a expulsarlo de mi vida si es la única familia que me queda?

No sé qué responder a eso. Fangli me da un bolso adorable y aprueba que me lo cuelgue del hombro en lugar de llevarlo en bandolera.

Al poco, Sam y yo estamos en el coche rumbo al evento. Tiene lugar en la última planta de un edificio de oficinas del distrito del East End, pero me quedo sin palabras ante las vistas. Todo Toronto se alza delante de nosotros, con el lago al sur, los rascacielos al oeste y las zonas residenciales y los árboles al norte y al este.

—Señorita Wei, qué alegría verla. —Una mujer alta se nos acerca—. Señor Yao.

Está sonriendo, y yo no tengo ni idea de quién es, así que murmuro un saludo adecuado y la sigo hasta la sala principal. Un largo pasillo divide el espacio en dos, y hay hileras de sillas a ambos lados. Unos camareros con uniforme negro pasean bandejas de comida y vino, y rechazo las dos cuando se me acercan. No puedo comer, ser Fangli y conservar el pintalabios al mismo tiempo.

La mujer nos señala nuestros asientos y se va. Una voz nasal suena detrás de mí.

—Solo he venido por Angelica —exclama una mujer—. Los chinos se han cargado Chanel con sus imitaciones, que están por todas partes. Es un espanto, pero ya conoces a Angelica. En cuanto encuentra un estilo, no lo abandona nunca.

Una voz muy fuerte la interrumpe.

—Demasiados chinos, ese es el problema. Están haciendo que los precios suban. El mercado inmobiliario es el que más lo sufre. Nunca se sabe en qué estarán pensando. Hay demasiados y todos son iguales. Nos van a oprimir. Nos ganan en número por goleada.

Sam pone cara de póquer, pero me toca el brazo cuando me dispongo a girarme.

—Olvídalo —susurra.

—Y una mierda.

Miro atrás para ver quién es el gilipollas y no me cuesta nada localizarlo. Es mayor, de unos cincuenta y tantos, y lleva un traje negro holgado. Lo observo para así reconocerlo luego y veo cómo deja la copa vacía en la bandeja de una camarera y la señala con un dedo hasta que le entrega otra llena.

Sam y yo nos mezclamos con los asistentes, pero los comentarios de ese hombre me han agriado el humor. Sam debe de haberse dado cuenta, ya que me lleva hasta la terraza, que ofrece unas vistas del lago negro.

Gracias a una noche atípicamente fría para la época, somos los únicos que hemos salido.

–Tienes que olvidarlo –me dice–. No vas a tirarle una copa por encima por accidente ni le vas a vencer en un debate racional, así que deja de pensar en eso.

–¿Cómo sabías que iba a tirarle una copa por encima?

Me lanza una mirada de soslayo. Recortada contra la noche, su cara es un perfil muy claro.

–Aquí hay muchos como él.

–Vosotros por lo menos podéis volver a China y no tenéis que enfrentaros a gente como él. Yo estoy atrapada aquí.

–Siempre hay gente como él en todas partes. –Sam apoya los antebrazos en la barandilla de la terraza. Esta noche se ha puesto pantalón de vestir, y con la camisa arremangada desprende una confianza deslumbrante. Ya he visto a dos tíos fijarse en él y arremangarse también–. Está asustado y se siente inferior, y no le gusta.

–O quizá no está asustado, sino que es un capullo integral al que habría que poner en su sitio. Seguro que controla a todo el mundo a su alrededor con su dinero. –Miro hacia la sala–. Ay, madre.

–¿Qué pasa? –Se pone delante de mí como para bloquear lo que sea. Lo aparto con suavidad.

–Es Robin Banerjee.

–¿Un poco de contexto, porfa? –Sam agita una mano.

–Un arriesgado inversor instalado en Toronto que solo patrocina negocios locales y que se centra en inversiones seguras. –He investigado un poco.

Sam lo comprende de inmediato.

–Como tu MOSA.

—Como mi MOSA.

—Ha llegado el momento de que hables con él —me urge—. Ve a buscarlo.

—No puedo. —Quiero pisotear el suelo con rabia—. Soy Fangli, no Gracie.

—Es verdad. —Asiente brevemente—. Iré a hablar con él.

—¿A qué te refieres?

—Me acerco, me presento, le cuento que tengo una amiga con una gran idea y le pregunto si quiere reunirse con ella.

—¿Así, tal cual?

—A ver, a lo mejor dice que no.

—¿Lo harías por mí?

—Pues claro. —Sam me mira a los ojos—. ¿Por qué no iba a hacerlo?

—Me siento rara.

—Se le llama hacer contactos.

—Siempre me las he apañado sola.

No dice nada, pero oigo su voz con la misma fuerza como si hubiera hablado. «Y ¿qué tal te va?».

¿Que qué tal me va?

Vuelvo a mirar hacia Robin Banerjee. Tener una red contactos siempre ha sido para los demás, yo nunca la he tenido. La propuesta de Sam, que podría acercarse y pedirle un favor a ese desconocido —y no me cabe ninguna duda de que lo conseguiría por ser quien es—, implica un nivel de confianza que envidio.

No quiero que Sam lo haga por mí. Quiero ser capaz de hacerlo por mi cuenta.

—Creo que prefiero… —Las palabras mueren en mi boca.

Porque en ese momento Todd entra en la sala dándose aires.

Treinta

Está aquí.

Todd, el gilipollas de mi jefe. Todd, el que continúa convirtiendo mi vida en un infierno. No entiendo qué hace aquí hasta que veo a su amiga rubia de la galería de arte sonreírle y lanzarle un beso desde la otra punta de la sala.

—¿Qué prefieres? —Sam me ve estremecerme—. Tienes frío. Se está levantando viento. ¿Entramos?

—Me gusta estar aquí.

No me puedo pasar toda la noche en la terraza, pero necesito varios minutos para recomponerme. Lidiar con Todd requiere un plan. Un plan sólido que ahora mismo no tengo.

Sam me pasa una mano por el brazo con piel de gallina, pero asiente.

—Como quieras.

La terraza está separada de la sala principal del evento por una pared de ventanales, pero fuera está más oscuro que dentro, así que sé que desde la multitud no se me ve. Acompaso mi respiración y obligo a mi cuerpo a tranquilizarse, si bien tengo las palmas tan húmedas que Sam hace una mueca al tocarme la mano.

—En cuanto a Robin —dice antes de entornar los ojos hacia las ventanas—. Ay, ¿me das un momento? Ese es mi viejo amigo Dmitri. Hace años que no lo veo.

Señala a un hombre que lleva pajarita.

Asiento hacia Sam para indicarle que puede ir a hablar con su amigo… y me arrepiento al instante.

Porque Todd sale a la terraza segundos después de que Sam se haya marchado para echar un vistazo al espacio a ver si hay alguien con quien valga la pena hablar. No tengo dónde esconderme.

Me reconoce al instante y se dirige hacia mí.

—Gracie, qué solita estás aquí. Te veo bien. —¿Cómo es posible que no me haya dado cuenta nunca de que parece un lobo con el pelo revuelto y esa boca enorme llena de dientes afilados? Es un lobo y yo, un cordero–. Me gusta cómo te queda el pelo largo.

Sabe que debajo del maquillaje perfecto y del peinado estiloso y el carísimo conjunto de Chanel no soy más que Gracie.

Se acerca, demasiado deprisa como para que yo pueda retroceder. Y no lo hago. Me quedo donde estoy, aunque signifique que se aproxima. No le concedo el poder de afectarme, y ese gesto pequeño e involuntario me recuerda que no soy ningún corderito. No pienso ser la misma Gracie vulnerable que salió de sus oficinas hace un mes. Alejarme me ha dado distancia suficiente como para mantener erguida la cabeza, por más que me empiecen a castañetear los dientes.

Emulo a Fangli sin sonreír ni sorprenderme de que sea tan maleducado de acercarse a mí.

–Disculpe, ¿quién es usted?

Me rodea la muñeca fuerte con los dedos hasta apretarme los brazaletes contra la piel.

–Vamos, Gracie. No sé a qué estás jugando, pero siempre he sabido que debajo de esos jerséis gruesos y esa mirada sumisa había una chica mala.

Es un puto asqueroso. ¿Por qué no lo vi antes? ¿Cómo dejé que este montón de mierda me anulara tantísimo?

Noto el peso de la peluca sobre la cabeza y las delicadas tiras de piel de los zapatos de tacón sobre los tobillos. A lo mejor me trata como si fuera Gracie, pero aquí soy Fangli.

–Te estoy hablando, Gracie.

Todd me sacude un poco el brazo cuando no le respondo, y bajo la vista hasta el punto donde me rodea la muñeca con la mano.

Fangli no toleraría ese trato. Anjali tampoco, aunque es probable que optara por partirle la cara a Todd.

Yo tampoco voy a tolerarlo. Me zafo de su agarre.

–Me da igual –le espeto. Se lo suelto con una voz aguda y afilada que reconozco de uno de los papeles dramáticos de Fangli.

–¿Qué has dicho?

Se inclina demasiado cerca, pero no me muevo. Me limito a quedarme callada y a fulminarlo con la mirada.

Y en ese momento veo lo que no había entendido hasta ahora.

Enfrente de mí en la tenue terraza, Todd es tan solo una sombra vacía en forma de hombre, envuelto por las luces que brillan en los miles de ventanas de la silueta de la ciudad. Sin el filtro del miedo, lo reconozco por lo que es: un acosador mediocre y fanfarrón que me da asco. Respiro hondo, y todos mis temores se esfuman porque él no lo merece.

No tengo por qué contestarle.

Me doy media vuelta para dejar a Todd hirviendo de rabia e impotencia en la preciosa terraza; a pesar de que he terminado con él, Todd no piensa que haya terminado conmigo. Noto cómo una mano pesada aterriza en mi hombro en el preciso instante en que Sam cruza la puerta con el ceño cada vez más fruncido.

Me remuevo sin miramientos para quitarme su mano de encima y le lanzo mi mirada menos impresionada.

Sam ya está a mi lado y su presencia aumenta mi confianza. Casi noto la tensión que lo embarga por no montar un número, pero espera a que sea yo quien controle la situación.

—No sé qué intentas aparentar —Todd me taladra con los ojos—, pero da lo mismo cómo te vistas. Sigues siendo la misma tía aburrida de siempre. Deberías dar gracias por que me haya dignado a mirarte.

—No. —Le devuelvo la misma expresión—. No, eso no es en absoluto nada por lo que dar gracias.

Dios, qué bien me ha sentado decírselo. Por encima del hombro de él, veo a la mujer que nos ha recibido contemplándonos con cara muy seria. Está hablando por el *walkie-talkie.* Un guardia de seguridad aparece a su lado al cabo de unos segundos y los dos se encaminan hacia nosotros con semblante adusto y los ojos clavados en Todd.

Todd la ve y me mira con una expresión casi hilarante de equivocado triunfo.

—Echadla —dice señalándome mientras se nos acercan—. No debería estar aquí.

El guardia de seguridad ni siquiera vacila.

—Vamos, señor.

Saboreo el bellísimo instante en que Todd me sonríe antes de entender lo que está pasando. Y entonces pasa la vista de mí al guardia.

—¿Cómo?

—Ha llegado el momento de que se vaya, señor. —El guardia me mira—. Señorita, ¿quiere que llamemos a la policía para presentar cargos por acoso?

Parece que Todd no lo comprende hasta que mira a la organizadora, que tuerce los labios con repulsa. Se gira hacia mí y... se desploma.

Es como ver un globo que se deshincha a cámara lenta.

Finjo sopesar las palabras del guardia, aunque sé que no puedo. Debo tener en cuenta la imagen de Fangli.

—Prohibirle la entrada a cualquier otro evento bastará.

Todd se pone rojo como un tomate y me niego a moverme y a apartar la vista.

He ganado.

Soy la primera que se gira y le da la espalda. No se merece mi tiempo.

—Ya se ha ido —dice Sam al cabo de unos segundos.

Asiento, pero estoy escuchando a la gente que me rodea a medida que la muchedumbre sale a la terraza. La escena con los de seguridad no ha pasado desapercibida.

—¿Qué ha ocurrido?

—Menudo caradura, el tío.

—Es Wei Fangli. Me han dicho que es una cabrona que no veas.

—¿Por qué? ¿Por no querer que ese cerdo le pusiera las manos encima?

—¿Has visto eso?

La caricia de Sam en el brazo me recuerda que debo erguir la espalda y poner cara de póquer. Todd se ha largado, pero mi victoria se ve ensombrecida al saber que lo que ha sucedido a lo mejor termina salpicando a Fangli.

Sam apacigua los murmullos con un fruncimiento de ceño que me pone tensa, y que ni siquiera se dirige a mí. Me lleva aparte, lejos de los demás de la terraza, y me rodea con los brazos.

—¿Qué ha pasado? ¿Quieres que nos vayamos?

—Estoy bien.

—No, no lo estás. Estás temblando. Era tu antiguo jefe, ¿verdad?

—Sí.

–Cuéntamelo todo. –Su expresión se endurece–. De principio a fin.

Se entera de la despreciable historia.

–No sé por qué no podía defenderme, pero es que no podía. No podía. No podía perder el empleo y no quería aceptar qué estaba pasando.

–Gracie. –Sam me pone la barbilla sobre la cabeza–. La culpa es solo suya. No tuya. –Hace una pausa–. ¿Te puedo contar una cosa?

–Sí. –Quiero dejar de pensar en esto.

–Te hablé de mi madre y te dije que quiere que yo me ocupe de la productora.

–Sí.

–También intentó conseguir mi primer trabajo. Dije que no. Pensaba cambiarme el nombre y lograrlo por mí mismo. –Se apoya en la barandilla, y el viento le azota el pelo–. Me puso sobre aviso para que no fuera a ver a cierta profesora de interpretación y no me cupo ninguna duda, porque era un adolescente, de que mi madre me mentía para que fracasara y tuviese que volver con ella.

–¿Qué pasó?

–Fui a ver a la profesora. Era famosa y todo el mundo sabía que, si te aceptaba como alumno, es que eras especial. Estábamos los dos solos. –Suspira–. Me dijo que me sentara y me puso la mano en el muslo. Bien arriba del muslo.

–¿Cuántos años tenías?

–Dieciocho.

–¿Qué hiciste?

Se echa a reír, y noto que es el mismo tono que empleo yo cuando pienso en Todd.

–Al principio, nada. A lo mejor eran imaginaciones mías. No quería montar un escándalo y no quería que ella pensara que era un niño pequeño.

–¿Y paró?

–¿Crees que paró? –Me mira con los labios torcidos–. ¿Paró tu jefe?

–No.

–De lo que me di cuenta luego era de que no es solo sexo. Es poder. Vio una vulnerabilidad en mí y se aprovechó.

–O sea, me estás diciendo que soy débil.

Me alejo hacia la otra punta de la terraza y Sam me sigue. Ahora estamos totalmente ocultos a la multitud.

–Creo que Todd vio que la gente te importa y que intentas evitar llamar la atención. Vio una oportunidad.

No puedo negarlo.

–¿La profesora…? Lo siento.

De repente, sé que estoy siendo una cotilla.

–Conseguí lanzar el guion al suelo y, cuando me agaché para cogerlo, fingí caer de la silla, mascullé unas disculpas y eché a correr.

–Muy listo.

–Me sentí como un idiota exagerado hasta que volví y se lo conté a Fangli y a Chen. Sabíamos que no serviría de nada decírselo a los demás profesores, así que me ayudaron a hablarlo y a procesarlo. Y ya está.

–¿Qué pasó con la profesora?

–Cayó en el olvido cuando la pillaron falseando su declaración de impuestos. –Sonríe de oreja a oreja–. Puede que fuese yo el que la denunció.

–Dicen que la venganza no hace que te sientas mejor.

–¿Eso dicen? A mí me sentó genial.

La historia de Sam me anima un poco, pero sigo pensando que mi yo del pasado fue una cobarde.

–Debería haber…

–A la mierda con los «debería».

Me pone un dedo sobre los labios.

–Pero…

–Gracie, eres perfecta tal como eres. No es negativo querer mantener la paz de tu vida y preocuparte por la gente que te rodea. Que una mala persona te haya manipulado no significa que lo estés haciendo mal. Ser amable y generosa es un don.

–Por favor, ocupen sus asientos. –Oigo a un acomodador que guía con educación a los invitados hacia la sala principal–. El *show* está a punto de comenzar.

En nuestro palco aislado, Sam y yo lo ignoramos.

–Todd sabe que soy Gracie cuando me visto así, como si fuera Fangli. –Me señalo la ropa.

–¿Lo has admitido?

Me quedo pensando.

–No.

–Pues olvídate de Todd. –Me pone un dedo debajo de la barbilla para levantarme la cabeza–. Eres preciosa por dentro y por fuera. No dejes que una persona como él apague una parte de ti. Deberías estar orgullosa de ti.

–Gracias. –Mi respuesta es apenas un susurro.

–Gracie.

Está muy cerca de mí. La brisa del lago me lame la piel donde él me pasa el pelo por detrás del hombro.

–¿Sam?

No me muevo por dos razones. La primera es que me tiemblan tanto las piernas que, si me muevo, es probable que me caiga de bruces. La segunda es que quiero que él tome la iniciativa.

Quiero que Sam reduzca la distancia que nos separa.

No me hace esperar demasiado antes de posar los labios sobre los míos, un roce suave y tan veloz que me pregunto si ha pasado de verdad. A continuación, se aparta solo un poco como para ver mi reacción.

–¿Gracie? –me pregunta–. ¿Te parece…, te parece bien?

–Por Dios, sí.

Le rodeo el cuello con un brazo y le cojo el codo con el otro mientras me pongo de puntillas. Percibo cómo la sonrisa que esboza desaparece cuando lo inclino para darle un beso como es debido, el que llevo anhelando desde que lo vi en esa maldita portada de revista. Sus labios encajan a la perfección con los míos, y esta vez es real.

Sam me está besando a mí, a Gracie. No a Fangli.

Me rodea con los brazos y me vuelve a besar. Escondidos en una terraza que da a un lago oscuro, me besa hasta que lo único en lo que puedo pensar es en Sam.

Es real. Noto que es real. Sé que lo es. Tiene que serlo.

Treinta y uno

No sé cómo consigo sobrellevar el resto de la fiesta de Chanel. Varias mujeres de rostro angular trotan delante de mí con ropa valorada en miles de dólares y yo reacciono con sonrisas y asentimientos apreciativos para las cámaras y para los ojos que se clavan en mí. Todo sucede en las afueras de mi mente, porque en lo único en lo que puedo pensar es en la pierna de Sam, que me roza al moverse, y en dar gracias a todos los dioses habidos y por haber por que el pintalabios que me he puesto esta noche lleve una capa de barniz que aguantaría el paso de un huracán.

Nuestra sesión de besuqueo en la terraza ni siquiera lo ha difuminado, y mucho menos nos ha dejado a los dos con labios de payaso. Es un producto de calidad que merece una reseña de cinco estrellas en Amazon.

No sé si el espectáculo termina demasiado pronto o demasiado tarde, pero en un momento dado aplaudimos con educación, nos levantamos y nos marchamos. Sam me acompaña en silencio hasta el coche que nos espera y se sienta junto a mí.

Muy pegado a mí.

Me quita la peluca y me acaricia el pelo corto, que está sudoroso y aplastado por haber soportado el equivalente de un gorro de invierno protector.

—Gracie —murmura mientras sus dedos me recorren las orejas y me echan atrás los mechones.

Lo deseo. ¿Cómo no iba a desearlo? El hombre que se ha metido por su cuenta en mi cabeza va a volver a besarme. Por suerte, no hay un momento demasiado romántico ni una experiencia demasiado maravillosa que mi cerebro no sea capaz de cargarse.

—Tenemos que hablar de esto —digo apartándolo de mí.

Sus cejas delineadas parecen encontrarse en el centro de su frente.

—¿De los besos que te doy?

—Más bien del porqué me los das.

—¿Quieres que te cuente todo el proceso mental o te resumo solo lo más importante? —Parpadea—. A lo mejor puedo prepararte unas diapositivas con el móvil si me dejas unos minutos. Hay una aplicación que me gusta.

—No hace falta que seas tan capullo.

Me coge la mano y me besa los dedos, sus labios cálidos sobre mi piel.

—Me apetece besarte porque me apetece besarte. No sé cómo explicártelo. No te puedo decir si un veinte por ciento es por la sonrisa que me dedicas cuando te ayudo a bajar del coche o si un dieciséis por ciento es por la forma en que te ríes de tus propias bromas.

—¿No porque me parezca a Fangli?

—He tenido que besar a Fangli en el escenario durante semanas y es como besar a mi hermana. —Sam hace una mueca—. Tú no eres Fangli y te deseo a ti.

Su convicción es un poco desastrosa para mi autocontrol.

—Es que es una situación muy rara —tercio.

—Quiero pensar que nos hemos ido gustando poco a poco.

—¿Como pasa con la cerveza?

—O con el café.

—Me has dicho que eres un gran actor. No sé qué creer, si esto es real o no.

Se queda pensando.

—¿De qué me iba a servir fingir que te deseo si no te deseara? Si no te desease, no ganaría nada fingiendo que sí.

Cuando me lo explica así, tiene sentido.

—A lo mejor finges que te gusto porque quieres echar un polvo.

—Por favor. —Su rostro se arruga en un gesto de desagrado—. Si en la cabeza solo tuviera las ganas de echar un polvo sin compromiso, no me costaría nada conseguirlo.

No le falta razón. Es el Hombre Más Sexi del Mundo.

—Sin embargo —añade—, me alegra saber que sopesas esa posibilidad.

—Sam.

Suspira.

—Estuvimos de acuerdo en que empezamos con mal pie, ¿verdad?

—Verdad.

—Estuvimos de acuerdo en empezar de cero. Firmamos un contrato.

—Lo firmamos, sí.

Separa y levanta las manos como si eso lo dijera todo.

—Soy una don nadie.

—Deja de decir eso. —Sam me fulmina con la mirada.

—Pero es que es cierto. Mírate. Eres rico y famoso.

—¿Solo soy eso? —Se aparta un poco de mí—. ¿Nada más?

Mierda, la he cagado.

—No me refiero a eso.

—Pues a mí me lo ha parecido. —La ironía tiñe su voz.

—Lo que digo es que, en la sociedad en la que vivimos, que prioriza la fama y la riqueza, y que lo considera deseable, haber nacido en la casilla perfecta del cuadro de Punnett significa que puedes tener a quien quieras.

—¿Por qué lo tratas como si fuera una competición? Yo no quiero «tener» a nadie. Me gustas tú, Gracie Reed. Me gusta la Gracie que salió en defensa de Fangli y que se aseguró de que recibía ayuda cuando los demás cogíamos el asunto con pinzas. Me gusta la mujer que está obsesionada con técnicas de gestión del tiempo y a la que se le caen las toallas de forma regular.

—Esperaba que te hubieras olvidado de eso. —Me arde la cara.

—¿Que yo me hubiese olvidado de que estabas sin toalla delante de mí? —Se ríe—. Jamás.

—Fue un accidente.

—Y por eso fue tan guay. —Sonríe—. Esa es la mujer a la que deseo, la que recoge la toalla como si no fuera para tanto y no arma un escándalo. Deseo a la que, cuando le piden que forme parte del plan más estrafalario que he oído nunca, decide darle una oportunidad porque tiene suficiente confianza de que conseguirá emular a Wei Fangli.

Nadie me ha descrito nunca como una persona con confianza, pero oírselo decir a Sam hace que me dé cuenta de que quizá tengo más de la que me imaginaba. Lo medito mientras intento contener los fuegos artificiales que estallan en mi pecho.

—Es un contrato a corto plazo —digo—. Dentro de un mes voy a desaparecer de tu vida.

—En un mes pueden pasar muchas cosas. –Se echa hacia atrás–. Gracie, no tienes ni idea de los riesgos que asumo para estar contigo. Para ir a pasear. Para ir a visitar a tu madre.

—Tampoco es que sean actividades peligrosísimas. Mucha gente sale a pasear.

—Yo no soy esa gente. Sé que esto se suma a tu necesidad de verme vacío y egoísta, pero mi imagen es importante. Soy precavido.

—¿Como cuando me besas en una terraza y cualquiera podría habernos pillado? –Levanto las cejas en su dirección.

—A eso precisamente me refiero. Tú me haces… –Se recuesta del todo en el respaldo del asiento y se pasa las manos por el pelo–. Es como si todo lo que siempre he considerado muy importante lo fuera menos cuando estás cerca de mí.

—¿Debería ofenderme? Creo que me ha ofendido un poco.

—Lo que quiero decir, y está claro que me está saliendo fatal, es que me das perspectiva. Estoy agradecido. Me gusta. –Se encoge de hombros y mira hacia el techo–. Me gustas.

Quiero interrogarlo al respecto. ¿Le gusto como a mí me gusta una ducha caliente? ¿En plan que aprecia mi compañía? ¿O le gusto… de verdad? Pero me acobardo porque no sé si estoy preparada para oír la respuesta. La verdad es que esta noche está siendo una montaña rusa emocional, y una parte de mí quiere retrasar la conversación de los sentimientos hasta mañana.

Sam se incorpora y me mira a los ojos con las manos apoyadas en el asiento.

—Gracie, nunca he querido forzar nada. Me voy a quedar aquí sentado. Lo que pase a continuación depende de ti.

Ni siquiera le doy tiempo para que termine porque me abalanzo encima de él. Alza las manos para rodearme la cintura y nos gira para que nos recostemos en el respaldo de los asientos.

Besar a Sam no se parece a nada que haya experimentado antes. Cuando Riley me besaba, siempre me dio la impresión de que era la antesala para el espectáculo principal. Sam me besa como si fuera el destino, no el trayecto. Me provoca, me planta besitos diminutos en las comisuras de mi boca antes de atrapar mi labio inferior con los suyos. Y luego me suelta.

—¿Gracie?

–¿Sí? –Meneo un poco la cabeza para poner en orden a mi cerebro de nuevo–. ¿Qué pasa?

–Creo que estás un poco… Aaah. –Se retuerce, y poco a poco me doy cuenta de que le estaba aferrando los hombros.

–Lo siento.

Esta vez, me deja llevar las riendas a mí, y noto cómo su boca se derrite bajo la mía. Después de soltarle los hombros, le hundo los dedos en el pelo y lo oigo gruñir.

–Sigue haciendo eso –murmura.

Al cabo de un minuto, me aparta y me sonríe.

–Por cierto, has vuelto a mirar hacia la izquierda.

–¿Deberíamos parar?

Me acaricia la pierna con una mano.

–No, creo que deberíamos practicar más.

Y es lo que hacemos durante el resto del trayecto en coche.

No me acuesto con Sam, pero solo porque no soy una persona tan espontánea y porque antes me gustaría depilarme por encima de las rodillas. Ni siquiera la pasión consigue superar mi guardiana mental, la Temible Dama de las Paranoias.

En cuanto llegamos al hotel, me recoloco la peluca para que no parezca que en el coche hemos hecho algo más que hablar platónicamente y mirar el móvil. Mi pintalabios sigue siendo el verdadero vencedor de la noche, y no hace falta que me lo retoque.

Conscientes de que hay cámaras de seguridad, no nos besamos en el ascensor, aunque Sam tiene el pelo revuelto y los labios un poquito hinchados de tantos besos en el coche. Me deja como un caballero junto a la puerta de mi *suite*, donde consigo cerrar la puerta y dar un paso antes de desplomarme en el suelo de parqué y hacerme un ovillo con un rictus de felicidad asombrosa.

Que al instante se convierte en un terror absoluto.

¿Qué he hecho? Nos llevábamos bien, como dos colegas, y lo he tirado todo por la ventana. ¿Y si se arrepiente por la mañana y se vuelve raro? ¿Y si Fangli se molesta? ¿Y si me transformo en una mujer poseída por los celos y furiosa por tener que ocultar nuestra relación al mundo?

¿Y si termina haciéndome daño? No he estado con ningún tío desde Riley. Debería por lo menos haber dado una vuelta en el tiovivo antes de subirme a la montaña rusa.

No hay nadie con quien pueda hablar. Fangli está dormida, igual que Anjali. No sé qué decir porque no sé cómo me siento, la verdad. Casi se parece a la vez que perdí la virginidad, cuando quise contárselo a todo el mundo y al mismo tiempo guardar el secreto para saborearlo yo sola.

Demasiado nerviosa como para hacer algo tan banal como dormir, me pongo a ordenar la habitación y a pensar. Y a inquietarme.

Sam ha borrado a Todd de mi mente, pero ahora que estoy sola me preocupa lo que vaya a hacer mi exjefe. Mi indemnización está asegurada, pero ¿y si viene a buscarme? ¿Y si intenta ponerse en contacto conmigo o amenazarme? Es vengativo; lo sé por cómo trataba a la gente en el trabajo, por cómo me trató a mí. Me da mucha rabia porque el espacio inmobiliario que debería ocupar en mi cabeza es el de un cuchitril, un armarito, pero resulta que está viviendo en una mansión espectacular sin pagar alquiler.

Alguien llama a la puerta que conecta mi habitación con la de Fangli.

—¿Estás despierta? —me pregunta desde el otro lado.

Voy a abrirla.

—Sí.

—No puedo dormir y he visto luz debajo de tu puerta. —Fangli se frota los ojos—. ¿Puedo pasar un rato?

—Sentémonos en la terraza. —Será agradable tener compañía y así impedir que mi mente se siguiese preocupando por Todd.

Sin embargo, ahora que hay otro ser humano cerca de mí, casi hiervo por dentro por lo que ha pasado con Sam. Pero lo olvido casi de inmediato cuando Fangli me acaricia la mano.

—Fuiste tú quien le pidió a Sam que me convenciese para hablar con alguien —dice—. Gracias.

—La decisión la tomaste tú —respondo—. Creo que estabas preparada.

—Sam lleva años intentando que busque ayuda. —Retira la mano, y la silla cruje cuando la desplaza por el suelo de hormigón de la terraza—. No me había dado cuenta de lo mucho que le pesaba a él.

—Estaba preocupado por ti.

—Ya lo sé, pero yo no quería admitirlo. —Fangli levanta la cara para observar la luna llena que inunda el cielo—. Pensaba que sería el fin de mi carrera. Fue lo que me comentó mi representante. Me dijo que me curase por mi cuenta porque no había para tanto.

—¿Que te curases por tu cuenta?

Me mira de reojo y me lanza una sonrisilla.

—No funcionó.

—No, ya me lo imagino. A mí tampoco.

—¿Tú también lo intentaste?

—Fracasé como habría sido incapaz de curar una neumonía o un cáncer a base de fuerza de voluntad.

—Nunca lo había visto así.

Reflexiono acerca de lo que quiero decirle.

—Has comentado que sería el fin de tu carrera.

—Según mi representante, si se corría la voz de que tenía problemas, nadie me contrataría. Pensarían que era impredecible.

—¿Cuánto hace de eso?

Se queda pensando.

—Hace cinco o seis años.

—Ahora tienes una carrera más establecida. Hay más gente que se siente como nosotras. A lo mejor les ayuda saber que no están solos, si crees que es algo que puedes hacer.

El largo silencio hace que me preocupe por si me he pasado de la raya. Pero al final oigo su suave voz.

—Yo también lo creo. Pero no tengo el valor.

—¿Tú? —Me giro en la silla—. ¿Sabes que uno de los miedos más comunes es el de hablar en público? Tú lo haces sin parar. En un escenario o en un decorado, te plantas con tu arte delante de un mundo crítico. Yo jamás podría hacer lo que haces tú. Me faltan agallas.

Fangli suelta una carcajada y me pone la mano en el hombro.

—¿En serio? ¿Qué crees que llevas haciendo en el último mes? Eres tú la que se arriesgó cuando te pedí que te hicieras pasar por mí. ¿Crees que mucha gente tendría las agallas de aceptar?

—Creo que fue por el dinero.

—No, eres más valiente de lo que quieres pensar —me asegura.

Me mira a los ojos–. Te gusta fingir que no eres valiente porque es una excusa para no ir más allá.

–Qué duro. –Hago una mueca.

–Tú me has ayudado a mí. Ahora soy yo la que te ayuda a ti. Sam me ha hablado de tu MOSA y de lo bien que te salió el anuncio. Puedes hacer lo que te propongas, Gracie. Yo lo he visto, pero necesito que tú también lo veas. Creo mucho en ti.

¿Alguna vez me ha dado alguien una charla motivacional como esta? Mi madre me quiere, pero siempre me habló de tener expectativas realistas para evitar las decepciones y los fracasos.

Nadie me ha dicho nunca que pensara en grande. Ni siquiera sé si he mantenido una conversación parecida con una amiga, por lo menos sobria.

Fangli va a buscar una manta a la habitación.

–¿Cachemir o lana? –pregunta mientras la extiende sobre las rodillas de las dos.

–¿Cómo?

Dobla el extremo de la manta.

–¿Qué material prefieres?

–Ninguno de los dos. Me gusta el material sintético que meten dentro de los peluches. Es tan suave que apenas lo notas sobre la punta de los dedos.

–A mí me gusta el cachemir –tercia con el tono cómodo de una mujer que posee grandes cantidades de esa tela–. Aunque la lana de yak tampoco me desagrada.

–¿De yak? –Me giro para observar su rostro, pálido bajo la luz de la luna–. Pero ¿no es áspero?

–Uy, qué va. El pelaje interior es supersuave.

Archivo esa información y nos quedamos sentadas en la oscuridad un buen rato mientras nos interrogamos sobre chorradas.

¿Pasta o arroz?

¿Tren o avión?

¿Dramas o comedias?

A pesar de disentir sobre nuestra tela preferida, en el resto de las cuestiones estamos bastante sincronizadas. Al final las dos bostezamos al mismo tiempo.

–A la cama –digo, feliz por haberme distraído hasta estar agotada.

Fangli se inclina hacia delante para darme un abrazo antes de levantarse para irse.

—Nos vemos mañana.

Me arrastro hasta el cuarto de baño para darme una ducha. El agua se lleva una parte de mi inquietud y, después de secarme el pelo con una toalla, me desplomo sobre la cama. Todd cruza mi mente y aparto su cara repugnante con un gesto físico.

Ya me preocuparé por eso mañana.

Esta noche, voy a soñar con lo que quiero. El MOSA. Un trabajo. Libertad. Que mi madre esté a salvo y contenta.

Y quizá un poco con los besos de Sam.

HECHO

(ACTÚA COMO SI YA LAS HUBIESES COMPLETADO)

✓ App de chino encontrada y descargada

✓ Ingesta de café reducida a 3 tazas

✓ Decidida la mejor plataforma para hacer un prototipo del MOSA

✓ Peluca cepillada

Treinta y dos

Sam deja la tableta a un lado y se estira en el sofá en el que aparentemente está repasando guiones. En los últimos veinte minutos, ha estado lanzándome miraditas como si quisiera pillarme levantando la vista del portátil.

La última vez que lo he hecho, me ha sonreído y yo le he arrojado un beso, que ha fingido coger en el aire y guardarse en el bolsillo. Y luego ha vuelto al trabajo como si nada hubiera sucedido y me ha ignorado cuando he soltado un gruñido.

Se levanta y empieza a caminar de un lado a otro. Espero a que dé varias vueltas a la habitación, pero no pronuncia palabra.

—Vas a dejar un surco en el suelo —comento al final.

—¿Ya has acabado de trabajar?

—¿Se te ocurre algo más interesante que pueda hacer? —Alzo los ojos y veo su pícara expresión—. No he dicho nada.

Pone una cara de extrema inocencia.

—Iba a sugerirte una tranquila partida de cartas, pero ¿qué tenías en mente?

Pongo los ojos en blanco y cierro el portátil.

—Odias las cartas porque se te dan como el culo.

—Es verdad. Lo de las cartas era mentira. —Asiente hacia la ventana—. ¿Qué es eso?

—Las islas de Toronto.

—¿Son islas reales? —Sam las contempla con renovado interés.

—Son arenales en los que vertieron un montón de basura para que fueran más grandes. —Me coloco a su lado. Como está lloviendo, las islas se ven misteriosas bajo una fina niebla. Hace años que no las visito.

—¿Dónde está el puente para llegar?

—Hay que coger un ferri. —Señalo un barquito que navega por las aguas—. Ahí tienes uno.

—¿Un ferri? —Lo mira con deseo.

–¿Te gustan los ferris?

Se gira hacia mí con una cara que expresa su incredulidad por que a alguien puedan no gustarle.

–Pues claro. Cuando vivía en Hong Kong, siempre cogía el ferri para cruzar el puerto. –Se rasca la oreja–. A mi madre no le hacía ninguna gracia.

Se encamina hacia la nevera y le echa un vistazo antes de volver con las manos vacías para seguir observando por la ventana. Sus ojos siguen el ferri mientras se mece sobre los talones, sumido en sus pensamientos. Parece atrapado en esta elegante habitación de hotel, y me apetece quitarle esa expresión neutra de la cara.

–Emprendamos una aventura –le propongo en un acto impulsivo–. Tú y yo.

–No sé por qué, pero me das miedo. –Sam arquea las cejas.

–Tu escepticismo me duele. Todas mis ideas son estupendas. –Abre la boca, pero lo interrumpo–. Coge tus cosas.

–¿Quieres que salgamos ahora? Está lloviendo. –Como si del cielo estuviera cayendo ácido.

–¿Eres una bruja y te derretirás si te mojas? –Paso por su lado para abrir la puerta de la terraza y saco una mano–. Son cuatro gotas.

–A lo mejor me ve alguien. –Percibo las dudas de su voz y quiero que diga que sí. Sería divertido salir. ¿Es una cita? No lo es. ¿O sí? ¿Qué es lo que hace que una cita lo sea?

–¿Con este día? –Niego con la cabeza–. No lo creo. Las islas se llenan en verano, pero menos cuando hace mal tiempo.

–Conque una aventura, ¿eh?

Cierro la puerta de la terraza.

–Será interesante, te lo prometo.

Se queda pensando y luego sonríe y me da un breve beso que me hace parpadear por la sorpresa de lo natural que ha sido.

–Contigo, seguro.

Sam se va para prepararse y yo lo primero que hago es llevarme los dedos hasta los labios porque los besos de Sam no me cansan, madre mía. Y luego me pregunto si soy una imbécil integral por arrastrarlo bajo la lluvia hacia una aventura al aire libre cuando le podría haber propuesto una a puerta cerrada.

Quizá luego.

Me pongo a buscar el paraguas que debe de estar incluido en la habitación porque sé que la gente rica no tiene que acordarse de llevar ese tipo de cosas cuando viaja. Solo tengo uno, así que llamo a la puerta de Fangli. Mei la abre y espera a que yo tome la palabra.

—¿Tienes un paraguas? —le pregunto—. Sam y yo vamos a salir y necesito dos.

—¿Perdón? —Se queda petrificada.

—No es una cita —me apresuro a explicarle—. Un paseo. No una cita como Dios manda. ¿Crees que Fangli se enfadará?

No le puedo preguntar si Fangli y ella quieren acompañarnos porque no pueden vernos juntas.

—Disculpe.

Y me cierra la puerta en las narices. Me quedo ahí, sorprendida. Mei nunca es maleducada. Fría, sí, quizá brusca, pero nunca maleducada. Y al poco se abre la puerta y Mei me tiende un paraguas.

—Ah, gracias —digo—. Mmm, ¿todo bien?

—Que tengan un buen día.

Esta vez aguarda a que me dé la vuelta para cerrar la puerta.

Lo dejo correr —Mei es un misterio eterno para mí— y voy a buscar a Sam.

—¿Adónde vamos?

Acepta el paraguas que le ofrezco. Me doy cuenta de que en su vida no debe de haber demasiadas sorpresas, ya que todo está programado, y decido que tenga que esperar para saberlo.

—Ya lo verás.

Es una caminata de veinte minutos, y Sam me incordia durante todo el trayecto para que le diga adónde vamos, y se ríe cuando le suelto unas opciones absolutamente absurdas.

—¿Al ascensor que lleva al fin del mundo? —repite—. Acabas de decir que íbamos al centro comercial invisible.

—A lo mejor es al poblado indígena cerca del paso subterráneo. —Me lanza una mirada dudosa porque bien podría ser un lugar real—. Es broma, el poblado queda más al norte. Ya hemos llegado.

—¿La terminal de los ferris? ¿Vamos a coger un ferri?

Se le ilumina la cara.

Sam está más emocionado por coger un ferri de lo que lo he visto por ver algo o a alguien. Como me imaginaba, casi nadie se dirige hacia las islas con este mal tiempo, y Sam se relaja un poco debajo del paraguas, que sostiene en alto para leer los carteles.

—¿Quieres ir a la Isla Central, a la Isla Ward o a Hanlan's Point? —me pregunta.

—En Hanlan's es donde está la playa nudista.

—Yo me apunto si tú también lo haces. —Mueve las cejas arriba y abajo.

—Llevas mascarilla y un gorro tan calado que pareces el hombre invisible disfrazado —digo—. ¿Pretendes que me crea que irías a una playa nudista? Allí la gracia es estar desnudo.

—Bueno, dudo que me miren a la cara.

«No bajes la vista. No bajes la vista». Consigo mirar al frente.

—Iremos a la Isla Central.

El ferri llega al cabo de unos minutos. Sam sube las escaleras hacia el piso de arriba y se inclina sobre la barandilla aspirando con fuerza.

—Me encanta el olor del agua.

—¿Del océano o del lago?

—Del océano, pero la del lago me sirve. Tengo casas que dan a los dos. —Ve que lo miro—. ¿Es demasiado condescendiente que tenga muchas casas?

—Ya sabes que sí.

—Son inversiones. Las alquilo.

—Ahí la cosa mejora un poco.

El ferri se pone en marcha y Sam sonríe al viento, con su espíritu capitalista silenciado por la belleza de las vistas. Se queda en la parte delantera del ferri, observando la isla a medida que se acerca, y yo me voy hacia atrás. La ciudad se encoge en el horizonte hasta transformarse en una silueta, con la CN Tower como enclave atípicamente alto sobre la distribución normal de los edificios de negocios del centro. Unos cuantos marineros intrépidos han salido a navegar e incluso veo pasar a un tío con una moto de agua. A menudo olvido que Toronto es una ciudad con lago y que hay gente que posee cosas como kayaks y a la que le encanta surcar las aguas.

Cuando llegamos, Sam está encantado de dejarme el papel de guía turístico. Aunque hace años que no piso las islas y en pocas ocasiones he ido hasta allí sobria, consigo llevarlo hasta la playa que se encuentra al otro lado de la isla. Ha parado de llover, pero no hay ni un alma. Nos quitamos los zapatos y cruzamos la arena salpicada de lluvia para hacernos varias fotos y hundir los pies.

—Gansos canadienses —dice Sam señalándolos como si yo no viese a la bandada que está a diez metros de nosotros—. Qué bonitos.

—No te acerques —le advierto—. Los gansos son malvados.

Ya se está aproximando a los pajarracos y mira hacia atrás con gesto burlón.

—Un ganso no va a poder conmigo, Gracie.

Retiro el agua que cubre un banco de pícnic y me siento para disfrutar del espectáculo. Sam está decidido a conseguir la toma perfecta lo más cerca posible de los gansos, como si el *zoom* por alguna razón no existiese, y sigue avanzando hacia los animales. Saco el móvil y empiezo a grabarlo para enseñárselo luego a Fangli.

Casi pierde el equilibrio en un furtivo intento por acercarse a un ganso sin asustarlo cuando el ave ataca de pronto con el pico como si quisiera darle un mordisco. Sam se echa atrás y se le cae el móvil. El ganso grazna y se dirige hacia él, y Sam —Sam Yao, la estrella de las escenas de acción, el héroe de la pantalla— se cae de culo y rueda de forma muy rara y torpe por la arena para apartarse.

Me estoy descojonando tanto que no puedo grabar bien, así que no capturo la expresión indignada de Sam cuando vuelve a ponerse de pie.

—No tiene gracia.

—Lo siento.

—Adelante. —Se sacude la arena húmeda de las rodillas.

—¿Qué?

—Dilo, Gracie. Sé que te mueres de ganas.

—Te lo he dicho. Es que te lo he dicho. —Salto del banco para ir a por su móvil y se lo tiendo.

—Ya lo sé. —Desbloquea el teléfono y miramos la foto.

Sam ha retratado al ganso en modo ataque y en la imagen se ve el pico abierto siseante, un tanto borroso, con las alas extendidas en el fondo.

Verla me provoca otro ataque de risa. Sam gruñe.

–Tanto esfuerzo para nada.

–¿Para nada? Es una foto de ganso muy clásica. Es espectacular.

–Como tú.

¿Me lo dice como si fuera un cumplido de verdad o para tomarme el pelo? No quiero responder «gracias» por si es lo segundo, porque entonces me daría mucha vergüenza. Decido tomármelo como una broma.

–Creo que el ganso tiene las plumas más bonitas.

Sam se acerca para acariciarme el pelo y se da cuenta de que está cubierto de arena cuando un grumo cae sobre mi hombro.

–Tú eres mucho más bonita que un ganso, con o sin plumas –me asegura mientras se pasa las manos por los muslos.

¿Sigue siendo coña? Me parece más seguro pensar que sí.

–Qué listón tan alto.

Cojo los zapatos y echo a andar hacia la playa. Sam se acerca por detrás y enlaza los dedos con los míos casi con recelo; tiene la mano mojada por la lluvia y áspera por la arena. Procuro no darle importancia, pero cogernos de la mano casi me resulta más íntimo que besarnos. Cuando levanto la vista, Sam sonríe y me da un beso en la sien.

Buf, ¿por qué es así? Mi corazón no puede soportarlo más.

Caminamos así durante un rato, con los pasos acompasados el uno al otro, hasta que la lluvia arrecia de nuevo y nos soltamos para abrir los paraguas. En ese momento, se levanta viento, y suelto un grito cuando le da la vuelta a mi paraguas.

Sam nos mantiene a cubierto mientras yo inspecciono mi paraguas.

–Se ha roto –digo.

Me rodea con un brazo, pesado pero cálido sobre los hombros, y sostiene su paraguas para que nos tape a los dos.

–¿Seguimos caminando o prefieres volver? –me pregunta.

La lluvia le ha empapado el gorro y se ha bajado la mascarilla hasta la barbilla, así se la podrá subir rápidamente si aparece alguien.

–Seguimos.

Me muevo, pero él se queda inmóvil.

–Te perdono por reírte.

–Te perdono por no haberme hecho caso con lo de los gansos.

–Me parece justo.

Se inclina y me besa con labios fríos por el día húmedo. La lluvia repiquetea contra el paraguas y le rodeo el bíceps con una mano para atraerlo más a mí. Los besos se suceden y los ruidos del lago se esfuman y Sam es lo único que está a mi alrededor. Desprende calor en este día frío, y con las manos me aparta las gotitas del pelo. Cuando me da besos, hace una larga pausa entre uno y otro para que yo se los pida.

El último me provoca escalofríos, y no sé si es por el viento o por sus caricias. En cualquier caso, se aparta y me frota los brazos.

–Caminemos para entrar un poco en calor –propone.

Giramos hacia el este, rumbo al camino que se extiende paralelo al lago. La lluvia va a ráfagas, igual que nuestra conversación.

–¿Sabes qué es lo más raro de todo? –le pregunto.

–¿Que el ser vivo más grande de la Tierra sea un hongo?

–¿Cómo? No. –Doy un salto para esquivar un charco–. ¿En serio? ¿No es una ballena ni un árbol?

–El hongo de miel de Oregón.

–Fascinante, pero no era en lo que estaba pensando. ¿Por qué iba a estar pensando en eso?

Sam coge una piedra del camino y la lanza hacia el lago.

–Yo lo estaba pensando.

–A lo mejor volvemos a eso luego, pero me extraña que los que os entrevistan no os pregunten a Fangli y a ti por la política de China ni por los derechos humanos. Es raro. No dejan de salir en las noticias.

–No es raro. Los periodistas están más interesados en la manicura de Fangli y en cómo me preparo físicamente para los papeles de acción. Por lo general, los *fans* quieren que nos ciñamos a nuestros roles, y los periodistas les dan lo que quieren.

–Ah.

–No es necesario que le cuente al mundo todo lo que pienso. –Me mira a los ojos con diversión–. ¿Los actores canadienses critican libremente los abusos de vuestro país?

—A menudo no —admito después de haberlo meditado un poco.

—¿Alguna vez se te ha ocurrido pensar por qué nosotros debemos responder por nuestro gobierno cuando ellos no responden por el vuestro?

—En eso tienes razón.

—Obviamente, en mi país hay problemas. Son problemas que tenemos que resolver nosotros, igual que los vuestros los tenéis que resolver vosotro:

Caminamos bajo la brumosa lluvia durante varios minutos, pensativos.

—¿Vienes a menudo por aquí? —me pregunta—. Es un lugar muy tranquilo.

—No tanto como debería.

—¿Adónde sueles ir? Pongamos que tienes el sábado libre. ¿Cómo sería tu sábado ideal?

Acaricio una rama al pasar por delante, y la húmeda corteza me roza la palma. El lado izquierdo del camino está lleno de árboles.

—Sería en verano, pero sin que haga mucho calor. Cogería un libro y me iría a una cafetería que me gusta de Kensington Market. Tienen sillas al estilo parisino en la acera y pediría un chocolate caliente estilo mexicano y me sentaría y leería y observaría a la gente pasar.

—¿Todo el día?

—Un par de horas. —Después de eso me entraría pis, y cuando vas sola no puedes dejar tu bolso, así que es probable que me marchase—. Luego deambularía por el mercado y miraría en algunas tiendas para comprar cosas que no necesito, como un sombrero.

—¿Irías a ver una obra de teatro? ¿Irías al cine?

—No. Iría a ver a mi madre. ¿Y tú?

—¿Mi día perfecto? Me lo pasaría durmiendo. Dormiría hasta tarde y apagaría el móvil y me sentaría en el sofá a no hacer nada. No saldría de casa. Pediría comida a domicilio.

—¿Y si tuvieras que salir de casa?

—No saldría.

—Hay un incendio. Tienes que salir.

—Si hay un incendio en mi piso, entonces no es mi día perfecto.

—Es un ejercicio mental, Sam.

Me lanza una tímida mirada de reojo.

—¿No te vas a reír?

—Te doy mi palabra.

—No es un día muy emocionante.

—El mío incluía leer y beber chocolate caliente —le recuerdo.

—Saldría a dar un paseo por el parque. En mi ciudad hay uno llamado Beihai. Las *amahs* tenían prohibido llevarme porque mis padres estaban muy preocupados por mi seguridad, así que no he ido nunca. —Se encoge de hombros—. Me gustaría ver los lirios de agua. Tengo entendido que son preciosos.

Pobre Sam. Su vida es una mezcla de privilegios gigantescos y una experiencia personal hiperreducida. No espera a que le conteste, sino que me pregunta:

—¿Y tu día? ¿Lo pasarías sola?

Medito al respecto.

—Puede que quedase con alguna amiga para tomar algo por la noche, pero sí, supongo. Igual que tú.

—Yo quedaría contigo cuando me levantase a las tantas —me propone—. Podrías acompañarme a dar una vuelta por el parque.

Le doy un golpecito en el hombro con la cabeza.

—Pues me gustaría.

Regresamos hacia el ferri en una especie de ridícula caminata en tándem para intentar que nos tape el paraguas. Como el barco saldrá dentro de unos minutos, voy a la cafetería a por un chocolate caliente mientras Sam se queda debajo de un árbol con la cabeza gacha.

Cuando le doy un vaso de cartón, veo que tiene el brazo derecho empapado.

—¿Qué te ha pasado?

Me lanza una mirada por encima del vasito.

—Está lloviendo.

—Pero yo estoy seca.

Agito los brazos y enseguida vierto un poco de la bebida.

—Me alegro —dice alzando los ojos—. Ahí está el ferri. ¿Podemos volver a sentarnos arriba? —Al verme asentir, me da un beso en la nariz, y sus labios me calientan de la cabeza a los pies—. He cambiado de opinión. Sobre mi día perfecto.

—¿Nada de ir al parque?

Niega con la cabeza.

—Repetiría lo de hoy.

Vale. Creo que al final sí que ha sido una cita.

Treinta y tres

El día siguiente de nuestra «casi» cita no es raro, pero tampoco es del todo normal.

Sam me avisó de que estaría ocupado, pero me manda mensajes con ideas tontas durante el día, y al final tengo el móvil a mano en todo momento por si me pierdo alguno. No es productivo y al final le escribo a Anjali después de prepararme para ir a dormir.

Me responde: Hostia, claro que fue una cita.

Me quedo mirando la pantalla. Y suena el móvil.

—Sabes que fue una cita —insiste Anjali por teléfono.

Me arrebujo en el mullido albornoz y me recoloco la mascarilla de perlas que me ha dejado Mei para quitármela del ojo.

—Sí, ¿no?

—Os besáis, bebéis chocolate caliente, os cogéis de la mano...

—Pero ¿qué significa?

Anjali se ríe.

—Pues que disfrutáis de la compañía del otro. Y que queréis follar.

—Probablemente.

—Has pronunciado mal «claramente».

—Es que no sé si es una buena idea. —La mascarilla vuelve a escurrirse e intento no mover demasiado la boca al hablar.

—Nada de todo esto es una buena idea.

—No hace falta que lo empeore.

—No hace falta que hagas nada si no te apetece —me recuerda—. La cuestión es si te apetece.

—No lo sé.

—Pues averígualo antes de ir más allá.

Para ella es fácil decirlo, no es quien tiene que enfrentarse al buenorro de Sam Yao día sí y día también. Respondo sin comprometerme y cambio de tema.

—¿Cómo va el trabajo?

–He tenido que regañar a un tío de mi equipo –me cuenta–. Le ha parecido buena idea ponerse una foto de Miley Cyrus en una bola de demolición como fondo de pantalla en el ordenador.

–¿Y eso?

–Según él, es un meme cultural. Le he explicado por qué era tan mala idea y se lo ha tomado mejor de lo que me esperaba. No al nivel de Todd.

–Pero sigue siendo irritante.

–Ya ves. Hablando de Todd, ¿ha hecho algo como el tío inmaduro e infantil que es?

Le conté lo que pasó en el evento de Chanel.

–No.

–Mejor. Los fanfarrones como él dan un paso atrás cuando se ven amenazados.

–No perdamos saliva hablando de ese impresentable. –Todd ha salido de mi vida–. ¿Has terminado con el *life coach*?

–He cancelado las dos últimas sesiones. –No duda lo más mínimo–. Aquí la que manda soy yo, no él.

–Como tiene que ser.

–Yo mando en mi vida, y si eso significa que tengo que ser un poco dictatorial, que así sea.

–Nadie debe decirte qué hacer, dentro de lo razonable.

–Nadie es mi jefe, solo mi jefe.

Las dos damos una palmada al móvil para chocar los cinco cibernéticamente.

A la mañana siguiente, al despertarme veo un mensaje de Sam.

Sam: ¿Desayunamos? ¿Cuándo podré probar tu MOSA?

Gracie: Sí y pronto.

Quedamos en la calle y Sam va vestido como de costumbre, con la gorra de béisbol, pantalones vaqueros negros y camiseta negra de manga corta. En las manos lleva un café que me tiende –con leche, como a mí me gusta– y una bolsa de papel con lo que imagino que será alguna pasta.

Caminamos hacia el lago y nos sentamos en uno de los bancos, donde me da un cruasán y le pega un mordisco al suyo. Con él es tranquilo, observamos el sol brillar en el lago, a solas, salvo por unos cuantas personas que pasan por nuestro lado corriendo y jadeando.

He estado pensando en lo que me dijo Anjali, lo de que Todd podría maquinar algo, y en cómo gestionarlo. Todd es una herida que está restañada y que quiero totalmente cauterizada.

—Y luego llamamos a la empresa y conseguimos que la readmitieran. —Sam termina de contarme la historia de una compañera de trabajo, y de repente me giro para mirarlo, con el cruasán a medio camino de mi boca.

No tengo por qué enfrentarme a Todd a solas porque ya no supone un problema únicamente para mí.

Hay gente mejor preparada para lidiar con Todd que yo, y lo único que debo hacer es pedirlo.

—Tengo que pedirte un favor.

—Claro. —No ha dudado nada.

—Es sobre Todd.

Sam tan solo asiente cuando le digo que me preocupa que Todd intente ponerse en contacto conmigo y, como de costumbre, el canto de sirena del nombre de Fangli lo pone en marcha.

—Yo me ocupo —me asegura.

—¿Qué vas a hacer?

—¿Contratar a unos matones para que le partan las piernas? Piensa en voz alta.

Dudo, ya que no sé si está de coña.

Se levanta la visera de la gorra para mirarme mejor a los ojos.

—Voy a hablar con mi abogado, Gracie. No habrá ninguna rodilla rota.

—Bien.

—A no ser que el abogado me recomiende eso, y ¿cómo no le voy a hacer caso?

—Si el abogado te lo dice, es legal. —Asiento con seriedad.

Y ahí está. El adiós definitivo a Todd en mi vida, no con una paliza, sino con la intervención de un abogado.

Qué paz.

A Sam le suena el móvil. Lo mira, lo silencia y se zampa el resto del cruasán.

—¿Tu madre? —Solo pone esa cara cuando se trata de Lu Lili.

—Ha empezado otra fase de su campaña. –Observa el móvil y luego le da la vuelta para no ver la pantalla.

—¿Cómo?

—Ha llamado a Denis. –Suspira.

—¿El director de tu próxima película?

Después de la obra de teatro, Sam va a participar en una película de acción sobre un espía en la que no he querido pensar demasiado porque me recuerda el poco tiempo que vamos a estar juntos.

—Ayer me lo comentó él. Mi madre no lo amenazó, Lili no hace nada tan vulgar, pero sí que le dijo que quería consejo sobre cómo conseguir que yo entrara en razón.

—Vaya.

—Ya. –Miro a la izquierda y confirmo que somos los únicos en el paseo, y tiro de él hacia mí. El firme latido de su corazón suena contra mi brazo y le trazo circulitos en el hombro; noto cómo se le relajan los músculos. Me encuentro en una situación irreal, sentada aquí con Sam Yao, pero es solo Sam, un tío que me gusta y que resulta que está hablando de los problemas que tiene con su legendaria madre y su nueva película de acción, cosas normales y corrientes–. Por suerte, Denis se lo tomó bien.

—¿Está intentando sabotearte? –¿Qué clase de madre hace eso?

—Ella te diría que solo se preocupa por mi futuro.

—¿Qué has hecho?

—Nada. –Se encoge de hombros–. ¿Qué voy a hacer? Es imposible que entre en razón.

—Suenas un poco derrotista.

—No conoces a mi madre –me dice con pesar.

El móvil vibra entre nosotros y lo ignoramos.

—¿No fuiste tú el que me dijo que en el mundo ya hay suficientes personas dispuestas a menospreciarte y que no hacía falta que me sumase a su club? Lo mismo sirve para ti.

—Nuestra situación no tiene nada que ver. –Se levanta, da media vuelta y se cala la gorra para que le tape media cara cuando un pelotón de corredores se acerca en masa–. ¿Podemos caminar un poco?

Nos dirigimos hacia el Music Garden y recorremos los caminos entre las plantas podadas. El sol ya es bastante fuerte, pero el jardín mantiene un poco del frescor de la noche.

—¿Qué vas a hacer cuando Fangli vuelva a China? —me pregunta intentando mantener el equilibrio en el extremo de un escalón cubierto de hierba. Extiendo un brazo para cogerlo cuando se tambalea, pero se limita a guiñarme un ojo.

—Encontrar un trabajo, supongo. —No me entusiasma la idea.

—¿No seguirás con tu MOSA?

Una cálida oleada me recorre; Sam cree tanto en mi sistema que piensa que puedo convertirlo en un negocio.

—Tendré que dejarlo aparcado. Necesito pagar las facturas.

—Robin Banerjee. —Me tiende una tarjeta.

—¿Cómo? —Me la quedo mirando.

—La otra noche no pude hablar con él, así que he hecho algunas pesquisas. Por lo visto, es un buen tío. —Asiente hacia la tarjeta—. Este es su móvil personal.

—¿Lo has hecho por mí?

Acepto la tarjeta.

Ahí está, con letra negra sobre una tarjetita mate: el número de móvil de Robin Banerjee. En la fiesta de Chanel, me debatí entre querer que Sam intercediera y necesitar hacerlo por mi cuenta. El dilema se ha esfumado. Que me haya ayudado no es nada de lo que deba avergonzarme y no me resta independencia.

—Pero quiero una cosa a cambio.

—¿El qué?

—Que me dejes probar tu MOSA ya mismo. Como Deng no está, estoy desesperado por poner orden en mi vida.

Saco el móvil y en este preciso instante le mando la URL oculta. Y hago una pausa.

—Me has conseguido su número y no tienes ni idea de si mi MOSA funciona o no.

—Creo en ti —me dice—. Todavía no has fracasado en nada que te haya visto intentar.

¿Cuándo fue la última vez que alguien tuvo esa fe ciega en mí, más incluso de la que tengo yo misma? Combinada con lo que me dijo Fangli la otra noche, se me nublan los ojos.

—Gracias.

—Salvo por fingir una laringitis en la galería de arte —añade—. Eso fue horrible.

—Que te calles.

El móvil vibra de nuevo en su bolsillo y esta vez lo saca con un taco.

—Vuelve a ser mi madre.

—Contesta.

Se queda mirando la pantalla y no se mueve.

—Sam, coge la llamada.

—Por ti. —Con un suspiro, responde—. *Wei?*

Le sigue un silencio prolongado que se alarga. Intento interpretar la expresión de Sam, pero no hace más que entornar los ojos como si fuera un viejo pirata que pretende escudriñar el horizonte en busca de tierra.

Luego suelta un discurso en mandarín y se queda en silencio. Me encamino a la orilla del agua para darle un poco de intimidad porque lo que están hablando le está provocando tanta tensión a Sam que todo su cuerpo está agarrotado. Sam, una estrella mundial, tiene problemas con su supermadre. Nunca pensé que en su vida hubiera algo que no fuera maravilloso.

Al instante me avergüenza lo superficial que soy. Es lo que Sam me dijo en el coche: me costaba ver más allá de las trampas de la fama. Pase lo que pase, el dinero ayudará a mitigar cualquier problema que experimenten Sam y Fangli —eso es un hecho indiscutible—, pero cuanto más los conozco, más se convierten en personas reales y no en personajes. Y más me importan.

Miro hacia atrás. Sam está frunciendo el ceño mientras escucha, y más vale que no piense que lo espío. Cuando mira hacia mí, le hago un gesto que espero que se interprete correctamente como un «Tómate tu tiempo; para darte espacio, voy a dar un corto paseo». Ante su asentimiento, me dirijo hacia el barco alto que está atracado al final de unos muelles a unos cincuenta metros de distancia.

Cuando regreso, me está esperando.

—Ha sido interesante —dice pasándose el móvil de una mano a otra. No le ha puesto funda, así que me veo obligada a apartar la mirada porque no hago más que imaginarme la pantalla destrozada cuando lo lance al suelo.

Caminamos siguiendo la orilla y golpeo con la mano los gruesos palos que delimitan el sendero, que a esta hora tan temprana, y sin contar con algunos corredores a lo lejos, está vacío.

—¿Has sido sincero con ella?

—Sí.

—¿No ha ido bien?

Me da un beso en la coronilla y procuro no derretirme.

—Podría decirse que no.

—¿No te va a dejar en paz hasta que te incorpores a la empresa de tu padre?

—Lili solo lo ha mencionado una vez. —Hace una pausa—. Ahora tiene un nuevo objetivo.

—¿Cuál?

—Ha decidido que voy a casarme con Fangli.

—¿Cómo? —Al girarme, veo que se ríe, pero no con alegría y como si estuviera conforme.

—Ya me lo había comentado antes, pero desvié el tema. Ahora está decidida porque ha visto vídeos de los dos en Toronto y sabe que somos una pareja con futuro por cómo nos miramos. Pero es que en esas imágenes yo estaba contigo.

—¿Y no ha visto que yo no era Fangli?

—Ya te he dicho que eres buena. Además, la imagen que me ha enviado como prueba de este amor predestinado no estaba ampliada. —Se aprieta el puente de la nariz—. Más vale que avise a Fangli. —Saca el móvil y frunce el ceño—. Demasiado tarde. Su padre la ha llamado.

—¿Tu madre y su padre se conocen?

—El padre de Fangli es un hombre muy influyente, de esos que mi madre no puede no conocer. —Su expresión es menos una sonrisa y más una línea formada por los labios apretados.

Me encojo de hombros.

—Bueno, y ¿qué más da si quieren que os caséis? Tenéis treinta años. No os pueden obligar.

—No me sorprendería nada que lo anunciaran en nuestro nombre —me asegura con tristeza—. Mi madre lo interpretaría como una forma de ayudar al negocio familiar, dado el papel que tiene el padre de Fangli en el gobierno.

—¿Acaso vive en la época victoriana?

–¿Crees que esa clase de matrimonios no existen hoy en día? –Arquea una ceja.

–Nunca lo había pensado.

–Lili sí. –Mira hacia el cielo. Las nubes se arremolinan gracias al fuerte viento–. Deberíamos volver. Parece que va a llover.

Pero no se mueve y baja la vista hacia el puerto que se extiende ante nosotros. Los barcos se mecen en el agua y tiran de los amarres.

–Oye, Sam.

–¿Qué?

–No pasa nada si no es lo que tú quieres. –Me inclino para rozarle el brazo con el hombro.

–Lo sé. –Responde a toda prisa y suelta una brusca carcajada que casi duele al oído.

–No, Sam. –Tiro de su brazo para que me mire a los ojos–. Lo digo en serio.

–Se lo debo –murmura–. He tenido una vida sencilla gracias a mis padres. A sus apellidos, a sus contactos. De no ser por ellos, no sería nadie.

No se lo puedo rebatir porque es totalmente cierto que ser el amantísimo hijo de una estrella de cine te da la ventaja más ventajosa de todas las ventajas, así que me concentro en lo importante.

–Les debes amor –le digo–. No una especie de lealtad filial caduca en la que acates sus órdenes.

–Tú no lo entiendes.

–Es probable que no. –Me encojo de hombros–. Dímelo tú. ¿Tan malo te parecería ser el director de la empresa?

–En ese caso, nunca me libraría de ella. –Las palabras salen de su boca y Sam pone cara de espanto–. Joder. Soy un hijo horrible.

–No. –Me muevo para colocarme entre el agua y él–. Es lícito que quieras vivir tu vida, Sam. Tu madre tiene la suya. No necesita la tuya también.

Se frota la mejilla y oigo cómo le raspa un poco la barba incipiente cuando mueve los dedos adelante y atrás, nervioso, mientras sus ojos pasan de mi cara a detrás de mí. Acto seguido, baja la mano al costado y se queda totalmente inmóvil.

305

—Vale.

Qué palabra tan maravillosa y versátil, en función del tono.

Dale énfasis a la primera sílaba y tendrás una expresión triunfal («¡Vale!»). Alarga la primera sílaba y mostrarás una buena dosis de cansancio («Vaaale»). Y luego está la forma en que Sam la ha pronunciado, en un murmullo y vulnerable como si la «A» fuese una ventana por la que ve un camino cuya existencia no ha conocido nunca.

—Vale —le respondo. Esta vez para tranquilizarlo.

—Vale. —Firme y decisivo. Fin de la conversación.

Le echa un último vistazo al agua antes de inclinarse hacia delante y acerca su boca a la mía.

Se mueve lo suficientemente lento como para que note la forma de sus labios contra los míos antes de cambiar el ritmo y estrecharme al profundizar el beso. Sus grandes manos bajan de mis hombros hasta sujetar las mías, y el beso pasa a ser suave de nuevo.

Solo estamos él y yo, delante de un lago azotado por el viento.

Es algo de lo que no me cansaría nunca.

—No me puedo creer que llamase a mi padre.

Fangli le lanza a Sam una mirada de cansancio por encima de la mesa. Los tres nos hemos reunido cuando Fangli y Sam han vuelto del trabajo. Fangli picotea el *sashimi* que tiene delante con el ceño fruncido.

—¿Qué te ha dicho? —le pregunta Sam.

—Mi padre cree que es una buena idea. Lleva tiempo queriendo que me case porque quiere tener nietos. —Se recoge el pelo en una cola de caballo que le cae por la espalda—. ¿Por qué ahora? Hace años que nos conocemos.

—Lili dice que se nos ve felices juntos.

—Esa es Gracie, no yo. —Fangli suelta un gruñido.

—Lo siento —susurro—. Puedo disimular un poco.

Sam pone una mano sobre la mía. Fangli se fija y abre los ojos como platos.

—Madre de Dios —dice—. ¿Cuánto tiempo hace de esto?

—¿De qué? —preguntamos los dos al unísono.

Ella se queda mirando nuestras manos, porque Sam no la ha movido.

–Normal que crean que debemos casarnos.

Se echa a reír, y sé que no está molesta, sino más bien divertida por la situación.

Y me lanza una mirada.

–La otra noche no me dijiste nada. –Vuelve a fruncir el ceño, esta vez para Sam mientras lo señala con un dedo en un gesto la mar de dramático–. ¡Tú tampoco!

–Esas frases las has sacado de *Enero febrero* –se ríe él.

–Cuando acusaba a mi suegra de asesinato. –Fangli asiente–. Es una réplica con mucha fuerza.

–Es estupenda –la felicita Sam.

–Pero no es un reflejo adecuado de esta situación. –Fangli nos guiña un ojo–. A diferencia de cuando se lo solté a mi suegra homicida, me alegro por vosotros.

Sam me aprieta la mano cuando Mei entra en la habitación. Su rostro impasible está más rígido si cabe, y supongo que la demostración pública de afecto la ha noqueado. Se gira hacia Fangli y habla a toda prisa.

–Mi terapeuta acaba de llegar –nos informa Fangli. Me mira moviendo las cejas arriba y abajo y se marcha, y Mei cierra con firmeza tras de sí la puerta que conecta las *suites*.

–Lo ha dicho con más naturalidad de la que me esperaba –digo.

–Se está esforzando mucho. –Sam asiente con orgullo y luego se levanta para recoger los platos–. ¿Tienes planes para esta noche?

–De hecho, no. –Me hago la distraída.

–¿Quieres venir aquí, pues? –Vuelve a tomar asiento.

Me acerco y me siento en su regazo. Sam me coge la pierna y me mueve hasta que estoy a horcajadas encima de él, los dos cara a cara. Desprende calor, y el cosquilleo que siento en el estómago tarda solo unos instantes en extenderse por cada centímetro de mi piel. Sam me acaricia la espalda con una mano y, cuando me inclino para besarlo, me aseguro de clavar los ojos en los suyos.

Dos horas más tarde, me alegro mucho de haberme depilado por encima de las rodillas.

Treinta y cuatro

Cuando el móvil me despierta, quiero ignorarlo porque estoy acurrucada junto a Sam y él está calentito.

—Ni caso —murmuro.

—Puede que sea importante.

Busca a tientas por la mesita de noche y me pasa el móvil.

Tiene razón: la enfermera me cuenta por teléfono que mi madre vuelve a estar nerviosa.

—Han pasado unos cuantos días desde que la visitó por última vez —me dice—. A lo mejor consigue animarla un poco.

Cuelgo y Sam se inclina hacia mí para taparme el cuerpo con el suyo. Anoche fue... No puedo pensar en eso porque dentro de unos minutos tengo que salir por la puerta.

—¿Todo bien? —me pregunta. Me aparta el pelo de la cara y me acaricia el cuello con la nariz.

—Tengo que ir a ver a mi madre.

—¿Quieres que te acompañe?

Pues la verdad es que sí. Sam me da un beso en la frente, lo cual es estupendo porque la idea de besar a alguien, incluso a Sam, con el aliento matutino no es demasiado agradable.

—Dame veinte minutos —me promete.

Desaparece y yo salto de la cama la mar de contenta. La mañana de después siempre es una mierda, llena de preocupaciones por si la situación se vuelve rara. Pero no. Sam es tan atento a la luz de la mañana como lo era en la oscuridad de anoche.

Y mira que fue superatento.

Casi voy trotando hasta la ducha, donde me encojo cuando el agua me acaricia el rasguño que me ha dejado la barba incipiente de Sam sobre la piel. Me seco el pelo con la toalla, me pongo un maquillaje mínimo y un vestido, y salgo de la habitación.

Él me espera junto a los ascensores.

Vamos en transporte público y no hablamos mucho.

Sam se sienta cerca de mí y observa a la gente desde debajo de la visera de su gorra. El hecho de que nadie se haya fijado en nosotros en las anteriores salidas debe de darle más confianza para querer acompañarme hasta la residencia.

Me apetece recostarme en su hombro. Sería maravilloso seguir sentados en el autobús y no mirar atrás jamás, pero en cuanto lo pienso me inunda la culpabilidad. ¿A qué clase de hija se le ocurren unos pensamientos tan egoístas?

Sam me coge la mano y un dolor me atraviesa cuando recuerdo a mi padre dándole a mi madre un abrazo de oso o haciéndole pedorretas en las mejillas hasta que la veía reír.

Esos recuerdos me duelen. Finjo que tengo que echar un vistazo al móvil y aparto la mano. Como no vuelve a cogérmela, es casi la prueba de que no le importo. ¿Por qué me estoy haciendo esto? Anoche nos lo pasamos genial y está aquí conmigo, en el autobús, para ir a ver a mi madre. Eso es lo que importa. Quiere estar conmigo y no lo estoy obligando.

Cuando firmamos en el libro de visitas de la residencia, el olor a lejía es casi insoportable y se me pega a la nariz. Mi madre está en su habitación, con el álbum de fotos abierto ante sí. Sus ojos se levantan hacia mí y aterrizan sobre Sam.

—Xiao He —lo saluda, y acaricia la página que tiene delante con los dedos. Las lágrimas le corren por el rostro, y no sé qué hacer.

He visto llorar a mi madre una sola vez, cuando volvíamos del hospital después de que mi padre muriese y se tropezó con un zapato que él había dejado junto a la puerta. Lo cogió y lo abrazó y sollozó mientras yo la estrechaba con los brazos. Ni siquiera llegó a llorar en el funeral.

Ahora está llorando a su hermano muerto y hablando en un acelerado mandarín.

—Está de regreso a China y me suplica que la ayude —me susurra Sam—. Creo que está reviviendo un recuerdo.

—Xiao He —lo llama.

—Cree nuevamente que soy su hermano.

Cojo la mano de mi madre como si mi contacto fuese a devolverla al presente.

–¿Mamá?

Sigue mascullando en chino, pero Sam niega con la cabeza, confundido, cuando lo miro para que me traduzca sus palabras.

–¿Xiao He? –Ahora la voz de mi madre es temblorosa y suplicante.

Verbalizo la idea antes de reflexionarla bien. Tiene sentido. Puede que funcione.

–¿Te puedes hacer pasar por su hermano?

Sam se gira hacia mí, atónito.

–¿Qué me estás pidiendo, Gracie?

No pienso, solo susurro para que mi madre no me oiga.

–Porfa, hazte pasar por Xiao He para tranquilizarla. Solo un minuto.

–No puedo. –Sam da un paso atrás.

–Eres actor, por el amor de Dios. –Me levanto y dejo de sujetar la mano de mi madre para llevar a Sam hasta el rincón más alejado de la habitación–. Es algo que haces a diario.

–Esto no –dice en voz baja–. No pienso hacerlo.

No piensa hacerlo, y sé que no dudaría ni un segundo si fuera Fangli la que se lo pidiera. Si yo le importase lo más mínimo, lo haría.

–Por favor.

–Gracie, no. No está bien.

La mezquindad de su negación es una cerilla que prende en mi estresada mente.

–¿No está bien?

–Engañar a tu madre así no está bien. –Un músculo le tiembla en la mandíbula.

–No está bien. Que me ayudes con mi madre no está bien. Y ¿que yo finja ser Fangli sí? ¿Dónde está tu ética moral cuando engañé al chico del hospital?, ¿cuando tú le mentiste? ¿Cómo es posible que en ese momento el fin sí justificara los medios?

–No es lo mismo. –Su rostro adopta una gran seriedad.

–Es justamente lo mismo, y lo sabes. –Lo fulmino con la mirada–. Era Fangli la que lo quería. Esa fue la única diferencia. Era Fangli la que te lo pedía.

–No es justo, Gracie. –Me habla con voz áspera–. Tu tío es real y tu madre es real. Los *fans* tienen una idea de cómo es Fangli, no conocen a la persona real y no quieren saberlo. Quieren presenciar el cuento de hadas.

—Te pido que lo hagas. —No añado «porque yo he hecho mucho por ti y por Fangli», pero esas palabras flotan en el silencio que nos separa, no verbalizadas pero oídas.

De repente, da media vuelta como si quisiera irse.

—Vale, lárgate —le espeto—. Si no me vas a ayudar, márchate. Hipócrita.

Mi madre empieza a llamar a su hermano de nuevo. Estoy a punto de acercarme a ella cuando Sam se gira y empieza a hablar en mandarín, con un tono de voz suave y firme sin rastro alguno de sus reticencias previas. No tengo ni idea de qué le dice, pero mi madre se tranquiliza casi al instante y lo devora con sus ojos hambrientos.

Mi madre tan solo tarda unos pocos minutos en adormecerse, con expresión relajada. Le está costando mucho permanecer despierta, y la violencia de sus sentimientos deben de haberla cansado un montón. Sam habla en una voz tan baja que adopta el ritmo de una nana, y al poco mi madre se queda dormida.

En cuanto ve que la barbilla de ella se recuesta sobre su pecho, levanta la vista y me mira con gesto lúgubre.

—Quiero hablar contigo.

Nos aproximamos a la puerta porque quiero quedarme cerca de mi madre, pero también prefiero no estar en el centro del pasillo para que todos nos vean.

—¿Qué te ha dicho? —le pregunto—. ¿De qué hablaba?

Sé que Sam está enfadado, pero me muero por saber qué ha perturbado tanto a mi madre.

—Me ha dicho que lo sentía y que hizo lo que le pidieron. Que ojalá pudiera verlo una vez más y saber que está en paz.

Me cuenta la conversación que han mantenido sin comentar lo que puede significar.

—Gracias.

Sam se apoya en la puerta y se cruza de brazos, la viva imagen de un hombre que se pone cómodo.

—No quiero que me des las gracias. Quería que no me obligaras a hacerlo.

—Yo no te he obligado —protesto—. Te lo he pedido y has aceptado.

—Sabías que haría lo que me pidieras, Gracie, y te has aprovechado.

Mierda. Suena resignado, como si debiese haberlo anticipado.

—No sabía que ibas a aceptar, si es a lo que te estás refiriendo.

—¿Ah, no? —Su expresión es inescrutable—. ¿Pintarlo como una competición entre Fangli y tú no ha sido una decisión deliberada?

—Era una emergencia, Sam. —Noto el hormigueante calor de la vergüenza—. Ya has visto cómo estaba.

—¿Se habría calmado si tú te hubieras esforzado un poco más en hablar con ella? —Se pasa una mano por el pelo en el gesto que he aprendido a reconocer como un tic cuando está incómodo. Los mechones caen sobre sus ojos—. ¿Sin hacerle creer que su hermano fallecido estaba hablando con ella? ¿Sin haberme obligado a hacer eso? No ha estado bien.

—¿Y qué? —me rebelo—. A lo mejor no me importa que no haya estado bien para así darle un poco de paz.

—Dijo que admiraba tu integridad —me espeta—. ¿Crees que quiere verdad o paz?

—Lo que creo es que no la conoces, así que guárdate los sermones para ti.

—Quizá tengas razón. No sé cómo es ella, pero sí cómo eres tú.

—No sabes cómo soy —digo—. Nos conocemos desde hace un mes. Yo no sé una puta mierda de ti y tú no sabes nada de mí, ¿vale?

Nada más soltarle esas palabras, quiero retirarlas.

Sam se pone más serio si cabe.

—¿Eso es lo que piensas?

—Olvídalo —mascullo.

—¿Cómo se supone que voy a olvidarlo?

—No lo decía en serio.

Ahora que se ha esfumado el ataque de rabia, estoy muerta de la vergüenza. Me he equivocado al pedírselo a Sam. La despreciable motivación que me ha llevado a presionarlo le habría quedado igual de claro al peor estudiante de Psicología que a Sam. Quería que me demostrase que le importo haciendo lo que le pedía.

Me doy asco por haber caído tan bajo.

No he actuado bien. He actuado como el culo.

Mi madre se remueve y me la quedo mirando.

—Ya lo hablaremos luego. ¿Te vas a quedar?

—Creo que debería irme. —Duda antes de mirar por encima de mi hombro. Alguien se acerca por el pasillo. Sam agacha la cabeza y se cala la gorra, y se marcha sin mediar palabra.

—¿Gracie? —El breve descanso le ha aportado cierta claridad mental a mi madre. Me acerco a ella. Mierda, debería haber guardado el álbum de fotos mientras dormía.

Estoy tan afectada por lo ocurrido que me tiemblan las manos cuando hago el amago de coger el libro de fotos. Las manos de mi madre sujetan las mías con una fuerza sorprendente.

—Dile a Xiao He que cumplí mi palabra —me dice en inglés mirándome a los ojos—. La cumplí en el pasado y viví mi futuro.

—Se lo diré. —La tranquilizo con suaves caricias en las manos. No sé quién cree que soy—. Ahora debes relajarte un poco.

Tardo más o menos una hora en calmarla tanto como para poder coger el álbum de fotos. No sé si sería mejor que me lo llevase a casa, pero entonces se le cae una hoja, con el extremo desgarrado como si la hubieran arrancado de una revista.

Es una foto de Sam y de Fangli, una imagen publicitaria de una de sus películas. Supongo que mi madre se la quedó porque le recordaba a Xiao He. No soy quién para privarla de sus recuerdos, por más que le provoquen dolor, y guardo el álbum en el cajón.

En este instante, veo a los residentes dirigiéndose hacia el café de media mañana.

—Es la hora de ir a por una galleta —le digo a mi madre—. A ver si hay alguna con perlas de chocolate.

Me sigue como una niña obediente y, después de haber tomado dos galletas y una taza de té, parece haber vuelto a ser la que era.

—Eres muy buena por venir a verme, pero vuelve al trabajo —me dice—. Te han contratado para trabajar y no deberías decepcionarlos. —Su tono no admite réplica y le hago caso como he hecho siempre.

Sam no está fuera esperándome, y el sabor de la desilusión es fuerte y agrio. Le he dicho que se fuese. ¿Por qué iba a quedarse si yo lo he echado de allí? Me preocupaba mi madre, pero no ha sido la decisión que debería haber tomado.

Parpadeo para contener las lágrimas cuando doblo la esquina y me dirijo a la parada del autobús. El trayecto hasta casa es largo y se vuelve aún más deprimente por la ausencia de mensajes de Sam.

Saco el móvil para comprobarlo de nuevo y mi dedo sobrevuela su perfil de contacto. Necesito pedirle disculpas.

Me ha dicho que yo sabía que haría lo que le pidiese. Quiero preguntarle a qué se refería exactamente.

Con el piloto automático, voy del autobús al metro, del metro al hotel y del hotel a mi habitación. Me sirvo un vaso de agua y me siento en el sofá para decidir mi próximo paso –y espero que menos desastroso– cuando suena el teléfono.

Sam o Anjali me mandarían un mensaje y los únicos que me llaman son los de la residencia, así que respondo sin mirar quién es.

–¿Diga?

–¿Hablo con Gracie Reed? –Es una mujer.

–Sí. –Me quedo mirando por la ventana hacia el lago sin centrar la mirada. Seguro que es de la residencia. Ojalá mi madre esté bien.

–Soy Miranda y llamo de ZZTV. Nos gustaría hablar contigo.

¿ZZTV? El corazón me da un brinco en el pecho, pero intento sonar tranquila.

–¿Conmigo? ¿Sobre qué?

–Nos ha llegado el chivatazo de que te estás haciendo pasar por Wei Fangli y nos gustaría darte la posibilidad de contar tu versión de la historia. Te pagaremos bien, y te iría fenomenal adelantarte a la publicación del escándalo.

Cuelgo sin pronunciar palabra. Mierda.

¿Cómo se han enterado? ¿Quién les ha dado el chivatazo? Y entonces me doy cuenta. Todd, quién si no.

Sam solo me dijo que se encargaría, no lo que haría. Había confiado en que Sam, a través de su abogado, se ocuparía, pero cada vez está más claro que Todd es un Terminator: siempre que pienso que ha salido de mi vida, acaba volviendo.

Dejo el vaso de agua con cuidado en la mesita de centro porque me tiembla tanto el brazo que no puedo controlar la mano.

El secreto ha salido a la luz. Me meto enseguida en internet y me alivia no ver nada, y luego respiro hondo entre temblores antes de sentarme en el sofá y repasar mentalmente mis opciones, que son escasas. Obviamente, lo mejor es contarles a Sam y a Fangli lo que ha pasado y dejar que lidien ellos con el problema, porque yo no soy un as de las relaciones públicas como para intentar negociar con ZZTV.

No haría más que empeorar la situación.

Cojo el móvil, pero dudo, ya que no quiero que las palabras queden impresas en la pantalla. A lo mejor los de ZZTV me han hackeado el móvil y por eso lo saben. Dejo el teléfono en la mesa junto al vaso de agua y lo observo como si fuera un arma cargada antes de mirar hacia el techo. ¿Es posible que haya micrófonos ocultos en la habitación?

Joder, y ¿qué pasará con mi madre? Si saben quién soy, empezarán a husmear. ¿Y si llaman a la residencia y preguntan por ella? Debería avisarles. Me detengo de nuevo. Aunque Glen Lake no sea Xin Guang, confío en que respetarán la intimidad de sus pacientes. Además, si me han hackeado el móvil, no quiero darles más pistas. No sé si estoy siendo paranoica o realista.

La lujosa *suite* del Xanadu parece una jaula, cuyas paredes se cierran sobre mí. Salto del sofá y salgo a la terraza, donde me aferro tan fuerte a la barandilla que se me ponen blancos los nudillos. Es justamente la situación de la que me advirtió Anjali. Ahora que está ante mí, ¿qué debo hacer? Esa sensación de impotencia me ata; es la misma que sentía cuando iba a trabajar para Todd, y tiene sentido siendo él quien está jodiéndome la vida otra vez.

No quiero volver a sentirme así.

Con un rápido impulso, me alejo de la barandilla y miro la hora. Necesito hablar con Fangli y con Sam para buscar una solución. No voy a permitir que me pase esto como si no tuviera nada que hacer o decir al respecto. Por primera vez, se me ocurre que tengo que darme la misma importancia que les concedo a mi madre, a Fangli o a Sam. Tengo que ser importante.

Regreso a la *suite* y me acerco a la puerta que la conecta con la de Fangli. Más vale que lo haga en persona que por teléfono, aunque no estoy segura de qué decir.

Sé que Sam tiene todo el derecho del mundo a estar enfadado conmigo, pero es un problema lo bastante urgente como para que deje a un lado sus emociones, por lo menos hasta que esté arreglado.

Estoy a punto de llamar a la puerta cuando oigo voces.

Sam y Fangli están hablando.

—¿Ella se lo contó a ZZTV? —Es la voz de Sam, más fría de lo que nunca la he oído—. Tienes que despedirla.

¿Están hablando de mí?

—Confiaba en ella. —Fangli parece triste—. Creía que le estaba pagando bien. ¿Cómo ha podido hacerlo?

Mierda, sí que están hablando de mí.

Piensan que soy yo la que ha tirado de la manta. Mi mano no se ha movido, pero es que ahora está paralizada. Lo único que debo hacer es entrar y contarles la verdad.

¿Y si no me creen? Miranda sabía cómo me llamaba. ¿Qué les habrá contado a ellos?

Antes de irrumpir en su cuarto, me muero por saber más detalles.

Ya he aprendido la lección de que en el mundo no hay respuestas categóricas, no hay buenas acciones unilaterales. No puedo ayudar a mi madre sin hacerle daño a Sam. No puedo ayudar a Fangli sin mentir. Pero lo que sí puedo hacer es reunir toda la información antes de abrir la boca y volver a quedar en ridículo.

—Baja la voz —murmura Fangli—. No nos puede oír, todavía no.

Sam le responde a toda prisa en mandarín, sin duda para ocultar lo que están diciendo ¡sobre mí!, y de pronto estoy perdida.

No, no lo estoy.

Cojo el móvil y abro la nueva aplicación lingüística que encontré, el traductor de audio a tiempo real. Me asalta la conciencia cuando lo sostengo en la rendija de la puerta, pero enseguida desaparece cuando leo el texto traducido. Sé que no será fiable al cien por cien, pero por lo menos me dará una idea de lo que están diciendo para que pueda entrar preparada.

—¿Qué saca ella de la maleta? —Es Fangli. Maldito traductor. ¿Qué demonios tiene que ver la maleta?

—Avaricia. —La voz de Sam es lo bastante clara. Me quedo contemplando las palabras que aparecen en la pantalla tan fijamente que empiezan a emborronarse—. Envidia.

—Tenía suficiente.

—Para algunos nunca es suficiente. Debería haber venido antes. —Suena furioso—. Esa discusión lo provocó todo.

—Tu lámpara lo habría sabido.

—No podemos fiarnos del café.

—Debe de haber sido la caballa. —Es Fangli—. Hablaré con ella. Odio tener que hacerlo.

—Lo haré yo, pero solo a cambio de queso.

—Sam, es mi responsabilidad. Yo la contraté.

A Fangli le preocupa despedirme a mí. Y Sam se ha ofrecido a hacerlo en su lugar.

Las voces suenan demasiado bajas ahora para el traductor, y me aparto de la puerta hasta que me golpeo la cadera con la mesa. Miro abajo sin verla, con la atención puesta en la conversación que tiene lugar detrás de la puerta entre dos personas a las que había llegado a considerar amigos y, en el caso de Sam, algo más que un amigo.

Y entonces vuelvo junto a la puerta y lentamente corro el pestillo de mi lado. Lo hago por impulso y con la única certeza de que debo evitar que alguno de ellos entre en mi habitación. Tengo que pensarlo con lógica, pero mi mente salta de una idea a otra sin valorar una el tiempo suficiente como para que la procese.

Necesito pensar. No puedo pensar. Es demasiado.

Alrededor de mi visión percibo un aura, como una especie de túnel estrecho. Mis ojos se clavan en un jarrón con amapolas, que no recuerdo haber dejado sobre la mesa, antes de desplazarse hasta mi móvil. Las sillas están todas bien colocadas debajo de la mesa de madera y veo un bolígrafo cerca de un extremo. La mano me revuelve el pelo, corto y rígido por los productos capilares, antes de tirar ligeramente de mi pendiente y recorrer el dobladillo de mi camiseta con los dedos. Me agarro al respaldo de una silla. Mis pensamientos empiezan a ralentizarse. Una sirena aúlla en la calle exterior y la nevera zumba en el rincón. En el pasillo, oigo las carcajadas de alguien. La habitación huele a las velas que encendí anoche, un aroma intenso a lavanda, mezclado con el del jacinto silvestre del ambientador del vestidor. Al final, me paso la lengua por el labio y noto el sabor sintético y afrutado de mi bálsamo.

Me duele un poco el pecho al coger aire, como si mi cuerpo se esforzara por no llorar, pero me obligo a inhalar más y más. No estoy bien, pero mi cuerpo sigue funcionando, que es lo máximo a lo que puedo aspirar ahora mismo.

A Sam quizá le gustaba yo, pero no lo suficiente.

Me duele solo un poquito menos que si no hubiera sentido nada en absoluto por mí. Lo que experimentaba no ha bastado para que acudiera a mi lado cuando creía que yo los había delatado y había llamado a ZZTV. Fangli es la que le importaba de verdad.

No puedo evitar la oleada de autodesprecio. Debería haber sabido que esto acabaría siendo un desastre, porque es lo que pasa cuando apuntas demasiado alto. He olvidado que esta burbuja en la que estoy metida no es real.

Lo mejor que puedo hacer es abrir la puerta, explicarles que yo no he llamado a ZZTV, darles las gracias por su tiempo y marcharme.

Quiero hacerlo. Sé que debería hacerlo.

Pero no tengo agallas.

Estoy harta, pero puedo hacerle a Fangli el favor de no obligarla a despedirme mediante una conversación dolorosa y causante de estrés. Puedo ayudarla una última vez echando mano de la suficiente clase como para irme con un poco de dignidad y sin hostilidad.

No tardo demasiado en hacer las maletas.

Y acto seguido le escribo un correo electrónico a Fangli.

> Seguramente ya sabrás que los de ZZTV me han llamado para que les contara mi versión de la historia. Les he colgado. Sé que he firmado un contrato de confidencialidad, pero aun sin haberlo firmado no les habría contado nada. Os he oído a ti y a Sam hablarlo, pero te juro que no fui yo quien avisó a ZZTV.
>
> Ojalá hubiese podido pasar más tiempo contigo.
>
> Te echaré de menos. Gracias por todo.

Vacilo, agobiada por los treinta mil pavos de mi cuenta bancaria. ¿Debería quedármelos? El dinero tal vez esté manchado, pero me lo he ganado. Decido quedármelo, pero le diré que lo entenderé si quiere que se lo devuelva y que por supuesto renuncio a cualquier derecho sobre el resto del dinero.

Leo el correo varias veces antes de decidir que así está bien.

Sam, sin embargo, es otra historia. Él sabía que yo necesitaba el dinero para mi madre, no por avaricia ni por ego. Negarme al resto del pago parece también un mensaje para Sam, por lo menos en mi cabeza.

Salgo por la puerta y, justo antes de meterme en el metro, le doy a «Enviar» y luego los bloqueo a los dos de mi teléfono. Será mejor así.

Ya está hecho. He vuelto a ser Gracie Reed, una fracasada triste y sin empleo.

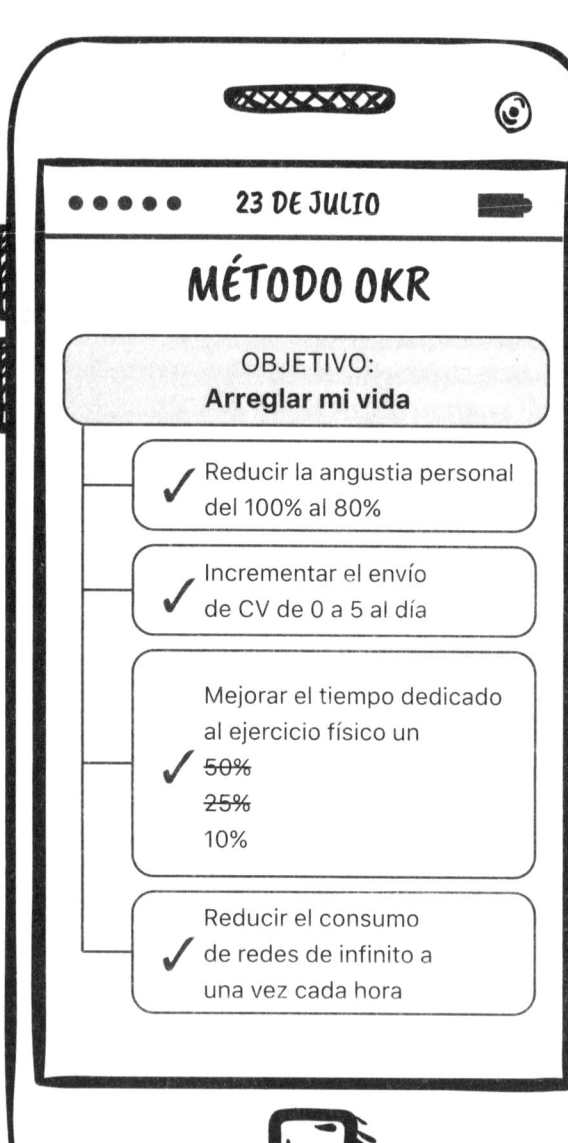

Treinta y cinco

Casi tengo la misma sensación de que me han vuelto a despedir, pero con más pesar en el corazón y un ambiente menos cómodo, ya que he decidido coger un piso de Airbnb unos cuantos días.

Gracias al dosier del detective al que contrataron, Sam y Fangli saben dónde vivo. No quiero hablar con ninguno de ellos porque sería demasiado doloroso tener que repetir en persona lo que les dije en el mensaje. Una ruptura limpia es la mejor ruptura tanto para un hueso como para una relación.

No es como el Xanadu, pero es un sitio mono, un pisito soleado en un edificio bajo en la otra punta de la ciudad. El elemento de diseño que preside el comedor es un sofá duro en el que me paso horas sentada, mirando el móvil, en parte esperando y en parte temiendo lo que vaya a pasar, y actualizando el navegador cada tres minutos para ver si ya soy una vergüenza pública. Gracias a Dios que mis redes sociales están bajo el nombre genérico de @gracie_gracieTO, así que no debe preocuparme que me acosen por allí. Podré ver vídeos de gatitos en paz aunque me toque esconderme del mundo.

Por vigésima vez, casi miro si Sam o Fangli aparecen en mi buzón de voz de las llamadas bloqueadas. Dejo el móvil a un lado. Esa aventura se ha terminado, y tanto da si me contactan o si no.

Se acabó. Me he hartado.

Rectitud. De haber actuado con rectitud, ahora no me encontraría en esta posición. No tendría nada de lo que avergonzarme.

Llamo a Anjali y le cuento que lo he dejado y que me han contactado los de ZZTV. Omito la parte en que he escuchado a escondidas. Me duele demasiado como para hablar de eso.

—Lo siento, Gracie.

Su voz es amable y no lleva consigo ni un ápice de la altanería a la que tiene derecho por haber acertado que esta misión terminaría fatal. Está en Vancouver por trabajo, pero la distancia física no le ha impedido adoptar el papel de animadora vengativa.

Anjali me deja hablar, sin interrumpirme en ningún momento, algo que es tan impropio de ella que sé que debo de estar peor de lo que me pensaba. Al final, en cuanto termino, me dice:

—Tienes que dejar de culparte. No hay nada de lo que te debas avergonzar.

—Ha sido una estupidez. Tú misma me dijiste que era una estupidez.

—Ya —asiente—. Pero no dejas de sugerir que es una especie de fracaso moral tuyo.

—¿No has oído lo que te he dicho? He engañado a la gente.

—¿Crees que Fangli carece de ética? ¿Crees que es una mala persona?

—No.

—Pues piensa lo mismo sobre ti.

—¿Es un consejo de tu *coach* de los viejos tiempos?

—Lo vi en una columna de consejos por internet, pero sigue siendo igual de válido.

—Quizá. —Del dicho al hecho hay un trecho.

—¿Qué piensas hacer ahora?

—¿Esperar a que los de ZZTV arrastren mi nombre por el barro y mudarme a Tierra del Fuego?

—Allí hace mucho frío. Y hay humedad también.

—Me llevaré un abrigo —digo malhumorada.

El suspiro de mi amiga se adueña de la línea telefónica.

—¿Tienes un plan B? ¿Qué me dices de tu MOSA?

—Estoy en ello.

—¿Estás en ello o estás despatarrada mirando el móvil para ver si ZZTV ha publicado tu nombre?

Hago una pausa.

—Lo segundo.

—Cuando todo esto empezó, me comentaste que el equipo de Fangli se encargaría de cualquier tipo de escándalo.

—Sí.

—Y no ha pasado nada todavía.

—Todavía no.

Oigo un estruendo, y al poco vuelve a sonar la voz de Anjali.

—He sido yo. Le he dado un golpe al móvil por la frustración. Mira, esto es lo que vas a hacer.

Aun sin quererlo, sonrío. Anjali se ha puesto en modo combate.

—¿Qué voy a hacer?

—Voy a poner un aviso de Google por si sale tu nombre y te avisaré si ocurre algo. Vas a apagar el wifi y te vas a poner a trabajar en tu MOSA.

—Puede que necesite buscar algo por internet.

—Apunta todo lo que necesites buscar y mándamelo a mí. Yo te copiaré y pegaré las páginas web.

—Es absurdo. No tienes tiempo para eso.

—Llevo una hora al teléfono contigo. Tengo los cuatro minutos que me llevará poner el aviso, hazme caso. Además, es un hecho científico que el 98,9 por ciento de las búsquedas de internet son solo para pasar el rato sin más.

—Anjali...

—Dos días. Inténtalo durante dos días. Date un respiro, Gracie. Deja el móvil en casa. Ve a ver a tu madre. Trabaja en el proyecto que te encanta. Deja que te ayude.

Me recuesto en el sofá y asiento antes de recordar que no me puede ver.

—Gracias.

—Y ahora apaga el móvil de una santa vez y descansa un poco, anda.

A lo largo de los dos días siguientes, Anjali me mantiene informada cada dos horas con un escueto «Nada», así que sé que está atenta por si se publica algo. Me sienta genial tenerla en mi bando. Creo que Fangli y ella se habrían llevado la mar de bien.

No está tan mal volver a ser yo en todo momento.

Es un alivio no tener que fingir ser quien no soy, y en realidad tampoco he podido disfrutar a tope del vino ni de la comida al hacerme pasar por Fangli. Echo de menos hablar con ella más de lo que esperaba, y hay varias veces en que me encuentro pensando en cosas que contarle antes de recordar que esa parte de mi vida ya forma parte del pasado.

Y también, como soy una materialista, echo de menos la carísima colección de perfumes. Dejé allí todos y cada uno de los frascos para que no pudieran acusarme de robar. Incluso dejé el maravilloso mono, pero sobre todo porque me recordaba a Sam.

Me niego a pensar en Sam.

Por la noche es especialmente duro. No me había dado cuenta de lo vacía que se ha quedado mi vida ahora que ya no tengo a Fangli ni a Sam para hablar al final del día. Llevada por la necesidad de contacto humano, me dirijo a la cafetería de Cheri.

Quiero ver un rostro amigo aunque solo sea para unos pocos minutos de conversación superficial en persona.

–Vaya, cuánto tiempo. –Cheri empieza a prepararme un café con leche de forma automática, pero la interrumpo.

–Hoy un café solo.

–Entendido. ¿Qué es de tu vida?

–Ah, pues ya sabes. –Me he hecho pasar por una estrella de cine, me he enamorado de otra estrella de cine, me preocupa que me humillen mundialmente; nada del otro jueves.

–Claro, claro. –Mira hacia mí–. Tengo algo de chocolate.

–Ponme un bollito de chocolate doble.

–Te llevas el último. –Lo coge con las pinzas y me lo entrega–. Loni vuelve a estar preñada y no soporta el olor, así que su crío solo puede comerse los de limón.

Hablamos de cosas sin importancia durante varios minutos y, cuando va a darme la taza, me dice:

–Oye, antes de ayer vino un tío buscándote.

Que no sea nadie de ZZTV, por favor.

–¿A mí? ¿Dijo mi nombre?

–Sí, un asiático que estaba tremendo. –En este momento, entorna los ojos oscuros–. Ahí está otra vez. ¿Quieres salir por la puerta trasera?

Me doy la vuelta. Es Sam.

La voz de Cheri se atenúa detrás de mí cuando mi cuerpo se activa en una respuesta de lucha o huida, la adrenalina me zumba en los oídos y los músculos de mi estómago se tensan tanto que casi me encorvo hacia delante. No me lo esperaba.

Sam ha venido a buscarme. ¿Por qué?

Se le ve cansado, pero cuando nos miramos a los ojos baja un poco los hombros, como si estuviera aliviado.

—No pasa nada —le digo a Cheri.

Hay algo en mi voz que le hace arquear las cejas.

—Oye, aquí yo te cubro las espaldas. En mi cafetería no se molesta a nadie.

—Gracias, Cheri. Es un… —Dudo—. Es un amigo.

Se me desboca el corazón, y una parte de mí quiere hablar con él más que cualquier otra cosa.

Con Sam me sentía viva, completa. Qué pena que todo se basara en una mentira también, y ya no quiero nada de eso en mi vida. No me puedo fiar de alguien que no se fía de mí.

Sam no se ha movido de la puerta y yo señalo hacia una mesa junto a la pared. Se reúne conmigo después de vacilar un poco.

—Te fuiste sin despedirte. —Habla antes incluso de tomar asiento—. Bloqueaste mi número. No sabía dónde estabas ni si estabas bien.

Un débil destello prende en mi interior. Sam estaba preocupado por mí. Le importo, aunque pensase que yo los había vendido.

—¿Cómo has sabido que estaba aquí?

El plato floreado emite un chasquido cuando lo dejo sobre la mesa. Ahora estoy demasiado nerviosa para ponerme a comer, la verdad.

—He ido a tu piso y a la residencia de tu madre. Aquí fue donde Mikey te sacó la foto, y he pensado que valía la pena echar un vistazo.

El destello se acrecienta por las molestias que se ha tomado para encontrarme.

—Le mandé un correo a Fangli.

—Yo no soy Fangli. ¿Por qué te fuiste?

—Los de ZZTV saben lo que he hecho.

Me recoloco el gorro, agradecida por habérmelo puesto y por no haber salido por la puerta con el peinado propio de recién levantada. Por lo menos me he pintado los labios.

—Lo sabemos. —Me mira fijamente a los ojos—. Ya nos hemos encargado de eso.

—Os oí a Fangli y a ti –lo informo–. Creíais que era yo la que se lo había filtrado a los periodistas.

—Yo no he dicho tal cosa. –Está perplejo.

—¿En serio? Eres un actor cojonudo. –Mordisqueo con rabia el bollito–. ¿No pensaste que lo hacía por el dinero? ¿No pensaste que lo hacía porque había perdido el trabajo?

—Eso fue antes de conocerte. –No ha dejado de mirarme–. Gracie, te prometo que confiə' ıa en ti. Sé que tú no lo habrías hecho nunca.

El destello se aviva y me calienta desde los huesos.

—He venido a buscarte para arreglar las cosas con Fangli. Tu correo le hizo daño.

Fangli. Fangli de nuevo. El destello desaparece bajo una oleada de enorme decepción. Pensaba que Sam estaba aquí por mí, por fin, pero incluso ahora es amigo de ella antes que mí…, lo que sea que fuéramos. Quiero que se preocupe por mí con la misma intensidad. No pienso llorar, pero las lágrimas contenidas me atenazan la garganta y me impiden respirar hondo.

Clic. Clic, clic, clic.

Levantamos la vista, sobresaltados. Los *flashes* atraviesan la ventana gracias al fotógrafo, Mikey, que resplandece con su trenca.

Sam masculla entre dientes, pero se recompone para interpretar su papel. Me sonríe y me lanza la misma mirada que en todas las galas y eventos, la sonrisa fácil y dominada de un hombre importante. He practicado tanto para ser Fangli que consigo por lo menos quedarme sentada en lugar de esconderme debajo de la mesa, pero es imposible que aparente felicidad. Ahora mismo no puedo.

Cheri se acerca con el ceño fruncido.

—¿Otra vez ese tío? –Se acerca a la ventana con los brazos en jarras y dice por encima del hombro–: Sal por detrás. Como la otra vez.

—Gracie, escúchame –tercia Sam–. Necesitamos que vuelvas.

«Necesitamos». No «necesito». Siempre por Fangli.

Yo pensaba que quería estar conmigo, pero la verdad se alza descarnada ante mí. Ha admitido que se ha esforzado por encontrarme, pero solo para lograr que yo fuera la doble de ella de nuevo. No puedo ni siquiera sentir celos por el lugar que ocupa Fangli en su corazón.

Las campanitas de la puerta repiquetean y abandono el bollo para dirigirme a la puerta trasera. Miro hacia atrás y veo que Sam y Cheri están dispuestos a impedir que el fotógrafo me persiga.

—Lo siento —me disculpo.

Y salgo por la puerta hasta hallarme sola en el callejón.

Fue en la cafetería de Cheri donde empezó todo. Es apropiado que termine allí.

MOSA: ORDENAR POR TIEMPO
(PROTOTIPO)

TAREAS DIARIAS

○ Mirar los anuncios de empleo

○ Ordenar la casa

○ Perfeccionar MOSA
(utilizar la técnica Pomodoro)

○ No entrar en las redes sociales
(ni siquiera una vez cada hora)

TAREAS MENSUALES

○ Actualizar el presupuesto

○ Hacer la colada (dos veces mínimo)

○ Meditar

**Pregunta:
¿deberían
actualizarse
automáticamente
mes a mes?**

Treinta y seis

Voy hacia la nevera y, al abrirla, me encuentro con una colección de condimentos y ningún alimento. De todos modos, tampoco es que tenga hambre; solo busco una forma de distraerme.

Han pasado tres días desde que vi a Sam.

Fiel a su palabra de mantenerme informada, Anjali me manda la foto de Mikey de una asquerosa revistilla de chismorreos, y la forma de enmarcarla hace que Sam parezca un héroe guardaespaldas que protege a Fangli.

«El gorro de Fangli me suena», me escribe Anjali.

Por lo visto, me arrastran a volver a ser Fangli incluso cuando procuro evitarlo. Entrelazo las manos detrás de la cabeza.

¿Qué habría hecho una Gracie más ética desde el principio? Le habría dicho que no a Fangli, ni siquiera por el dinero. Habría espachurrado al gusanillo con ganas de fama de su cabeza y le habría dicho que ya encontraríamos la forma de alcanzarla. Y con Todd... Lo hice lo mejor que pude, y no pienso culparme a mí por las acciones de él.

Entonces, ¿qué va a hacer una Gracie ética y un poco más valiente ahora? Miro el ordenador, donde, a pesar de la insistencia de Anjali, mi MOSA se ha pasado buena parte de la semana sin avances. Esa Gracie persigue sus sueños y hace caso a su instinto.

El teléfono suena y me da un brinco el corazón antes de recordar que he bloqueado a Sam. Es un número desconocido, pero tengo que cogerlo. A lo mejor me llaman como respuesta a una solicitud de empleo, y ahora mismo necesito uno desesperadamente.

—¿Diga?

—¿Hablo con Gracie Reed? —Oigo la voz abrupta de un hombre.

—Sí.

—Soy Ken y te llamo de la residencia Xin Guang. Me alegra

comunicarte que tenemos una vacante para Agatha Wu Reed. Sé que has estado bastante tiempo en la lista de espera.

Tengo que controlarme para no estampar el móvil contra la pared. Claro que tienen una vacante. En la línea suena un pitido y miro la pantalla.

Me llaman desde ZZTV. A ellos no los bloqueé.

«Te pagaremos bien».

–Para guardarte el sitio, necesitamos que nos ingreses la fianza de inmediato –me dice Ken.

«Te pagaremos bien».

–¿A cuánto asciende?

Me contesta, y se me cae el alma a los pies. Puedo pagarlo, pero es imposible que vaya a poder con los siguientes recibos, y no puedo trasladar allí a mi madre para sacarla al poco.

–¿Hay alguna manera de fraccionar el pago? –le pregunto.

–Lo siento –responde, y sí que parece sentirlo–. Ofrecemos un trato prémium a nuestros residentes.

Ya lo sé, y por eso quiero que mi madre esté allí.

–¿Me podéis dar un poco de tiempo?

–Siempre damos un período de gracia estándar de seis horas antes de pasar a la siguiente persona de la lista.

«Te pagaremos bien».

Esta vez, me comporto como sé que debo hacerlo.

La pantalla del móvil se ilumina una última vez y el número de ZZTV desaparece. Mi madre me mataría si me endeudara por ella, y seis horas no es tiempo suficiente para conseguir un préstamo. Debería habérmelo pensado antes, y la culpa me recorre la sangre, pero dejo que se esfume. Soy solo humana y hago lo que puedo.

–Me temo que ahora mismo no dispongo del dinero –digo al fin–. Tendré que dejar pasar la oportunidad.

–Lo entiendo. ¿Te gustaría que te volviese a poner en la lista de espera?

–Sí, por favor.

Colgamos el teléfono y me tumbo en el sofá con el móvil apretado contra el pecho. «Rectitud». Repito la palabra mentalmente.

Pensaba que hacer lo correcto me sentaría bien, pero ahora me siento vacía. He hecho lo correcto –le he dicho que no a ZZTV–, pero ¿a quién he ayudado? A mí no. A mi madre tampoco. Quizá a Fangli por no vender sus secretos. ¿No debería experimentar una profunda satisfacción por haber hecho lo correcto?

Pues no es así, pero al quedarme tumbada, con la respiración acelerada, me ocurre algo. No es felicidad, pero tampoco es culpa. No es vergüenza. La decisión que he tomado está basada en lo que podría hacer; en lo que podría hacer yo, sin depender de nadie más y sin mentir, sin intentar facilitarle la vida a alguien a mi costa. Es un comienzo pequeño, pero es un comienzo.

Mi madre dijo que yo era una persona íntegra, y, aunque no lo haya sido, quiero estar a la altura de sus ideales. Esta vez no he podido meterla en la residencia, pero lo conseguiré y lo habré hecho por mis propios medios.

Cierro el ordenador y me pongo a trabajar.

OBJETIVO PRINCIPAL
DE AGOSTO:
**QUE 5 PERSONAS
PRUEBEN EL MOSA.**

TAREAS DIARIAS | TAREAS MENSUALES

EVENTOS	Ninguno
VIDA	○ Visitar a mi madre
TRABAJO	○ Revisar anuncios de trabajo ○ Arreglar el sistema de clasificación del MOSA (y pensar cómo equilibrar urgencia y tiempo requerido)
OCIO	○ Hacer planes con Anjali
CADA DÍA	○ Avanzar con el módulo de mandarín ○ Tomar un complejo multivitamínico
NO LO PIENSES, HAZLO	Nada

Treinta y siete

Mi madre me sonríe. Hace fresco para ser principios de agosto, así que le he rodeado las piernas con una manta que tejió hace unos veinte años. El patrón en zigzag de colores verde y naranja no se ha descolorido desde la primera vez que se dobló sobre el sofá de nuestra vieja sala de estar bajo los estruendosos aplausos de felicitación de mi padre.

Aunque he vuelto a mi piso, desde que dejé el Xanadu y la vida de lujos me he esforzado por trabajar en su habitación, y creo que la solución ha sido satisfactoria para las dos. Mi productividad se ha disparado –el MOSA tiene ya una web oficial– y les he pedido a Anjali y a un par de antiguas compañeras de trabajo que lo prueben. Mi sistema existe y está ya en el mundo. Como no quiero poner todos los huevos en la misma cesta de emprendedora, que supongo que en sí mismo no es propio de una emprendedora, no dejo de solicitar trabajos, y la semana que viene tengo una entrevista en una pequeña agencia sin ánimo de lucro que hace un trabajo muy interesante con los canadienses recién inmigrados.

Pasito a pasito.

Mantenerme ocupada me impide pensar en Sam. Vi en una web de chismes que un actor canadiense interpretó su papel en *Operación Olvido*, pero que regresará a Toronto para el Festival de Cine de septiembre, por lo que asumo que se ha ido de la ciudad. Saber que se ha marchado me deja confundida porque, aunque no quiero hablar con él, me proporcionaba un oscuro consuelo saber que pisaba la misma tierra que yo. Supongo que habrán hecho un pacto con ZZTV, ya que no se ha publicado nada, y mis temores se han reducido exponencialmente. Anjali me ha hecho prometer que no me buscaría a mí misma en Google y me manda mensajes diarios de «no», «*rien*» y «nada de nada» para asegurarme de que sus alertas no han advertido nada.

–Gracie, cariño, ¿me podrías dar un vaso de agua?

Mi madre levanta la taza y yo la dejo en el fregadero. Los últimos días ha estado hablando bastante y se mueve con fluidez entre el presente y el pasado. Hoy ha sido una mezcla. Se acuerda de mí, pero me ubica en su juventud. Ahora mismo, soy Gracie, pero también estoy de regreso con ella a su casa de Pekín.

Le doy el vaso de agua y bebe varios sorbos antes de dejarlo sobre la mesa.

—Tráeme el álbum de fotos.

Ha sido un elemento que en los últimos días también la ha consolado, así que voy a por él. Lo abre para ver a Xiao He y acaricia la página. Me desplazo al otro lado de su cama para ordenarle la mesita de noche y, cuando me acerco a ella después de sacar una nueva caja de pañuelos y de limpiarle la botella de agua, veo cómo golpetea suavemente la imagen con los dedos.

¿Es uno de los síntomas que el doctor me pidió vigilar? Con el corazón desbocado, me aproximo para mirar bien la fotografía.

Nunca me ha dado por observar con gran atención los detalles de las imágenes, como solemos hacer con las cosas que nos resultan familiares. En la que está mirando aparecen ella y Xiao He, y fue tomada antes de que se mudara a Canadá. Los dos están cerca de una escaleras, mirando a la cámara con expresión seria de foto de pasaporte. Pero los dedos de mi madre no acarician el rostro de su hermano, como cabría esperar dado el tiempo que ha hablado sobre él.

Está tocando un punto muy específico de la página: su propia barriga. Cuando aparta los dedos, me inclino hacia delante y me pregunto qué es lo que ha llamado su atención.

Mi madre lleva un vestido de algodón azul marino con unos volantillos alrededor del cuello, ceñido por la cintura y largo hasta las rodillas. El viento le levanta un poco la falda y confiere una sombra rara y un tanto redondeada a su abdomen.

Quiero examinarla mejor, pero pasa la página.

Ahora las fotos vuelan hasta Canadá. Mi madre delante de la CN Tower. Mi madre delante de las cataratas del Niágara. Y luego mi madre con mi padre. Hay una serie de mi madre embarazada con flequillo delante de esos mismos enclaves, la CN Tower y las cataratas del Niágara, en la página siguiente.

Sus dedos se alejan de la página, y le cojo el álbum del regazo para examinar la imagen anterior.

No es una sombra lo que tiene en la barriga. ¿Está embarazada? La miro con tanta atención que casi me quedo bizca. Hostia, es evidente que sí que está embarazada. De repente, me doy cuenta de que la foto está recortada. Xiao He está a la derecha de mi madre y a la izquierda me fijo en el comienzo de un hombro. Había tanto espacio entre mi madre y quienquiera que sea esa otra persona que al principio no era obvio que hubiese alguien más.

—Mamá. —Mi voz suena más fuerte de lo que pretendía, y abre los ojos castaños.

—¿Gracie? —Me mira a los ojos y sé que me ve a mí, a mí de verdad.

—¿Qué es lo que no me estás contando sobre Xiao He? ¿Qué ocurrió para que tuvieras que venir a Canadá?

—Me dijo que el pasado quedaba en el pasado. Que debía vivir mi futuro.

Cierra los ojos y yo casi suelto un grito de frustración. Lo dejo correr y vuelvo a contemplar las fotografías. La de Sam y Fangli vuelve a escurrirse del álbum.

Esta vez, mi madre la coge con una velocidad que no me parecía posible en ella.

—Es tan guapa, así de adulta. Ya sabía que lo sería. —Se le rompe la voz.

—¿Guapa? ¿No te refieres a Sam? —Pensaba que se había quedado el recorte porque Sam le recordaba a su hermano.

—Fangli. No se cambió el nombre. Y él tampoco.

Ahora estoy confundida, pero sé que estoy avanzando por un campo de minas. Utilizo mis palabras como si fueran un palo con que toco las bombas para encontrar un camino seguro.

—¿Por qué iba nadie a cambiarse el nombre? —Hablo con voz baja y tranquila para intentar arrancarle la historia.

—Su padre estaba furioso. Era un hombre bueno pero altivo, siempre seguro de llevar la razón. Por eso mi hermano me ayudó. Yo quería quedarme el bebé.

Observo el álbum. Hay una foto de un hombre y una niña que mi madre me dijo que eran parientes de una granja a la que solía ir de visita. Siempre me gustó porque la niña se parecía tanto a mí que fingía que era mi hermana. Titubeo antes de ir a por todas.

–Mamá, ¿me estás diciendo que esta de aquí es Wei Fangli?

–Sabía que su padre se ocuparía de ella. –Se le llenan los ojos de lágrimas–. Y luego perdí al otro bebé cuando llegué sola a Canadá. No tenía a nadie. Fue mi castigo. No podía volver a casa, pero no tenía nada.

Paso la vista del álbum a mi madre y luego al álbum de nuevo, que curiosamente ahora tiene un peso casi imposible de soportar. Los extremos se me clavan en la piel, y lo cojo antes de que se me caiga de los dedos entumecidos hasta el suelo.

–Mamá. –Es imposible que la haya entendido bien–. ¿Esta niña es Fangli?

Mi madre extiende una mano y me coge el brazo con una fuerza sorprendente.

–Fangli. Sí.

–La actriz. –Saco la foto de la revista–. Esta mujer de aquí. –La señalo tan fuerte que la página se arruga bajo mi dedo.

–Mi Fangli.

¿Es la demencia? Intento recordar lo que me han contado los médicos. Dijeron que estaría confundida, pero… ¿así? ¿Se inventaría a una hija perdida? Mi madre juguetea con la cadena de oro que lleva al cuello; nunca la he visto sin ella. Del cordón cuelga una moneda de jade, con el centro vacío lleno de oro e inscrito con el carácter que significa «amor». Le tiemblan las manos mientras intenta quitárselo del cuello y al final me hace señas para que me acerque y le da la vuelta al colgante para que vea el reverso.

Conozco esos caracteres diminutos porque los practiqué hasta llegar a garabatearlos en un momento dado. «Fang». «Li».

Es verdad. Me fallan las rodillas y en parte me siento y en parte me desplomo sobre la cama.

El álbum me golpea los muslos y me quedo mirando la cara de mi madre, y entonces veo el parecido entre las tres en la forma de su nariz y de sus ojos. Parpadea y sonríe con incertidumbre, y aquí mismo, delante de mí, tengo la expresión de Fangli.

Se me seca tantísimo la boca que necesito un par de intentos para pronunciar las palabras.

—Mamá, no pasa nada.

Le cojo la mano. Se me parte el corazón por todo lo que ha debido soportar en silencio durante tantos años. No me extraña que insistiera tanto en vivir tan solo mirando al futuro.

—Xiao He decía lo mismo. —Me aprieta la mano—. Me decía que debía pensar en lo que quería yo, que las normas no lo eran todo en la vida. Mi marido también quería el bebé, pero jamás lo admitió. No cuando el partido comunista dijo que un hijo era suficiente.

Necesito que me lo confirme.

—¿Este hombre era tu marido?

—Wei Rong. Mi primer marido. Me daba mucho miedo que me encontrase. Fue mejor que ella creyese que yo había muerto.

«Pasa siempre desapercibida. No llames la atención. Modera tus expectativas». Mi madre debió de echar mano de toda su valentía para dar un paso hacia lo desconocido y así quedarse con el bebé. Bajo la vista y veo que me tiembla la mano en el extremo del álbum. Mi madre vuelve a mirar por la ventana, con el rostro inexpresivo.

La foto de la revista. Yo había asumido que la guardaba porque pensaba que Sam se parecía a su hermano, pero era por Fangli. Los nervios al ver *El loto perlado* no se debían a la interpretación. Es imposible que pueda ignorarlo. No es casualidad que Fangli y yo nos parezcamos tanto: las dos hemos salido a nuestra madre. Somos medio hermanas.

Tengo una hermana.

Tengo una hermana que es una actriz de cine famosa y que cree que no quiero volver a verla nunca.

Mi madre al final se queda dormida y me deja a mí el tener que asimilar esta bomba.

Y no se me está dando demasiado bien.

He conseguido esperar unos pocos minutos después de la revelación inicial para presionarla y obtener más información, pero tan solo se ha limitado a quedarse callada y a mirar por la ventana con sendos ríos de lágrimas surcándole las mejillas. He utilizado todo mi autocontrol para no coger el álbum y hacerle un interrogatorio acerca de los detalles de todas las personas que aparecen en él, mientras al mismo tiempo me fustigo por no haber mostrado antes más interés en la historia de mi familia. Mi madre siempre ha sido tan inflexible con la necesidad de ignorar el pasado que yo no le había hecho ninguna pregunta, como si fuera un tema tabú. Quiero pedirle más información, necesito más datos, pero no tengo el valor de obligarla a revivir unos recuerdos que son muy dolorosos.

Me froto los hombros y noto la rabia y el arrepentimiento por lo que ella ha ocultado en lo más profundo de mis huesos.

Creo que ya he entendido lo más básico. En China se casó con el padre de Fangli y tuvieron a una sola hija, a Fangli. Luego ella se quedó embarazada de nuevo y, aunque los dos querían tener al bebé, la política de un solo hijo lo imposibilitaba. Según Fangli, su padre era oficial del partido comunista, y, aunque no lo hubiera sido, una rápida búsqueda en Google da fe de que a los habitantes que tenían un segundo hijo se les arrebataban suficientes beneficios como para que no quisieran arriesgarse.

Mi madre había querido tener al bebé, así que su hermano, Xiao He, la ayudó a alejarse de su familia y trasladarse a Canadá. Obviamente, me faltaba una gran parte de la historia, y me daba miedo que nunca pudiera saberla entera. Una vez aquí, mi madre sufrió un aborto, y con el tiempo conoció a Brad Reed y me tuvieron a mí. ¿Mi padre sabía que ella ya se había casado antes? ¿Y que había tenido a otro bebé, su otra hija?

Me apetece despertarla y preguntárselo, pero me contengo. Es parte de mi historia, pero no toda mi historia. Puede que nunca llegue a conocer todos los detalles.

¿Cómo se lo cuento a Fangli?

Y entonces empiezo a dudar. ¿Es buena idea decírselo? Quizá más vale que guarde el secreto como ha pasado en los últimos treinta años. Tampoco es que Fangli y yo seamos tan importantes en la vida de la otra; ella necesitaba a alguien para un trabajo y yo necesitaba dinero. Una relación de negocios como mucho.

No te lo crees ni tú. Fangli me cae muy bien y, aunque no creo en la idea del destino, nos sentíamos muy cómodas con la otra. Encajamos como si nuestras feromonas se combinaran bien.

Encajamos como hermanas.

Enciendo el ordenador y paso el pulgar por mi malherido corazón al buscar imágenes de Sam y Fangli. Hay varias páginas, pero me quedo sin aliento porque la primera que aparece no es Fangli. Soy yo, en la velada de Chanel. Sam se inclina hacia mí con una sonrisilla en la cara y los ojos clavados en los míos.

Hago clic en la página y leo los comentarios.

🔥🔥🔥🔥🔥
si sam me mirase así, me arderían las bragas
búscate a un hombre que te mire como sam mira a fangli
samli forever
está tremendo
las hay con suerte
solo falta que se muerda el labio
POV: Samli enamorados

Hago clic en varias imágenes más. Algunas son de nosotros en el Xanadu. Hay una foto borrosa de la primera vez que salimos y yo tropecé, con el brazo de Sam alrededor de mí. Y otra de cuando asistimos al estreno de la película, con Sam tendiendo la mano para cogerme la mía. Y otra de la alfombra roja: Sam un paso por delante de mí y mirando atrás con admiración mientras poso con la pierna adelantada, la mano en la cintura y la cabeza hacia atrás.

En todas las imágenes me mira a mí y solo a mí.

«Soy muy buen actor».

No me está sonriendo a mí. Está sonriendo a la mujer que en teoría es Fangli.

Ahora mismo es demasiado en lo que pensar. Vigilo a mi madre y trabajo en mi MOSA. Mi madre y el trabajo son hoy por hoy las únicas constantes de mi vida, y es en eso en lo que me voy a concentrar.

MOSA

TAREAS DIARIAS	TAREAS MENSUALES

VIDA	○ Colada
	○ Gimnasio

TRABAJO	○ [en proceso] **Arreglar el sistema de clasificación del MOSA.** (Averiguar cómo ponderar la urgencia y el tiempo requerido)
	○ Conseguir que el MOSA salga en las redes sociales
	○ Buscar desarrolladores para la aplicación

OCIO	○ Tomar algo con Anjali

CADA DÍA	○ Avanzar con el mandarín
	○ Tomar un complejo multivitamínico
	○ Revisar anuncios de trabajo

NO LO PIENSES, HAZLO	○ Llamar a Robin Banerjee
	○ Contarle a Fangli que su madre no está muerta y que somos hermanas
	○ Pensar en cómo verbalizar el punto anterior

Treinta y ocho

—Me encanta. –Anjali y yo hemos salido a tomar algo y ha abierto el MOSA delante de mí–. Lo utilizo para el trabajo y para todo. Al mismo tiempo. Pero necesitas que sea una aplicación.

—Ya lo sé. –Ahora mismo está disponible solo en una versión web que he creado yo misma gracias a tutoriales de internet.

—Me ayuda a estar al día. ¿Sabes cuánto tiempo me he ahorrado esta semana? Seis horas. ¡Seis! Me he puesto a ver Netflix sin parar y sin remordimientos.

Le sonrío de oreja a oreja. El MOSA es genial. Ya lo sé.

—Gracias.

—No sé cómo se te ha ocurrido este sistema. –Niega con la cabeza–. Es lo que no sabía que necesitaba, pero sin lo que no puedo vivir. ¿Cuál es el siguiente paso?

—Tengo que venderlo. Publicitarlo. Conseguir los fondos para la aplicación.

He redactado un plan de negocio y una lista de personas a las que llamar. Robin está en lo más alto, pero todavía no he reunido la valentía para ponerme en contacto con él, no después de lo que ha pasado con Sam. Pero ahora que lo he puesto en la columna de «No lo pienses, hazlo», reservada para las tareas que darías cualquier cosa por evitar, lo voy a tener que hacer.

—Eres la Marie Kondo de la gestión del tiempo –dice Anjali–. Ya hay compañeros míos de trabajo que lo utilizan.

Con una nueva copa en las manos, Anjali se inclina hacia delante.

—Suéltalo.

—¿El qué?

Vacío la mitad de la bebida de un solo trago y me entra un ataque de tos que Anjali presencia con rostro impasible.

Sam Yao. –Es un nombre suave que suena de forma agradable, pero ella lo pronuncia con aspereza.

—¿Qué le pasa?

—Eso es lo que te estoy preguntando. He visto un montón de material de los dos juntos. Sales estupenda, por cierto.

—Es por el maquillaje y la peluca.

—Idiota. —Se ríe por la nariz—. Cuando lo mirabas, resplandecías, y él… Ay, hija. —Niega con la cabeza—. A ese tío le gustabas. No sé por qué lo habéis dejado solo porque no querías seguir haciéndote pasar por Fangli.

Trazo círculos sobre la mesa con un dedo.

—Gracie.

—Creían que yo había llamado a ZZTV. —Suspiro—. Yo creía que lo creían, vaya. Es la razón principal por la que me fui.

—¿De dónde sacaste esa idea? —Sus cejas se juntan en un punto entre sus ojos.

—Escuché su conversación.

Le cuento los detalles de lo que oí a escondidas y mi amiga suspira y observa alrededor por el bar antes de volver a clavar la mirada en mí.

—¿Has pensado que es posible que una aplicación no fuera la forma más fidedigna de conseguir una traducción?

—Ya lo sé —mascullo—. Me equivoqué. Sam me lo dijo cuando fue a buscarme.

—¿Que hizo qué?

—Solo para que ayudase a Fangli otra vez.

—Vaya mierda. —La compasión le suaviza los rasgos.

—Sí.

Nos quedamos en silencio durante unos segundos.

—¿Estás segura de que te fue a buscar por eso?

—Es lo que me dijo él, así que sí.

—¿O es lo que esperabas oír? Nunca te has fiado de sus sentimientos.

—Que sí.

¿Seguro? ¿O siempre estuve nerviosa como si me estuviera mintiendo? ¿Como si no hubiera motivos para que Sam se interesara en una don nadie como yo? Dudas. Siempre la semillita de las dudas, independientemente de lo que hiciese él.

—Yo creo que no. Creo que piensas que es un actorazo y tú no, y para qué se iba a preocupar por ti.

Me pongo como un tomate porque tener verbalizados ante mí esos pensamientos es como desnudarse en público.

—¿Y qué pasa si lo pienso?

—Por Dios, ten un poco de orgullo, hija mía. Mírate. Eres lista y lo bastante echada para adelante como para crear un nuevo plan de productividad que funciona a las mil maravillas como una puta fábrica de Toyota. Has conseguido engañar al mundo para que pensaran que eras una estrella de cine. Eres lo bastante atractiva como para que fuera creíble. —Hace una pausa, embargada por un arrepentimiento feminista—. Aunque el físico no es importante.

—Ya.

—Dudas demasiado de ti misma, Gracie. —Extiende los brazos sobre la mesa y me coge las manos, un gesto que me sobresalta porque Anjali no es de las que toca a la gente así como así. Y acto seguido me mira a los ojos—. Debes creer en ti.

Fangli me dijo lo mismo. Fangli, mi hermana. Me muero por contárselo a Anjali, pero no me parece correcto anunciar la historia de Fangli antes de que lo sepa ella. Debo de haber empezado y borrado una docena de correos electrónicos para Fangli, y todos ellos eran una clase magistral en redacción sin gracia ninguna.

—¿Otra copa, señoritas? —El camarero se acerca y el instante se rompe, pero me quedo un poco afectada.

¿Por qué no creo en mí? Por eso siempre digo que sí en lugar de no. Por eso dejo que los Todds del mundo me pisoteen.

Todo lo que ha comentado Anjali es verdad. He hecho todo eso. Me ocupo de mi madre. Lo hago lo mejor que sé.

Como si supiera que ha metido el dedo en la llaga, Anjali se retira y bebemos una última copa de vino y hablamos de su viaje a Nueva York y de un nuevo *spa* al que las dos queremos ir y en el que no queremos malgastar el dinero. Cuando nos marchamos, Anjali me sorprende de nuevo con un abrazo.

—Llámame si me necesitas. No me vas a molestar —me asegura.

Me subo en el metro con sus palabras en los oídos. Sí que me preocupa molestar a la gente. Me preocupa ocupar demasiado espacio, demasiado tiempo, demasiada atención. Quizá no debería preocuparme. Quizá sea posible ocupar la cantidad perfecta.

Una cantidad del tamaño de Gracie.

A la manana siguiente estoy un poco resacosa, pero un vaso de agua obra el milagro. Echo un vistazo a mi MOSA y veo que dispongo de tiempo suficiente para cabecear antes de empezar el día, pero no es un descanso reparador.

Ante mí tengo dos opciones.

Puedo ponerme en contacto con Sam y con Fangli, pedirles disculpas y explicarles mi versión de la historia y oír la suya. O puedo fingir que este último mes no ha sucedido nunca. No he conocido a Fangli ni a Sam. No he encontrado a mi hermana. No me he enamorado.

¿Cómo voy a poder darle la espalda a eso, aun a riesgo de salir herida?

Necesito pensar, así que salto de la cama, me agarro la cabeza cuando me doy cuenta de que la resaca no se ha pasado del todo y luego me visto y me pongo crema solar antes de armarme de valor para adentrarme en la pesada humedad del verano. Abro la puerta y me quedo paralizada.

Mei está justo ahí. La veo igual que siempre, fría y serena, con el pelo recogido en un moño perfecto en el centro que no se ladea lo más mínimo. Ni siquiera está sudando.

–¿Hola?

Doy un paso atrás en una tácita invitación para que entre en mi casa.

Debe de haber venido para llevar a cabo algún recado de Fangli, y preferiría mantener la conversación en el comedor con aire acondicionado y no en las ardientes escaleras.

Mei me sigue y deja las zapatillas negras planas junto a la puerta. Su mirada viaja del caos de sábanas del sofá, donde ayer me acurruqué, a la sucesión de latas medio vacías de cerveza *light* desparramadas por el suelo.

Mi portátil luce un precario equilibrio en el extremo de la mesa.

Se sienta en una silla amarilla acolchada, que compré en un mercadillo de hace un par de años, y no abre la boca.

Ahora que el sol ya no me golpea en los ojos, distingo otros detalles. Lleva la blusa un poco arrugada y tiene los ojos ligeramente hinchados.

–¿Hay algún problema? –le pregunto. Mi ansiedad crece a toda velocidad por el extraño comportamiento de Mei–. ¿Le ha pasado algo a Fangli?

–Fui yo la que llamó a ZZTV. –Me lo cuenta con los hombros rectos.

–¿Eh? –No es la respuesta más elocuente del mundo, pero ¿en serio? Ha sido una puta semana de bomba tras bomba.

–Ya me has oído. –Los ojos oscuros de Mei se clavan en los míos. Supongo que sí.

–¿Fangli lo sabe? ¿Y Sam?

–Sí. –Baja la vista.

–Tú llamaste a ZZTV. –Asimilo las palabras–. ¿Por qué? –Una fina oleada de rabia empieza a recorrerme las venas–. ¿Por qué coño los llamaste? ¿Tanto nos odias?

Porque Fangli no saldría del escándalo sin tacha. Debería echar a patadas a Mei de mi casa, pero se dobla hacia delante antes de que pueda reaccionar.

–Lo siento. –Habla con voz tan suave y ligera que apenas llega hasta mí.

Veo que lo siente, que siente algo, pero no sé si es por lo que ha hecho o porque la han pillado.

–Pero ¿por qué? –repito.

–Lo siento. No pensaba con claridad.

–¿Qué es lo que no pensabas con claridad?

–Quería que te marcharas. –Me mira fijamente.

Ah. No era lo que me esperaba. Sabía que yo no le caía bien, pero este nivel de sabotaje se pasa de castaño oscuro.

–Pues te has salido con la tuya. –Lo digo con más brusquedad de la que pretendía, y no me satisface nada ver a Mei encogerse.

Vuelve a quedarse en silencio, y adopto el papel de tener que obligar a hablar a esta mujer.

–¿Cómo se enteró Fangli?

Y Sam, que intentó contármelo en la cafetería, pero fui demasiado cabezona y estuve demasiado triste para escucharlo.

–Se lo conté yo.

Por eso siento respecto por ella, aunque a regañadientes.

–Creía que había sido Todd.

Mei niega con la cabeza.

–El se alejó por completo cuando Sam le mandó una copia del dosier que el detective privado había recopilado sobre su comportamiento. Sam también le advirtió que estaría atento por si veía que volvía a tratar mal a alguna mujer.

Por lo menos sacamos algo positivo del asunto. La última porción de tensión que había bajo mi piel sobre Todd se desvanece. Ya no tengo que preocuparme más por él. Es un gusano repugnante, pero al menos no pagará sus ineptitudes con otras mujeres.

De repente, me doy cuenta de que me he levantado sin darme cuenta y vuelvo a sentarme porque necesito toda mi energía para procesar lo que me está diciendo.

–No entiendo por qué lo hiciste. ¿Por qué querías que me fuera?

Mei guarda silencio.

Nunca nos hemos llevado muy bien, pero no he hecho nada por lo que merezca que me odie, ¿no? Repaso nuestras interacciones. Al final me esforcé por cumplir el encargo lo mejor posible. Intenté ser educada y agradable.

¿Me pasé de la raya al pedirle ayuda?

Y entonces recuerdo la forma en que me cerró la puerta en las narices cuando me dio el paraguas para mi cita con Sam. Cuando nos vio cogidos de la mano. Incluso antes de eso, recuerdo su cara al ver a Sam entrar en una habitación. Debería haberme fijado en eso porque se acercaba mucho a la cara que debía de poner yo.

Madre de Dios, no era por mí. ¿Estaba enamorada de Sam? Lo tengo en la punta de la lengua, pero me contengo y no se lo pregunto. A pesar de lo que ha hecho, la pregunta es demasiado intrusiva como para soltársela y demasiado egocéntrica: «¿Me has arruinado la vida porque creías que era una contrincante en relación con Sam?».

–¿Qué te dijo Fangli? –le pregunto.

–Que lo entendía, pero que debía irme. –Se le llenan los ojos de lágrimas.

Tiene sentido.

–¿Te ha perdonado?

Mei asiente.

Cómo no, con ese corazón tan grande y generoso que tiene. Si

Fangli es capaz de perdonar esa clase de traición de alguien en quien confiaba, yo también.

En el fondo, estoy cansada. No me quedan fuerzas para enfadarme con Mei. Ha pasado. No puedo rebobinar el tiempo y evitar que coja el teléfono. Regresará a China y no volveremos a vernos más.

Quiero librarme de todas las partes negativas de esta experiencia, y en el número uno de esa lista están los de ZZTV y todo lo que está relacionado con ellos.

–Gracias. Por contármelo. –Respiro hondo–. No pasa nada.

Sí que pasa, pero decir «Te perdono» es pesado, como un jefe que perdona a un subordinado que ha confesado una cagada monumental.

Mei agacha la cabeza y se pone en pie, y yo la imito. Ahora que ha gozado del placer de desenterrar sus pecados, quiero que se largue de mi casa. Me da lástima, pero no la quiero tener cerca por si acaso añade algo más a mi desmadre emocional.

Se va a toda prisa y me desplomo en el sofá; el paseo queda descartado. Escribo a Anjali:

Gracie: Fue Mei.

Anjali: Estoy en una reunión, pero ¿me estás diciendo que no ha sido el mayordomo?

Gracie: Muy graciosa. Ella se lo contó a los de ZZTV. Era la asistente de Fangli. Creo que lo hizo porque estaba enamorada de Sam.

Anjali: Madre mía, menudo lío. Y qué tóxico todo. Los tíos no se merecen tantas chorradas.

Gracie: Me ha dicho que lo siente. Ha venido a mi casa.

Anjali: Vaya, pues eso requería valor. ¿Qué vas a hacer?

Anjali: ¿No me contestas?

Anjali: Así que ahora pasas de mí, vale, vale. Ahora me toca hacer una presentación en la reunión, pero cuando salga quiero que me cuentes tus planes organizados en el MOSA.

No le contesto porque he abierto el ordenador para mirar al MOSA. Subrayo LLAMAR A FANGLI Y CONTARLE LO DE MAMÁ. Puede que fuese una de mis tareas de «No lo pienses, hazlo», pero es que he estado pensando sin hacerlo. Y luego añado otra:

DECIRLE A SAM QUE HE LLEGADO A UNA CONCLUSIÓN.
Noto un nudo en el pecho al imaginarme que el tren de Sam ya ha pasado y me he quedado en el andén con el billete en la mano.

El MOSA es un organizador estupendo, pero ojalá tuviera un módulo para saber cómo hacer frente a este tipo de carrera de obstáculos emocional.

Saco el móvil y mi *newsfeed* aparece en la pantalla antes de que pueda pulsar la aplicación de mensajería. Quiero darle a Fangli tiempo para decidir su respuesta, y llamarla le exigirá una respuesta inmediata.

«Noticia exclusiva: próxima boda», anuncia el titular.

Fangli y Sam sonríen ante las cámaras.

Hago clic en la historia antes de poder evitarlo, y cuenta lo que promete el titular. Los actores Wei Fangli y Sam Yao se casarán antes de finales de año. Hay citas de fuentes que aseguran que están enamorados desde que estudiaron interpretación y largos párrafos sobre el linaje real y cinematográfico de Sam. Otra foto en la que salen los dos, pero soy yo la que lleva el vestido negro y sonríe a Sam, no Fangli.

Se me paraliza el cuerpo al observar la imagen.

¿Boda? Tiene sentido, me digo. Es obvio que la intromisión de Lili solo ha acelerado lo inevitable.

A fin de cuentas, ninguno de los dos se había negado rotundamente a casarse, y Sam había sido derrotista acerca de los planes de su madre. Es evidente que se conocen desde hace muchísimo tiempo y que Sam haría cualquier cosa por Fangli y… vaya lío. Me acurruco en la silla. Es un puto lío, pero no puedo salir huyendo. A pesar de las novedades de su relación, tengo que ponerme en contacto con ellos.

«No lo pienses, hazlo».

Cojo la libreta y me dirijo hacia la mesa de la cocina.

Fangli es la primera opción y la más sencilla, porque hablar con ella siempre ha sido muy fácil. Decido que a pesar del anuncio de su boda no puedo guardar el secreto de lo que me contó mi madre. Que haga lo que quiera con la información, que me crea o que no me crea. El mensaje que le mando al número que ya tengo bloqueado es simple y va al grano: le pido disculpas por haberla abandonado y le digo que sé la verdad de lo de ZZTV gracias a Mei. Y añado que quizá tengo información sobre su madre, por si la quiere conocer. Y que la echo de menos.

Por lo general, no me abro tan fácilmente ni hablo de mis sentimientos, pero quiero empezar con ella con buen pie, si me lo permite.

Decido no mencionar su compromiso porque cada vez que redacto la frase suena dolorosamente pasivo-agresiva. Lo haré en persona si quiere verme.

Releo el bloque de texto unas doce veces y luego se lo envío.

El segundo es más difícil, y decido mandar un saludo para comprometerme antes de ir al quid de la cuestión.

Hola, Sam.

«Mensaje no enviado».

Me lo quedo mirando, estupefacta. ¿Fuera de servicio?

Ahora que estaba dispuesta a zambullirme en terreno emocional desconocido, el número no está disponible. Si al principio dudaba un poco, ahora me muero por que Sam reciba mi mensaje, aunque solo sea para darlo por terminado.

No tengo su correo. ¿O sí? Abro la bandeja de entrada y encuentro una petición de entrevista del periódico *South China Morning Post*.

Mientras la leo, la barra de notificaciones emerge para mostrarme un mensaje de la BBC. CNN Asia aparece a continuación.

No quieren hablar conmigo por haberme hecho pasar por Fangli. Es por el MOSA.

Casi histérica, agarro el portátil y entro en mi página web para echarle un vistazo. Ayer las descargas fueron exactamente veintiséis. Ahora mi sistema se ha descargado ya veinte mil veces.

¿Qué coño ha pasado?

Es demasiado que asimilar, y el tiempo se ralentiza. Tengo que contestar a esta gente, pero ¿qué les digo? ¿Ha sido un accidente? Debe de serlo. Una broma para tomarle el pelo a Gracie.

«No crees en ti misma».

Me pongo a leer los correos atentamente. Todos dicen lo mismo: que Sam Yao pone la mano en el fuego por este método y que en China ahora es tendencia.

Quieren hablar conmigo sobre mi filosofía y lo que quiero conseguir. Quieren que les cuente por qué el MOSA es distinto.

Sam ha promocionado mi MOSA. ¿Por qué?

Porque funciona y es un buen sistema. Puede que todavía no crea en mí, pero sí que creo en mi MOSA.

No estoy preparada, pero puedo hacerlo.

Lo primero que hago es intentar encontrar lo que ha dicho Sam. Tengo que visitar varias páginas, pero al final encuentro un tuit traducido de Weibo, el microblog chino.

«Me es imposible organizarme sin el MOSA. Utilizadlo para ser más productivos».

Y hay un enlace a mi página web. Nada más, pero supongo que, cuando eres Sam Yao y tienes millones de seguidores, no hace falta más. En Twitter ya lleva cuarenta mil retuits, y debo hacer ejercicios de respiración para mantener la calma.

Al final, es lo que yo quería. Creo en mi sistema.

Flexiono los dedos para conseguir que dejen de temblarme y contesto al *South China Morning Post* para concertar una entrevista. Y luego a la BBC y a CNN Asia. Cuando recibo peticiones del *Guardian* y de Bloomberg, también las acepto.

Las peticiones de entrevistas llegan a lo largo de la tarde, y después de hacer las dos primeras me doy cuenta de que las preguntas son parecidas. Cada vez estoy más cómoda hablando de cómo he diseñado el MOSA para ayudarte a organizarte la vida, ya que todos estamos muy ocupados y somos polifacéticos. Pongo ejemplos de algunas de mis tareas y explico por qué las añado de inmediato: porque tengo la memoria de Dory.

Cuando me preguntan cómo es posible que Sam Yao se enterase de un organizador que solo está en fase beta, me río y respondo que deberían preguntárselo a él, pero me alegro de que le funcione, y hago lo imposible por que no me tiemble la voz.

Lo más duro son las entrevistas para la tele, pero los productores son amables y me avisan de qué puedo esperar, ya que supongo que quedarme asustada y paralizada tampoco les iría bien a ellos. Entre una y otra, echo un ojo a las descargas.

Los números siguen subiendo.

Para cuando he terminado, ya casi es medianoche, y estoy tan emocionada que doy vueltas por mi piso.

Anjali me manda un mensaje cargado de emojis con un enlace a la entrevista de la CNN:

Sabía que lo conseguirías.

Lo he conseguido, pero ha sido gracias a Sam, con quien no me puedo poner en contacto. ¿Le mando un correo a su agencia? ¿A su representante? Debe de haber alguna forma de hablar con él si Fangli no me llama.

Me acuesto exhausta, y mis sueños están llenos de imágenes de Sam utilizando mi sistema.

Es la segunda noche más sexi de toda mi vida.

RESUMEN DIARIO
Día soleado. A por todas.

| TAREAS DIARIAS | TAREAS MENSUALES |

TRABAJO
- ○ [en proceso] **Arreglar el sistema de clasificación del MOSA (y pensar cómo equilibrar urgencia y tiempo requerido)**
- ○ [en proceso] **Buscar desarrolladores**
- ○ Recopilar entrevistas y añadir a la web
- ○ Mandar a Anjali MOSAv2 para probar

VIDA
- ○ Dormir antes de medianoche

OCIO
- ○ Nada de MOSA

CADA DÍA
- ○ Avanzar con el mandarín
- ○ Tomar un complejo multivitamínico

NO LO PIENSES, HAZLO
- ○ Llamar a Robin Banerjee
- ○ Conseguir el contacto de Sam

Treinta y nueve

Tardo un par de días en poner los pies en el suelo después de la emoción de las entrevistas. Las descargas del MOSA siguen subiendo y, lo que es mejor, a la gente le gusta el sistema. Le gusta de verdad. Tomo nota atentamente de las sugerencias que me saltan por la alarma que he creado enseguida en Twitter y ya tengo una versión 2.0 preparada. Le mando el enlace a Anjali para que la pruebe.

Anjali: ¿Tan deprisa?
Gracie: Puede que no haya dormido nada.

Me responde con un GIF de una Dolly Parton decepcionada.

Estoy en el sofá debatiendo los méritos de echarme una siesta cuando suena el timbre de la puerta. ¿Esperaba que me trajeran algo? No me acuerdo, pero me gustan los paquetes, así que bostezo y me dirijo hacia la puerta para ver quién es.

Es Fangli.

Me quedo paralizada. Puede que le haya mandado el mensaje, pero no estoy preparada para hablar con ella cara a cara. Pensaba que me llamaría. O que me enviaría un mensaje o un correo electrónico, pero que sería una comunicación distante que me daría suficiente tiempo para pensar en mi respuesta o por lo menos para pensar.

—Abre la puerta, Gracie. —Cierra un ojo para mirar por la mirilla—. Te oigo.

Necesito dos intentos antes de lograr abrir la puerta porque tengo la palma muy sudada.

Nos quedamos mirando a los ojos. Fangli es…, en fin, es igual que yo. Lleva el pelo recogido en una bonita cola que le cae sobre el hombro y una gorra de béisbol que le ensombrece la cara, en la que no lleva nada más que brillo en los labios. La veo un poco cansada y muy nerviosa.

—Has recibido mi mensaje —digo.

Hace un gesto con una mano como para dar a entender que sí.

–Perdona. –Me aparto–. Entra.

Como hizo Mei, se quita los zapatos y camina descalza por mi piso. Y luego sonríe.

–Qué casa tan bonita –dice–. Es acogedora.

–¿Quieres beber algo?

Se ríe, un sonido delicado como procedente de un animalillo.

–Quiero saber qué información tienes sobre mi madre. Y por qué me abandonaste así. Quiero saber muchas cosas, Gracie, y creo que de momento podemos dejar de lado las bebidas.

–Vale. –Respiro hondo–. Dame un segundo.

Me voy a mi habitación y cojo el álbum de fotos duplicado.

Cuando regreso al comedor, Fangli está sentada erguida en el sofá, con las rodillas muy juntas y las manos entrelazadas en el regazo. Parece una niña pequeña asustada, y me siento una gilipollas. Debo de haberla preocupado con mi mensaje, y lo único que pretendía era ser compasiva.

«Muy bien, Gracie».

Abro el álbum para mostrarle la foto en la que salen ella y Wei Rong. La observa y se acerca el álbum para contemplarla mejor.

–Se parece a mi padre. ¿Eres tú?

–No. Eres tú.

Pasa la página como si quisiera comprobar si en el otro lado del papel hay más información sobre la imagen.

–¿Por qué tienes una foto de nosotros?

Con toda la suavidad posible, le cuento lo que he descubierto gracias a mi madre. Cómo huyó de China, el bebé que tuvo en secreto, la hija mayor abandonada que se convirtió en una estrella mundial.

Y que es casi idéntica a su media hermana canadiense.

–¿Somos hermanas? –repite con las manos extendidas sobre la foto.

–Eso parece.

Fangli pasa páginas hasta llegar a la que salen mi madre y mi padre.

–¿Es ella?

–Sí, Agatha Wu Reed. Su nombre chino es Wu Miaoling.

–¿No está muerta? Mi padre me dijo que estaba muerta.

–No está muerta –le aseguro–. Su alzhéimer implica que pierde y recupera la cordura, así que me costó atar todos los cabos. Puede que haya malinterpretado algunas partes, y deberíamos hacernos una prueba de ADN para confirmarlo.

–¿Cómo de segura estás de que somos hermanas?

–Casi al cien por cien. –No vacilo lo más mínimo.

Fangli cierra el álbum de golpe y lo deja sobre la mesa con manos temblorosas. No sé qué decir ni si debería acercarme. Sé lo difícil que fue para mí comprenderlo, y Fangli debe asimilar no solo que tiene una nueva hermana, sino que su madre está viva.

Me remuevo en el extremo del asiento, en silencio porque me da miedo decir algo inapropiado, y entonces Fangli vuelve a abrir el álbum. Analiza todas las páginas, con los ojos clavados en la mujer que la abandonó. Recorre las páginas con las manos y yo la observo. Tengo las manos grandes de mi padre, pero las de Fangli son como las de mi madre, con dedos largos y suaves. Incluso lleva el esmalte que siempre ha sido el preferido de mi madre.

–Cuéntame otra vez lo que te dijo –me pide Fangli mientras pasa las páginas.

Le remito la historia de nuevo, desde el momento en que mi madre pensó que Sam era su hermano. Fangli no levanta la vista del álbum, pero sé que está escuchando todas las palabras en busca de la verdad.

Termino la historia cuando llega a la última página. Al final levanta la vista. Los ojos le brillan por las lágrimas que no ha derramado.

–¿Me abandonó? –Se le rompe la voz. Y luego lo repite con otro tono–. Me abandonó.

–Lo siento.

No es un trauma en el que pueda ayudarla porque supongo que le provoca una herida en lo más hondo de su ser. Yo solo percibo los confines de mi propio dolor por todas las cosas que mi madre me robó al decidir que debía guardar su secreto. No puedo culparla por intentar hacerlo lo mejor posible, pero tampoco voy a culpar a Fangli si opta por lo contrario. Acaba de oír el que debe de ser uno de los rechazos más dolorosos para una persona. Da igual lo mucho que mi madre hubiese querido a Fangli: decidió abandonarla.

Fangli se pone en pie y se vuelve a sentar.

—Mi padre también me lo ocultó. —Su risotada es más bien un ladrido—. Todo el mundo me ha mentido.

—¿Hubieras preferido que no te lo contara?

Ahora no sé si he tomado la decisión correcta.

—Claro que no. —Está segura—. No es culpa tuya.

—Ya lo sé. Supongo que me siento… —Titubeo mientras intento poner nombre al sentimiento—. ¿Culpable?

Deja el álbum en la mesita de centro.

—¿La oferta de una copa sigue en pie?

—Joder, pues claro.

Me sigue hasta la cocina, donde descarto la cerveza y el vino, y cojo una botella de ginebra del armario. Sirvo dos copas bien generosas, les añado hielo y soda, y las apuramos como si fuera agua.

—Culpable. —Lo dice lentamente—. ¿Por qué?

Me encojo de hombros, pero cuando voy a servirme otra copa planta la mano sobre la botella.

—Luego. Después de que hayamos hablado.

No le falta razón.

—Me siento mal por haber pasado tiempo con mi madre y tú no.

Cuando esta vez se echa a reír, suena más parecido a ella.

—No podías haber hecho gran cosa al respecto.

—Yo también estoy enfadada con ella —le suelto—. Estoy enfadada y no puedo estarlo porque sé que lo intentó y que está enferma y que lo que me hizo a mí no tiene nada que ver con lo que te hizo a ti y no entiendo por qué nadie me lo contó y…

Mi hermana mayor da un paso adelante para rodearme con un fuerte abrazo. Me aferro a ella y noto bajo las manos la calidez que desprende mientras se limita a ofrecerme seguridad en su achuchón.

Abrazadas, noto cómo tiembla y exhala una bocanada de aire pequeña e irregular.

—No pasa nada —le digo, y noto que asiente con fuerza contra mí—. Estaremos bien.

—Claro. —Recuesta la cabeza en mi hombro—. Sí.

Cuando nos separamos, nos miramos a los ojos. Fangli está hecha un desastre con la nariz roja y los ojos hinchados y marcas en la mejilla tras haberse clavado la costura de mi blusa. Supongo que yo tengo las mismas pintas que ella. Esta vez no me impide que sirva otra copa y desliza un poco el vaso cuando cree que voy a dejar de verter la ginebra.

—Tú no bebes —recuerdo cuando se niega a que le ponga más hielo—. Cuando me hacía pasar por ti, tenía prohibido beber vino.

—Porque me cuesta demasiado controlarme cuando bebo. —Da un sorbo—. No tengo filtros. Pero esta es una ocasión especial y un momento para la sinceridad como no he experimentado nunca.

Regresamos al comedor. Ahora que hemos llegado al primer campo base del Monte Reconciliación, no sé si necesito un respiro o seguir.

Fangli da vueltas por mi piso.

—Tengo mucho que decirte y no sé por dónde empezar. —Se sienta y apura el vaso antes de dejarlo sobre la mesa con un chasquido—. No. Voy a decirlo. El siguiente tema es Sam.

A seguir ascendiendo, pues.

—Vale. —Levanto una mano—. Tengo que… —«Felicitaros por vuestro compromiso». No consigo pronunciar esas palabras.

—¿Has visto el anuncio de que nos vamos a casar?

—Sí. Felicidades. —Bueno, al final lo consigo con una sonrisa.

—Es mentira —exclama con vehemencia—. La arpía de Lu Lili lo filtró a la prensa.

—¿Cómo? —Abro los ojos como platos.

—Sam no está enamorado de mí ni yo de él. Solo somos amigos. —Entorna los ojos—. Tú ya lo sabías. Te lo dejó muy claro.

—¿Por qué iba a mentir su madre? —Evito el otro tema.

—Sam volvió a China y le pidió que se mantuviera al margen de su vida. —Sonríe con orgullo—. Nunca lo ha hecho. Lili es un huracán y Sam por fin se ha atrevido a enfrentarse a ella.

—Entonces, ¿de dónde sale el anuncio del compromiso?

—Lili intentó obligarlo. Sam se puso furioso, igual que mi padre. Su madre se pasó.

—¿Qué vais a hacer? —Me desplomo en la silla.

—Diremos que hemos roto y esperamos que el escándalo sea positivo para el estreno de la película de Sam. —Se recoloca las mangas–. Tenemos que dejar que Lili guarde las apariencias, pero bastará para que sepa cuáles son sus límites. Por lo menos se lo servimos en bandeja de oro para que no lo vuelva a intentar. Sam se siente libre.

–Querrás decir en bandeja de plata, ¿no?

–De oro –se ríe–. Lu Lili jamás aceptaría nada que no fuera lo mejor de lo mejor.

Saber que no están ,rometidos me alegra y no puedo dejar de sonreír, aunque eso no signifique nada para Sam y para mí.

–Hablando de Sam… –No sé cómo terminar la frase.

–Nunca lo había visto tan triste –dice Fangli–. Le cuesta mucho conectar con la gente.

–¿A Sam? –Enarco una ceja.

–Su madre es un monstruo, como bien sabes. No dejó de exponerlo, y creció siendo un pequeño emperador, consentido y mimado. Ella lo ve como una extensión de sí misma, y él a veces también se ve así.

–Me habló de su madre.

–Le cuesta confiar en que a la gente le caiga bien por cómo es, no por su familia ni por su dinero. Ni por su físico.

–No sabía si estaba contigo o conmigo. –Respiro hondo–. No sabía si preferiría estar contigo. –No son palabras fáciles de pronunciar.

–Somos amigos. –Da una palmada con las manos para enfatizar–. Amigos desde hace años que se quieren mucho, pero lo que tengo con Sam no es lo que tú tienes con él. Nunca lo había visto tan relajado como cuando estaba contigo. Sacas lo mejor de él. Era como estar con el viejo Sam, el que siempre se reía conmigo y con Chen. –Tiene cara melancólica.

–La he cagado enormemente. –Paso un dedo por el borde del vaso.

–Me contó que intentó hablar contigo.

–Os oí hablar y pensé que os referíais a mí. –Le cuento lo del traductor, y su rostro es una réplica exacta de la mezcla de incredulidad y lástima que puso Anjali–. Mei ha venido y se ha disculpado.

–Supimos quién lo había filtrado en cuanto nos llamaron los de ZZTV. –Su expresión es seria–. No vi lo que tenía delante de las narices. No sabía que Mei sentía algo por Sam ni lo que estaba dispuesta a hacer. Quería estar con él. Y tú estabas en medio.

—Es increíble. —Niego con la cabeza.

—Confié en ella —dice Fangli con voz susurrada. Y luego también niega con la cabeza—. Se sintió fatal nada más hacerlo. Me aseguró que estaba del todo confundida. Tuve que despedirla, pero decidimos no denunciarla.

Me alegro. Mei no era amiga mía, pero entiendo el arrepentimiento de tomar malas decisiones.

—No supe ver la historia.

—Mei les contó que era mentira. Los de ZZTV decidieron no sacarlo porque no obtuvieron una confirmación y porque amenazamos con llevarlos a los tribunales. Mei me dijo que era lo menos que podía hacer.

Pobrecita Mei, aunque podría haber hecho mucho daño.

—Mi representante se puso como un basilisco, y con razón, pero cuando se lo conté se calmó. —Fangli hace una mueca.

—Me alegro.

—No se había dado cuenta de la mala situación que atravesaba yo. —Sonríe—. Ahora me escucha. Es otra cosa que debo agradecerte a ti.

—¿A mí?

Fangli hace una pausa para mirarme con atención.

—¿No lo sabes?

—¿El qué? —Veo mi expresión reflejada en la suya, con los labios fruncidos y la cabeza ladeada.

—Gracie. Me has cambiado la vida. —Me lo suelta como si tal cosa, como si fuera un hecho—. Estaba agotada y me permitiste descansar. Estaba confundida y me proporcionaste ayuda. Y ¿ahora me presentas a una madre que creía que estaba muerta? ¿Y a una hermana que no sabía que tenía? ¿Cómo no me va a cambiar todo eso?

—Nos tenemos la una a la otra.

Cuando verbalizo esas palabras, forman una revelación. Pensaba que, cuando muriese mi madre, estaría sola.

Pero ahora tengo a Fangli.

Me sonríe como si supiera qué estoy pensando.

—Nos tenemos la una a la otra. —Asiente.

—Pues sí. —Hostia—. ¿Eso qué significa?

Mi pregunta la hace partirse de risa, y se ríe con alegría.

—No lo sé. Nunca he tenido una hermana. Creo que nos pelearemos y nos reconciliaremos y prepararemos juntas mascarillas coreanas. Veo que en las pelis americanas pasa. —Se acerca y me da un contundente achuchón. Para ser tan bajita, tiene mucha fuerza.

—Es mucho para ti.

—Necesito hablarlo con mi terapeuta. —Fangli ve que la miro y se pone roja—. Es difícil decir esto en voz alta.

—Deberías estar orgullosa de haber pedido ayuda —la felicito con amabilidad.

—No puedo hablar de esto en China, todavía no. No puedo ayudar a la gente. Pero algún día lo haré.

—Primero debes recuperarte tú.

—Lo intento. —Titubea—. Sobre nuestra madre… ¿Debería ir a verla?

—Puede que no te reconozca. Sé que piensa en ti. —Le sonrío—. Siempre lleva un colgante con tu nombre grabado.

Fangli cierra los ojos durante unos segundos.

—¿La tratan bien?

—No me gusta nada la residencia en la que está. Quiero llevarla a una residencia china con atención privada. —Lo digo sin pensar, pero me doy cuenta de lo que le acabo de pedir en cuanto salen las palabras de mi boca—. A ver, no está tan mal —me apresuro a aclarar—. Está a salvo.

—Estar a salvo no significa ser feliz. La meteremos en esa otra residencia. Le pediré a mi representante que haga unas llamadas y lo pagaré yo.

—Gracias. —Estoy tan agradecida que no puedo negarme.

—También es mi madre, aunque tengo sentimientos encontrados. Necesito procesarlos para saber qué hacer.

—Cuando te hayas decidido, te acompañaré a verla. Si quieres. Solo si quieres.

—¿Crees que ella querría? —Parpadea para contener las lágrimas.

—Sí. —No añado nada más ni me explico mejor.

No quiero presionar a Fangli, pero debe saber que mi madre querrá verla.

Fangli aprieta los puños a ambos lados.

—Tengo que pensármelo.

—Ya lo sé.

—Es demasiado. —Pone cara arrepentida.

—Está estable —la tranquilizo—. No es urgente.

Por lo visto, la he calmado, ya que levanta la barbilla y luego me dedica su sonrisilla de siempre.

—Debería irme. Necesito tiempo antes de la función de esta noche. ¿Te veré pronto? ¿Me lo prometes?

Su disposición deja a un lado cualquier ansiedad que haya sentido yo por haberme inmiscuido en su vida.

—Sí, pronto.

—¿No te puedo convencer para que seas mi doble para la aburridísima fiesta de mañana? —me provoca.

—Ni de coña.

Se aprieta las manos entre las rodillas.

—Siento haberte pedido que lo hicieras cuando no te sentías cómoda. No debería bromear con esto.

—Lo hice porque quise —le aseguro—. Lo dejé cuando lo consideré. Lo elegí yo. —Fue decisión mía, y ahora sé que es más poderoso admitir mis propias decisiones que fingir que no tengo alternativa.

—Antes de que me olvide. —Me manda un mensaje y miro el móvil.

—¿Te has cambiado de número?

—No. —Se levanta—. Es el de Sam.

Sam. Me quedo mirando la inquietante burbujita gris.

—¿Crees que quiere hablar conmigo? ¿Qué le digo?

Ya ha salido por la puerta y me mira por encima del hombro en la pose que yo también domino.

—Creo que la creadora del organizador más famoso y útil del mundo lo averiguará por su cuenta. —Me guiña un ojo—. Buena suerte, hermanita.

7 DE AGOSTO

RESPIRAR HONDO VARIAS VECES

Cuarenta

La fe de Fangli en mí está profundamente equivocada porque tardo dos días en escribirle un mensaje a Sam. En parte es porque no dejo de esperar que me escriba él. Si esto fuera una película, se lo sugeriría a su amiga, su amiga se lo diría a él y él se pondría en contacto conmigo. Pero Sam no lo hace.

Quien sí me llama, cuando estoy literalmente cogiendo la tarjeta de visita para llevar a cabo mi primera acción de las tareas de «No lo pienses, hazlo» –Sam es la número dos–, es el asistente ejecutivo de Robin Banerjee, que me invita a su despacho para hablar sobre financiación.

–¿Conoce la existencia del MOSA?

–Por supuesto. –Marcus, el asistente ejecutivo, se echa a reír–. Aquí todo el mundo lo está usando. Yo por fin mandé por correo los agradecimientos de mi boda gracias al MOSA. Nos casamos hace ocho meses.

Sonrío al móvil cuando concertamos la hora de la reunión y, cuando colgamos, me llevo el móvil al pecho y danzo una giga descoordinada.

Robin Banerjee quiere saber más sobre mi MOSA. ¡Me lo ha pedido él a mí!

Los nervios se apoderan de mí, pero esta vez no estoy sola. Fangli y Anjali están ahí para animarme durante todo el proceso. Paso de una conversación simultánea a otra y noto cómo crece mi valor.

Anjali: Le estás haciendo un favor al reunirte con él. Es un sistema famoso y sabe que más gente se pondrá en contacto contigo.

Fangli: He quedado con mi futuróloga. Está usando tu MOSA. Es una victoria, y la has conseguido tú.

Anjali: Haz la pose esa en la que levantas los brazos a lo Rocky Balboa para ganar más confianza física justo antes de entrar en la reunión si lo necesitas. Lo recomendaban en una charla motivacional.

Fangli: Creo en ti.

Anjali: [GIF con la pose de Rocky]

Una hora antes de la reunión, me pongo un vestido verde, me pinto los labios de rojo oscuro y le digo a mi reflejo en el espejo: «Está todo controlado», hasta que lo noto en mis temblorosos huesos.

A continuación, cojo el ordenador y mis notas, y estoy preparada para impresionar tanto a Robin Banerjee que me dará el dinero que necesito para lanzar la aplicación. No es un favor, me recuerdo. La inversión nos beneficiará a los dos. El MOSA es valioso.

Las oficinas se ubican en una zona industrial de la ciudad que ha terminado devorada por empresas tecnológicas emergentes y escuelas de artes circenses. Marcus me saluda con una sonrisa y me deja con un vaso de agua en el despacho de Robin, cuyas paredes están forradas de pizarras blancas y llenas de cubos de Rubik y bloques de construcción. Un jarrón lleno de altas malvarrosas proporciona un punto de color.

No debo esperar ni un minuto a que entre Robin. Me dedica una sonrisa cálida y me estrecha la mano.

—Vi el tuit de Sam Yao y le di una oportunidad al MOSA —dice para presentarse. Robin es de mi altura, está calvo y tiene una sonrisa que le tapa casi toda la cara. A diferencia del traje de la fiesta de Chanel, hoy lleva una sudadera negra, pantalones holgados y zapatillas de béisbol enormes y resplandecientes que nunca te pondrías para practicar ningún deporte—. Es un buen sistema. Me gusta tu historia.

Me señala la silla de cuero y se sienta en el sofá. Como su despacho se halla dentro de una nave remodelada, la única vista es la pared de ladrillos de otra nave.

—Cuéntame tus planes.

Ya lo he practicado —Anjali me sugirió que me lo tomara como una entrevista de trabajo, así que me he pasado tres horas elaborando respuestas para cualquier pregunta que pudiera plantearme— y estoy preparada.

Le cuento mis objetivos: la aplicación, los organizadores analógicos y la futura comunidad de gente que se ayuda mutuamente para alcanzar sus objetivos dándose consejos y ánimos. Me escucha y no me interrumpe ni una sola vez. Saco mi plan de negocios y lo hojea, y me formula preguntas para las que tengo respuesta y unas cuantas que me hacen pensar.

–Suena bien –dice cuando termino–. Quiero sumarme.

Y acto seguido pone cifra a una cantidad de dinero que me provoca un cortocircuito en el cerebro y me da los datos de la gente que puede ayudar, incluido un desarrollador de aplicaciones que estaba en mi lista de deseos. Su abogado se pondrá en contacto conmigo.

Cuando salgo, me castañetean los dientes por el estrés y la emoción. Está pasando tan deprisa que no puedo asimilarlo.

Le mando un mensaje breve a Anjali y recibo un porrón de emojis y la promesa de que le cuente todos los detalles en cuanto termine su reunión. Fangli me manda un vídeo en el que ella misma me lanza un beso. Sam no me envía nada porque soy demasiado cobarde para contactarlo.

Miro mi página web; las descargas se han reducido, pero siguen en buena forma. Les mando un correo electrónico a las personas que me ha sugerido Robin, aquí mismo, en la calle. Y me quedo donde estoy, llena de energía incombustible. Quiero gritar en un bosque y bailar alrededor de una fuente hasta agotarme.

Mi madre. Iré a ver a mi madre y le contaré lo que está ocurriendo. Eso me calmará.

Cojo el autobús y, al cabo de una hora, firmo en el libro de visitas de Glen Lake. Cuando llego hasta la habitación de mi madre, me detengo. Está hablando con alguien entre susurros, así que le dejo unos instantes para que termine; debe de ser uno de los voluntarios o enfermeros.

Mientras observo la foto enmarcada de un gatito blanco monísimo, saco el móvil. No he podido quitarme a Sam de la cabeza y no puedo postergarlo más. Es mi auténtica tarea de «No lo pienses, hazlo». Le mando un mensaje al número que Fangli me dio y lo hago deprisa, antes de pensármelo dos veces. El mismo mensaje que mandé.

Hola, Sam.

Oigo un pitido en el interior de la habitación de mi madre.

Cuarenta y uno

¿Cómo? Me quedo mirando el móvil, luego la puerta. Cuando extiendo el brazo para abrirla, noto que me tiemblan los dedos una barbaridad.

Sam está sentado junto a mi madre y le ha cogido las manos. Los dos levantan la vista hacia mí con idéntica expresión de sorpresa en la cara.

—¿Sam?

Es raro. Es muy raro, porque en teoría Sam está en China haciendo cosas de superestrella de cine, no en la habitación de la residencia de mi madre, vestido con vaqueros y camisa blanca.

Quiero entrar corriendo en el cuarto, pero mis pies retroceden hasta el pasillo mientras los miro con el ceño fruncido. ¿Qué hace aquí, a solas con mi madre?

Los ojos de Sam siguen mi retirada, y debe de pensar que voy a echar a correr, ya que da un apretón a las manos de mi madre y acto seguido cruza la habitación para ponerse delante de mí.

—Gracie.

No sé qué decir. Ni siquiera sé dónde mirar porque no puedo concentrarme con los ojos anegados en lágrimas. Mierda. Estoy llorando.

Sam se acerca y me acaricia la mejilla con el pulgar, y al ver que no me muevo se me aproxima más.

—Lo siento —susurro. Se agacha para oírme—. Sam, lo siento mucho.

—¿Por qué? —Parece estupefacto—. Soy yo quien debería pedirte disculpas a ti. Me rendí después de lo de la cafetería porque soy un capullo muy terco.

—Creo que no estaba de humor para escucharte.

—Quizá no, pero debería haberme esforzado más.

Como no está siendo una charla demasiado productiva, paso a la cuestión más importante de todas.

—No entiendo qué haces aquí, en la habitación de mi madre.

Respira tan hondo que suelta un silbido al exhalar y cierra los ojos.

—¿Sam? —No sé cuántas más mariposas caben en mi estómago antes de que salgan disparadas en plan *Alien*.

—*Jiayou* —murmura al abrir los ojos—. Vamos, Sam. Tú puedes.

—¿El qué?

Sam me coge la cara con las manos y me calla con un beso que me atraviesa hasta los dedos de los pies.

—Creo que me estoy enamorando de ti —dice a toda prisa—. No, sé que estoy enamorado de ti. Debería habértelo dicho antes.

Noto cómo la sangre asciende hasta mi rostro por sus caricias.

—Estoy aquí porque te echaba de menos. Necesitaba verte. —Me pasa las manos por los brazos—. Fangli me ha contado la visita que te hizo y que te dio mi número, pero no me has llamado. No podía más. Creía que a lo mejor te encontraba aquí para hablar contigo en persona.

—¿Aquí? —repito.

—Y también quería ver a tu madre. No puedo ser su hermano, pero sí su amigo.

—Sammy conoce mi antiguo barrio. —La voz de mi madre suena desde detrás de él—. Se acuerda del restaurante de fideos. —Mi madre nos observa con los ojos como platos y con una sonrisa que transmite que quizá entiende lo que Sam significa para mí.

—Es lo menos que puedo hacer por ella. —Sam me rodea con los brazos.

—Gracias. —Me limito a agradecérselo.

—A lo mejor los dos deberíais iros y hablar. —Otra voz nos llega desde el pasillo.

Es Fangli, con expresión resuelta y un ramo de lirios de día.

—¿Fangli?

—He hablado hoy con mi padre. —Mira por encima de mi hombro hacia mi madre—. Ahora mismo. —Le tiembla la voz—. Lo que me dijiste era cierto. No me quiere contar toda la historia, pero ya no quiero perder más tiempo con mi madre.

—Entiendo.

—Debería haberte avisado antes de venir, pero… —Deja la frase a medias—. No se me ha ocurrido.

—No pasa nada. —Le doy un abrazo—. También es tu madre.

Mi madre ya se ha levantado de la silla con los brazos extendidos y la cara iluminada. Las dos vamos a abrazarla.

—Te pareces a mi hijita —susurra. Y luego se pone a hablar en mandarín.

Gracias a mi aplicación, cada vez se me da mejor, pero Sam debe traducírmelo; aunque Fangli abre la boca, no ha dicho ni mu.

—Cree sin más que Fangli se parece a su hija —murmura—. No sabe quién es.

Mientras Sam habla, la expresión de mi madre cambia y abre muchísimo los ojos, que pasa de Fangli a mí.

—¿Mi hija? —balbucea.

—Soy yo —susurra Fangli—. Soy yo.

Mi madre me mira y le doy un abrazo a Fangli.

—Es ella, mamá. Nos hemos encontrado —la informo—. Y ahora ella te ha encontrado a ti.

—Mi bebé. —Mi madre está temblando y busca el colgante, que estruja con la mano—. Lo siento, hija mía. *Qing yuan liang wo.*

—Perdóname —me murmura Sam al oído.

Mi nueva hermana no aparta los ojos voraces de nuestra madre.

—Por favor, dejadme un poco de tiempo a solas con ella —nos pide Fangli.

Mi madre está tan contenta que solo dudo unos segundos. Sam tira de mi mano para salir al pasillo y luego al exterior.

—No quiero alejarme mucho —digo. No con mi familia allí.

—Pues nos quedaremos aquí mismo. —Me conduce a un parquecillo vacío que se encuentra junto a la residencia, un lugar para que jueguen los nietos de los abuelos.

Ahora que estoy con él, no sé qué decir. Sam me salva.

—Nunca pensé que fueras tú la que llamó a ZZTV —dice.

—Ahora ya lo sé. —Me froto la mejilla. Sam ha logrado hablarme de sus sentimientos. Yo también puedo ser igual de valiente—. Me dolió que pensaras que fui yo, aunque solo fuera en mi cabeza.

—Lo siento. —Sam se sienta al final del tobogán y yo tomo asiento a su lado—. Sabía que lo que sentía por ti era distinto, pero no te lo llegué a dejar claro.

—Contigo no sabía qué lugar ocupaba, si estabas actuando o si no.

—Dime qué puedo hacer para conseguir que confíes en mí. Y lo haré.

—Ya lo has hecho al venir hoy aquí. —Le doy un golpecito en el hombro con la cabeza.

—Te he echado de menos. —Me estrecha con el brazo—. He echado de menos hablar contigo. —Me pasa un dedo por el labio inferior—. He echado de menos besarte. —Y me planta un beso en la sien.

—Ha pasado cierto tiempo.

—Diecisiete días —salta de pronto, y luego se pone colorado cuando lo miro—. Bueno, eso.

—¿Más o menos?

—He contado todos los días. Denúnciame si quieres.

Otro beso, esta vez en mi pelo.

—Se suponía que estabas en China.

—Fui a hablar con mi madre.

—Fangli me lo comentó.

—Fue un buen alboroto —se apoya en mí— y, como bien sabes, culminó con su filtración a los medios de que me iba a casar con Fangli.

Sé que no es verdad, pero el recuerdo de lo que sentí al pensar que lo era sigue vivo y me duele.

—No nos vamos a casar. —Se gira para mirarme a los ojos—. Quiero mucho a Fangli, pero solo es una de mis mejores amigas.

—Ya lo sé —le aseguro. Si bien Fangli me lo contó, oírselo decir a Sam me golpea más hondo y aniquila la última pizca de dudas que no sabía que tenía.

Nos quedamos unos segundos en silencio contemplando cómo una ardilla gris pasa corriendo por delante de nosotros con la cola al viento.

—Qué mona —murmura.

Lo es, sobre todo cuando se detiene para mirarnos, pero no he venido hasta aquí para admirar a los roedores de los árboles.

—¿Cómo estás? —le pregunto.

—Bien —responde Sam con cierta sorpresa—. Fue… aterrador. —Se sonroja de nuevo—. Menuda chorrada.

—No, te entiendo. —Para mí también lo fue. Lili no es Todd, pero hay gente que en nuestra vida tiene más presencia e influencia de la que merece—. ¿Cómo está tu madre ahora?

—No me dirige la palabra, pero mi padre estuvo de acuerdo conmigo. Está furiosa con los dos. —Sus hoyuelos hacen acto de presencia con una sonrisa burlona—. Algún día lo entenderá. Espero.

—Has hecho lo que debías. —Me acurruco debajo de su brazo.

—Igual que tú con tu MOSA.

—Gracias a ti.

—Nadie le habría prestado atención si no funcionara. —Se encoge de hombros—. Y funciona. Estuviste brillante en las entrevistas.

—¿Las viste?

—Pues claro. En parte porque era imposible no verlas. Estabas por todas partes.

—Ya lo sé. —Sonrío. A la mierda con lo de pasar desapercibida y no arriesgarse—. Robin Banerjee me llamó. No hace falta que busque trabajo. Puedo ponerme a trabajar en mi MOSA porque me va a financiar.

—¡Sabía que lo haría! —grita de alegría—. Esa es mi Gracie.

Su Gracie. Es probable que me guste cómo suena eso más de lo que debería.

—Estarás muy ocupada. —Me pasa una mano por el pelo.

—Mira quién fue a hablar —observo—. ¿No tienes que rodar una peli en breve?

—Sí. —Se echa a toser—. Oye. ¿Crees que puedes añadir una nueva tarea a tu lista del MOSA?

—¿Cuál?

—¿Una relación? Estoy pensando en la sección de planes a largo plazo.

Me lo quedo mirando.

—Quiero que nos demos una oportunidad —dice—. Somos Sam y Gracie.

—Tú eres un actor de cine.

—Pues sí.

—Estás rodeado de gente guapísima.

—Como la mujer con la que estoy ahora. ¿Debería puntualizar que tú ahora eres directora de una empresa y te codeas con gente brillante? —Se encoge de hombros—. Confío en ti, Gracie. ¿Tú confías en mí? ¿Confías en que lo que siento por ti es de verdad?

Se aparta completamente como si no quisiera influir en mi respuesta. Lo acerco de nuevo a mí porque ya sé qué contestar.

—Confío en ti.

—Además, me gusta que seas la directora de tu empresa. —Hincha el pecho—. Es un buen chute para mi ego. —Me mira a los ojos—. No lo digas —me advierte.

—Como si lo necesitaras.

—Lo has dicho. —Niega con la cabeza.

Quiero estar con él. Apoya el pecho contra el mío y noto cómo su corazón palpita sobre mi piel. Muy rápido.

A pesar del tono desenfadado, él también está nervioso.

Decido arriesgarme.

—Creo que quiero intentarlo. Tú y yo. Hagámoslo.

—Qué categórica. —Se recuesta sobre mí—. Aceptaré todo lo que tú me des.

Mis labios apresan los suyos y percibo que sonríe contra mi boca.

Se aparta un poco.

—Me alegro mucho de que entraras en esa cafetería.

—Yo también, aunque el *muffin* estaba asqueroso.

Se echa a reír y me acaricia el pelo. Esta vez, cuando me besa, sé que me besa a mí y solo a mí.

1 DE NOVIEMBRE

RESUMEN DIARIO
Sueña a lo grande

OBJETIVO FINAL
DEL MES DE
NOVIEMBRE:
**¡LANZAMIENTO
DE LA
APLICACIÓN!**

| TAREAS DIARIAS | TAREAS MENSUALES |

TRABAJO
- ○ Quedar con una empresa de RRPP
- ○ Devolverle la llamada al desarrollador de la aplicación sobre la versión beta
- ○ [en proceso] Contratar a un coordinador para la web y redes

VIDA
- ○ Contratar un día en un spa con Anjali y Fangli por el cumple de Fangli
- ○ Visitar la nueva habitación de mi madre en Xin Guang

OCIO
- ○ Comer con Robin Banerjee

CADA DÍA
- ○ Avanzar con el mandarín
- ○ Tomar un complejo multivitamínico

NO LO PIENSES, HAZLO
- ○ Decirle a Sam que yo también lo quiero

Agradecimientos

Quiero dar las gracias a mi maravillosa agente, Carrie Pestritto, que me dijo que debería escribir esta novela sí o sí. Allison Carroll de Audible y Mary Altman de Sourcebooks han sido dos editoras extraordinarias. ¡Superequipo!

Candice Rogers Louazel es siempre mi primera y mejor lectora. Allison Temple, Farah Heron, Jackie Lau y Rosanna Leo estuvieron acertadísimas con los amables consejos que me dieron.

Gracias a todas aquellas personas generosas que invirtieron tiempo respondiendo mis correos que empezaban con: «Es una pregunta tonta, pero…»: Lydia Jin, Natasha Mytnowych, Denise Tay y Michele Yuen-McDonald.

Sobre todo, gracias a Elliott y a Nyla, que me dejaron espacio para escribir y no me obligaron a jugar a juegos de mesa con ellos, aunque estuviéramos confinados.

FECHA: _____

LISTA DE SUEÑOS

OBJETIVO FINAL:

FECHA: _____

ME ENCANTA #1

ME ENCANTA #2

¡NO SON TAREAS, SON OPORTUNIDADES!

MI QUERIDA LISTA ♡

ME ENCANTA #3

ME ENCANTA #4

FECHA:

TRES TAREAS AL DÍA:

- [ ]
- [ ]
- [ ]

FECHA:

TRES TAREAS AL DÍA:

- [ ]
- [ ]
- [ ]

FECHA: _____

HOJA DE HORAS FACTURABLES			
FECHA	HORA	TAREA	DURACIÓN

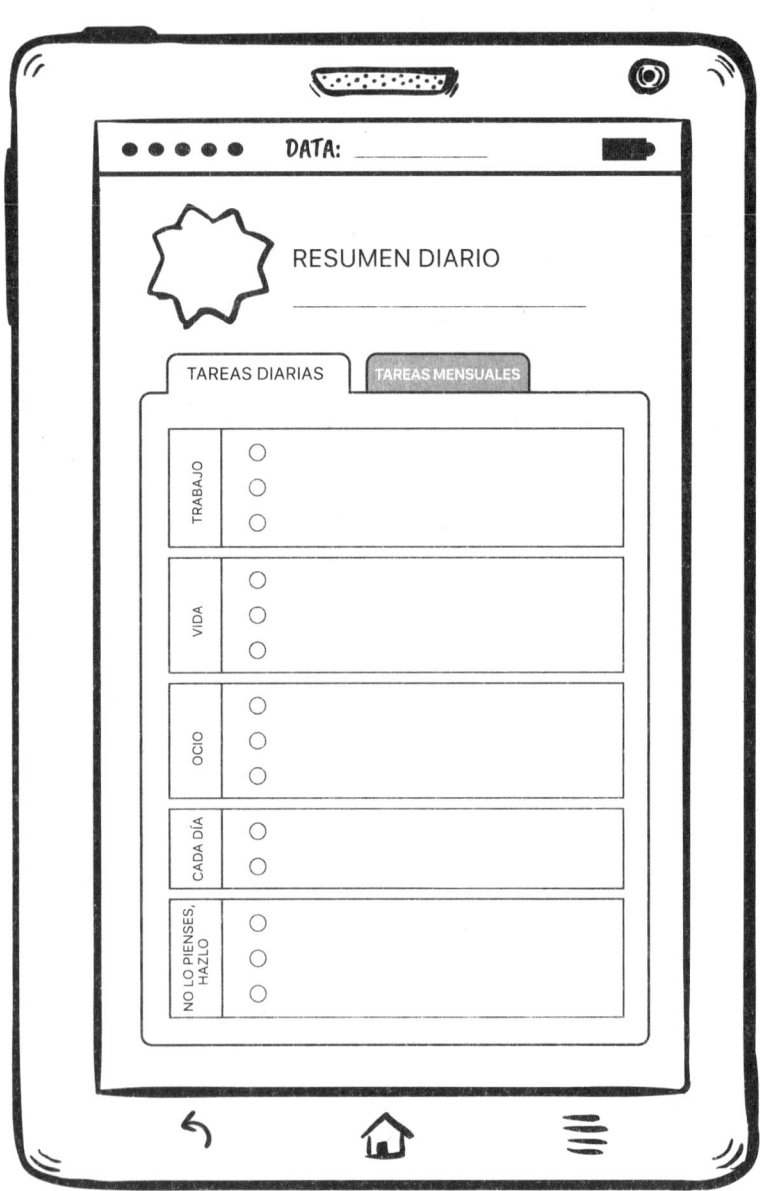

DATA: _____

RESUMEN DIARIO
_____

TAREAS DIARIAS | TAREAS MENSUALES

TRABAJO
- ○
- ○
- ○

VIDA
- ○
- ○
- ○

OCIO
- ○
- ○
- ○

CADA DÍA
- ○
- ○

NO LO PIENSES, HAZLO
- ○
- ○
- ○

Índice